谨以此书
献给我最敬爱的党百年华诞

◎ 作者近影

◎ 我和我的爱人
　生活的伴侣　事业的后盾

# 记者，要时刻把人民放在心中

## ——一位八旬记者的亲身经历和心灵感悟

周永龄 著

作者系全国首批、湖南省第一个高级记者，全国一级优秀新闻工作者，湖南省政府立功奖获得者，连续五届长沙市人大代表。中央和省市十余家媒体曾报道过他为民鼓与呼的事迹。

新华出版社

**图书在版编目(CIP)数据**

记者,要时刻把人民放在心中:一位八旬记者的亲
身经历和心灵感悟 / 周永龄著. -- 北京:新华出版社,
2021.5
ISBN 978-7-5166-5721-8

Ⅰ. ①记… Ⅱ. ①周… Ⅲ. ①新闻–作品集–中国–
当代 Ⅳ. ①I253

中国版本图书馆 CIP 数据核字(2021)第 047815 号

## 记者,要时刻把人民放在心中
### —— 一位八旬记者的亲身经历和心灵感悟

作　　者:周永龄

责任编辑:蒋小云　　　　　　　　封面设计:潇湘悦读

出版发行:新华出版社
地　　址:北京石景山区京原路 8 号　　邮　　编:100040
网　　址:http://www.xinhuapub.com　　http://press.xinhuanet.com
经　　销:新华书店
购书热线:010-63077122　　　　中国新闻书店购书热线:010-63072012

照　　排:云上雅集
印　　刷:长沙市精宏印务有限公司
成品尺寸:185mm×260mm
印　　张:23　　　　　　　　　　字　　数:400 千字
版　　次:2021 年 5 月第一版　　　印　　次:2021 年 5 月第一次印刷
书　　号:ISBN 978-7-5166-5721-8
定　　价:98.00 元

# 自 序

这本集子，既非名家大咖的雄文巨著，亦不属权威学者的精深妙论。它不过只是一个普普通通的八旬记者，从其50余年新闻从业期间（含退休后一段岁月）所采写的4000余篇稿件中，撷取150余篇，冠以"记者，要时刻把人民放在心中"的主题，分成16个专题汇集成的册子。在国际国内形势纷繁芜杂，新闻工作者面临新时代、新形势、新格局的当下，我祈盼，通过回顾自己半个世纪以来的一些亲身经历和心灵感悟，谈谈记者应如何把"人民至上"始终扎根心中，如何为这个伟大时代的人民群众鼓与呼的，以期同仁指正。

我是一名伴随着共和国前进的步履成长起来的老新闻工作者。在我职业生涯中撰写的这些紧贴时代脉搏、记录社会经济飞速发展和人民生活变迁的稿件中，有宣传党的方针政策的，有反映改革开放成果的，有报道重大社会事件的，有落实知识分子政策的，有歌颂新人新事新风尚的，当然也有不乏针砭时弊、鞭挞贪污腐败和邪恶势力的。

其实，我最关注的还有那些日常生活中"鸡毛蒜皮"的小事，诸如吃菜、烧煤、用水、行路、买火柴、倒垃圾之类。虽说这些"小事"难登大雅之堂，难列鸿篇巨制之目，但它们的的确确是与人民群众的生活、工作、生产休戚相关的。正如习近平同志在讲话中多次所指的共产党人应该关心"群众的操心事、烦心事、揪心事"。这些琐碎"小事"的出现和解决，犹如一滴水珠折射出太阳的耀眼光芒，它们从不同的侧面反映出党的殷切关怀、"人民至上"的高度弘扬，以及人民的顽强奋斗和共和国的阔步前行。

习近平同志指出："要坚持以人民为中心的发展思想"，"全党同志要把人民放在心中的最高位置"。令人难忘的2020年，在一场席卷全球的新冠肺炎疫情的严峻考验下，以习近平同志为核心的党中央，正是高举"人民至上"的伟大旗帜，力挽狂澜，驰援全球，同时带领中华儿女迎风搏浪，朝着中华民族的伟大复兴豪迈挺进。

作为共产党人，作为担负着党和人民群众联系桥梁和纽带使命的记者，我深感，更应牢记"人民至上",更应秉持"人民至上",更应践行"人民至上"。因为：

记者只有把人民时刻放在心中，你才会亲近人民，扎根人民，患难与共，情感交融；

记者只有把人民时刻放在心中，你才会与人民同呼吸、共命运，乐为人民鼓与呼，急人民之所急，解人民之所难，送人民之所需；

记者只有把人民时刻放在心中，你才会敬重人民，视人民为衣食父母，时时为人民着想，处处为人民谋利，不喧宾夺主，不侵权扰民；

记者只有时刻把人民放在心中，你才会心无旁骛地去揭示社会丑恶现象，不畏艰险，不畏邪恶，为保护人民，必要时哪怕牺牲自己也在所不惜……

人民是历史的创造者，也是这个伟大时代的书写者，人民理所当然地应成为新闻报道当之无愧的主角。群众利益无小事，每一件老百姓身边琐碎的"小事"，都是事关民生福祉的大事，有的还是急事、难事。因此，只有关注并为人民群众解决了这些身边"小事"，也才能成就国家发展、民族复兴的大事。

耄耋之年，我又回忆起大学时，在《新闻理论》课堂上学过的"新闻的党性和人民性的一致性"一课。半个世纪的新闻工作实践，让我对这句话有了更加深入的理解和领会。正如习近平同志所说："人民对美好生活的向往，就是我们的奋斗目标。"是的，共产党人就是彻底地为人民谋利益的。近百年来，党始终把人民的利益放在至高无上的位置，并前仆后继，一直为之奋斗。共产党人除了人民的利益，没有一己私利。所以，新闻的党性和人民性是高度一致的。

作为一个老共产党人、一个一辈子用脑力、眼力、笔力、脚力关注和记录百姓身边"小事"的记者，我将继续把"人民至上"四个字高悬心中，奋斗不止，永不停歇。

# 百姓情·记者梦

在人生的道路上，在几十年的新闻生涯中，我从情与梦中走来……

## 情，从这里萌发

还是在孩提时代，我曾先后生活在农村和城市，耳闻目睹了在国民党统治时期，恶霸、官僚横行城乡，鱼肉人民，多少穷人受尽压榨，缺衣少食，乞讨为生，甚至饥寒交迫，病死村落、街头的情景，也亲身经历过日寇入侵，兵荒马乱，躲藏山洞，直至堂兄被杀的苦难。一个个令人痛心的场景深深地镶印在我幼小的心灵。七八岁时，晚上，我就和村里的小伙伴去站岗放哨，怕鬼子偷偷进村。同情、仇恨交织在一起，心想：何处是穷苦人安身、幸福之所呢？我长大后，能为他们做些什么？

20世纪40年代，我有幸进入了毛主席曾经担任主事（校长）的湖南省第一师范附属小学读书。这里进步思想浓厚：当我们班主任的就是地下党员，还有教语文的和教音乐的老师经常给我们讲解放区的故事，教唱革命歌曲。至今，那些歌词"解放区的天是明朗的天，解放区的人民好喜欢，民主政府爱人民，共产党的恩情说不完。""金凤子开红花，一开开到穷人家，穷人家要翻身，世道才像话"，至今，我都难以忘怀。其时，在我幼小的心灵里，隐约地明白了：只有解放区，才是穷人幸福之所。

## 梦，从这里启航

1949年8月，长沙刚一解放，我幸运地考入黄兴等民主革命志士和共产党人任弼时、周小舟等从事过革命活动的明德中学。时曰："北有南开，南有明德。"我以满腔的激情参加了迎解和街头宣传活动。

抗美援朝战争爆发后，我天天阅读报纸，关心前线的战事。特别是魏巍从朝鲜发回的《谁是最可爱的人》那篇通讯，震撼了国人的心。它以感人的事迹、深情的叙述和美妙的文笔唤起亿万民众同仇敌忾投入抗美援朝、保家卫国的斗争。我将这篇感人肺腑的通讯手不释卷，反复阅读，甚至一段一段地背了出来。后来在语文课堂上，我又学到了前苏联卫国战争时期，波列伏依等知名记者撰写的战地笔记。这些作品都成了战时动员和武装人民的精神武器、投向敌人的亿万颗炸弹。

记者的一篇报道，竟有如此大的威力，使我羡慕不已。我不仅钦佩这些作品中所闪现出的思想光芒、文字功底和高超的艺术表现手法，而且更羡慕写通讯的记者这门职业：他们能广泛接触社会，知民情，察民意，为民鼓与呼，为民歌与颂。长大了，我一定要当名记者。我的记者梦，就从这里启航，从不动摇。

## 圆梦初旅

美梦已定，梦圆却颇为艰难。1955 年 6 月，我高中毕业，报考了复旦大学新闻系。该系却不在湖南招生，我只得去一所外语学院学了两年。后因中苏关系破裂，学俄语人才过剩。经教育部批准，在几十名申请者中，复旦大学新闻系按其要求录取了两人，我有幸名列其中。

在复旦大学新闻系，我如饥似渴地学习新闻专业的各门课程，特别难得的是听到新闻大咖金仲华、陈虞孙、刘思慕、丁树奇、赵超构、陆灏、郑拾风和李龙牧、曹亨闻、余家宏等知名教授的讲座和授课，还到新华日报、新闻日报等媒体实习。我犹如刘姥姥进了大观园，深感新闻这个园地里真是五彩缤纷、斑斓多姿。我从老一辈新闻工作者身上吸取了无穷无尽的专业知识，视野大为开阔，功底逐步加深。圆梦，又往前走了一步。

1961 年 7 月，从复旦大学新闻系毕业后，我被分配到了湖南日报社工作，终于圆了自己的记者梦。这是我梦寐以求的归宿之处啊，我兴奋极了。这，对我人生来说，是一个新的起点。

## 梦中第一炮

来报社后，经过一段时间的垦荒劳动和下乡蹲点调研后，1962 年 5 月，我到工商组上班，以满腔的激情迈开了记者梦的第一步。

不久，全国开展"三史"（家史、厂史、革命斗争史）教育。我多方走访了解，最后选定并深入到百年老厂——长沙电厂的车间、班组、工人家庭和生产现场进行细致采访，撰写了长篇通讯《血和泪的控诉》，揭示了该厂工人新中国成立前受尽资本家残酷压榨的事实。说实话，我是满怀对工人的同情，噙着泪水采写完这篇通讯的。通讯在《湖南日报》以整版篇幅发表后，《人民日报》旋即配发言论予以转载。群众出版社又将其编印成书，作为"三史"教育的教材。这可说是我进入新闻队伍一年多后打响的第一炮。当时，一些在外省工作的同学给我打来电话或写来信，向我表示祝贺。这对我来说，是极大的鼓舞和鞭策。

接着，我紧跟党中央提出的发扬"一厘钱精神"，勤俭办一切事业的部署，抓住周总理表彰的全国勤俭办企业五面红旗之一的湖南橡胶厂和该厂钢钳工——柳志强进行了突出宣传，一连采写了10多篇有关这个厂的稿件在《新湖南报》(即现《湖南日报》)上发表了，这在湖南乃至全国起到了良好反响。柳志强亦被评为全国劳模，选为第十一届中共中央候补委员。随后，我又采写了全国劳动模范、长沙市中山路百货商店营业员柳同仁为民服务的长篇通讯《社会主义柜台就是革命的岗位》，并配发社论《从事商业工作是不是"低人一等"》，在全省商业系统开展了为时一年的学习讨论，有效地提升了商业职工对服务工作的认识，涌现了一批柳同仁式的营业员。

## 梦与情的交融

在"文革"这一特殊的年代，报社绝大部分采编人员进入了学习班学习，而后下放农村当"三忠于"农民。1969年春节刚过，我去的是边远的浏阳县上洪公社顶上生产队。虽然离开了我梦寐以求的记者岗位，但我坚信，也默默地思念着：党把我培养这么多年，报社工作需要，自己又能胜任，一定会回来的！

下乡刚一个月，公社听说来了一位记者，就特地把我调到山下、靠近公社的另一个生产队，要我在搞劳动锻炼和办队的同时，兼抓公社通讯报道。双抢时节，为及时交流生产进度，公社抽调了一位小学教师，配合我办了一张油印小报。白天，我们下去采访；晚上，回公社办报，几乎每天干到凌晨两三点；次日，又将报纸发到各个生产队去。工作相当紧张，生活十分艰苦，但半返梦境的感觉使我精神振奋。

我下放的张坊公社是一个革命老区，又是一个老少边穷地区。原本底子不厚实，经济很是落后。不说社员住房、穿着差，就连基本生活都难以维持。当时，我接手办的大屋生产队21户人家中即有19户缺米下锅。我和社员同吃同住同劳动，出点子想办法，建议他们上山打柴卖钱。然后，我找公社和粮管站申请粮食指标，将粮食买了回来。基本生活解决了，大家的生产积极性也上来了。记得那时正是大热天气，农忙季节，每天凌晨三四点，我就穿着件背心、一条短裤，头戴一顶草帽，和社员一道赶早出工，满身都晒得黑黢黢的。暑假，我爱人带着年幼的孩子来看我，路途相遇，她惊讶地叫道：这是周永龄吗？我一本正经地说：一点不假！

也好，这年经过全队社员的艰苦努力，首次一举实现了"跨纲要"：亩产800多斤。大家都十分高兴。在农村的近三年时间，我所在的下放连队曾先后四次将我评为学习毛主席著作积极分子和五好宣传队员。

这一段时间对我来说，最大的收获是在我心目中还原了一个真实的农村，使我了解了农村特别是老少边穷地区的困境，体察了民情，和百姓的感情进一步加深。

记得我要离开大屋生产队时，六七十个社员自发地来到汽车站送行。两个老大娘一直牵着我的手，一个叫朱德的中年汉子特地给我送来一把他自己加工的竹靠椅，要我把它留作纪念。队上还请来照相馆的同志给大家照了张合影。我们相互依依不舍，眼眶里都噙着泪水。一位老大爷挽留着我："你不能多住几天？"此情此景，说实话，当时我都有些舍不得离开了。但猛地一想：还是要尽快回到专业岗位，更多地为百姓做些力所能及的事情。

理智超越了浓浓的情感：1972年年底，我被调回到长沙的一家全国商业红旗单位，在公司办公室担负撰写材料和对外报道工作。这也可说是半归队了吧！

## 梦中不忘鼓与呼

1979年6月，我正式回到了阔别多年的湖南日报社。此时正逢党的十一届三中全会刚刚开过，中华大地改革大潮汹涌，新生事物层出不穷。我如鱼得水，以满腔的激情没日没夜地投身到采访写作之中，连节假日都很少休息，甚至大年三十从傍晚到天明我都在走访节日坚持生产的人们。不久，当居民起早贪黑抢购藕煤时，我忍着牙齿剧痛，冒雨摸黑去煤店采访排队群众；当市民吃高价菜反映强烈时，我从城北到城南走访了近20家菜店和集市，寻找蔬菜猛涨的原因；当不少外来人提出长沙街头如厕难时，我步行2万余米，去一条条大街小巷探寻公共厕所的设置；当扒窃分子在公共汽车上猖狂扰民时，我勇敢地上车面对锋利的刀片，与扒手进行斗争；当两个体户蒙冤受屈，亟待昭雪之时，我历经三载，和同仁为之奔走呼号，途中遭遇车祸，满身鲜血，昏迷两个多小时，仍在坚持工作；当韭菜园 101 号 12 户居民反映搬进新房 9 年，自来水一直未进屋时，我心急火燎地四处奔波，在当地政府和有关部门支持下，一个多星期就帮他们家里用上了自来水……我坚持为民鼓与呼，而且对每一个问题都一抓到底跟踪报道，在各级党委、政府和报社的大力支持下，争得了不少问题的妥善解决。

1980 年恢复了人民代表大会制度，人民群众欢欣鼓舞，迎接人民代表大会的召开。几经酝酿、层层选举，我有幸被我所在选区的选民和原北区（现开福区）人民代表大会代表高票当选为区和长沙市人民代表。新华社、中央人民广播电台、《新闻战线》杂志、《新闻三昧》杂志、《光明日报》通讯、湖南日报、湖南人民广播电台、湖南电视台、《人民之友》杂志等 10 余家媒体相继对我进行了报道。我深感，在为民服务的道路上，自己刚刚起步，党和人民群众就给了我极高的荣誉和信任，我只有更加发奋地工作，乐为群众鼓与呼，勤为百姓解难题，以行动和成果来报答。平日里，我更多地深入下去，采写与群众密切相关的稿件。每年开市人代会前夕，我还要张贴征求意见的公告，然后深入到各部室、车间、班组，甚至上夜班职工的家里，听取大家对市政工作的意见，并整理成书面的批评、建议带到大会上去。作为代表小组组长，每年我还要组织代表对群众反映强烈的问题进行三四次视察，并促进政府部门有效解决。区里有人对我说，你当代表以来，你和代表组的同志通过视察要为区里从省、市和相关部门争取数以千万计的资金，用于城市建设和维护，帮助群众解决一些老大难问题。就这样，我连续五届当选为长沙市人民代表，并多次被评为优秀代表。

也许由于我经常报道一些与群众密切相关问题的缘故，20 世纪 80 年代那些年，我接到了来自长沙市和全省 40 多个县（市）近两千封群众来信，每天到我家来访的也有七八上十人次，还要接不少电话。对此，友人关切地对我说，你工作那么忙，家务也不少，还要接待如此多的来信来访，何必管那么宽呢？不如重点抓一些对工作和生产有指导性有分量的报道（实际上我也抓了），要轻松得多。但我想，群众找上了门，自己又了解到群众的难处，作为党和群众联系的桥梁和纽带的记者、人民代表，怎么能将其拒之门外，置之不理呢？何况人民群众给记者来信来访，这本身就是对记者的一种信任和期盼，也使我们了解了民情，获得了信息。因此，我要求自己和家人对群众的来信来访做到：生人熟人一样热情，有事无事一样主动，忙时闲时一样耐心，待人接物一样周到。我自己仍坚持着为群众鼓与呼，竭尽全力为他们解难题。

# 是党给了我勇气和力量

1984年，通过层层推荐、评选，中华全国新闻工作者协会将我评为全国一级优秀新闻工作者(在全国报纸系统，每两个省才评了一个)。这年11月28日，我光荣地出席了在北京召开的新中国成立以来首次全国优秀新闻工作者表彰大会。在人民大会堂庄严的主席台，时任中共中央书记处书记的习仲勋等领导同志为我们颁发了获奖证书。这，让我终生难忘。

从北京归来前后，正逢党中央提出，要加强管理，反对浪费；要禁止领导干部以权谋私，营建私房；要移风易俗，杜绝大操大办丧事活动。根据中央指示精神，我立马采写了长沙卷烟厂由于管理不善，将200多大箱霉变香烟烧毁这一典型事例，先是发了内参，很快得到时任中共中央总书记胡耀邦同志的批示。旋即，报社又要我将这篇内参转为公开见报，并配发评论。《人民日报》亦在当天配发评论予以转载。长沙市委、市政府对此十分重视，市委书记亲自带工作组进厂协助整顿，半年后，该厂即甩掉了亏损帽。

总书记的批示和《人民日报》配发评论的转载，给了我极大鼓舞，也给了我勇气和力量。原先，我对采写批评报道特别是批评较高层次领导的报道有顾虑。由此，我逐步解除了顾虑，深入下去，抓了一些较有社会影响的批评报道。1985年5月，群众给我来信反映，国家贫困县城步苗族自治县有50余个科局以上领导干部利用职权废弃城郊果木林营建了50余栋豪华新房，引起当地干群公愤。我迅速去该县采访，写出了《城步出现"官府村"》的记者来信，于1985年8月6日发表在《湖南日报》一版头条。1986年7月，我了解到双峰县原县委书记、时任县政府顾问房鹤皋为其死去的亲家、时任娄底地区财办主任大办丧事活动的情况(带领浩荡队伍吹吹打打，从百里之外运回骨灰，招摇过市，好不热闹)。随即，我前去采访，并撰写了消息《一场百里还乡送葬的闹剧》，在1986年8月5日《湖南日报》一版突出位置见报了。这两篇报道都是经省委领导同志审定签发的。前一篇报道上了《人民日报》"今日首都和各省市区报纸要目"标题，后一篇报道《人民日报》配发言论予以转载，均被评为当年湖南省和全国好新闻。对我来说，这是党的支持、党的指引。

## 人退休，为民思想不能退

1997 年 4 月，我从工作岗位上退下来了。心想，这只是一种新的生活的开始，为民的思想却不能退。因为人民群众的利益是靠大家来维护的，文明新风是靠大家来创建的，社会公平、正义是靠大家来营造的，而绝不能事不关己，高高挂起，或少吃咸鱼少口干。因此，我对身边发生的一些事情和在外的所见所闻仍十分关心。有时还口头或是书面向报社及有关部门反映。我想，这也是一个党员、记者应尽之责。

同时，我还要求自己做到：

一是学到老。在这知识爆炸和社会飞速发展的时代，的确是要活到老，学到老。我特别爱好学习时事政策，关心国内外大事。每天，我坚持浏览报社发给的和自己订阅的从中央到地方的近 10 种报纸，好的文章、新的政策和科技知识还要剪下来保存。中央广播电视总台一、四、五频道，湖南卫视、经视和香港凤凰台的电视，我每天必看，一看就是三四个小时，甚至更长。办事去了，还要看回看。像中央和省的重要会议、扶贫、抗疫和美国大选等重大事件，我是看了又看，还不时和友人交流。

二是传技艺。我学的是新闻专业，又从事了一辈子记者工作，我深感，应该将自己积累的采、写、编和策划等方面的知识及经验传给年轻人。退休后，我又有幸被湖南工人报、湖南经济报、湖南电力报、湖南教育科研报、当代商报、东方新报和《湖南职教》《当代教育论坛》等报刊邀请协助把关和参与报道策划。我也常带一些年轻记者下去采访，手把手地教。现在，他（她）们通过自己努力，有的已经评上了正高，有的成为业务骨干或单位、部门的领导。除此，我还应知名民营企业三一集团董事长梁稳根之邀请，给集团创办了《三一集团》报，为宣传企业"先做人，后做事"的理念和交流信息创造了良好条件。在到集团后的头一年，我即组织采写了上百篇（次）对外报道。正如梁稳根所说，姜还是老的辣。

三是做善事。我连续五届当选为长沙市人民代表，同志们有什么事也喜欢找我反映。我也是一个爱管"闲事"的人。有段时间，我听说，街头有人占地为场，高价乱收停车费时，便打电话和写信向物价部门反映；我了解到市场上一些假华为冒充真华为，高价骗取修理费时，立马向工商部门报告，及时得到了处理；我眼见报社门前正在破土动工，要将公交站从马路边移至宿舍楼下，辅道将变成公交车进出站的主道。心想，上十路、数百辆穿梭来往的公交车岂不会把报社门前交通堵住？于是，在一周内，我三次向上反映，终于在报社领导的支持下，停止了移站，恢复了被破损的路面和花坛。……特别是对一些涉及面广、人民群众亟待解决的难题，我更是不遗余力，跟踪追迹，搞个水落石出，如为湘绣大师柳建新挽回了非遗湘绣珍品的损失，为荷花池集市迁移了新址等。

四是养身体。身体是一个人特别是老年人的本钱。我在注重日常锻炼和保养的同时，做到了三个忘记：一是忘记年龄。我从不做生日，也很少提及年龄，更不为自己年老而烦恼。二是忘记疾病。我身体尚好，从没得过什么大病。即算有时有点病痛，我从宏观上藐视、微观上重视，该治的抓紧治，绝不背包袱。三是忘记嫉恨。对过去恩恩怨怨的事情尽量少想，甚至不想，绝不挂在心上折磨自己。69岁时，我去考了驾照，经常开着汽车和老伴、友人外出观光。朋友们诙谐地说，如今世道硬是不同了，80多岁的人开着车子到处跑，还为六七十岁的老人服务。我乐滋滋地回答道：相互关照，应该，应该！总之，我要求自己在这中华民族走向复兴的太平盛世之年，不烦恼，多快乐，快快活活过好每一天。

一个人的生命是有限的。但用文字将这些生活中的情与梦记录下来，能永远保存。若是它们对后人有所启示和受益，那将是一件多么有意义的事情呵！

# 目　录

## 一、要以心灵的感应　洞察人民群众的所思所想

### (一)关于长沙电厂"三史"教育的报道

### (二)关于长沙市群众对市政建设和生活之所需的报道

## 二、要以光辉的思想 激发人民群众的原动力

### (一)关于全国劳模、中山路百货商店营业员柳同仁的报道

### (二)关于全国勤俭办企业五面红旗之一的湖南橡胶厂的报道

## 三、要以改革的精神 破除桎梏人民群众的旧体制

### (一)清除"左"的影响 大力发展个体私营经济

## 四、要以开放的意识　助力人民群众开阔视野

## 五、要以满腔的激情　讴歌人民群众中涌现的新人新事

### (一)人物和单位典型

### 六、要以深切的关爱 乐为人民群众鼓与呼

## 七、要以科学的态度　消除人民群众身边的焦虑

### (一)关于改变街办企业发展方向的报道

### (二)关于部优金水竟被打成劣质产品的报道

### (三)关于解决长沙市建筑工人俱乐部噪声污染的报道

## 八、要以不舍的韧劲　勇为人民群众解难题

### (一)关于解决买煤难的报道

### (二)关于解决吃高价菜的报道

### (三)关于解决长沙街头如厕难的报道

### (四)关于解决在路途中常遇难题的报道

### (五)关于为受雨水侵袭的六户人家解难的报道

## 九、要以顽强的毅力　维护人民群众的合法权益

## 十、要以凛然的正气　揭露人民群众反映强烈的浪费和腐败现象

### (一)关于长沙卷烟厂烧烟事件的报道

### (二)关于双峰县一场百里还乡送葬的闹剧的报道

### (三)关于城步出现官府村的报道

## 十一、要以无畏的勇气 敢与人民群众痛恨的犯罪分子和违纪行为作斗争

## 十二、要以精准的要求 促使人民群众落实政策不走样

### 十三、要以诚挚的心灵　把党的关怀送到人民群众心坎上

### 十四、要以新闻的眼力　为人民群众选取最佳报道角度

### 十五、要以严谨的作风　准确地给人民群众提供每一个新闻事实

## 十六、要以主动的担当　尽心尽力为人民群众服务一辈子

## 附：中央和省市媒体对周永龄同志为民鼓与呼事迹的部分报道

# 一　要以心灵的感应洞察人民群众的所思所想

**心灵感悟**：报纸是人民的教科书。列宁在《论我们报纸的性质》一文中指出：报纸要"用生活中的生动的具体事例来教育群众"。报纸既是教科书，就要求书中有丰富的知识和珍贵的养料。受众看了读了，能学到知识，提振精神，学会做人，精于做事。作为写书（新闻）人的记者就要随时随地深入群众，了解群众，以千里眼、顺风耳的能量，用心灵去感应人民群众之所思所想，做到心中有数；适时地有针对性地采写相关报道，为其释疑解难，提升思想，发挥报纸这一教科书的独有作用。

**亲身经历**：在 20 世纪 60 年代至 80 年代的采写中，我亲身经历过两件事情：一是在 60 年代初期，一些长在红旗下，没有在旧社会生活过的年轻人，根本不知过去的苦和今日的甜，甚至认为新旧社会变化不大，干起活来劲头不足。二是 80 年代初，改革开放刚开始时，一些群众对市政建设和生活不便有意见，却不知向何处表达。我便针对这两种情况，分别从两个方面抓了下述报道。

# （一）关于长沙电厂"三史"教育的报道

20世纪60年代初，党中央提出了在全国青少年中广泛开展"三史"（家史、厂史、革命斗争史）教育，我便深入到有百年历史的长沙电厂进行采访，详细了解该厂工人过去所受的痛苦，写了长篇通讯《血和泪的控诉——长沙电厂"三史"展览侧记》。《新湖南报》（后改为《湖南日报》）刊发后，《人民日报》旋即配发言论予以转载，北京群众出版社还将其编辑成书，作为青少年"三史"教育的教材，广为发行，在全国取得了良好反响。

# 血和泪的控诉
## ——长沙电厂"三史"展览侧记

我们怀着激愤的心情，看了在长沙市青少年宫展出的长沙电厂的"三史"展览，内心里久久不能平静。

最近，我特地去访问了这个厂。一进厂区，展现在眼前的是一片生气勃勃、欣欣向荣的景象：成行的夹竹桃迎风起舞，崭新的建筑物栋栋毗连；吊煤机、鼓风机和马达高奏起欢乐的进行曲；一根根高压线从这里伸展开去，把光和热送给用户。新中国成立以来，这个厂的基建面积比新中国成立前38年的总和还扩大了两倍，每年的发电量增加16倍以上。

车间里，做晚班的工人结束了8小时的劳动，洗罢澡，收拾得精精致致，下班了。上早班的工人来了，他们用工作服、安全帽、劳动手套、长筒套鞋"武装"着，正在紧张地操作。在这劳动的行列里，我们还看到了厂党委副书记邱文访和厂长柴培元都在忙个不停。

但当我们参观了"三史展览馆"，听到了老工人对往日生活的控诉时，我们的心又回溯起那凄风苦雨的当年。

## 进厂难　进厂难　三个铺保九连环

"解放前，要找到一碗糊口饭，真不容易！"老工人们感叹地说："那时，我们没有劳动的权利，只有受人剥削、挨冻挨饿的'自由'。"工厂是资本家的，他们耀武扬威，作威作福，巧立着各种名目的剥削制度。新中国成立前湖南电气公司（即现在长沙发电厂的前身）制订了一个"工人管理规定"，那洋洋的46条，正好像46根绳索勒住工人的颈项。譬如说，工人入厂就"须觅得妥保，填具保证书"。铺保少则一个，多则三个；作保的铺子还要是有钱有势的金银号、绸缎铺、钱庄。有了铺保，还需十个连环保。那时节，穷人和大老板怎能高攀得上？ 工人们还没有进厂，就得经受住沉重的盘剥。

那是1946年的事情。宋文兴由于生活实在过不下去，想在电厂找个正式工作。起初，他想方设法找了一个铺保，送到厂里。"不行！"资本家说："一家保证无效，起码三家。"可怜，宋文兴能找到一家，已经够费力了。自己还有什么办法可想？他只好人上托人，保上托保，又是筹钱送礼，又是登门求情，好不容易才找到一家鸡鸭铺和一家杂货店作保。他满以为可以了。这天，他好像放下了重担，满怀希望地去见管理员。可是，管理员冷言冷语地说："你就不能找到几个大一点的铺家？"宋文兴诉说了自己的苦衷，并且保证只要让他入厂，一定发狠干。那又有什么用呢？"找不到，就莫进来，而且期限是三天。"这就是答复。为了生计，宋文兴哪顾得天寒地冻，南门跑北门，东门钻西门，夜里白天，有时饭也顾不上吃，忙着找铺保。真不知费了多少口舌，送了多少礼，总算托人找到三家称得上像样的铺家作保。但进厂"手续"还不止于此。管理员又要他找了十个连环保，连环保上规定：一人出事，其他九人一起受罪。这些还不行，把头又给他两担大水桶，逼着他挑满河水，在几丈高的河岸上跑上跑下，"测验"他的力气。直到这些关都过了，老宋才算进了厂。

## 恶人当道欺穷人　生老病死有谁问

工人们进了厂，要经受住沉重的劳动，那"电话接线工管理规则"上就明文规定：每日工作时间，由上午8点至夜间12点，整整16个小时。一年干到头，从来就没有什么假日礼拜。

六月炎天酷暑，把头强迫工人赤着脚，在气温高达摄氏近60度的锅炉旁出煤渣；寒冬腊月，冰冻三尺，把头硬逼着工人去挑煤，一筐两百斤，一个班时就要扛七、八十筐；手脚烫起了泡或是冻伤了，有谁过问？什么劳动保护用品，这里是看不到的，工人们要求买一点红药水、几粒奎宁丸,资本家也不肯。

就是一台机器,也得加点油,但在这里,尽管你累得腰酸背痛,也别想歇歇:坐下来,喝口水或是吸袋烟,一被把头发现,轻则挨打,重则"饭票子过河"(被开除)。有一次,天下着雨,满地泥泞。一个姓胡的老工人正和另外一个工人扛着煤上跳板,因年老体弱,加上担重路滑,一不小心,摔倒了。站在旁边的发电课长大声责骂:"老家伙,不中用!"第二天,这个姓胡的工人就被开除了。

那真是恶人当道,穷人受欺的世道!资本家不问工人死活,哪怕再危险的活,也叫工人去干。老工人黄海滨说:"我们永远也不会忘记阶级弟兄刘谷生的死。"

那是一个炎热的六月天,有一座炉子刚刚熄火,工头就逼着刘谷生去修汽鼓。但是资本家只顾赚钱,不肯停止其他锅炉的生产。刘谷生赤身露体爬进了锅炉,刚一进去,另一个锅炉的高温蒸汽倒冲过来了,只听得一声惨叫,刘谷生皮肉绽开,满脸血肉模糊。顿时,他倒在地上,不省人事。工人立即把这件事报告了厂里。狠心的资本家走来,还没有瞥上刘谷生一眼,只问炉子修好没有。后来,还是工人们凑了一些钱,弄了些土药给刘谷生治疗,终因伤势过重,刘谷生被活活地害死了。刘谷生死了,他是被资本家断送的,被罪恶的制度吞噬的。新中国成立前进厂、现仍在长沙电厂的101个职工中,他们就有61个直系亲属被国民党反动派和帝国主义所杀害,90个被逼死或是饿死。我们永远也不会忘记这血海深仇!

劳动是多么艰辛,生活又是多么痛苦!工人们住在土工棚里,一间6丈见方的宿舍要睡60多人,真是寸步难移。工棚里没有窗户,成天见不到阳光。地上尽是积水,进进出出还要垫着砖头。晚上,鞋子照例只能搁在枕头上。那床铺和被子散发的霉臭味把人窒息得透不过气来。蚊子、臭虫成天地"关照",工人们哪里睡得一晚好觉!他们说:那种宿舍比现在农村的牛栏房还不如。

吃的也好不了多少。工人的厨房和食堂就在屋檐下,搭上两块烂板子就成了桌子、凳子,有时就干脆在地上检场。米汤煮豆腐佬,也算一餐;间常能吃点香干、韭菜,就算顶不错的。这里哪是"三月不知肉味",有时年把还难得看到一点肉屑。那年头,听不到欢乐的劳动号子,只有低沉、痛苦的呻吟。

## 几人高楼饮美酒　万人饥寒不得活

工人们拼命地劳动,工资却实在微薄得可怜,每人每月只有3.5元。但是,把头连工人这点微薄的血汗钱也不放过,每月发工资前,将工人的工薪先去放三天拆息,然后才往下发;发时,又从中抽出3%的所谓"头人钱"。每逢把头、经理生日,工人还得送礼。难怪彭绍生一个月的工资才买了一只脸盆。

1948 年 4 月底的一天，彭绍生领了工资，那是国民党反动政府为了搜刮民财而发的"金圆券"。当时物价飞涨，票子不值钱，许多铺子都不肯要，只肯收银圆。彭绍生用行李袋背着金圆券，直奔六铺街去换银圆，一问："要 1.2 万元一块。"他赶紧往前跑，满心想着多换几角。等他满头大汗赶至惜阴街，已涨到 1.8 万元一块了。再跑到南门口时，又涨到了 2.4 万元一块。他不敢再往前去了，急忙返回六铺街，哪知每块银圆的价格早已涨到了 2.8 万元。他只好背了这袋钞票到南门口一家荒货担上去，问老板能买什么，老板看了看，给了他一只旧面盆。

把头左扣右刮，物价飞速上涨，工人们连自己都难养活，哪里还顾得上妻儿老小？有一次，老工人刘桂清刚刚接到工资，伙食老板就来逼账了，说："刘桂清应缴伙食费 2.4 元，上欠 1.2 元，共计 3.6 元。"老刘说："我家还有 4 口人要生活！……"话音未落，老板夺过了他手中的钱，数了数说："尾欠一毛，三天内交齐。"可怜刘桂清辛劳一月，还加了上 10 个晚班，却空着双手走回家了。往后的日子怎么过？他白天在厂里工作，晚上就去挑河水卖，好不容易才混过了那个月。资本家、把头刮净了工人的薪水，又向工人放"夜夜钱"，规定每借一元，过一夜要付一角息，五天不付，息上又要滚息。有的工人直到新中国成立前夕还背着一身的债务。

几人高楼饮美酒，万人饥寒不得活。这正是旧社会的写照。在那种社会里，有钱有势的吸血鬼可以大吃大喝，任意挥霍，穷苦的工人即便做个死，还不得温饱。请看当时这个公司的官僚资产阶级的生活！

经理每月的工资有 600 元，这相当于当时工人工资的 171 倍多。他们用工人的血汗养肥自己，35 年之内，公司资本就由 30 万元增到 1000 万元，纯利 970 万元，等于当时 23095 多个工人一年的工资。

经理们住的是高楼大厦，进进出出坐的是汽车。每日三餐酒肉饭菜，就连家里喂的哈巴狗也是用牛肉相待。真是工人生活比狗还不如！经理专门雇了 4 个工人招呼，饭菜茶水要送到手，一不如意就用鞭子抽。盛夏酷暑，工人们挑煤渣，热得透不过气；经理和太太却在湘江上，乘着游船，饮酒作乐。那时，厂里的食堂分三等，进出厂门的证章也分三种；工人到经理室，要先喊报告，进去后，说话时还得远离几尺，低下头。好一种资本家标榜的"人权平等"！其实，那阶级压迫的魔爪却是无孔不入。

工人王国华洗水池，淹死在池里，资本家说冲散了他的财运，不准把尸首从厂门口抬出去。三天以后，尸首发臭，工人们只好找几块板子从围墙上吊出去。而公司里一个职员死了，他们就大肆追悼，派人送葬。

1947 年正月里，爆竹声响未息，勤杂工周全胜由于过度的劳累，被折磨死了。临死前，想跟资本家借 50 元去治疗，资本家见死不救，说："这有什么治手？"死后，尸体摆在江边的纪念亭上,无钱办后事。

这些都是鲜血斑斑的记录,那高耸的烟囱是它们的见证,那滔滔的江水也永远洗刷不了这血和泪的印痕。

## 失业饥饿紧相连　有口难吐心头恨

"进厂难,倒是出厂容易。"工人们说:"只要你稍不如资本家的意,你随时就可能被开除。"新中国成立前,湖南电气公司专门制订了解雇工人的 17 条规定。

条文里说:

"傲慢无理者记过。"

"迟到早退者记过。"

有下列情形之一者解雇:

"因病请假 60 天以上者。"

"因事请假 30 天以上者。"

"包裹物件未填门票携出者。"

"记大过 3 次者。"

"本公司认为不能继续信任者。"

其实,资本家压迫工人的规章还远远超过了这个范围。在我们面前,就摆着许许多多这样的惩罚书:

"临时工胡桂成随地小便记过一次。"

"姚阿祥性情粗暴记大过一次。"

"姜长春去银行取支票延误一天,记大过一次,罚工资三天。"

记过缘由何其多,什么都得记过,也什么都得开除。看守工吴冬生因工打断了右脚,被开除;宋文兴住土工棚,吃臭菜、霉米,患了痢疾,被开除;彭绍生因在公司拆了一个不用的灯头,被开除;就连有些大学毕业生实习一年以后,也无缘无故被"辞退"了。资本家在工人身上抽筋榨血,当筋血抽榨得差不多了,他们就一脚踢开。不是吗?老工人陈清和 1940 年夏天在广西大溶江修桥时,染上了重病,昏昏沉沉。狠心的把头就叫了几个人,把他丢到大桥东面的一个埋死人的"万人坑"里。等他从昏迷状态中苏醒过来时,才自己从死尸堆里爬出来。

在那种社会里,工人的饭碗挂在腰上跑,失业、饥饿像一个魔影一样地伴随着他们。他们饱尝了失业的痛苦,受尽了生活的熬煎。工人彭绍生被开除后,爱人生小孩了,不但穷得没法请人接生,连买草纸的钱都没有,只得在煤渣堆上生下小孩。刘德福因参加罢工被开除了，一家4口生计无着，只得靠榨油粑粑和卖荸荠度日，那情景真是：家里老小饿得哭，锅里等着要米煮，夫妻相对泪沾襟，有口难说心头苦。

## 燃起革命烈火　彻底摧毁旧世界

在资本家的残酷压榨面前，工人们的心里埋下了仇恨的火种，马列主义的真理照亮了工人们的心，革命的烈火燃烧起来了。工人们决心反抗、斗争，用双手粉碎那旧世界。

还是在1917年，这个厂的许多工人便参加了毛主席当时在第一师范举办的工人夜校学习。从这里，他们提高了文化，提高了觉悟，接受了革命的思想，认清了灾难的根源。1926年，在郭亮同志的领导下，电厂工人成立了工会，建立了工人纠察队。在白色恐怖的日子里，为了保卫红色工会，他们冲锋陷阵，和反动军警展开了武装斗争。1930年，红军攻打长沙，反动派在四城架设电网，把军队开进电厂，威逼工人通上高压电。工人们没有被架在胸前的刀枪所吓倒，巧妙地用高压电杀伤了敌人，却使红军安然无恙地进了城。红军进城以后，工人们又向资本家展开了经济斗争，迫使资本家拿出10万元赢利分给工人。当时，资本家要花招，借故现款少了，将70%的钱打了欠条。红军走后，资本家就要挟工人退回欠条。但是，工人们坚信红军会回来，革命一定胜利，拒绝交欠条。老工人黄海滨等都把欠条千方百计保存到革命胜利。

1949年长沙解放前夕，这个厂的工人又开展了有名的护厂斗争。那年夏天，白崇禧匪军狼狈逃出长沙时，疯狂地叫嚷着："能搬走的全部搬走，不能搬走的通通炸掉，决不留给共产党。"电厂也就成了他们的眼中钉。工人们在党的地下组织领导下，成立了护厂委员会。纠察队员们在厂门外装设了电网，安装了红绿讯号灯和联系电铃，并且在机房旁边设立了瞭望台，日夜轮流站岗放哨，严防敌人破坏。8月3日晚上，伪警备司令部一群匪徒端着美式冲锋枪，背着炸药包，来到厂门口，扬言要把工人和厂子一起炸掉。顿时，红绿讯号灯亮了，电网上闪跳着高压电的火花，早已埋伏好的纠察队员全副武装，挺身而出，厉声申斥道：谁敢动手！匪徒们像泄了气的皮球，灰溜溜地逃跑了。工人们用生命保住了工厂，使工厂完整地回到了人民的怀抱。8月5日，工人们欢天喜地地选出了自己的代表，迎接人民解放军大军进城。当晚，全市灯火通明，笑声盈耳，歌声喧天，整个城市沉浸在欢乐之中。

## 换了人间

劈开云雾见青天，工人们深深感到是共产党从深重的灾难中拯救了他们，是共产党给他们带来了幸福。我们在这个厂工人居住的电业二村，访问了许许多多老工人之家，听到了他们讲述的新中国成立前后生活对比的情况,也亲眼看到了他们现时的幸福生活图景。

这里原是满山荒草坟堆,漫无人烟。新中国成立以后,党为了解决电厂工人的住宿问题,在山上盖起了几十栋高大、崭新的楼房,屋子里有完善的自来水设备,有澡堂和俱乐部。成行的杨柳布满山岗,谁也辨认不出这就是过去的荒山。老工人黄海滨指着他的住房,对我们说:"过去,我做梦都没想过自己能住这样的高楼,真是搭帮共产党和毛主席!要是在新中国成立前,我们当工人的不但不能住这样的房子,连进都莫想进去。"如今,黄海滨和其他5个老工人一起,按照劳动保护条例的规定退休了,度着幸福的晚年。厂里的领导同志还经常去看望他们,嘘寒问暖。老工人黄光复新中国成立前一家8口,生活无着,被迫将4岁的幼子送给别人做养子,已经18年了,他日夜思念着。今年3月,党组织又想方设法,替他把儿子找了回来,并且在厂里安排了工作,老人说:"他的夙愿实现了。"老工人陈超庭1951年因工负了伤,12年来,党一直无微不至地关怀着他:给他治疗,送他住疗养院,请人招呼他,薪水还照样发,这使他极受感动,说:"要是在新中国成立前,我只有像吴冬生、周全胜一样的,死路一条。"

我们来到了老工人周绍和家里(他是1951年45岁时才结婚的),屋里收拾得精精致致。寒暄一阵,我们便问起他结婚的事情:

"新中国成立前,你做了上10年工,怎么没结婚?"

"讲结婚倒容易,那时,穷人家哪里养得起老婆!"

"当时你的生活情况怎样呢?"

"新中国成立前,我在电厂工作了10多年,每月的工资是七八块光洋的底薪,伙食要吃5元,家里还有四五个人的生活要我维持。"他边说着,边沉浸在对往日生活的回忆里:"我在外面工作了上10年,置了点什么?一床烂被窝、一铺旧帐子和一床草席,棉衣还是从家里带出来的。"

接着,他带着欣喜的心情,畅叙了他现在的生活:家里三口人,自己和过继的儿子都在厂里工作,每月共收入七、八十元,生活无忧无虑;家里有两间住房、一间厨房,添置了整套家具,还有料子衣服。周绍和激动地说:"共产党来了,使我有了家。"

周绍和一家,不,长沙电厂每一个工人的家庭都起了变化。他们成了社会的主人,他们愉快地劳动,决心用双手创造出一个更加美好的明天。

我们从院子里走过,孩子们正在游玩嬉戏,《社会主义好》的歌声阵阵传来,唱出了对新生活的赞美。来到第10栋127号房间,老工人彭绍生又在给他的孩子讲着往日资本家压迫工人的故事。那个坐在床上、个儿高大的彭立清,就是当年在煤渣上生下的。他现在已经14岁了,读初中二年级,他下面的两个弟弟是解放后生的,都在小学读书。

孩子们听着听着，不由得咬紧了牙关，小小的心灵里也燃起了复仇的火焰。起初，他们不相信世界上真有那样的魔鬼，问爸爸："资本家真有那么狠吗？""傻孩子，资本家不狠，就不是资本家了。"说罢，彭绍生指着他过去仅有的家当（一口木箱、一个面盆、一本欠账簿和几件烂衣服），说："孩子，不能忘记过去！"

（原载 1963 年 10 月 12 日《新湖南报》二版头条）

● 此文于 1963 年 10 月 30 日《人民日报》五版头条转载，标题改为：想当年，受的是什么样的压榨——长沙电厂"三史"展览侧记

● 《人民日报》编后

# 不要忘记过去！

这篇文章,从一个工厂的各个方面,揭露了过去资本家残酷剥削和压迫工人的罪恶历史,说明了资本主义制度像蜘蛛网一样束缚住工人,然后敲骨吸髓地把他们吃掉。读起来,使人对资本主义制度,感到毛骨悚然。

今天,在我们的工厂里是看不到这种情景了。

有谁会想到,一个工人还没有进工厂,就要受那么多难忍的盘剥和欺凌?

有谁会想到,"性情粗暴"也要记大过啊?

有谁会想到,因病请假 60 天以上者要解雇呢?

有谁会想到,一个工人死了,还不能从工厂大门抬出去,而要从墙头上吊出去埋葬呢?

……

这一切的一切,现在的年轻人听起来,难道不像是奇谈怪论吗?然而,在过去,它是的的确确的事实。

资本主义制度,在我们国家里,是被永远地埋葬掉了。我们的工人正在社会主义新制度下,以主人翁的姿态劳动和战斗。但是那个旧制度仍然统治者世界上的很多地方,甚至还被描绘成什么"自由世界",那里的大腹便便的老板们,还拼命想把他们的这种"自由世界"重新扩展到社会主义国家的土地上来。真是值得警惕呵!

重温这段历史,是很有好处的。我们永远不要忘记!

■ 采写回顾

# 采访中,我为旧社会工人的惨痛遭遇而流泪

## ——《血和泪的控诉》采写杂记

《血和泪的控诉》这篇长篇通讯在全国"三史"(厂史、家史、革命斗争史)教育中发表了(见1963年10月12日新湖南报第二版,1963年10月30日人民日报第三版全文转载)。它从一个横断面反映了新中国成立前长沙电厂工人所受的深沉苦难、开展的英勇斗争和解放后的幸福生活,真是:新旧社会两重天,一个苦来一个甜。

去长沙电厂的几天,对我来说,与其说是一次采访,还不如说是一堂生动的阶级教育课。当我听到工人们讲述在旧社会的惨痛遭遇时,当我看到工人们当年被资本家迫害致死的生产现场时,我心情十分沉重,多少次留下了泪水。这里简述一下采写过程:

## 广泛接触  收集素材

先谈谈采访前的准备吧!在未到长沙电厂、未接触采访对象之前,我花了不少时间翻阅过这个厂的材料,包括厂史、工人的家史、青年工人在"三史"教育中写的心得、工厂近些年的年度和季度工作总结,以及报刊上发表过的有关长沙电厂的报道。这样,使我对采访对象有一个全面的了解,便于有的放矢地去寻找线索,提出问题,收集素材。除此,我还阅读了兄弟省市报刊不少有关"三史"教育的报道,使我从中受到启示,开阔思路。

下厂采访后,我先是找了厂党委书记全面了解厂里开展"三史"教育的情况,接着分别采访了党委办主任、宣传部部长、组织部部长、团委书记、厂办秘书和有关车间领导了解情况,摸准线索,加上自己从各种书面材料中积累的素材,经过反复比较研究,制定出一个详细的采访方案,包括采访哪些人、找谁了解什么情况等都有了具体安排和要求。在电厂采访的4天时间(包括晚上和中午休息),我先后访问了近20个工人,这中间包括退休的、已调去外单位的和个别职工家属。我除了和工人同志交谈之外,有的能够到现场采访的尽量到现场去。如过去工人住的土工棚遗址、工人惨死的现场、资本家办公的房屋和现在工人的住宅。这些都加深了我对工人们在旧社会所受苦难的了

解，也为写作提供了丰富的素材。

## 围绕主题　精选材料

通过一系列采访活动，使我明确了这篇报道的主题应该是：用具体的事实深刻地揭露旧社会资本家残酷盘剥和压榨工人的罪恶历史。于是，我紧紧地围绕这一主题，精选那些最富有典型意义的素材。

新中国成立前，工人们要进长沙电厂工作真是难上又难，首先要觅得铺保，少则一个，多则三个，作保的还要是有钱有势的金银号、绸缎铺、钱庄，而后经过资本家的种种作难（如挑水、挑土、"测验力气"等）才能进厂。那么，怎样能选择到最能说明进厂难的典型事例？我一连访问了五六个工人，最后找到了宋文兴。他进厂时，不仅人上托人、保上托保，又是筹钱送礼，又是登门求情，好不容易才找到了三个像样的铺保和10个连环保。接着，把头又给他两只大水桶，逼他从江边挑满河水，从几丈高的河岸上跑上跑下，"测验"他的力气，这才让他进了厂。

进厂后，工人们没日没夜地干活，吃的是霉米饭，住的是阴暗潮湿的土工棚。工人彭绍生辛辛苦苦干了一个月，资本家给他发了一袋金圆券。他背着这袋血汗钱跑了几条街，最后买了个旧面盆。彭绍生的爱人要生小孩了，因无钱进医院，只得在煤渣堆边产下了。

工人们生活十分艰苦，劳动却相当艰辛。资本家为了赚钱，顾不得工人死活。一次，一座锅炉要修气鼓，工头硬逼着刘谷生赤身露体爬进了锅炉，哪知临近锅炉的一股高温蒸汽冲来，将刘谷生烫得皮开肉绽，活活死去。工人王国华洗水池淹死在池里。资本家说这冲散了他的财运，连王国华的尸首都不准从厂门口抬出去，而只能从围墙上吊了出去。在采访中，当我听到这一桩桩一件件工人们在旧社会的惨痛遭遇时，我不禁流下了泪水，把他们都写进了报道中。

即使细节的描写，我觉得也要紧紧围绕和有助于主题的表现。如写"几人高楼饮美酒，万人饥寒不得活"一节时，我曾试图把资本家花天酒地的生活写得更细些，以便深入地揭露他们的丑恶面貌。但后来细想如果过多地着笔于那些细节描写，不仅篇幅更长，而且容易分散本篇的主题和读者的注意力。所以后来只是扼要地提了下。在收集工人受压榨的素材时，我也了解到一些工人受委屈的具体细节，如某次哪个工人怎么挨资本家打的、怎么被迫舔痰的等。但我反复思索过，如果把这些细节原原本本写上，既无助于表现主题，又有损工人阶级富于斗争性的形象，因此没写了。

写作中，我除了写工人阶级过去所受的苦外，还写了他们对资本家深重压榨的反抗和解放后工人当家作主、今日生活的甜。只有这样才能使读者全面看到工人阶级不甘屈辱、勇于斗争的精神，同时显示了新旧社会的本质差别，进一步激发人们的阶级感情和对新社会美好生活的珍惜。

## 反复比较　确定结构

采访中，当我收集了许许多多富有典型意义的素材时，怎么将它们串起来呢？开始，我试想过，将新中国成立前工人受压榨的情况分成政治上、经济上和生活上等方面来写，但提起笔写时，感到有困难：一来这些材料相互之间有密切联系，有的事例既可以说明政治上受压迫，又可以用来说明经济、生活上受盘剥；二来那样写的话，段与段之间缺乏有机的联系。于是，改成了现在这种按时间顺序直线条的写法：从进厂难写起，接着写进厂后工人们所受到的资本家的残酷压榨（包括和资本家的生活对比等），再写到"出厂易"（失业苦）和通过革命斗争取得的解放后生活的甜蜜。这样，条理清晰，思维逻辑严密。

文章的开头，从长沙电厂欣欣向荣的景象写起，以便和下面各段写的新中国成立前工人所受苦难和工厂破败不堪形成鲜明对照。但是怎么结尾？我三番五次地考虑过。心想当时不少在红旗下长大的年轻人不相信旧社会工人真有那么苦，要是在文章结尾中能策略地点明一下，回答这一共同性的问题就更好。正好我去老工人彭绍生家里采访时，他告诉我自己的孩子以前也有这种想法。后来，他搬出过去仅有的家当（一口木箱、一本欠账簿和几件破衣服），指着这些实物语重心长地对孩子说："资本家不狠，就不是资本家了。孩子，不能忘记过去！"我便用了这个场面作为结尾，取得了较好的效果。

至于文章的标题，不是在采写前定下的。而是随着采访的不断深入，工人们多少次噙着泪水激愤地给我讲述那一件件血淋淋受压榨的事实，深深地触动了我的心灵，临近结束采访时，一气呵成凝练出来的："血和泪的控诉。"这是当年长沙电厂工人们惨痛遭遇的真实写照，也是我心灵的深刻感受。

## (二)关于长沙市群众对市政建设和生活之所需的报道

20世纪80年代初期,在党的历史上有着丰功伟绩、彪炳千秋的十一届三中全会刚刚开过,改革开放的号角在华夏九州吹响,中华民族自此从桎梏走向改革、从封闭直奔开放。秉持"人民至上"的中国共产党和政府正需要通过多种渠道特别是成天生活在群众之中,起着桥梁、纽带和耳目作用的记者提供更多的在城市建设和人民生活中百姓之所思所想所需之时,成天穿梭在大街小巷深处的我,以"记者来信"的形式从不同角度反映出人民的心声或说是他们的操心事、烦心事和揪心事,写于笔下,见之报端,供各级党和政府参考。(附相关报道)

■ 记者来信

# 搞好城市绿化、园林建设刻不容缓

绿化城市,搞好园林建设,这是社会主义现代化城市建设一项重要内容,也是一件刻不容缓的事情。它对调节市区温湿度,净化空气,美化市容,丰富市民文化生活,有着重要意义。近年来,长沙的城市建设做了不少工作,取得了一定的成绩:雄伟的湘江大桥、宽阔的五一大道、壮观的火车新站、截污防洪工程和三自来水厂已先后建起,沿江大道和不少机关、厂矿、学校的绿化也取得了很大成绩。

但由于前些年极"左"路线的影响,长沙市的园林和绿化建设遭到摧残,机构被撤销,制度被破坏,树木被乱砍滥伐,公园苗圃被乱占乱用。这种状况,至今还未有大的改变,城市绿化覆盖率只有20%,公共绿地人均还只有2.95平方米(北京7.6平方米,广州4.6平方米)。同时,马路、街道两旁的行道树,经常长出来就被砍掉"脑壳",成了"小老头"。按中央有关部门规定，城市绿化覆盖率，近期要达到 30%；城市公共绿地人平要 10 平方米才能达到生态平衡（即呼出的二氧化碳和吸收的氧气达到平衡）。按这样的要求，差距不小，比如南郊是一个比较集中的工业区，大小工厂 70 多个，职工 4.2 万多人，至今还没有一个公共游憩场地。烈士公园、岳麓公园、桔洲公园和天心公园等处，近年来也很少建设。原有的亭台、廊阁数量很少，有的年久失修，有的已经倒塌。岳麓公园虽然占地 8300 亩，树木郁郁葱葱，现在却只开放了 1/8；天心公园就更不用说了，连抗日战争时期炸毁的天心阁楼至今还没有修复。尤其是有的机关、单位、社队不断侵占公园绿地，致使公园面积不断缩小。

每逢节假日，到公园游览的少则几万人，多则 10 多万人。特别是随着旅游事业的发展，外宾来长沙的越来越多。像目前这样的景况怎么能够适应形势发展的要求和人民群众文化生活的需要呢？

省会人民群众都迫切要求搞好城市绿化和园林建设，希望省市有关领导部门切实加强领导，从各方面帮助解决实际问题。同时，动员各方面的力量，组织全市所有单位为园林绿化建设出力。各机关、团体、学校、工厂、商店应该首先搞好本单位的绿化工作，使城市中一切能够植树的地方都尽快绿化起来。目前园林职工队伍按国家建委要求，不仅人数少而且技术水平低，急需培训一支园艺工人和搞园林建设的施工队伍，以加速园林和绿化建设。多年来，市里每年拨给园林建设经费 150 万元，但这只能搞一点小型建设项目，园林单位都希望每年尽可能再增加一些投资。城建部门和电力、电讯部门要认真搞好线路、管道规划，尽量避免伤害绿化。今后任何单位和个人都不得占用公园绿地，已占用的也应分别不同情况，作出妥善处理。

（原载 1979 年 9 月 19 日《湖南日报》一版）

■ 记者来信

# 抢救文物古迹

长沙是一个有着悠久的历史和光荣的革命传统的城市。全市省、市重点保护文物单位 34 处，如岳麓书院、第一师范、清水塘、船山学社、开福寺、天心阁、白沙古井等，在国内外负有盛名。然而,由于极"左"路线的影响,不少文物古迹被糟蹋得不像样子。如果我们现在还不赶紧采取有效措施来挽救,甚至让其继续被破坏,以后就更难弥补损失了。

始建于公元 976 年(即宋太祖开宝九年)的岳麓书院,至今已有 1003 年的历史。它是我国古代著名的四大书院之一。最盛时,学生达千人。南宋理学家朱熹等曾在这里讲学。解放后,湖南大学也在这里设有办公室。学院里原来保存着大量的名家碑刻、匾额。近年来,意大利、日本等国的外宾曾提出要参观岳麓书院。但现在的岳麓书院却住上了 20 多户人家,成了职工宿舍。所有的碑刻、匾额几乎被毁一空。就连旁边的一座文庙,也做了基建维修队的驻地,庙内部分楼梯和楼板被撬掉了。

再说开福寺的遭遇就更不妙了。这里原是五代楚国国王马殷建的一个王族避暑地,有 1000 多年历史。建筑物是清代光绪 13 年重建的,建筑面积 1.6 万多平方米,庙内保存了唐人写经和大量的明、清各种经书、字画、造像。可是现在寺庙三个大殿和一些建筑均被织布厂占用。所有的经书、字画、造像全被烧毁或遗失,连盛经书的大柜和一些檀木家具也被一些机关、工厂和私人瓜分了。八座铜钟、一座大铁钟和一个铁香炉也被打碎作了废旧钢铁。

古代的文物古迹是中华民族的悠久历史和传统文化的见证,也是古代劳动人民辛勤劳动的结晶。对我们现代人来说,是很好的艺术欣赏和古为今用的资料。同时,随着旅游事业的发展,不少国际友人慕名而来,极希望观赏这些文物古迹。我们是中华民族优秀文化的继承人,我们应该爱护文物古迹,不能忘掉历史。

文物是国家的,不管它归谁保管,都不得毁坏或转作他用。许多同志都觉得应该紧急采取措施,制止文物继续遭到破坏,同时应该努力进行修复工作。现在有关单位对管理、修复等问题各执一端,使问题迟迟不能解决。希望省、市领导部门认真组织协商,尽快解决矛盾,不能再拖延了。

(原载 1979 年 10 月 5 日《湖南日报》一版)

# 长沙人民呼吁尽快治理空气污染

　　不少群众对长沙市空气污染相当严重的情况很感忧虑。最近，记者带着这个问题走访了有关部门和厂矿企业。据了解，造成长沙市空气污染的原因很多：有色金属冶炼、机械行业电镀和热处理、纺织企业漂染、运输车辆行驶、印刷行业制版浇版等等，都排出大量废气，但最主要的污染源是煤粉尘。

　　目前长沙用煤作燃料的锅炉、窑炉 1400 多台，其中治理了烟尘的只有 165 台。拿北郊工业区伍家岭来说，在这面积仅有 2.75 平方公里的地方，工厂企业单位的烟囱有 90 多个，除长沙油脂化工厂、长沙消防器材厂、长沙塑料厂、建湘瓷厂、长沙石油厂和长沙氮肥厂等单位的部分烟囱作了治理外，其他均未治理，空中几十条烟龙滚滚。居住在这里的 6000 多户人家，常常满屋飘着尘埃。群众说，每逢无风和低压天气，煤烟粉尘不能迅速扩散，几丈之远就难见人，呼吸都感到困难。据环保部门的监测，在伍家岭区域，平均每月每平方公里降落的煤烟尘达 26.62 吨，大大超过国家规定的标准。有些群众把伍家岭称为"乌烟岭"。市内的五一路，从火车新站到溁湾镇，沿线两侧 53 台锅炉，就有 47 台冒黑烟；这里的烟尘降落量，每月每平方公里高达 13.57 吨。特别是长岛饭店的两台锅炉每天排出的大量黑烟，严重影响到附近机关、居民的工作、学习和生活，危害人们的身体健康。这里特别值得一提的是，尽管长沙市的烟尘污染已经十分严重，但全市的厂矿企业和事业单位平均每年还要增加 40 多台烧煤的锅炉，而每年得到治理的只有七八台，治理的速度远远跟不上污染的增长速度。照此下去，长沙市的锅炉煤烟尘污染将越来越严重。

　　煤炭在燃烧过程中，每吨一般要排放 10 到 12 公斤粉尘，同时产生二氧化硫、一氧化碳等有毒气体。在大气中，煤烟尘能吸附各种有害气体和液体。煤烟尘污染给人们生产、生活和健康带来的危害是很大的，我们决不能等闲视之。要治理好锅炉煤尘的污染，首先，各级领导要从思想上认清治理煤烟尘污染的重要性，树立对人民群众健康高度负责的精神，从而把治理工作纳入议事日程，对必要的资金、材料、设备、人力等切实作出安排。第二，锅炉制造厂必须努力改进设计和制造，使所产锅炉设备能采用先进的机械燃烧方式，不冒黑烟。第三，应有专门机构、专门人员、专门研究锅炉防尘问题，提供锅炉防尘设备，并且协助使用单位，一个一个锅炉进行改造，并逐步加快改造步伐。第四，要继续搞好城市绿化。草木能起到吸附烟尘的作用,目前,长沙市的城市绿化覆盖率只有20%,公共绿地人平只有 2.95 平方米,远远达不到国家要求,需要继续努力,作出成绩。

(原载 1979 年 11 月 24 日《湖南日报》一版)

■ 记者来信

# 电影院应为中小学生多安排学生场

为中、小学生安排电影专场,是加强对青少年教育的重要方法之一。"文化大革命"以前,长沙市各电影院曾经有过安排学生场的好传统。每逢星期日,以及星期一至星期六的下午三点半或四点以后,都安排了学生场。寒暑假期间,安排学生场的次数还要多些。而且,凭学生证或学校校徽就可以购买学生票入场,手续简便,深受中小学生、教师和家长的欢迎。可是,这种做法在"文化大革命"期间被冲掉了。

1978 年以来,长沙市有 8 家电影院安排了学生场,受到教师、学生的好评,但仍存在一些问题:一是场次少。据有关部门统计,1979 年 1 至 10 月这 8 家影院开辟了 318场,平均每家电影院每月开辟了 3.98 场,共接待学生 127.4091 万人次。按目前全市共有中小学生和幼儿园儿童约 26 万人计,1979 年头 10 个月平均每人只看了近 5 场电影,每 2 个月才看到 1 场。特别是作为青少年活动主要场所的青少年宫,1979 年头 10个月只安排了 37 场,平均每周还不到一场;省属四家影(剧)院,1979 年来连一次学生场都没有安排;二是放映的影片不完全适合中小学生的要求。一些为青少年喜爱的故事片、科教片、动画片放映甚少;三是放映时间安排不够妥善。有时安排在中午甚至上午放映,学校要停课才能组织学生去看电影。

上述这些问题是应予解决的。首先,有关领导部门应充分认识开辟学生场对教育青少年的重要意义和作用,把安排学生场作为一项重要工作抓紧抓好;其次,电影发行放映公司和电影(剧)院应会同学校一道排片,多发行和放映一些适合青少年特点、紧密结合课堂教学需要的影片,并尽量安排在课余时间放映;第三,各电影(剧)院还可安排一些混合场,使学生能凭学生证或校徽购票入场,第四,上级管理部门应注意考核各影（剧）院放映学生场的次数；在对电影院下达经济指标时，应考虑放映学生场可能减少利润这一实际情况；在职工奖金分配上，也要作出相应的合理规定。

（原载 1980 年 1 月 4 日《湖南日报》三版）

■ 记者来信

# 长沙市中学生入学难的问题要迅速解决

最近，记者就长沙市中学生入学难的问题进行了调查，深感问题严重，需要有关部门迅速采取措施加以解决。

长沙市城区中学教育发展很快。1965 年，在校中学生总数为 4.19 万人，其中初中生 3.41 万人、高中生 7800 人。1980 年，在校中学生已达 7.01 万人，其中初中生 3.84 万人、高中生 3.17 万人。目前存在的问题是：

首先，中学数量少，布局不合理。1980 年，全市有 99 万人（不包括远郊区和长沙、望城两县），中学只有 34 所，其中有两所还在兴建，平均约 2.8 万多人才有一所中学。同时，学校布点又极不合理。北区多，东区和南区少，尤其是新建的朝阳新村和二村一带，学校更少。因此，学生只得长途走读。据统计，现在住在东区的学生到北区读书的有 1000 多人，住在南区的学生跑北区上学的也有 1400 多人。这种情况，更加加剧了上下班时乘坐公共汽车的拥挤。

其次，中学学制将要逐步由 4 年改为 6 年，重点中学和一般中学规模都要缩小，学生入学困难将更大。从 1978 年开始，长沙市初中已由两年制改为三年制，到 1982 年，在校的学生将增加一个年级，约 1.8 万人，等于要增办 2000 人规模的中学九所。高中学制也即将由两年制改为三年制，各学校将再增加一个年级，即 6 个年级，学生也将大为增加。加上全市 6 所重点中学将比原来压缩 215 个班，相当于减少 2000 人规模的中学 6 所。因此，中学生入学难的问题将更为突出。目前，长沙市还有相当一部分初中毕业生不能升入高中，到明年后年不能升初中的学生数字还会越来越大。这些情况急需有关部门予以足够的重视。

如何解决这个问题呢？经向有关部门了解，大家觉得要抓好以下几点：一、省、市有关领导部门要尽快从资金、材料等方面给予支持,在新建居民区和工矿区筹建几所中学。二、要加速改建和扩建现有中学,充分发挥现有中学潜力,起到投资少、见效快的作用。三、目前,有的区属小学用房比较宽裕,甚至将房子租给其他单位或改作宿舍,建议将这一部分学校的房屋利用起来,改办中学,以解决市区中学之不足。四、要加速高中的结构改革,多办一些职业学校。五、省、市有关领导部门要下决心限令占了校舍的单位,迅速把校舍退出来,今后不允许以任何形式侵占校舍。

(原载 1980 年 11 月 6 日《湖南日报》二版)

■ 记者来信

# 中小学生视力严重减退不能等闲视之

据长沙市有关部门最近对学生视力检查的材料表明,长沙市三中视力下降的占 39.85%,其中高 11 班占 71.4%。长沙市一中学生近视的更高达 46%,其中初三(7)班占 70%,高二(5)班占 72.71%。长沙市东区三所小学的 1961 名学生中,视力不好的 591 人,占 34.95%。

中央有关部门曾经要求,到 1985 年,各省、市、自治区学生近视眼患病率争取在现有水平上降低 10% 左右,新发病率控制在 1% 左右。然而,长沙市 1981 年视力减退的学生不但没有减少,反而有所增加。以去年和前年比较,小学生由 6.2% 上升到 22.15%,初中生由 12.64% 上升到 26.34%,高中生由 16.68% 上升到 37.24%。这不能不引起人们的关注。

长沙市中、小学生视力严重减退的原因,主要是学生课业负担过重,得不到应有的休息。其次,是由于学校教室和家庭采光条件差,照明差,墙壁暗,室外遮挡物多。据有关部门对全市中、小学 16 栋新教学大楼的检测,几乎没有一栋能够完全达到规定的采光条件和卫生要求。此外,一些学生读、写时用眼卫生习惯不好,也是造成视力下降的一个因素。

鉴于上述情况,我们呼吁各级教育行政部门、学校乃至全社会都要积极关心和做好青少年眼睛保护工作。特别是各学校要把保护学生视力作为学校的一项重要工作来抓。同时,要采取有效措施减轻学生过重的学习负担,科学地、合理地安排学生的学习时间,严格控制作业分量和考试次数，保证必要的体育和文娱活动时间，使学生有劳有逸。对教学用房的采光、照明设备要设法改善，使之达到卫生标准。家长也要为学生创造良好的学习条件，督促学生遵守合理的生活制度，保证足够的睡眠时间。总之，我们希望学校、社会、家庭都重视起来，通力合作，把保护学生视力、防止视力减退这件事做好。

（原载 1982 年 5 月 6 日《湖南日报》二版）

■ 记者来信

# 要重视解决盲聋哑儿童入学难的问题

　　新学年开学前后，在省和长沙市的教育、民政部门以及盲聋哑学校，要求为盲聋哑儿童解决入学问题的家长络绎不绝，书信纷至沓来。长沙市一位姓文的职工，多次找到盲聋哑学校，要求为他家两个学龄哑童解决入学问题。学校却限于条件困难，没法接收。桃源纺织印染厂的一位女工，为让自己 8 岁的独生聋哑女儿上学，几次通过县妇联、教育局、计划生育办和厂党委写信给学校，仍无法解决。

　　目前我省盲聋哑教育事业的现状与实际需要有很大的差距。全省盲聋哑人中的入学适龄儿童有 2.8 万多人，但仅长沙、衡阳、湘潭三市各有一所盲聋哑学校或聋哑学校，而且规模不大，条件较差，在校学生共只 400 人左右，仅占盲聋哑学龄儿童总数的 1.4%，大大低于全国平均 7.7% 的水平。长沙市盲聋哑学校是 3 所中最大的一所，现有 11 个哑生班、5 个盲生班。教育部规定每个班最多只能招 16 个学生，而该校几乎班班都超过了这一规定人数。衡阳、湘潭的两所聋哑学校今年因搞基建，还没有招生。

　　据了解，黑龙江省已建立盲聋哑学校 50 多所，绝大多数的盲聋哑儿童不出县境就能入学；上海市有 20 多所盲聋哑学校，盲聋哑人小学毕业后可以升初中，初中毕业后，还可择优录取升入中等专业学校。这些省市的经验，值得我们学习。

　　广开学路，满腔热情地帮助盲人、聋哑人掌握文化科学知识，学习生产劳动技能，这是普及国民教育的一个重要内容。为此，我们吁请省和各地市有关部门积极采取措施，把发展盲聋哑人特殊教育纳入普及教育规划，增拨必要的资金，尽快将现有的 3 所盲聋哑学校维修扩建，改善教学条件，同时力争近期内在其他省辖市和各地区所在地各兴办一所聋哑学校。还应考虑在有条件的城镇、农村小学附设聋哑童或盲童班,并动员社会力量对盲聋哑人教育事业予以支持、扶助。

(原载 1983 年 9 月 24 日《湖南日报》一版)

■ 记者来信

# 为啥长沙市场看不到西瓜了?

前一段,长沙地区西瓜上市又多又好又便宜,而近日却看不到西瓜。记者为此特地走访了长沙市有关部门负责人,了解到今年长沙地区西瓜确实获得了大丰收,收购量也是历年来最多的。近日之所以无瓜,有以下两个原因:一是今年起伏前的一段,气温陡然升高到 35℃左右,使西瓜提前成熟,不能按原计划在二伏、三伏均衡上市,而是集中在头伏供应市场。每天上市量达 1 万担左右,还有大量存瓜。所以,当时曾大力组织推销,并给广东、广西、湘潭市、株洲市运去了 2 万多担瓜。二是市食杂果品公司本身无冷藏设备,只能现进现出,无法保存。由于以上原因,今年西瓜虽多,只是集中在头伏供应了。目前,有关部门正认真总结经验教训。据统计,全市已上市近 20 万担西瓜,预计市郊还能上 7000 担左右。此外,主管部门正派人去汉寿等地组织货源,以解决群众急需。

(原载 1980 年 8 月 3 日《湖南日报》二版)

■ 回音

而今,这些百姓当年关心的"鸡毛蒜皮"的事情,早已在各方关心、呼吁下,在历届湖南省和长沙市的党政领导的果断决策、指挥和奋斗下,相继解决。解放初期还是破败不堪的长沙,已经成为盛誉在外的文明城市、宜居城市、幸福城市、最美城市和媒体艺术之都,人民群众正过着美好、幸福的生活。

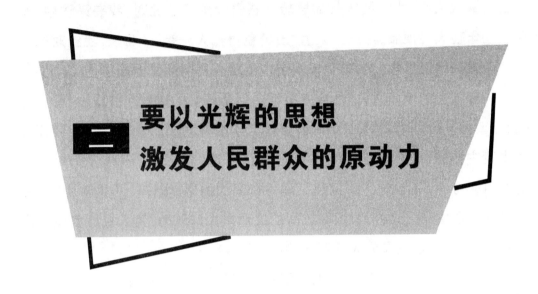

**二 要以光辉的思想激发人民群众的原动力**

**心灵感悟：**报纸是党和人民群众的思想武器和舆论工具。它通过报道事实，来宣传党的思想，贯彻党的政策，旗帜鲜明地反映人民的心声，用正确的舆论引导群众、教育群众。因此，报纸支持什么、反对什么，要毫不含糊。思想性，就是报纸的灵魂。没有灵魂的报纸，只是一种僵硬的躯壳。它无法担负起教育、鼓舞、激励人民群众的作用。

如何来体现报纸（这一新闻的聚合体）的思想性？就是报纸要研究人民群众每一段时期之所思所想，有针对性地运用多种多样的形式、具体感人的事实、生动活泼的语言来宣传马克思列宁主义、毛泽东思想、邓小平理论、"三个代表"重要思想、科学发展观和习近平新时代中国特色社会主义思想，以此武装人民群众的头脑，激发人民群众的原动力，增强人民群众的正能量。

**亲身经历：**20 世纪 60 年代中期，根据党中央的部署，全民开展了学习毛主席著作的热潮，要求"老三篇"（《为人民服务》《纪念白求恩》《愚公移山》)深入人心,为人民服务的思想扎根群众脑海。此时,我在采访中,发现一些年轻人轻视服务行业,认为"当营业员低人一等"。于是,我针对这种较为普遍的错误思想,采写了长沙市中山路百货商店营业员柳同仁全心全意为顾客服务的长篇通讯《社会主义柜台就是革命的岗位》,并配发社论,在《新湖南报》一版刊登,并由湖南省委作出学习柳同仁的决定。报社还开辟了由我主持的《从事商业工作是不是"低人一等"》的专栏,开展了为时一年的学习和讨论。不少地区都掀起了学习柳同仁的比、学、赶、帮热潮。专栏收到了来自全省 49 个县市财贸职工写的文章。大家认为,为人民服务没有高低贵贱之分,柜台也是为人民服务的岗位。

与此同时,党中央还向全国人民发出了发扬一厘钱精神,勤俭节约的号召。周恩来总理亲自表彰了全国勤俭办企业的五面红旗。我立马去五面红旗之一的湖南橡胶厂采访,一连发表了《湖南橡胶厂成为勤俭办企业的旗帜》《艰苦奋斗的人们》和《"钢钳工"——柳志强》等 10 余篇报道,使毛主席关于发扬一厘钱精神,勤俭办企业这一光辉思想发扬光大。来自全省、全国参观学习湖南橡胶厂的单位和职工络绎不绝,勤俭办一切事业蔚然成风。

## （一）关于全国劳模、中山路百货商店营业员柳同仁的报道

# 社会主义的柜台就是革命的岗位
### ——记长沙市中山路百货商店营业员柳同仁的先进事迹

营业员年年月月、朝朝暮暮站柜台，接待顾客，有人说它平淡无奇，没有出息。但是，长沙市中山路百货商店营业员、年轻的共产党员柳同仁，就在柜台——这个平凡的岗位上，发出了光和热，用自己的先进行为写下了绚丽的篇章。

### 宁肯自己千遍累　不让顾客一次难

一个星期五的傍晚，街头风雨正紧。柳同仁踏着自行车，车上扎着几只茶盘，直往市郊黑石渡驶去。雨水打湿了他的衣服，他没有顾及，还是一股劲地蹬着，想尽快把盘子送到顾客陈娭毑家里：她的女儿明天就要结婚了！

事情是这样的：星期二的下午，陈娭毑来到中山路百货商店为女儿办几件结婚用品，在柳同仁负责的柜台前停下了，买了只热水瓶和几只玻璃杯，就是缺少一只中意的茶盘。柳同仁便向老人询问结婚的日期和地址，并且答应星期六以前一定送去。陈娭毑有些疑惑，心想营业员哪有这个义务，便说："有的话，搭个信来就是。"

送别了老人，柳同仁连忙与进货员联系。第二天，他自己又跑到长沙市百货公司搪瓷批发部和省百货公司长沙采购加工站等单位，得到的答复是：过两天，货才能运到。柳同仁十分着急，心想，党不是经常教导我们要让顾客少操心，少跑路，少花时间吗？一天，两天,三天过去了,还没消息,直到星期五下午五点多钟才进了货。他喜出望外,赶紧选了三只不同花色的茶盘,推起自行车出门了。站在一旁的伙伴说:"柳师傅,现在吃饭了,天又下雨,明天再去吧!"柳同仁回答:"不行,早一点送去,顾客就好早一点安排。"

他使劲地踏着车子往前赶,好不容易把茶盘送到了陈娭毑家里。主人泡茶让座,满口称赞:"你们商店真是太好了,把我家这点小事都放在心上。"隔壁邻里听说来了客人,也涌来了,老人们感叹道:"过去,我们这些乡下人连国货陈列馆(新中国成立前,中山路百货商店的旧称)都莫想进去,如今营业员把货送上门来,真是毛主席、共产党领导得好!"

柳同仁宁肯自己千遍累,不让顾客一次难,他常说:作为社会主义商业工作者,就要真心诚意为消费者服务,把困难留给自己,将方便让给别人。

一天上午十一点多钟,天正下着大雨,柳同仁又骑着车子,光着头,拿着一只钢精锅来到了东站附近的勤余旅社。一个身着条子衬衣的旅客热情地接待了他,请柳同仁进屋坐,还拿出水果招待,一再称赞小柳是个好营业员。临别时,还告诉自己在福建工作的地址,再三叮嘱柳同仁:有机会去福建,一定要到他那里去玩。柳同仁和这个旅客一无亲,二无戚,是什么事使他这般激动?事情就发生在这之前的几十分钟。

十点多钟的时候,这个名叫欧阳文的旅客来到中山路百货商店日用柜买钢精锅,选来选去,感到一只大号合金铝做得最满意。问过价钱,清点钱款,他发现自己少带了钱。当时,柳同仁就另外帮他挑选了几只价钱便宜的小号锅。可是顾客不中意,说非要大号的不可。怎么办?小柳答应把那只大号锅子留下,建议他回去拿了钱再来。顾客面带难色,说:我是从福建回湘乡老家探亲的,路过长沙,中午12点就要上火车,还有一些事情要办,时间来不及。一道难题摆在柳同仁的面前,他思量着,问清了顾客的地址,决定自己送货上门。顾客走后不久,他赶紧料理了一下柜台上的业务,拿着顾客选中的钢精锅,骑上自行车,冒着雨走了。等小柳到旅社时,那个顾客也刚从外面回来。

## 柜台上的有心人

一天,一个青年姑娘来买肥皂,柳同仁热情地接待了她。可等姑娘买好肥皂,放进塑料袋时,柳同仁发现袋子里面鼓鼓的,他想里面可能是鸡蛋、水果之类的东西。"同志,不会压烂吗?"他叫转了姑娘。"是呀!"这一提醒,使她警觉起来。柳同仁忙接过袋子,小心翼翼地帮姑娘把几条肥皂扎紧,放在袋子底下,再将水果放在上面。临走时,姑娘称赞柳同仁真是想得周到。其实,这样的事多着哩!柳同仁处处为顾客着想,成了顾客的好参谋。

前不久的一天,一对青年男女来到钢精柜买结婚用品,年轻的姑娘看中了一对价钱最高的套料花瓶,站在一旁的小伙子半天没吭声。柳同仁察觉到小伙子为难的脸色,估计一定是男女双方在钱的问题上发生了矛盾，便马上从货架上拿出了一只价钱便宜、式样美观的玻璃花瓶介绍起来，结果他俩都很满意地买了一对。接着，柳同仁又给他们介绍了美观、经济、适用的糖缸、玻璃杯和茶盘。离开柜台时，这对青年男女感谢不已。

在柜台上有时也会碰到一些不乐意的事情，柳同仁却没有和顾客红过脸。一次，一个中年妇女来商店买热水瓶，柳同仁拿出好几个给她挑选。她选中了一个，小柳又当场给她做了试验，证明没有毛病。可第二天，那个妇女大喊大嚷地来到柜台，说商店欺骗了她，买回去的瓶子不保温。柳同仁却笑着迎上去，耐心地给顾客解释："同志，有话好说，不要生气，您说瓶子有毛病，我再拆开给你检查。"柳同仁当场拆开了瓶子，可以看到瓶胆和真空奶子都很好。中年妇女还是不相信，小柳又倒了瓶开水，请顾客贴上封条，进一步试验。第二天，那个妇女来到商店，看到那只水瓶保温能力确实不错，只是由于自己原来使用不当，才不保温，接着，柳同仁还进一步向她介绍了使用方法。这位妇女感到过意不去，连连向他道歉。

## 一件买卖一份心

柳同仁不仅热情接待顾客，做好柜台上的买卖，而且在柜台之外也做了许多"特殊"的交易。

1959 年年初，河西一家药铺有一个姓李的职工写了封信给柳同仁，说自己有只皮包的拉链坏了，由于这种皮包是旧式的，拉链比较特殊，在市面上不容易买到，希望小柳想想办法。接着，他详细介绍了拉链的规格大小。柳同仁借着出差到衡阳、湘潭等地的机会，看了许多家百货店和寄卖商行都没有。转眼又是半年了，买拉链的事他却没有忘记。这年9 月，小柳到北京去参加群英会，又记起买拉链的事。他利用会议休息时间，跑了好几家商店，最后在一家寄卖商店买到了。回到长沙后，就很快地把这副拉链送到了药店。当顾客接到拉链时，又惊又喜，说："小柳呀，这事我早就忘记了，想不到你还一直放在心里。"

柳同仁深刻理解顾客的心理，他急顾客之所急，把顾客的困难分挑上肩。今年二月，省冶金厅勘探公司急需一批晒图纸，请柳同仁帮助解决。小柳自己柜台上并不经营这种商品，商店里又没有货。到哪里弄起？他着急得很：可不能眼看施工停顿呵！凭着熟悉的情况，他先后到长沙市百货公司业务课和文具批发部、省水电厅设计院、冶金厅研究所和中南煤田地质局等好几个单位联系，都说没有。店里有的职工劝他："小柳，退个信算了吧！""不能，生产要紧呵！"柳同仁心想：帮顾客解决问题就要负责到底，越困难越要坚持，坚持就是胜利。他又跑了几处地方联系，好不容易在交通厅规划设计院借到了。当他把晒图纸送到冶金厅勘探公司时，职工们都说：你真是一片丹心为顾客！

## 顾客把他当作知心人

一天下午,柳同仁正在营业,一个60多岁的老妈妈手里端碗肉,一拐一拐地来到小柳的跟前,硬要他把肉带回去吃,口口声声说:"你对我太好了。"柳同仁再三推谢,老人才免了这份礼。这位老妈妈是谁?就是半年前和柳同仁结识的顾客、革命烈士夏明翰的爱人——郑娭毓。自从他们在柜台上认识以后,柳同仁就经常到郑娭毓家里去,问寒问暖,帮助老人家做些事情。老人家也常给柳同仁讲夏明翰生前的革命斗争故事,鼓励他更好地进步。去年,郑娭毓到江西他儿子那里去了,还常给柳同仁来信。锡矿山的工人给柳同仁送来了矿石标本作纪念品,韭菜园小学的少先队员把红领巾和毛主席塑像送给了柳叔叔,赞扬他那种千方百计为群众服务的精神。这些对柳同仁的教育都是很深的,他说:"我一个普普通通的营业员,做了一点应当做的事,群众就这般关心我,我可不能小看了自己的工作呵!"

## 让春风吹遍柜台

柳同仁常这样想:一个人的能力总有限,干革命,搞社会主义建设要靠大家的努力,要有接班人,所以他总是以满腔的热情去关心同志,帮助人,让春风吹遍柜台。

青年营业员黄秀英,1956年参加商业工作,起初总认为当营业员低人一等,不安心工作。1959年她从别的商店调到中山路百货商店日用组。柳同仁想:小黄有文化,接受能力又比较强,干起工作有一股冲劲,要是帮助她安下心来,准能把工作搞得更好。于是,柳同仁有空就和她谈自己在旧社会当学徒所受的压迫,谈今天的营业员受到党的无微不至的关怀。柳同仁说:"在我们社会主义社会里,是个互相服务的整体,谁都离不开谁。小黄,你看,如果没有农民生产粮食,工人生产产品,我们怎么能够生活?我们在柜台上为人家服务,同样别人也在为我们服务。要说有没有出息,有没有前途,那就要看谁服务得好。"在一次小黄参加的会议上,柳同仁又特地介绍了淘粪工人时传祥的优秀事迹,说:"人家干的活是臭的,但思想是香的,所以得到人们的尊重,连刘主席都接见了他,和他握了手哩!"黄秀英听着听着,觉得有道理,思想上也有了些转变。

后来由于工作需要,黄秀英担任了日化组的进货员。小黄看到当进货员常常要拖着板车上批发部进货,又怕在街上碰到熟人和同学,不好意思。柳同仁了解这个情况后,第二天一早起来,就准备好板车,对黄秀英说:"走!今天我跟你进货去。"一路上,黄秀英看到好多人跟柳同仁热情打招呼。到了批发部,那里的同志又热情让座,介绍商品……这些事情不能不促使黄秀英问自己："拖板车上街有什么不好？"这时，她心里激动，脸也红了。回店的路上，黄秀英坚持要拖车了。这以后，柳同仁又将毛主席著作《纪念白求恩》和《为人民服务》介绍给她看，使她很快进步，还光荣地加入了共青团。

柳同仁像一颗红色的种子，种在哪里，哪里就鲜花怒放。几年来，日用组就有十个青年、三个老年职工在柳同仁的热情帮助下，有了很大的进步，其中有七个被评为商店的先进工作者，使日用组几年来一直保持着商店的红旗小组。

## 成长的道路

1951 年，柳同仁刚参加工作的时候，什么是革命、什么叫作为人民服务，对他来说都是很陌生的，新旧社会有什么本质差别，他也搞不清楚，他只知道做事情。不过，从一开始，党就没有放松对这个苦水里泡大的孩子的培养，商店领导经常给他讲商业工作的意义，帮助他提高政治觉悟，同时还帮助他解决生活上的困难。

1951 年 7 月间，也就是说他参加工作后不到两个月，领导上了解到他的身体不好，在旧社会被资本家打伤的腰经常灌脓，十分疼痛，要送他住院医治。可柳同仁不同意，他想：一来自己没有钱；二来失了业怎么办？商店领导反复向他讲："现在你在国营商店工作，是国家的主人，怎么还会失业呢？至于治病的钱，有国家负责。"柳同仁进了医院，商店领导和同志们经常去探望他，医院里也想尽一切办法给他治疗，眼看病情一天天好转。小柳躺在床头，心情十分激动，旧社会里的遭遇又一幕一幕展现在他的眼帘：他出生在一个贫困的农民家庭，一家大小 10 多口，靠着父亲给地主种地为生，哪里养得活！10 个姊妹就先后死去了 7 个，年幼的柳同仁也不得不沿门求乞。他 14 岁那年，才托人介绍到一家百货商店当学徒。进店的第二天早晨开晚了一点店门，就挨了老板一顿打。有一次他病倒了，想请老板娘买点药，狠心的老板娘不但不理，反骂他不该"装蒜"！那时节，过的是什么生活呵！成天累得伸不起腰，伴随着的还是挨打受骂。他还清楚地记得有天夜里：自己忙于接待顾客，一不小心，将一只搪瓷面盆从柜上摔下来了，老板硬逼着他赔钱，直把他打得半死不活，右手的骨头被打断了，腰也打伤了，头部打得鲜血直流。柳同仁回忆起过去，不禁黯然泣下。

出院后，柳同仁回到了商店。他一再表示要给党报恩，工作也的确干得不错。可在柳同仁的脑海里又思量着这样一个问题：什么才算对党最有贡献？

一天，他来到湖南机械厂（即现在的长沙机床厂），看到机器轰鸣，工人们紧张地劳动，那庞大的产品一件件生产了出来，他想：这样的工作才有意义，才谈得上对革命有所贡献。像我搞商业工作,做生意买卖的,哪里算得上革命啰?商店领导好像看透了他的心思,找他个别谈心,启发他教育他。这时,在他的工作中又碰到过这么一件事情:一个炎热的夏天下午,他冒着太阳,把20几只水壶送到了市搬运公司,工人们好喜欢呵,都说他办了一件好事。这对柳同仁是一个极大的鼓舞,他想:"我做的每一笔买卖的确和社会主义建设、人民生活息息相关。商业工作,是整个革命事业的一部分。柜台,就是革命的岗位!"从此,柳同仁更是以满腔热情对待自己的工作,他争事做,抢活干,把困难留给自己,把方便送给顾客,受到顾客极大的赞扬。

1955年底,他光荣地参加了在北京举行的全国店员代表大会。在会上,他听到了许许多多坚持学习毛主席著作的模范人物的发言,受到了很大的启发。他回来以后就开始学习毛主席著作。夏天的夜里,人们在外面歇凉,他却坐在办公室,伴着灯光,反复吟读;寒冷的冬夜,别人早已入睡,他还站在走廊上,仔细琢磨。他越学越起劲,尽管工作再忙,每天他也要挤出半小时来学。有的字不认得,有的句子一时理解不了,他就记下来问别人,或是一遍、两遍、三遍地推敲。他说:一天不读毛主席著作,就好像有件事情没做。几年来,他读完了《毛泽东选集》一至四卷,有不少文章还读过几遍、十几遍,甚至几十遍。

学习毛主席著作,使他站得更高,看得更远了,对生活对工作的意义的理解进一步加深。他说:"一个人活着,干革命,不能光为了自身的解放,不能光为了个人报恩,而要时刻想到整个阶级、整个社会主义建设事业。"他很敬佩白求恩、张思德,说:"今天,我站在柜台上,就要全心全意为顾客服务,对工作极端的负责,对同志对人民极端的热忱。"他好像有使不完的力气,困难的地方他顶上去,艰难的工作他抢着做。天下着大雨,柜台上的瓷碗卖光了,他赤着背,拖上车,带头到船上去运;他一遍、两遍、十几遍、几十遍地练习珠算和包扎技术,夜深了还不休息;逢年过节,轮到他休息,他又悄悄地跑来参加营业,说:"工作这么紧张,我休息不得";就连1960年他新婚的那些日子,也很少回家。有一次,一个仓库失火了,他猛地冲进去,冒着熊熊烈火进行抢救,直到中了毒住进医院以后,苏醒过来,他还在问:"火熄了吗?"他的那颗心呵!时刻在为革命跳动。他立志当一辈子营业员,作一颗永不生锈的螺丝钉。

柳同仁就是这样一步一个脚印地朝前走。是党在每一个关节眼上,给他指出了方向;是毛泽东思想照亮了他的心;是他没有忘记阶级恨;是他永远忠于革命忠于党。

在我们时代里,究竟什么是最崇高的职业?什么是最有出息?从柳同仁所走过的道路,我们就不难找到答案:只要你诚心诚意为人民服务,不管你在哪个岗位上,你都能发出光和热,都会得到人们应有的尊重。

(原载 1964 年 8 月 18 日《新湖南报》一版头条)

# 从事商业工作是不是"低人一等"

从事商业工作是不是"低人一等"？是不是"没有出息"？长沙市中山路百货商店营业员柳同仁，以自己的亲身经历回答了这个问题。凡是有利于社会主义的工作，都是最有出息的工作；只要你全心全意为人民服务，站在任何平凡的岗位上，都是高尚的，都可以成为最光荣的人。

柳同仁刚参加商业工作时，和许多青年一样，缺乏实际经验，业务能力不强。可是，他为什么很快地就受到广大顾客表扬，成了同行们学习的榜样？最主要的一点，就是他听党的话，重视自己的岗位工作，对待社会主义建设事业无限忠诚，全心全意为人民服务。有人认为：要为社会主义建设立功，就得进工厂矿山，掌握技术，创造财富。当营业员站柜台是"伺候人"的工作，没有什么意思。柳同仁在党的教导下，深刻地体会到：社会主义建设不仅在工厂矿山，在农村田野，社会主义建设也在商店的柜台上。工农业产品的交换离不开商业这座桥梁，城乡人民需要的吃穿用品离不开商店的柜台。要使城乡人民生活不断改善，不仅要依靠工农业生产的发展，也要依靠广大商业职工的辛勤劳动。他说："我做的每一笔买卖，都是和社会主义建设、人民生活息息相关的。商业工作是整个革命事业的一部分，柜台，就是革命的岗位。"正因为他把柜台看成革命的岗位，以站柜台为荣，他为人民服务的眼界就越来越宽，做到宁肯自己千遍累，不让顾客一次难。长沙市郊黑石渡一个顾客的女儿结婚需要茶盘，他就冒雨按时送货上门。为了帮省冶金厅勘探公司解决晒图纸的问题，他联系了很多单位，仍落实不了。有人劝他退信算了，他却认为生产要紧，帮顾客解决问题就要负责到底。最后，他经过多方努力，还是帮顾客解决了问题。柳同仁就是这样耐心、周到地为顾客服务，用彻底地为人民服务的精神去对待人去影响人，使顾客很受感动。事实上，很多顾客正是把他的模范行动看作是党对群众的关怀。他送茶盘到市郊黑石渡时，人们都称赞他真是毛主席、共产党培养出的好营业员！他的一言一行，都体现了党和群众的亲密关系。通过他的服务，从社会生活的一个方面培养和发展了人和人之间新型的同志式的互助关系。这样的工作难道还不重要吗？至于说商业工作是"伺候人"的工作，在我们的社会里，每一个劳动者都在一个方面"伺候"别人，又在许多方面受别人"伺候"。当你站柜台的时候是在"伺候"顾客，可是当你下班坐车回家时，售票员和司机在"伺候"你；你去看电影时，电影院的工作人员在"伺候"你；你每天要吃饭、穿衣，也都得到别人的"伺候"。社会上的劳动除了商业直接"伺候"人以外，还有无数直接间接"伺候人"的工作和人员，大家都在各自的工作岗位上，日夜为社会主义建设事业奔忙、劳动。因此，我们为广大劳动人民服务，这种"伺候人"的工作是十分光荣的、高尚的。正因为你伺候的是建设社会主义的人，所以应当看到自己责任的重大，更要加强自己的修养和锻炼，才能更好地担负起这一崇高的使命。

社会主义商业既然是这样重要，为什么现在还有些人瞧不起商业，认为这是"低人一等"的工作，"没有出息"呢？因为他们把旧社会的商业同社会主义商业混为一谈，用旧眼光看新事物。我们知道，旧社会的商业，是资本家进行投机倒把、剥削人民、牟取暴利、肥私利己的工具，因而遭到人们的厌恶和轻视。社会主义商业，是社会主义经济的一个重要组成部分。它的目的是为生产服务，为消费者服务；它的任务是按照市场经济的规律和等价交换的原则，通过适当的购销形式，促进工农业生产的发展，保障城乡居民消费品的供应。因此，它受到广大人民群众的欢迎和尊重。有些人由于看不见新旧商业的本质不同，仍然用"无商不奸"的旧观点来看待今天的新商业，这种旧观点显然是错误的。就是在旧商业企业中，从事剥削的也只是少数商业资本家，广大店员不仅不能同享资本家的利润，还受到资本家的残酷剥削。新中国成立前，柳同仁在一家商店当学徒，进店的第二天早晨开晚了一点店门，就挨了老板一顿打，病了不给药吃。有次不小心摔烂了一只搪瓷脸盆，老板硬逼着他赔钱，把他打得半死不活，右手的骨头都被打断了，腰也打伤了，头打得鲜血直流，到今天伤痕还在。柳同仁这种遭遇，只不过是旧社会千百万劳动人民中的一个事例。他的遭遇，难道还不能激起对剥削阶级的仇恨？难道还不能引起对阶级弟兄遭受苦难的同情？难道还能把店员工人和资本家一样看待？当然，我们不能否认，在有些职工身上，曾经沾染了一些资产阶级的思想作风，必须加以改变。事实上，新中国成立以来，许多人经过党的教育，觉悟提高了，作风改进了。

今天，社会主义商业正在健康发展着，许多知识青年作为新的血液，补充到商业队伍，今后还将有许多知识青年从学校走上商业工作岗位。我们，首先是商业工作者本身，要像柳同仁一样用新的眼光来看待社会主义商业，要从柳同仁的经历中受到深刻教育，不断提高思想认识，坚决按照党和人民的需要，坚守新岗位，克服那些轻视商业工作的错误观点，做一个全心全意为人民服务的社会主义商业工作者。

（原载 1964 年 8 月 18 日《新湖南报》一版）

# 学习柳同仁　做一个优秀的商业工作者

## 本报开展的《从事商业工作是不是"低人一等"》的讨论告一段落

**本报讯**　自 1964 年 8 月底以来，本报开展的《从事商业工作是不是"低人一等"》的讨论，已经告一段落。来自全省 49 个县(市)的商业战线职工纷纷来信来稿，参与讨论。他们表示，要学习柳同仁，做一个优秀商业工作者，为建设社会主义作出积极贡献。

这次讨论是从本报刊载了长沙市中山路百货商店营业员柳同仁的先进事迹和《从事商业工作是不是"低人一等"》的社论后开始的。各地财贸战线的职工热烈地开展了学习和讨论活动。岳阳、湘潭等地区国营商业部门组织了读报会，学习了柳同仁的先进事迹。湘西土家族苗族自治州财贸系统的职工，掀起了一个学习柳同仁的比学赶帮热潮。许多县供销系统的职工边学习，边讨论，提高了觉悟，改进了工作。同时，还有 49 个县(市)的数以百计营业员、服务员、理发员、保管员、会计员以及工人，纷纷给本报来稿来信，热情洋溢地畅谈自己在学习中的体会和收获，表达自己的决心和打算。不会写的，还专门请人代笔。他们把柳同仁作为一面镜子，比先进，找差距，对照检查自己，促进思想的提高。长沙县铜官供销社饮食一门市部服务员刘保兰来信说："《社会主义的柜台就是革命的岗位》这篇文章，除了在店里小组会上集体学习和讨论外，我还利用业余时间仔细读了三遍，柳同仁同志的先进事迹振奋了我的心，从柳同仁同志的经历中，使我深刻认识到：社会主义商业工作是极其重要的，站柜台、搞服务工作都是光荣的为民服务的岗位。"湘潭驻军某部战士张顺安在看到本报 1964 年 8 月 18 日刊登的《社会主义的柜台就是革命的岗位》的通讯和《从事商业工作是不是"低人一等"》的社论以后，很受感动，随即又买了一份报纸带回家，念给父亲听。他父亲是个老职工，在旧社会商店里受尽了苦楚，前后被资本家开除过 10 多次。老人家听着听着，感到在新社会作为一个营业员的光荣，抚今思昔，不禁双泪直流，向儿子诉说了旧社会的痛苦，勉励儿子要发奋工作。攸县新市供销社网岭分社营业员罗祝英说："《湖南日报》开展《从事商业工作是不是'低人一等'》的讨论以来，差不多每个同志写的文章我都要看几遍，越看越想看，越看越有劲，越看越觉得为千百万群众服务是无上光荣的。"有段时间，永顺县服务公司 6 个服务员中病了 3 个，其他 3 个同志就学习柳同仁同志为民勇挑重担的精神，愉快地担负了所有的工作，把 92 间房、199 个床位打扫得干干净净，床位利用率达到99.5%,受到旅客好评。

广大商业战线的职工们通过学习柳同仁的为民思想和先进事迹,进一步认识到社会主义的柜台就是革命的岗位。长沙市中山路百货店营业员董明经说:"新中国成立前的商业被资本家垄断了,他们千方百计压榨劳动人民。现在商业掌握在人民手中,人民生活有了保障。尽管有些年遭受了严重的自然灾害,但物价还是稳定。我想:假如没有社会主义商业,任少数人捣乱市场,人民生活又如何能够得到保障呢?看来商业工作不是我以前想的那样只是一手钱、一手货,而是一个确保人民安全、稳定生活的阵地呵!这个阵地,我们不去占领,难道能让市场捣乱者去占领吗?"邵阳市工业街粮店青年营业员金姣娥和吉首镇市场管理人员剑慈等来信说:"如今,国内外敌对势力千方百计捣乱市场,妄图瓦解社会主义经济阵地。我们干商业工作的可千万不能漠视这一状况,应该像解放军战士那样站好岗,同捣乱者进行针锋相对的斗争。"很多来稿还以大量事实,说明商业工作在国民经济中、在支援工农业生产中的重大作用,并指出要当好一个合格的商业工作者,就必须像柳同仁那样,站好柜台,眼观四方,全心全意为民服务。

通过讨论,商业战线的职工们进一步认识到:从事商业工作并不"低人一等"。所谓"低人一等",那是少数人轻视体力劳动的思想。浏阳县城关饮食服务店服务员邓梅说:"旧社会,我给资本家当了十年'茶房'。十年呵!苦水吐不尽!资本家、地主、阔奶奶、官少爷逼迫我们服侍他们,把我们不当人看待,稍有一点服侍不周到,就是挨打挨骂,真是低人一等!解放后,情况就完全不同了,我们处处受人尊重,要是为阶级兄弟做了点什么,总是一再感谢称赞我们。去年我还出席了专区财贸先代会,这在旧社会哪里想得到?!"1964年出席过全国第九次团代会、见过毛主席的长沙市九如斋南货店营业员阳淑萍,满腔激情地叙述了她见到毛主席的情景以后,说:"我深深体会到作为一个营业员光荣,我们营业员应深刻理解站柜台的意义,打掉资产阶级个人主义思想,即使有人看不起我们这个工作,那是他沾染了资产阶级思想。我们应通过自己的行动感染他们。"长沙市大华理发店女理发员朱沛煦还以《根据革命需要确定自己的理想》为题,来稿:"站一辈子柜台、搞一辈子服务工作,这就是革命理想,因为革命需要这行。"还有不少营业员、服务员来信表示,要像柳同仁那样,宁肯自己千遍累,不让顾客一次难,真正做劳动人民的贴心人。长沙县北山国药总店营业员袁代时说:"以前,认为当药店营业员,每天只不过晒晒药,医师开了处方,照单发药,就算完成了任务,对于其他方便顾客的事,则认为多一事不如少一事。柳同仁为了几个茶盘,冒雨按时送到顾客手里,我为什么代病人煎一下药还不愿意呢?这主要是自己缺乏一颗全心全意为人民服务的心。我下决心向柳同仁学习。"

(原载1966年2月28日《新湖南报》二版)

# 当优秀营业员  做生产高潮的促进派

## 全国先进生产者、长沙市中山路百货商店营业员柳同仁

**编者按**  本报在去年 8 月报道了长沙市中山路百货商店营业员柳同仁同志为民服务的先进事迹以后，陆续接到许多读者来信，要求进一步了解柳同仁同志是怎样成为一个优秀营业员的。现在，我们请柳同仁同志写了一篇文章，谈谈这个问题。

柳同仁同志能够成为一个优秀营业员，最根本的一条，是他听党的话，把党和人民的利益放在第一位。遇到什么事，都要从对党和人民群众有没有利去考虑。对党和人民群众有利的，就坚决去干；对党和人民群众不利的，就坚决不干。这样就不断提升了自己的思想，认识到站柜台的革命意义，为促进社会主义生产和满足群众需要作出了贡献。

我们希望所有的商业职工都进一步向柳同仁同志学习，争当优秀营业员，千方百计满足人民群众的需要，为工农业生产新高潮作出最大的贡献。

《大公报》于 1 月 12 日以《把一颗红心献给广大顾客》为题介绍了柳同仁同志的事迹，并发表了题为《零售商业提高服务质量的方向》的社论，也希望商业职工认真阅读。

前几个月，《湖南日报》连续开展了《从事商业工作是不是"低人一等"》的讨论，有的同志问我对这个问题有什么看法？这里，我想谈谈我的认识。

## （一）

说实话，我对干社会主义商业工作的重要意义，也不是从一开始就认识很清楚的。新中国成立以后，我站柜台的时间比较长，但过去只觉得站柜台不过是做做买卖，一手钱，一手货，和经济建设没有多大联系。有一次，我到一家工厂去联系业务，看到机器轰鸣，工人们紧张地劳动，一件件产品生产出来，我从心底里感到羡慕。心想：干工作，就要像这样真枪实弹地干，或是上火线去，那才有意义。我站柜台能够干出什么来呢？那时，我也想当一名技术工人，为国家创造些财富。商店领导了解了我的思想，对我说：

"小柳,商业工作是社会主义事业的一部分,站柜台也是干革命。"当时,我还不能完全理解这句话的意义。到后来,特别是最近几年来的一些活生生的事实,给了我很大的教育。前几年,当我们有的同志由于误认为商业工作没有前途、没有出息,不愿站柜台的时候,却有少数别有用心的人还积极争取站柜台,企图利用柜台这个岗位来做损公利私等危害社会的事。这从反面给我一个很大的教育。再说,有的同志受着资本主义经营思想的影响,单纯从营业额上着眼,不执行党的政策,片面地推介商品,影响群众利益。这些事情,使我开始感到柜台上也有社会主义经营思想和资本主义经营思想的斗争。我又回想起新中国成立前的情况,那时节,资本家投机倒把,囤积居奇,压价卡价,玩尽花样。拿我所在的二九百货商店来说,老板为了欺骗顾客,今天是什么"开张大吉七八折"、明天又是什么"庆祝节日大拍卖",请几个乐师在店里敲呀,吹呀。其实,什么折扣不折扣,拍卖不拍卖,还不是暗地里把价钱抬高,把残次商品推出去算数。资本家把普通棉袜子当成高级新袜子卖;把假颜料染成的服装当成好料子的服装卖;把变质的鞋油掺上煤油充好货;只要骗得过去,哪管顾客能不能用。那时,货币贬值,物价飞涨,一天几个价,有几个劳动人民能够上店子来的?我们拼死卖命地干活,辛辛苦苦赚来几个血汗钱,还买不到几粒米,混不到饭吃。现在,情况完全不同了,社会主义商业处处讲究为人民服务。比如经营粮食、蔬菜即使再赔本,还要保证供应。国家规定每个营业员必须如实介绍商品,不能以次充好,弄虚作假,有时顾客买回去的东西不好用,还可以酌情斟退。站在柜台上,我常这样注意,今天走进店子来的,再不是那些肥头大耳、七妖八怪的剥削阶级分子,绝大部分是工农群众,是我的阶级兄弟。他们买这买那,生活水平有了很大的提高,比如去年一年,我们店里就卖出了价值达800余万元的商品,这里面有收音机、自行车、手表等高档商品。特别是最近几年,虽然连续遭受了严重的自然灾害,物价却一直平稳,人民生活十分安定。社会主义商业在人民生活中起着多么大的作用呵!我想,若没有社会主义商业,假若我们都不去站柜台,广大人民的生活又会怎样呢?党叫我们站柜台,就应保卫住这块经营阵地。我们做的不光是几笔买卖,实际上是在和违法分子作斗争,是在为人民服务。我做好了每一笔买卖,不就是对投机倒把分子的一个严重打击,使他们不能得逞吗!

思想认识提高了,干活的劲头也就更大了。比如在柜上,我听说一些顾客需要买钢精锅盖上的胶木蒂子,过去我没有经营这种商品,我就和组里的同志三番五次到有关部门联系,结果工厂里安排生产了这种蒂子,及时上柜供应,顾客反映很好,说:小东西解决了大问题。以前,我们柜上经营搪瓷口杯和玻璃水杯时,盖子是连杯子一道卖的。有的顾客反映要配只盖子都没有地方买。我便和小组的同志研究,设法经营了这种商品，解决了群众需要。

## （二）

有的同志说：站柜台，站来站去，还不是个营业员，有什么前途？有的说：站在柜台上，就连三岁小孩来买东西，也要听他摆布，真是"低人一等"。站柜台究竟是不是低人一等？有没有前途呢？新中国成立前后，我一直在商店工作，也想谈谈我的体会。新中国成立前，资本家的确看我们不起，说我们"低人一等"。记得 1946 年我 13 岁时，家里没得吃，父母只得左托人右求情，好不容易把我送到长沙一家百货商店当学徒。一进店，老板就交代我不能乱动乱拿，也不能随便外出，出门还要变相地搜身，真是防贼一样。名曰学徒，实际上是帮老板、老板娘倒茶送水，煮饭洗菜，稍不如意，就要挨打挨骂，我的右手的骨头就是被资本家无故打伤的。再说，那些官奶奶、官少爷、流氓地痞一进店来，你就有好受的。他们撑着自由棍，指手画脚的，要买什么还得赶紧拿，拿慢了，就会遭打挨骂。有一次，一个身穿长皮袍、头戴雪帽的阔老爷走进店来神气十足，叫要买双袜子。我赶忙迎上去，他还嫌拿慢了，顺手对我脑壳上就是几丁弓，还骂我是吃冤枉的。像这样的事真是太多了，每天我总是提心吊胆上柜台，不知这一天又会遇到什么遭遇。其实，细细想来，又何止站柜台的人要挨打受骂，被那些有钱有势的瞧不起呢？我们这些无钱无势的穷人，不论干什么工作，都是要受剥削，受压迫，被他们瞧不起的。今天的情况就完全不同了。1951 年，我参加了国营百货商店工作。进店第一天，领导上就要我上内衣毛线柜，经营着几百种商品，每天的营业额都是几千元，这相当于旧社会多少家商店的营业额呵！其他新参加商业工作的青年同志不也是这样吗！一进店就上柜，领导多方关怀，老职工热情帮助，生活上安排得熨熨帖帖的，还有固定的工资。想起这些，我就格外感到今天站柜台的幸福和光荣。

站柜台真没有前途，没有出息吗？从我切身的体会中，我感到商业工作是大有作为的，是受人尊重的。有一次，我在钢精柜营业，接待了一对买结婚用品的青年男女。起初，年轻的姑娘看中了一对价钱最高的套料花瓶，小伙子却不大愿意买。我便马上从货架上取出了一只价钱便宜、式样美观的玻璃花瓶推介起来，结果他俩很满意地买了一对，临走时一再道谢。这些年来，我前前后后接到了上百封顾客来信，他们都是为了一些小事情向我表示谢意的。有一次，夏明翰烈士的爱人郑家驰端着碗肉，给我送到柜台上来了，说我站柜台肯为群众服务，辛苦了；有的小学生给我送来了红领巾和毛主席塑像，说我站柜台也不忘记帮他们这些小顾客解决一些困难。有时我走在街上，一些不相识的顾客还热情地给我打招呼。特别是去年,我被选为全国人民代表,上北京和毛主席、刘主席等党和国家领导人在一起共商国家大事。这些对我都是极大的鼓舞。我想,我一个普普通通的营业员,能受到党和人民群众这般关怀器重,这在旧社会哪里能想得到呢?

至于前途和出息,我觉得新旧社会有着不同的看法。资本家所谓前途和出息,就是升官发财,发家致富。而我们共产党人则把人民群众的利益放在第一位,对人民有利的工作,就乐于去干,就千方百计干好。比如时传祥同志是北京市的淘粪工人,这次人代会上我又见到了他。淘大粪,这在有的人看来,要算是最"下贱"的工作了吧。但老时不这样想,他说:"今天的工作没有什么'香'和'臭'之分,只要对人民有利的,就有前途和出息。那些思想'臭'的人,干出的工作也不会'香'。"的确是这样的,老时干的虽然是淘粪工作,但是人民群众却十分关心他,尊重他,把他选为全国人民代表大会的代表,这次三届一次人代会上他还是主席团的成员哩!前几天,我又在报上看到全国学生代表大会代表访问他、和他一起背粪的照片,真带劲呀!所以,我常这样想:站柜台既然是革命所需要的,对人民有利的,又有什么不好呢?即算有人看不起我们,我也要对他的思想进行分析,而决不能受那种轻视体力劳动的思想的影响,而要与这种错误思想作斗争!

## (三)

干商业工作、站柜台辛不辛苦?累不累?的确是比较辛苦,比较累的。上班要站着,下班要清货结账,逢年过节人家休息,我们却更忙哩!但是,我觉得,干工作越艰苦越光荣,越能锻炼自己。再说,我今天忙,可忙得有个味呢!我们辛苦点、累一点,却给广大群众带来很大的方便。假日节日,休息的人多,在节假日繁忙的时候,有时我们商店一天就要接待三万多个顾客,成交上万笔业务。如果我们假日节日把门一关,都休息去了,那将会使多少人感到不便呢!我们也可以设身处地地想一想,公安干警和解放军同志不是每到节日就更加警惕地守卫在战斗岗位上吗?理发店、饮食店、电影院、剧院的职工,还有交通运输部门和不少工厂矿山的职工,节日假日也都不休息,为人民群众服务,为社会主义劳动。所以,我总是把自己辛苦一些当作乐趣,因为正是通过我的劳动,给广大群众带来了愉快。

我还常想:白求恩、张思德为什么那么受到人民群众的敬仰,毛主席还写文章纪念他们呢?就是因为他们毫无自私自利之心,一事当前,首先为他人打算。我就对自己说:

柳同仁，你假日节日不休息，这点小小考验算不了什么！何况许多领导同志还跟我们一道参加营业，店里还另外给我们安排轮休时间呢？要是在新中国成立前，一年365天，从年初干到年末，从天亮干到天黑，有什么休息呢?!新中国成立前，我在兴隆百货商店学徒四年，虽然我家里离长沙不远，一共只回家两次，一次是自己出水痘子，成天发高烧，吃不进饭，骨瘦如柴，老板不给我药吃，又怕我死在店里，就在一个下雨天，逼着我敞着头、昏头昏脑、东一脚西一脚地回到了家里，搞得满身烂泥。我在家里把病养好，才让我去上工。另一次是店子关了门，我被逼着讨饭回家。除了这两次，就是天天守在店子里动不得，连外出理个发也得向老板说好话。那时，我也不知道什么叫节日假日，所以，1951年，当我刚进国营百货商店时，第一天中午，组长就叫我去午休，当时我不知如何是好。"休息"这两个字，对我来说是多么新鲜啊！我只觉得，如今工作和生活的条件有这么好，还要什么休息！的确，只要在资本家商店里做过工的人，就会深深地感到，生活在今天真是太幸福了！

有时，在柜台上也的确要受些"气"，我看也要具体分析。比如说，前不久我就碰到过这么一件事情。有个40多岁的男顾客拿了一只打火机，气冲冲地跑到柜上质问我，说我为什么要卖一个坏打火机给他呢？这的确是一个误会，我们卖出去的商品都是经过反复检查的，怎么会故意将一只坏打火机卖给他呢？我当时还是和颜悦色地接待了他，接过打火机一看，原来是他上多了油，将火石和砂轮浸湿了。这是与我卖货时没有详细向他介绍使用方法有很大关系。我细心将打火机拆开，把火石和砂轮用布擦干，再装好，当场就打燃了。顾客高高兴兴地离开了柜台，临走时还向我表示歉意。这件事情对我的启发也很大。我想，有时顾客对我态度不好、有意见，也不能单纯怪顾客，而应该首先检查一下我自己工作中的缺点，还可以用自己的行动去启示他们。

如今形势一片大好，城乡社会主义教育运动广泛开展，广大工农群众精神振奋，工农业生产的新高潮正在蓬蓬勃勃掀起。我感到自己的思想和工作还跟不上形势，达不到党和人民群众对自己的要求。我决心加强毛主席著作的学习，积极投身到当前社会主义教育运动中去不断地提高自己，坚守住柜台这个岗位，进一步提高服务质量和经营管理水平，和同志们一道，当个优秀的营业员，当生产新高潮的促进派。

（原载1965年1月29日《新湖南报》二版头条，由周永龄整理）

## （二）关于全国勤俭办企业五面红旗之一的湖南橡胶厂的报道

### 发扬艰苦奋斗精神　严格实行经济核算
## 湖南橡胶厂成为勤俭办企业的旗帜

到今年6月底止，已连续56个月全面完成国家计划，
共为国家积累资金1900多万元，为建厂投资的四倍半。

**本报长沙市讯**　湖南橡胶厂长期以来，坚持勤俭办企业的革命精神，严格实行经济核算，取得了显著的经济效果。自1958年11月到今年6月底止，已经连续56个月全面完成了国家计划，共为国家积累资金1900多万元，相当于建厂投资的4.5倍。由于严格执行了财经制度和纪律，去年清仓核查中，亏损不到千分之一，往来账目无拖欠，企业基金未超支，没有不合理的占用；生产成本逐年下降；胶鞋的质量指标均达到或超过国家标准。

在最近召开的全国工业交通企业经济工作座谈会上，推广了这个厂勤俭办企业和经济核算工作方面的经验。他们的基本经验是：

### 牢固地树立起勤俭办企业和经济核算的思想

几年来，这个厂不断地对职工进行勤俭办企业和讲求经济效益的教育。过去有一段，厂里的一部分同志把经济核算与群众活动对立起来，认为经济核算和财务监督会妨碍群众生产积极性。针对这种情况，厂党委广泛发动群众进行讨论，着重批判了"经济核算是单纯技术计算问题，与生产关系不大"；"经济核算是财会部门的事，与群众关系不大"等思想。强调勤俭办企业，不是权宜之计，而是建设社会主义的长远方针，是发扬艰苦奋斗的革命精神，贯彻执行总路线的一个重大的政治问题。通过不断的教育，现在，在这个厂里，从车间到班组，从领导到群众，勤俭办企业和经济核算的思想已落脚生根。党委和行政一直把经济核算列入日常的议事日程，厂长亲自抓经济核算和财务管理。各科室和车间的领导也把经济核算放在十分重要的地位。全厂勤俭成风。工人们人人讲核算，处处讲效益，从小处着眼，从大处算账，想方设法节约每一钱胶、每一寸布、每一滴汽油。三车间刷浆工人钱菊英精心操作，浆液刷得均匀，滴落少，使每双鞋的胶浆消耗比定额降低了 5 克。二车间老工人陈金榜从刀缝里找潜力，通过反复试验，将冲压切断鞋底布改为电机裁剪，使每双长球鞋节约棉布 0.33 厘米。今年上半年，这个厂即为国家节约了生胶 46 吨、棉布 3.59 万米、汽油 2 万公斤。暑季来了，车间里要用窗帘，他们没有花钱买，而是用生产下脚料——两三分宽的碎布条拼合做成。清理垃圾箱，已经成了这个厂勤杂工人的习惯。他们从垃圾堆里，选出那些有用的杂物，重新加工整理，卖给废品公司，从去年到现在，已为企业增加了 1200 余元的现金收入。

## 建立和健全严格的经济责任制度

该厂以厂部为中心，实行了厂部、车间、班组三级经济核算和经济活动分析制度，坚持按年、季、月度编制和贯彻财务收支计划和成本计划。并且按月将各项生产计划、质量标准、消耗定额和工时定额等经济技术指标，下达到车间、小组或个人，使每个工人都明确自己在生产中应承担的责任。为了有效地监督经济责任制度的执行，这个厂采取由各科室、各部门分管指标的办法，确定职能专业人员，负责检查指标完成情况。厂部、科室、部门分管的指标，通过核算台账和核算牌，按日公布，月终检查评比，并列为评奖的主要条件。与此同时，该厂还认真贯彻了各项经济责任制度，如：月度财务收支计划、预决算审批制度、质量检验、实物保管、事故追查和无故损坏遗失赔偿等责任制度。这些，都有效地保证了财经纪律的执行和国家计划的全面完成。

## 加强专业经济人员队伍　充分发挥他们的作用

在经济核算中，该厂十分重视发挥专业核算的作用。全厂在合理用人、节约用人的前提下，厂部财会、统计、劳动工资、供销等专业干部配备得比较齐全。基本生产车间都配有专职会计员,辅助车间也配有兼职会计员(兼统计)。还建立了以财会科长为首的财会工作责任制,厂领导积极支持财会人员行使职权。厂财会科由厂长直接领导,规定财会人员有权参与各项计划预算和各项定额的制订,监督有关部门合理运用国家资金和物资。厂部和车间每月分别召开一次经济活动分析会议,由厂长亲自主持,听取财会人员对各项技术经济指标和物资、资金使用的意见,发现问题,及时解决,充分发挥经济核算对生产的监督和指导作用。去年3月,厂工会俱乐部用文教费购置了一架幻灯机。财务科发现后,认为这笔开支不合理,同时厂里也不一定要用幻灯机。财会科当即提出意见,工会做了检查,并将幻灯机转让给别的单位。平时,厂领导还从政治上关心财会人员的进步,及时帮助他们解决工作、学习和生活中的困难。由于这个厂加强了专业核算的力量,充分发挥了专业核算人员的作用,也使群众性的经济核算更好地开展起来。

## 专业核算与群众核算相结合　不断巩固班组经济核算

几年来,这个厂一直坚持着专业人员和群众相结合的班组经济核算制度。全厂5个车间77个班组,已经实行和坚持经济核算的有71个班组,为全厂班组总数的92%,其中还有20%的班组开展了个人核算。在巩固和提高班组核算方面,这个厂的基本经验有五点:

第一,加强专业人员对班组经济核算的指导和培养工人核算员的工作。财会科除科长抓班组核算外,还固定由成本核算员抓班组核算,并在每周业务学习时间研究、检查核算。同时,各车间会计以大部分时间抓班组核算,按日汇总各班组的核算结果,帮助班组核算员总结经验和及时解决核算中的有关问题。

第二,制订简明的核算指标,使它能直接为工人所掌握。核算指标由简到繁,由粗到细,由浅入深,逐步推广,逐步提高。该厂开始推行以实物指标为主的班组核算,进而到以货币形式进行核算;由产量、质量的核算发展到原材料消耗、劳动工时的核算;由生产车间到辅助车间;由主要生产班组到一般班组;由班组核算发展到个人核算;由核算看效果进而到分析和解决关键问题。同时,各项经济指标的制订,都是经过群众充分讨论过的,使他们看得见、摸得着、记得住、经过努力达得到,核算起来也很方便。

第三,将经济核算指标完成的情况,作为评比生产成绩和奖励的依据。该厂班组核算指标就是劳动竞赛的主要条件,劳动竞赛的主要内容又是班组核算的主要指标。有赛就有比,有比就有算,二者相互促进。同时,在评比奖励时,以核算资料作为主要依据:对全面完成核算指标的给予物质奖励,也促使工人们更加关心班组核算。

第四，做好日常的经济活动分析，充分发挥班组经济核算对生产的指导作用。该厂在班组核算的基础上，开展了多种多样形式的班组经济活动分析，如班前班后开会分析、月结或旬结分析、核算牌分析、广播分析等等。根据分析，发现问题，及时加以解决。核算分析和解决生产中的关键问题相结合，不仅有力地推动了增产节约运动的开展，而且更加引起了广大职工对班组核算的重视和关心，促进了班组经济核算的巩固和发展。

第五，健全定额，做好原始记录和计量工作。近几年来，该厂一直坚持了限额领料、废料回收等制度，各项技术经济定额、原始记录以及计量工作也较为健全合理。就是更换临时任务时，也随时制订了临时定额。同时，随着班组核算不断深入和发展，有关部门又相应地补充了各种计量工具，充实基层会计、统计和原始记录人员。他们还做到：班组核算的原始记录，尽可能地与专业核算的原始记录一致起来。

（原载 1963 年 7 月 17 日《新湖南报》一版头条）

■ 新湖南报社论

# 发扬勤俭办企业的革命精神

在北京召开的全国工业交通企业经济工作座谈会上，表扬和推荐了湖北襄樊棉织厂、山西潞安矿务局石圪节煤矿、甘肃兰州炼油厂、湖南橡胶厂和上海嘉丰棉纺织厂等五个厂矿长期坚持勤俭办企业，全面贯彻多快好省，严格实行经济核算的经验。这 5 个企业是我省所有工业交通企业学习的好榜样。

在我省工业交通企业中，多数厂矿实行了勤俭办企业的方针，大多数干部和职工群众，坚持艰苦奋斗、勤俭节约的革命精神，在生产建设中取得了很大的成绩，涌现了一些勤俭办企业的先进单位。特别是社会主义教育和增产节约运动开展以来，通过反浪费、找差距、赶先进，广大职工群众自觉地节约人力、物力、财力，提高产品质量，勤俭节约的风气进一步形成。但是，在有些企业中，还有一些干部对艰苦奋斗、勤俭办企业的重大意义认识不足。还需要进一步进行勤俭办企业的教育，贯彻勤俭办企业的方针。

首先，要从思想上充分认识勤俭办企业的重大意义。勤俭节约与铺张浪费，其实质是无产阶级与资产阶级对待工作和生活的两种态度。在社会主义社会中,阶级没有消灭。资产阶级想尽各种办法来腐蚀革命干部和工人阶级队伍。每一个革命干部都必须提高革命警觉性,坚定立场,发扬党的艰苦奋斗、勤俭节约的优良传统,带头实行勤劳简朴办企业的方针,以自己的实际行动影响群众,造成一种勤劳简朴光荣、铺张浪费可耻的新的政治风气,从而抵制和防止资产阶级思想意识、生活方式的影响,坚持正确的政治方向,把社会主义企业办好,把工人阶级队伍培养好。这对社会主义事业是有着深远意义的。反之,如果放松革命警觉性,滋长起不爱惜国家财产,不愿再过艰苦生活的情绪,追求个人物质享受,讲排场、摆阔气,就会在政治上给资产阶级思想的侵蚀打开方便之门,甚至被"糖衣炮弹"所击败。毛主席早在1949年党的七届二中全会上,就谆谆告诫我们,必须预防这种情况。襄樊棉织厂等5个企业可贵之处就在于:他们牢记党的教导,有着高度的革命自觉性,以艰苦奋斗、勤俭节约的思想武装自己。如湖南橡胶厂的职工,不因为厂大而大手大脚,不因为每年能给国家上缴成百万的利润而自满。领导干部以身作则,克勤克俭;职工群众更是处处节约。哪怕几钱碎胶、几块破布、几滴汽油……也不放过。他们谈得多的是贡献,比得多的是节约。"有了困难自己挡,不让国家受影响。"这就是他们的豪言壮语。正是由于他们心怀革命大志,又能脚踏实地从小处做起,所以为国家做出了一个又一个的贡献。

勤俭办企业,还是一个关系到社会主义的资金积累能否迅速增加的重大问题。我国社会主义建设事业的发展,主要是依靠自力更生。我们应当使全体职工懂得,我国社会主义资金的积累,是依靠自己,依靠全国人民辛勤劳动,增加生产,厉行节约,反对浪费。我们每一个企业,都要像襄樊棉织厂等5个企业那样,克勤克俭、精打细算,努力提高产品质量,降低消耗,降低成本,提高劳动生产率,企业内部的潜力才能不断挖掘出来,才能以最少的人力、物力和财力,取得最大的经济效果。社会主义建设资金的积累,将比现在多得多,快得多。这样,就能大大地加速社会主义建设。

所以说,勤俭办企业,不是一个方法问题,而是一个根本方针问题;不只是一个经营管理问题,而且是一个政治方向问题。坚持勤俭办企业的方针,就是要以无产阶级的革命思想来办企业和建设社会主义。

要把勤俭办企业的精神贯彻到具体行动中去,贯彻到企业的生产经营中去,最好的办法,是实行严格的经济核算。襄樊棉织厂、湖南橡胶厂等5个企业的经验告诉我们,企业要实行严格的经济核算,就必须抓好以下几个环节。首先,全厂上下要牢固地树立起勤俭办企业和经济核算的思想,特别是领导要以身作则,带头遵守各项财经纪律,支持财会人员的工作,向那些破坏财经制度的行为作斗争。其次,先要搞好厂一级的核算，健全以总会计师（或财会负责人）为首的各级财会人员的责任制，充分发挥专业核算的作用，并加强专业人员对班组经济核算的指导和培养工人核算员的工作。第三，在专业核算的基础上，广泛开展群众核算。制定简明的核算指标，使它能直接为工人所掌握；健全定额，做好原始记录和计量工作。第四，把各级经济核算，与经济活动分析紧密结合，充分发挥经济核算对生产的指导作用。第五，将经济核算指标作为劳动竞赛的主要条件，与评比、奖励相结合。襄樊棉织厂等 5 个企业的经验是十分丰富的。各个厂矿虽然条件有所不同，但是，勤俭办企业的革命精神和严格的经济核算制度，是任何厂矿在任何情况下都应该坚持和发扬的。

学习襄樊棉织厂等 5 个企业的过程，也就是当前增产节约运动深入发展的过程。我们应该在前一阶段增产节约的基础上，组织工人认真地学习襄樊棉织厂等 5 个企业的革命精神和基本经验，做到深入人心，造成勤俭办企业的群众声势，使学、赶这 5 个企业迅速成为群众性的活动。各厂矿领导干部应当用这 5 面"镜子"，同时以伟大的共产主义战士李定国为"镜子"来对照自己，带头检查自己的思想和工作，并且发动群众揭发本企业在人力、物力、财力和产品质量等方面的浪费情况。进而，按照严格实行经济核算的要求，定出系统的整改方案，逐项进行系统整改，提高企业管理水平。各个企业要充分发挥财务部门的作用，抓好经济核算的工作。领导同志要亲自动手，经常抓紧，督促检查。各级工业管理部门也要及时为企业推行经济核算制度创造条件。对于本地区、本厂矿那些一贯坚持勤俭办厂、爱厂如家的先进单位、部门和人物，要善于发现、总结和推广他们的先进经验，向群众进行活的思想教育，使整个学、比、赶、帮活动逐步广泛深入地开展起来，使勤俭办企业的精神在全省工业交通企业里开花结果。

（原载 1963 年 7 月 17 日《新湖南报》一版）

# 艰苦奋斗的人们

"夺取全国胜利，这只是万里长征走完了第一步。……务必使同志们继续地保持谦虚、谨慎、不骄、不躁的作风，务必使同志们继续地保持艰苦奋斗的作风。"

——摘自毛主席在党的七届二中全会上的报告

走进湖南橡胶厂,一派艰苦奋斗的风气,给人留下了深刻的印象。从领导到工人,克勤克俭,艰苦奋斗。老八路的作风、"一厘钱"的精神,结出累累硕果。

## 大厂管小事　勤俭成风尚

只要稍许留心,你常会在这个厂的垃圾箱边,看到勤杂工人们头顶烈日或是身披寒霜,弯着腰,手不停地为拣"破烂"忙碌着:他们时而把成堆的垃圾翻开,时而把那里面的碎纸、布条、废胶挑选出来。然后,分门别类整理好。干这个活,是他们自己提出来的。过去一段时期,这个厂的垃圾不经过挑选就运出厂外。有心的勤杂工周席珍从废品站打听到了回收废胶、碎布、布条等杂物的讯息,决心把垃圾堆里的这点油水也挖出来。厂领导积极支持了他的建议:配备了必要的人力和工具,安排了一定的时间。从垃圾堆里回收"破烂"的活动就这样开展起来了。月复月,年复年,他们从不间断,自去年以来,即为国家节约了 1200 余元。

这件事,发生在这座年产值达 2000 多万元,每年上缴利润有几百万元的厂子里。也许有人说:像这样的大厂,何必从这些小地方去紧扣细打? 但是,这个厂的工人们不这样想,他们说:"为国家节约,就要从一点一滴做起。厂子越大,就越要千方百计堵塞各方面的浪费,为国家积累更多的资金。要是以为厂子大,可以松松手,那浪费就会更大,一年几百万的利润就出不来。"

"既要美化职工生活,又要不花分文,还要积累资金。"管园艺的工人下定了这样的决心。他们凭着自己在市园艺班学到的一点知识和不断地向外取经,从厂外引来了玫瑰种。通过精心的培育,7 年的时间,已经由两棵繁殖到了 4000 棵。每当阳春三月,玫瑰花红的时候,这个厂总要摘取大量的玫瑰花朵卖给商业部门,一年可以收入近 600元,大致相当于一个勤杂工一年的工薪。园艺工人的理想实现了,这是以他们那颗赤诚的心,克服了重重困难赢得的。几粒南瓜子和冬瓜子、几块冬瓜皮,这在很节俭的家庭,也不会看在眼下。但是,这个厂的食堂保管员彭德初却把它看成了至宝。每当食堂里吃南瓜或是冬瓜的时候,他总是把这些"下脚"收集起来,清理晒干,然后卖给医药部门或是人民公社。两年多的时间,他就在这个被人忽视的小处,为食堂增加收入 2000 余元。

在日常生活里,我们都要用水,用完了,倒掉,习以为常。但在橡胶厂,技术人员以珍惜"一滴水"的精神,对生产用水严加控制:用完了,回收;经过处理再用。每一小时,就能为国家节约 20 吨水,厂里也省了钱。

在这里,找不到"家大、业大,排场也要摆得大"的"逻辑"。在这里,闪烁着光芒的是：那种处处从小处着眼、事事为国家着想的工人阶级高尚品德。

## 到处都有"管家人"

在这个厂，有许许多多这样的事情：

一天清晨，落起了毛毛细雨，天乌黑乌黑的，眼看还要下大雨。这可急坏了行政科管理员："那一批摆在露天的砖坯，岂不糟了！"他从家里出来，匆忙地赶到工地，一看，哪知砖坯全用草折盖好了。是谁抢在雨前干的呢？是那位下早班、路过这里的茶水工人吴茂生。他忘记了一夜未眠的疲劳，自动地搞了一个小时的义务劳动。

在三车间的办公室里，有几只箩筐，里面常是盛着一丝一丝的碎胶。这是从胶鞋下脚皮上撕得的；撕这种东西可不容易，有时手都撕痛还难撕上几克。但是箩筐里的碎胶一倒干净，不几天，又是满满的。是谁利用工余时间撕好送来的？ 问车间干部，只是摇头，因为送碎胶的人很少给自己报个名字，留个姓。

幼儿园和卫生间的管理人员一天的工作原是较忙的，但是，她们发现只要自己安排得好，忙里还是能抽空。于是，她们到二车间要了些烂布筋，自动地担负起扎洗把的任务。行政科的负责人说，几年来，厂里就没有到外面买过洗把，全是由她们供给。

看来，这些都是"分外事"，但是工人们乐意去做。他们不是为了荣誉而工作，不是为了几个钱而劳动。在他们心眼里想的是：多为国家节约一针一线，这就是我的本分。那些日常生活里被人们忽视的事情，他们想到了；那些被人们刚刚想到的事情，他们又做了个八成。

亲爱的读者，也许你去百货店买过胶鞋，你可注意到那小小的包装纸盒又改小了一点？包装盒的改小，是橡胶厂技术科的干部提出的意见。他们通过对胶鞋装盒方法的反复研究，又对比了十几家兄弟厂的包装盒，发现本厂的盒子平均还可以缩短5厘米。于是，他们积极配合供销科，和纸盒厂联系，协助该厂将包装盒做了改进。这一皮韭菜叶厚的节约，一年也能为国家积累一定的资金。

我们常去街头，人流闪过眼前，都习以为常。但有心的行政管理员伍芬汝连蹓街的机会也不放过。这天，他路过浏城桥，正好碰上一部拖着火炉的板车。顿时，他想起厂里急需要火炉，自己虽去买了几次，但只有新的，每只都不便宜，放在口袋里的付款单每次带出去，又带回来了。他当即停下，和拖车工人闲扯起来。"这些炉子卖吗？ 多少钱一只？"他问道。

"炉子是10元一只。这些都是有主的。"搬运工人告诉他。

"哪里买的？"

"废品店。"

伍芬汝按着搬运工人的指点,先后到了市日杂公司和省日杂公司联系。这批急需的生火炉经过几个周折,终于买成了,为国家节约了 150 余元。

## 有了困难自己挡　不让国家受影响

"为着阶级和民族的解放,为着党的事业的成功,我毫不稀罕那华丽的大厦,却宁愿居住在阜陌潮湿的茅棚;不稀罕美味的西餐大菜,宁愿吞嚼刺口的苞粟和菜根;不稀罕舒服柔软的钢丝床,宁愿睡猪栏,狗巢似的住所;不稀罕闲逸,宁愿一天做 16 点钟工的劳苦! 不稀罕富裕,宁愿穷困! 不怕饥饿,不怕寒冷,不怕危险,不怕困难。"

——引自方志敏的《狱中纪实》

在今天的建设事业中,工人阶级这种高度的自我牺牲精神也在闪闪发光。湖南橡胶厂的工人们宁愿承受各种困难,也决不让国家财物有半点损失。他们深深懂得这一点一滴的财物着实来之不易。三车间有个上光组,它的任务是为胶鞋上光。上光油极易挥发,所以这个组设在一间四面不通风的房间里,每当盛夏酷暑,在这里工作真是够热的。为了照顾工人们的健康,厂里曾在这里安装了两台电风扇。扇了一段时期,工人们感到:人倒凉快舒适,可摆在屋里的四缸上光油,一天得挥发 20 多公斤。几个老工人商量了一下,决计不要电扇。他们说:"人热点没关系,怎么也不能眼看国家财物受到损失。"电扇拆掉了,上光油的浪费堵住了。

四车间锅炉组三班 28 个人,一共只有 12 件御寒工作服——棉衣。日也穿,晚也穿,一连穿了 5 年,已经磨得不像样了。棉花成了坨,面子烂得包不住棉花,工人们称它是"花棉衣"。"去换吧! 按规定也完全有条件换了。""不",老工人甘昆乔、贺汉春坚持道:"如今国家有困难,我们就不能缝缝补补再穿个两、三年?"去年夏天,工人们把那几件烂棉衣翻出来,洗好,晒干,把棉花扯松,用碎布补好面子、里子。这一翻一改,又是棉衣了,工人们穿了乐呵呵的,说:"再穿两年没问题。"

一车间老工人周有根手里拿着的那把划皮刀,只有 3 寸多长了,还是在用。他常把领新刀的期限由一个半月拖到半年。他说:"领一把,倒是方便,可领一把,国家又是一块多钱不对数。"

三车间装楦头的篓子一烂了,老工人梁德根和张广仁马上拼拼凑凑拿来修好,舍不得丢掉一只。仅最近三个月,他们就修好了 400 多只,为国家节约 1800 余元。

老工人们自己这样做，也关心着新工人的成长，决心把艰苦朴素、勤俭节约的传家宝传给下一代。这里说一段三车间老工人肖慕云帮助新工人沈实的故事吧！

他们两人同在长球鞋第 8 组：肖师傅上大底，小沈包外包头。包外包头总要剪掉一些边角碎胶，按规定，都要把它们丢在自己脚下的回丝桶里。但是，刚调到组里来的小沈不大注意，让余胶四处飞溅。坐在她斜对面的肖慕云师傅看在眼里，想在心里，真是觉得可惜，便找沈实谈过几次，说明回收余胶的好处。小沈却很少改进，觉得生产上掉些碎胶总是难免，余胶照样落在地上。肖师傅想出了一个办法：找来几块板子，铺在沈实座位的四周。这样，大部分余胶就落在板子上，下班后，肖师傅和组里其他同志便把它们回收起来。"还有一小部分碎胶落在地上，怎么办？"肖师傅思量着。这以后，她每天上班前或是下班后，就和同组工人一道，把小沈座位四周未垫板子的地方扫得更干净一些，任余胶飞得再远，也好回收。肖师傅这一系列行动，使小沈大受感动，她想：为什么肖师傅这般珍惜点滴财富？为了自己？不是！她是诚心诚意为着厂，为着国家，是我学习的好榜样。从此，沈实检点着自己，操作起来十分留心，掉在地上的余胶也少了。

节约每一钱胶、每一滴汽油、每一寸布、每一个零件，成为全厂职工的行动口号，嵌在每个人的心底。在车间，工人们不约而同地在许许多多机台上挂起了各种各样的节约袋、节约桶或是节约瓶；在路上，看见一星半点杂物，也要拾起。

## 坚持制度不徇情

有一次，刚从外厂调来的一个工人来到厂部财务科，说要回家一趟，要求借些钱。财务科的干部耐心地向他说明了本厂的财务制度：私人不得借用行政费用。然后，帮助他另外设法解决了。

的确，翻开这个厂的账簿，你就找不到一项私人借支。走访职工，都说：厂长这个头带得好。厂长梁涛同志负责财务审批，即使他手头再紧，也从来没有为自己开过方便之门。就拿去年 9 月的一件事来说吧：当时，他有 7 个孩子急需交学费，家里一时筹不出这么多钱。怎么办？"向公家借点吧！""不，不能，我是厂长，没有权利破坏财务制度。"后来，他还是向几个同事借用了。其他厂级干部，不，全厂职工，也没有向公家借支分文。

对那些不符合财务制度的开支，不管数目大小，他们总是认真严肃地对待，财务部门的同志说："国家把这个家交给我们当，我们就要坚持原则，把这个家当好。"今年年初，停消防车的房子坏了，管理员不经审批，擅自动用了价值 280 元的建筑材料，进行修理。按常情说，这是用得很省的，但财务科发现这一问题后，立即向厂领导做了汇报。

厂领导认为这件事情十分严重,是破坏财务制度的行为。随即,在全厂干部会上,严肃地提出了这件事情,并责成监察委员会、有关科室和当事人作了书面检查,并通报全厂各科室。又一次,一位科长出差到北京,坐了次出租汽车。回来后,按照财务制度,也未予报销。由于这个厂的领导和财务干部以高度主人翁的精神,对国家负责的态度,把住了关口,几年来,厂里没有用公款请过客,没有不合理的占用,往来无拖欠。

## 艰苦朴素多亏带头人

这个厂的领导干部,保持着劳动人民的本色,克勤克俭,艰苦奋斗,兢兢业业为党工作。

厂里的所有干部都住在工人宿舍区,和工人住同样的房子,用同样的设备。厂长梁涛一家大小 10 口,住在厂里的 8 口,仅住着两间房子,有一间房里挤挤密密摆着四张床。党委副书记陈应祥一家三代 6 口,只住了一间半房。他们房里的摆设也很简朴,家具都是用了多年的。厂级 8 个领导干部,有 6 个经常在职工食堂和工人一道吃饭,其余两个由于身体不好,便在食堂买饭回家吃。有一段时期,副厂长杜振春身体不好,保健站几次开了证明,要他吃营养餐,但是,吃营养餐的名单送到杜副厂长手里审批的时候,他总是把自己的名字悄悄地勾掉了。去年冬天,生活福利科给厂长室装了个火炉,梁厂长坚决拒绝了,说:“我一个人,犯不着。”结果,还是拆掉了。梁涛同志到长沙已经有六年多了,但是,他从没有上过“沙利文”“杨裕兴”“长沙饭店”等著名饮食店。星期天有点空,就洗洗衣或是给孩子们缝缝补补。他们对待工作真是勤勤恳恳,兢兢业业。党委书记李洪昭和厂长梁涛参加革命都很早,由于长时期的艰苦奋斗,都身患几种病。但是,他们还是一直坚持工作,一天要到厂区转几转,不叫苦,不怕累。有时,劝他们休息休息,他们说:人休息了,心可休息不成。不等人知道,他们又出现在厂区。

在这个厂,干部参加劳动蔚然成风。厂部规定,每周星期五为全厂干部参加劳动的时间。几年来,这个制度基本上坚持下来了。工人们说:“我们厂的干部能上能下,能文能武,真正保持了劳动人民的本色。”

亲爱的读者,别看这些都是劳动和生活中的“小事”,可它们有着多么深远的意义。从这里,我们看到了工人阶级的高尚品德,看到了无产阶级思想的强烈光芒。湖南橡胶厂的职工们,在艰苦奋斗中,为国家创造了一个又一个的成绩,同时,也锻炼了自己。

愿他们迎着曙光勇往直前!

(原载 1963 年 8 月 22 日《新湖南报》二版头条)

# 毛泽东思想哺育成长起来的
# "钢钳工"——柳志强

我省大庆式企业——湖南橡胶厂，在毛泽东思想的哺育下，先进人物正在不断地涌现出来。柳志强就是其中一个突出的代表。

柳志强，是机修车间七级钳工、钳修组组长。他忘我劳动不怕苦，抢挑重担不怕累，敢于革新不怕难，临危不惧不怕死。工人们说："老柳技术过得硬，思想过得硬，手上有钢，心中更有钢，真是个钢钳工。"他真不愧为一个毛泽东时代的好工人。

## 把心贴在机器上的人

毛主席说："我们国家要有很多诚心为人民服务、诚心为社会主义事业服务、立志改革的人。"

"把心贴在机器上的人"，这是人们对柳志强异口同声地赞誉。

柳志强经常说："维修为生产，生产为人民。"他热爱机器像革命战士热爱武器一样，练就了一身过得硬的本领。全厂十几种主要设备，他都会拆、会修、会安装。他只要一听机器的响声，就知道机器的运行情况正常不正常。他的心时刻都贴在机器上。有一次，他从空气压缩机房路过，听到空气压缩机响声不对，马上告诉车间维修工人停下来，拆开一看，果然连杆波司上一个螺丝松了，如果不及时拧紧，就会打坏机器。他和维修工人当即进行处理，防止了事故的发生。又一次，车工王先仁正在加工链条珠子，车出的珠子尽是花纹，是什么原因呢？在旁的柳志强一看，说："不是车头布司松了，就是刀架松了。"一检查，发现真是车头布司松了。他和车工陈海生一起马上进行了调整，保证了产品质量。

柳志强不但上班时一颗心贴在机器上，而且下班以后，他的心一刻也没有离开过机器。工人们说："柳师傅人在厂里，心在厂里，人不在厂里，心还是在厂里。"他和钳修组的工人们，对生产车间不但"有求必应"，而且常常是"不请自来"。有一次，他下班以后，正在洗澡，听到有人议论："空气压缩机汽缸温度太高，正在淋水降温。"他就想到：

这样水滴会不会溅到润滑油里去呢?如果润滑油里有了水,机器就会发生故障。他赶忙穿上衣服,直向空气压缩机房奔去。果然不出所料,润滑油进了水。他及时给车间维修工人提出意见,研究出防止故障的办法。

为了保证正常生产,别人休息时,钳修组的工人们要抓紧时间进行抢修,陪伴机器过年过节。他们不论在炎热的夏季,或者寒冷的冬天,经常半夜三更起床,排除设备故障。过去,有的青工不习惯,柳志强就不断地教育他们:"在别人休假看热闹的时候,我们要做到眼不红、心不乱。"去年,他有 33 个假日没有休息。考勤员李昌其拿着册子请他查对,他说:"我那里加了这么多班。"随手接过考勤员的钢笔,涂掉了一个"3"字,剩下三天,厂里要给他加班工资,几次动员,他都不肯接受。他说:"在旧社会我们做牛做马,每天做到半夜三更,还要挨打受骂。今天,工人当了家,作了主,为革命做事,就应该有个主人翁的态度。"结果,他还是用各种理由拒绝了。

柳志强由于忘我地劳动,有时发生腰痛的现象。去年四季度,厂里搞了一个工人疗养所,确定一些带病工作的老工人脱产去疗养。工会和保健站提出了柳志强的名字。但柳志强一听叫他去疗养,心里就急了,说:"我不去,去了会急病的。"厂党委书记、厂长、车间领导再三动员,他才勉强答应,说:"饭,我在那里吃。觉,也在那里睡。工作我得照常搞。"医生规定他早晨八点半钟上班,下午 5 点钟必须回去。可是,他常常一清早就到车间去了,工作一忙,还经常不能按时吃饭。他这种忘我劳动精神,使职工们受到了深刻的教育,大家给他取了一个名字,叫作"特殊疗养员"。

## 手上有钢　心中更有钢

　　毛主席说:"什么叫工作,工作就是斗争。那些地方有困难、有问题,需要我们去解决。我们是为着解决困难去工作、去斗争的。越是困难的地方越是要去,这才是好同志。"

在柳志强身上,充满着工人阶级的革命硬骨头精神。在检修工作中,哪里最苦,他在那里;哪里最累,他在那里;哪里最脏,他在那里。他有着坚强的革命意志,有着一股使不完的刚劲。

1964 年 11 月间,在大搞技术革新、技术革命中,厂里为了赶装一条地下传送带,要将水泥、砂石倒进只有四寸多宽的地脚眼里,却没有合适的工具。这一关通不过,整个工程进度就要受到影响。困难当头,怎么办?当时,有人说了一句"耙头不如手快"。柳志强说："对！"他随即跳下地道，侧弯着身子，伸出他那钢铁般的双手，一把一把地抓着水泥、砂石往眼里灌，灌一点，拌一拌。水泥、砂石碱性很大，右手被磨破了，手指也抓不拢了，他忍住剧痛，换上左手再干。这样他和四五个工人一道，苦战了两天，完成了六十多个地脚眼子的浇捣任务。职工们很受感动，说："老柳手上有钢，心中更有钢，真是个钢钳工。"从此，"钢钳工"这个名字就迅速地传开了。

有一次，蒸气锅炉的进水管道坏了，需要马上抢修。当时锅炉气泡内温度高，水蒸气又多。青工李昌其侧着身子刚钻进气泡，准备用电焊焊接管子，不料面罩就被蒸汽蒙住了。没有办法，只好退了出来。柳志强一看，着了急，他说："不行，没有蒸汽就没法做胶鞋，必须抓紧进行抢修。"他把衣服一脱，钻进气泡里去了。里面汽水的确太大，不能操作，只好退了出来。正在焦急的时候，工人徐树武说："据说肥皂擦在面罩玻璃片上，能够防止水汽。"柳志强照着他的建议进行试验，果然有效。他躺在烫人的管道上操作，热气把人逼得透不过气来，衣服也汗湿了。这时，他想起毛主席的教导："什么叫工作，工作就是斗争。……艰苦的工作就像担子，摆在我们的面前，看我们敢不敢承担。"这给他增添了巨大的力量，他坚持了十分钟、二十分钟、三十分钟……一直焊了大半个管子，才从气泡里钻出来。接着，青工李昌其也钻进去完成了管子的焊接任务，使本来需要停修两三天的故障，只用了一天多时间就修复了。

在柳志强的心中只有"革命"二字，为革命他心甘情愿吃大苦，耐大劳。在厂里，炭黑车工房要算是最脏的地方了。修理炭黑车的时候，炭黑加上油污沾在皮肤上，钻进毛孔里，就是用肥皂再三洗也难完全洗干净。有些青年工人听说要修炭黑车，心里就发愁。可是柳志强不是这样，他带头进行拆洗、修理和安装。今年元月安装炭黑车时，水泥地脚未干，他吩咐组内同志回去休息，自己却守在车间生起炭火烘烤水泥地脚。去年在移装破胶机时，打水泥座子是比较艰苦的活，有些人不愿搞。他一看机座打不出来了，马上亲自动手，和几个工人一道，用了不到三个小时，就把机座打出来了。

在柳志强这样坚忍不拔、顽强战斗的人面前，还有什么克服不了的困难呢？

## 胆大心细的革新闯将

毛主席说："在生产斗争和科学实验范围内，人类总是不断发展的，自然界也总是不断发展的，永远不会停止在一个水平上。因此，人类总得不断地总结经验，有所发现，有所发明，有所创造，有所前进。"

　　柳志强是湖南橡胶厂有名的革新闯将。最近几年,他和同志们一道克服了设备、技术上的重重困难,在革新技术、改造设备、赶超先进中,作出了许多重要的贡献:自制了精度较高的齿轮油泵,为全面推行硫化热风循环创造了条件;革新了地下传送链,减轻了半成品运输的劳动强度;大胆地采用了电焊烧补和校正的技术,延长了炼胶机地轴的使用寿命……

　　这里,让我们介绍他试制多号码的胶面一次出型机的故事吧!

　　胶面一次出型,上海早已有了成功的经验。但是,上海的胶鞋厂一般只生产几个号码的胶鞋。而这里生产的鞋子有 25 个号码。多号码的胶面一次出型机,全国还没有。1960 年和 1962 年,厂里先后两次推行上海一次出型的经验,都失败了。1965 年初,厂里职工代表会上有人提出继续进行试验。当时,有的人说:"两次不成,还要再搞,又是白费劲。"柳志强反复地学习了毛主席关于不断总结经验的指示,说:"世界上的路从来没有一条是笔直的,搞革新也不能没有曲折。"厂里根据职工们的意见和本厂的实际情况,提出了三种不同的设计方案,并组织了"三结合"的队伍,再次到上海进行学习。经过反复比较,厂里最后肯定了五辊胶面一次出型的设计方案。但要在一个小小的维修车间里,造出一套技术要求较高的多号码胶面一次出型设备,真是困难不小。柳志强和钳修组的工人们,却在车间里忙个不停。出型滚筒光洁度要求很高,厂里没有磨床,请兄弟工厂加工以后,仍然达不到要求。怎么办? 柳志强说:"自己干。"

　　有人问:"柳师傅,你有精密磨床吗? "

　　"没有。"

　　"没有磨床用什么磨光呢? "

　　"用手也要磨出来。"

　　柳志强组织工人们用最细的砂布和棉布去磨。就是这样,光亮亮的滚筒终于加工出来了。

　　一个困难闯过去了,新的困难又出现了。滚筒要刻花纹,长沙找不到刻的地方。送到上海去吗? 至少需要三个月,影响出型机上马的进度。困难摆在面前,时间非常紧迫。柳志强和六级钳工龙海清商量:"没有地方加工,我们就自己动手吧! "

　　他就是这样的硬汉子,在困难面前,从来没有打过"退堂鼓"。没有刻过,就进行试验。他和龙海清找了一截钢材,拿起小錾子像绣花一样,细心地錾起来。手酸了,甩几甩,接着又干。经过试验,证明手工刻花是完全可能的。接着,钳工龙海清、徐树武、周伏岭完成了刻花任务。

　　最大的困难,还是弯制滚筒上的刀片。这些刀片是滚切元宝鞋胶面用的,形状怪,要求高。锻工组的工人们细心又细心地操作，一连打了几次，怎么也打不出来。几块小小的刀片却成了"拦路虎"。柳志强便和技术员、钳修组同志们商量，钳工们提出要是有模具就好了。为这件事，柳志强足足想了一个星期，上班想，下班还是想。晚上他拿着小孩玩的纸盒、鞋盒，剪来剪去，做成各种刀片模型。连他的孩子也好奇地问道："爸爸也剪东西玩呀？帮我剪一只好不？"不知道剪了多少式样，几乎剪光了家里的纸盒，好不容易才做出了制造模具的样板。最后用钢板做成模具，4 天内制成了 16 把滚刀，突破了这个最大的难关，制成了一次出型机。

他就是这样，胆大心细，敢想敢干，克服了一个又一个的困难，实现了一项又一项革新。

## 临危不惧　奋不顾身

毛主席说："发扬勇敢战斗、不怕牺牲、不怕疲劳和连续作战（即在短期内不休息地接连打几仗）的作风。"

"疾风知劲草。"紧急关头，正是对人最大的考验。

1964 年 3 月，青工小李在成型车间焊管子时，一个电火花掉在胶浆盒里，胶浆盒燃着了，挂在架上的几只鞋子也燃了起来。柳志强急步跑上前去，把外衣一掀，拿起一只着火的胶鞋往左手腋下一夹，又拿起另一只着火的胶鞋在右手腋下一夹，然后把胶浆盒翻过来扑在地上。他这种奋不顾身，扑灭火险的英雄行为，使正在身旁的学徒邵根深很受感动，小邵立即用自己的身子往胶浆盒上一扑，压住了火焰。事后别人问柳志强："你为什么不怕火烧？"他说："只要国家财产不受损失，烧烂衣服，烧痛皮肤算得了什么?！"

今年元月的一天，厂里打浆房胶料因静电起火，引起了汽油着火爆炸，火焰一下就冲到了房顶，火势非常猛烈。全厂职工冒着浓烟烈火，投入了紧张的救火战斗。柳志强，作为一个机修工，他是最了解厂里的各个要害部位的。他去救火的时候，首先考虑的是打浆房里的三个油罐，里面装着几吨亮油（百分之八、九十是汽油）。如果发生爆炸，不但附近的车间、办公楼都有烧掉的危险，而且关系到在场救火的许多阶级兄弟的安危。在这紧急关头，他临危不惧，奋勇当先。当消防车赶到时，他对消防人员急呼道："这里三罐油，一定要保住它。"说完，他顾不得房顶正在燃烧，也顾不得瓦片不断地掉下来，就和工人李忠凯等人先后冲进贮油房。看到一桶已经熬好的亮油着火了，油桶与亮油罐只隔着一道砖墙。如果火势继续蔓延,亮油罐就有爆炸的危险。他一面搬运砂子,一边喊着:"快来砂子! 快来砂子!"砂子一盆盆一桶桶地向油桶压下去,可是火焰还是没有熄灭。工人李忠凯穿着单衣在紧急扑火,老柳怕他出危险,连忙说:"李忠凯,你出去,让我来!"火焰还在继续燃烧,油烟越来越大,他眼睛熏得睁不开了,房顶瓦片和桷木正在不断地垮下来,消防队的同志不断地叫喊:"危险,危险,快出来,快出来。"柳志强根本没有把这些警告听进耳里。当时他脑子里只有向秀丽、王杰的英雄形象,他把个人安危置之度外,想到的只是阶级兄弟的安全和国家的财产。他接过了不知谁递给他的一个灭火器,使劲地向油桶喷射药液,直到把火扑灭。经过同志们一场紧张的战斗,三个亮油罐被保住了,大大地减轻了火灾带来的损失。

柳志强临危不惧,奋不顾身,表现了工人阶级大智大勇的英雄气概,表现了对党、对国家、对人民无限的忠诚。

## "钢"是怎样炼出来的?

毛主席说:"工人阶级要在阶级斗争中和向自然界的斗争中改造整个社会,同时也就改造自己。工人阶级必须在工作中不断学习,逐步克服自己的缺点,永远也不能停止。"

"钢钳工"柳志强和所有先进人物一样,是在毛泽东思想哺育下逐步成长起来的。

柳志强,这个出生于工人家庭,12 岁就开始当学徒,长沙解放不久,就怀着"翻身不忘共产党"的思想来到工厂做工。经过党的教育和同志们的帮助,他的阶级觉悟不断提高,生产一贯积极。但在 1959 年以前这段时间内,为人民服务,为革命做工的思想并不是很明确的。1959 年下半年,厂里开始组织职工学习毛主席著作。他拿起一本《纪念白求恩》的小册子一看,一下就被吸引住了。以后,他不断地学习这篇文章,牢记着毛主席在这篇文章中说的:"我们大家要学习他毫无自私自利之心的精神。……一个人能力有大小,但只要有这种精神,就是一个高尚的人,一个纯粹的人,一个有道德的人,一个脱离了低级趣味的人,一个有益于人民的人。"他检查了自己单纯的"报恩"思想,认识到:"不管搞什么工作,都是革命,都是为人民服务。解放初期做军鞋支援前线是革命;今天维修机器,也是革命。"树立为人民服务、为革命而劳动的思想,是他思想进步的重要开端。由于他不断地学习毛主席著作,使他的思想得到不断地提高。1961 年,在国家经济遇到暂时困难的时期,他对生活上的个别问题一时认识不清。车间党支部发现后,对他及时进行帮助。他又几次学习了《将革命进行到底》这篇文章，文中，毛主席举了一个例子：一个农夫见到一条蛇快冻死了，把它放在怀里暖热，蛇活了，却把人咬死了。他把自己错误思想比作毒蛇，他想：对毒蛇不能怜惜，对自己的错误思想也不能怜惜。如果不彻底进行改进，自己就会被"咬死"。他几次在小组会上检查自己思想，说："如果在艰苦条件下，怕苦怕累，就会拈轻怕重，贪图安逸，永远落后。"

现在，他每天晚上都要坚持学习毛主席著作半小时到一小时。在他的口袋里，经常装着毛主席语录、《王杰日记》等，一有空闲就拿出来学。到目前为止，他已通读了毛主席著作甲乙两种选读本，同时还几次阅读了《雷锋日记》《王杰日记》《工人阶级的光辉形象——王铁人》等。在毛泽东思想的哺育下，在党的培养教育下，在英雄模范人物的鼓舞下，柳志强时时刻刻都把自己的一言一行和社会主义建设事业相连。他还经常到青工、学徒的宿舍去组织他们学习毛主席著作。青工李茂炳曾经认为"搞机修工作又脏又累，没有什么技术学。"他就和小李一起学习《为人民服务》《反对自由主义》。他对小李说："干什么工作，都是为人民服务，都是干革命，机修工作是脏是累，但你不搞，他不搞，谁来搞？"李茂炳经柳志强多次耐心帮助，不仅技术提高很快，能够单独修理炼胶机，而且思想进步很快，已经成为小组的骨干。

（原载1966年2月23日《湖南日报》三版头条，汪时亮、宋梓罗参与采写）

# 湖南橡胶厂干部实行"三定一顶"劳动制度

## 定时间、定岗位、定任务，能独立操作后顶替工人劳动
## 工人们说：这样做真是同劳动，心连心

**本报讯** 湖南橡胶厂干部从今年7月份以来，逐步实行了"三定一顶"（定时间、定岗位、定任务；顶班劳动）的制度。全厂干部除了一部分因病不能参加劳动的以外，其余的干部参加劳动的占95%以上；有80%的干部学会了一至二门生产技术，基本上达到了"两顶一"或"一顶一"的程度。在劳动中，他们和工人同起同落，深受工人好评。

这个厂的各级干部参加劳动的制度，是逐步建立和巩固起来的。从1958年起，就有不少干部到生产班组拜师学艺，定期跟班劳动。今年7月，他们又实行了"三定一顶"的劳动制度。干部固定劳动时间（规定副科级以上干部每周劳动两三天，一般业务干部

劳动一天半),固定岗位(根据各人工作性质、技术能力、体力强弱等情况,固定在一个班组和工种劳动),固定任务(规定每次参加劳动都要完成一定的生产定额);在提高操作技能的基础上,顶班劳动。在实行"三定一顶"的过程中,这个厂做到了因人、因事制宜安排劳动。如领导干部一般是到关键部门蹲点劳动:原来是技术工人的干部一般回原工种顶班劳动;暂时还没有掌握操作技能的干部,分别到与其工作紧密结合的工种拜师学艺,逐步做到顶班劳动;总务部门的干部主要参加食堂劳动;供销部门的干部参加车间劳动和送料上门;一些身体不好的干部便酌情不要他们参加劳动或安排轻活。干部下去劳动后,还要参加班组的会议活动,交知心朋友,把上面的指示、决议带下去,将班组里的思想、生产、生活等情况带上来,帮助班组改进工作。

经过几个月的实践证明,企业干部参加劳动,实行"三定一顶",是保证干部参加劳动走向经常化制度化的重要措施。过去,这个厂虽然也规定了每周星期五为干部劳动日,但没有固定干部劳动的岗位和任务。到了劳动的这一天,全厂100多名干部都分头到车间临时找活干,不仅使车间负责人感到麻烦,而且分到小组去以后,工人也不太欢迎。有的还说干部是打游击的"临时工","华而不实"。一部分干部对参加劳动的任务也不明确。实行"三定一顶"的劳动制度以后,情况就不一样了。现在干部参加劳动已开始成为企业生产活动的一部分。到了规定参加劳动的时间,干部都能秩序井然地进入自己固定的劳动岗位,小组也及早地为干部下去劳动作好了准备,一上班就和工人一样投入了紧张的劳动。特别是实行了定任务以后,促使干部端正了参加劳动的态度,使大家认识到自己既是普通劳动者,又是生产的组织者,从而提高了干部的政治责任感,克服了敷衍应付的错误现象。

"三定一顶"的制度,还有利于督促干部认真学习和钻研生产技术,学会操作的过硬本领。"三定",为干部学习生产技术提供了有利条件;"一顶",又向干部学习生产技术提出了严格要求。现在,全厂干部在劳动中拜师学艺已形成风气,并取得了显著成效。副厂长刘书敬拜六级老工人莫若春为师,在原有的基础上进一步学习生产技术。现在他对胶鞋成型的11道工序,可以在十道工序上单独操作,被工人誉为生产上的多面手。许多干部深深地体会到:只要这样坚持下去,经过一段时间,绝大多数干部都会变成生产上的内行,既能管理,又能生产,再不会是只能动嘴、不能动手了。

实行"三定一顶"的制度以后,干部真正把自己置于群众之中,用实际行动表明自己真正是普通劳动者的一员,因而大大地密切了干部和群众之间的关系。党委副书记陈应祥有次在成型车间红霞班参加劳动时,上大底的气压机上有个工人请了假,需要有人顶班。组长李瑞英想调陈应祥去顶,但不好意思说出口。陈应祥得知后,马上主动去顶班，并对李瑞英说："我到你们组里劳动，就是你们组里的工人，叫干啥就干啥，保证服从分配。"以后，李瑞英对陈应祥也就大胆指挥了。组里的工人也把陈应祥看成班里成员，无所不谈，毫无拘束。工人们说："这真是同劳动，心连心了。"

实行"三定一顶"的制度，还有利于培养和提高班组骨干的工作能力，加强班组工作。现在全厂 68 个生产班组，每个班组都固定有干部参加劳动。不少干部能够主动帮助班组长把班组工作搞好，还在班组内建立了以老工人和积极分子为核心的骨干队伍。如有段时间三车间红霞组生产很不正常，产量、质量完不成计划，群众思想波动。在这个组参加劳动的干部就积极协助组长既抓思想，又抓技术，特别是通过串联发动，搞好了小组团结，后来不但能够按日完成计划，质量也提高了。

这个厂的干部原来对实行"三定一顶"制度，认识上也并不是完全一致的。有的认为自己过去是工人出身，不参加劳动也不会脱离群众；有的认为工作忙，"三定一顶"难得办到。针对这些思想问题，厂党委除了加强对干部的教育，使干部认识实行这项制度的重要意义外，还着重采取了以下几项措施。首先是领导干部带头，到一、三车间顶班劳动，一般干部看到领导干部这样做了，也都纷纷走出办公室，参加劳动。劳动工资科的干部就说：领导干部工作那样多，都能顶班劳动，我们还有什么不能做到的呢？其次是严格控制会议，妥善安排工作和学习，为干部顶班劳动创造条件。比如开会，能不开的坚决不开，必须召开的会议，也先提出会议计划，由政治处、厂部统一审查，特别是临时性的会议，能够合并开的就合并开；同时，充分发挥宣传工具的作用，能够利用广播、黑板报等工具传达贯彻的事情，就不再开会。各部门还特别注意精简了报表，各车间都普遍建立了台账、记录，科室需要数据和情况，由干部下车间抄录，以减少基层干部的工作负担。在实行"三定一顶"以后，厂党委特别重视组织干部向老工人拜师求艺，如在三车间劳动的干部大部分人已签订了师徒合同。参加劳动的干部还普遍建立了个人劳动手册，各班组都有干部顶班上岗的"考勤登记簿"，由小组把干部劳动中的优缺点及时记载下来，作为干部参加劳动的考察依据。

（原载 1964 年 9 月 24 日《新湖南报》二版头条，宋梓罗、王广华参与采写）

## 以毛泽东思想挂帅　反对形而上学
# 湖南橡胶厂不断一分为二　不断前进

**编者按**：一个先进单位要向更先进的水平前进，每前进一步，都会经过这样那样的斗争，首先是政治思想上的斗争。

要使政治思想上的斗争取得胜利，关键在于突出无产阶级政治，用毛泽东思想统帅一切。

以勤俭办企业著名的湖南橡胶厂，两年多来不断革命，不断前进，就是突出政治、以毛泽东思想统帅一切的结果。正像湖南橡胶厂的工人说的："毛主席著作是革命的'万宝箱'。不学毛主席著作就不能革命，不学毛主席著作就不能前进。"

当这个工厂被评为全国勤俭办企业的红旗单位以后，他们没有在荣誉面前停滞不前，没有躺在成绩簿上消极地"保红旗"，而是克服了某些人的自满情绪，高举红旗，乘胜前进；当这个工厂在胶鞋试穿评比中名次下降以后，他们没有在困难面前消极退缩，不是"被动地战"，而是克服了一些人的埋怨情绪，"主动地攻"；当这个工厂开展技术革新后，他们又克服了一些人的畏难情绪，不是"光学不创"，而是"既学又创"，继续前进。

是"保红旗"还是"举红旗"？是"被动地战"还是"主动地攻"？是"光学不创"还是"既学又创"？这一系列争论，归根结底，都是无产阶级思想和资产阶级思想的斗争。湖南橡胶厂坚持了斗争，取得了胜利，这就又一次证明了突出无产阶级政治、活学活用毛主席著作的强大威力。

1963年被评为全国勤俭办企业的五面红旗之一的湖南橡胶厂，两年多来，全厂职工继续高举毛泽东思想的伟大红旗，不断革命，不断前进。去年，在设备没有增加、人员减少的情况下，提前42天全面超额完成了国家计划。各项经济指标都比1963年进一步提高，劳动生产率已接近全国平均先进水平；产品质量显著提高：三种主要产品（解放鞋、元宝鞋、长球鞋）据最近全国统一试穿结果，有两种被评为全国第一，一种评为全国第二。

在这两年中，这个厂也曾走过一些弯路：他们曾在荣誉面前产生过一些自满情绪；在思想方法上也曾受到过形而上学的影响和束缚。后来，由于全厂职工认真读毛主席的书，听毛主席的话，认识和掌握了"一分为二"的唯物辩证法，终于扫清了前进道路上的重重障碍，从胜利走向新的胜利。

## 是"保"红旗　还是举红旗

湖南橡胶厂职工，在开始被评为全国先进企业时，还是牢牢记住了"虚心使人进步，骄傲使人落后"这一真理，做出了一些新的成绩。可是不久，全国各地都派人来厂里参观，有一部分同志自觉不自觉地产生了自满情绪，在荣誉面前沾沾自喜起来。他们生怕丢掉红旗，产生了一种"谨小慎微，保住红旗"的思想。有人说："搞了这么多年，有一套了。再动，搞出乱子来，红旗就保不住了。"

可是，事情恰恰相反。就在这时，厂里一连发生了两件事。一件是由于财务管理不严，库存物资与账目不符，影响了成本的准确性；另一件事是：他们的三种主要产品，在全国试穿评比中，名次大为下降。这两件事，震动了全厂，特别是使那些主张"稳保"红旗的同志大吃一惊。他们开始认识到：消极地保红旗，不仅保不住，甚至会把红旗丢掉。

在这个关键时刻，省、市领导给了他们许多帮助，明确指出：红旗不能消极地保，只能积极地创；要克服消极保红旗的思想，还必须彻底克服骄傲自满情绪。厂党委根据省、市委领导的指示，组织全体干部重新学习毛主席关于克服骄傲自满、故步自封，反对形而上学的指示。党委一连开了一个多星期的会，一边学习毛主席的指示，一边揭自满情绪的盖子。盖子越揭越深，问题愈摆愈明，许多同志都自觉地作了深刻检查。

这样，坏事变成了好事。一些过去不常参加劳动的领导干部参加劳动了；很少蹲点的也蹲下去了。广大职工群众听取了领导的检讨，看到领导转变了作风，也检查了自己的某些自满情绪。特别是围绕产品质量问题，对比先进，大找差距，决心猛赶、猛超先进。他们豪迈地说："我们湖南橡胶厂的工人是有志气的！"厂党委因势利导，在全厂职工代表大会上，提出了赶超三个第一（即三种主要产品的穿着寿命，赶上或超过上一年全国试穿的第一名），摘掉一顶落后帽子（即劳动生产率落后于上海厂）的奋斗目标。全厂职工精神振奋，开展了一场为实现赶超奋斗目标的战斗。

## 是被动地战　还是主动地攻

在这场与"物"的战斗中，自始至终贯穿着思想斗争。斗争，集中在两个问题上。

一是要解决"守"与"攻"的矛盾。近几年来，这个厂的产品质量一时好一时差，不能稳步地提高。为了解决这个问题，他们曾经采取一种"堵"的办法：一旦质量波动大了，厂领导就带领一班人马，到影响质量的薄弱环节，采取种种技术措施使质量暂时稳定下来。表面上看来是守住了,可是再过一段时间,质量仍然发生波动。

去年,厂领导反复学习了毛主席关于克服骄傲自满、故步自封,反对形而上学的指示和毛主席关于树立质量第一思想的教导;职工们也针对这方面的问题向领导提出了许多建议。厂领导深刻认识到:产品质量波动长期解决不了,根子是在领导的思想上。过去,领导在处理质量问题时,不相信群众的觉悟,放弃了对职工进行"好字当头"的思想教育,而是漏一处,堵一处,采取消极被动的守势,所以问题总解决不了。

这之后,厂领导决定采取攻势,大抓人的因素,狠抓质量第一的思想教育。他们组织全厂职工反复学习了《为人民服务》《纪念白求恩》等文章,发动大家充分讨论全国新形势下的新要求,职工们对照消费者来信和早期破损的废品,自觉检查了过去忽视质量的错误思想。从此,质量第一,对质量负责就是对党、对人民负责的思想,不仅在领导思想上扎下了根,也在全体职工的思想上扎下了根。许多影响质量的、过去被认为无法解决的难题,也都迎刃而解了。群众的积极性调动起来了,从上到下采取了攻势,终于变被动为主动,扭转了长期产品质量波动的局面,使质量稳步上升。

二是要解决质量与成本的矛盾。在提高产品质量过程中,厂里还碰到了另一个矛盾,就是提高质量与降低成本的矛盾。他们为了使产品质量根本改观,从工艺设计、原材料和工具设备上,采取了一系列提高质量的措施,但这一来成本又增加了。

当时,有的人害怕成本增高给全面完成计划带来被动,对于采取措施动摇了;而大部分人则认为为了对党、对人民负责,应该坚持质量第一,其他指标应当服从质量。厂党委坚决支持了后一种意见。他们坚信矛盾着、对立着的事物,在一定条件下是可以转化的。这个条件,就是进一步发扬广大职工的革命精神,从其他方面挖掘潜力,降低成本,提高质量,来解决增加了成本的问题,于是,厂里把这个课题给群众讲清楚。全厂职工立刻行动起来,千方百计挖掘节约潜力。裁断工人为了节约棉布,提出了"从刀缝里挖潜力"的口号,将部分冲裁改成电剪裁,实现了刀缝里基本无浪费。供销科的干部发现包装纸盒有潜力,主动跑到纸盒厂,帮助排版设计,每张纸多裁出了一个纸盒。采购员们外出采购,即便采购价值仅一分多钱的散热片,也是问了东家跑西家,打听到最低的价格才肯定货。经过全厂职工的努力,正确处理了质量与成本之间的辩证关系,不仅没有影响全面完成国家计划,相反,由于质量提高,还带动了其他各项指标全面超额完成。

## 是光学不创　还是既学又创

去年,这个厂的职工们还打了一场技术革新仗。技术革新是围绕着提高劳动生产率进行的。过去，他们为了提高质量和劳动生产率，每年都派出大批人马去外地参观学习。可就是在学习过程中，缺乏首创精神，常把别人的革新成果看成是不可逾越的，只跟在人家后头走，亦步亦趋。结果，虽然搞了不少革新项目，实际效果却很少。"胶面出型、压延、滚切一条龙"，这个革新项目就是这样。早在1959年，他们就派人去上海学习，把上海的图纸原原本本搬来了。当时，上海生产的产品号码少，要适应本厂多号码的生产要求，就得有上海那样的五套设备。大家被吓住了，只好半途而废。1963年，他们再去上海学习，又听说这个经验还不成熟，上海有些厂也不用了。于是，他们也跟着停了下来。去年，厂党委认为应该坚持把这个项目研究成功。

于是，工厂派人去上海第三次取经。这次取经，情况截然不同。他们一方面组织干部和职工学习了毛主席关于反对形而上学、不断总结经验和怎样对待新生事物等有关论述；一方面总结本厂过去的经验教训，自己动手，设计和创制出能滚切多号码的五滚机，使这项六年没搞成的项目，只用了两个月时间就搞成功了。这大大振奋了全厂职工的革命精神，鼓舞了职工们的革命斗志。接着一个又一个革新项目成功的消息接踵而来。去年，全厂共搞了218项大小革新项目，使机械化程度由原来的33.2%提高到43.4%。

（原载1966年2月9日《湖南日报》二版头条）

■相关链接

## 土法上马　逐步实现机械化的路子走对了
# 浏阳磷矿边基建边生产　发展迅速

### 建矿一年多来，剥离土方21万多立方米，
### 生产了标准磷矿石9万多吨，土建部分已基本完成

在学习湖南橡胶厂勤俭办企业的热潮中，浏阳磷矿的建设者们，高举毛泽东思想伟大红旗，发扬艰苦奋斗、自力更生的革命精神，坚持土法上马，逐步实现机械化，促使矿山建设迅速发展。去年3月建矿以来，边基建、边生产，共剥离土方21万多立方米，为国家开采了标准磷矿石9万多吨，土建部分也基本完成。

## 坚持土法上马　逐步实现机械化

过去,我省生产磷肥用的磷矿石全靠国外和兄弟省供应,不能满足农业生产和磷肥工业发展的需要。为了立足本省解决这一供求矛盾,去年年初,省委决定筹建浏阳磷矿。这个矿的樟树冲工区随即土法上马,在一无机械设备、二无完整的地质资料的情况下,依靠本身力量,边基建边生产。随着农业生产的不断发展,对磷矿石的需要量更加增大,今年2月,省委又决定扩大这个矿山的建设。但以什么样的速度建设矿山和建设一个什么样的矿山呢?当时这个矿有的领导和部分设计人员认为,浏阳磷矿是我省第一座露天磷矿,也是我省磷矿主要基地,要建就要建得"像个样子",既要大又要洋。因此,他们提出了一套现代化矿山的建设方案:穿孔机凿岩,电铲装车,自卸汽车运输……生活建筑上,有大食堂兼大礼堂,有全是红砖红瓦的单身宿舍和家属宿舍,而且工人宿舍全部集中在矿部。但是,当时矿山的情况怎样呢?一没有电,二没有技术力量和技术条件。按照这个方案,矿山投入生产要在基建开始一年半以后,而基建开始是从电铲上山那天算起;当这些条件都不具备的时候,那就只能等待。

这时,省委、省经委领导深入矿山,给职工群众反复讲农业增产对化肥迫切需要的形势,摆矿山的现有条件,出主意,交任务,提出了土法上马、逐步实现机械化的建矿步骤,并用这个矿山樟树冲工区坚持土法上马,艰苦创业的事实教育大家。去年年初,樟树冲工区生产时,一没地方住,二没地方吃,山上全是荒草一片。工人们就在永和街上租下20多间破旧民房,开始建矿。他们每天顶着寒风,踏着冰雪,跑8里路,上山生产。剥离土方、开采矿石没有机械化工具,他们就用锤子、钢钎、扁担、锄头来干,后来又依靠本身力量搞了一些半机械化工具,使工区生产迅速发展起来了。去年只几个月时间就为国家生产了16000吨矿石,而且还培养了不少技术力量。工人们说:"我们不能忘记樟树冲艰苦创业的日子,我们要走樟树冲所走过的路,进一步发扬艰苦奋斗、自力更生的革命精神,把矿山建设得更快更好,满足农业生产对磷矿石的迫切需要。""我们地处农村,又是直接支援农业的单位,生活建筑不应该脱离当地农民的生活水平。"

思想认识逐步统一了,便以樟树冲工区为榜样,修改了设计方案,实行土法上马,逐步实现机械化。今年6月和9月,先后组织职工和民工到新建的两个工区剥离土方:先是依靠手捶肩挑,往后逐步实现了一些剥土和运输方面的半机械化,只几个月的时间,剥离了土方9万多个立方米,为明年开采矿石打下了良好的基础。住房设计也修改了:用土砖代替红砖,用土瓦代替"洋"瓦;工人宿舍都建在工区,用的都是竹壁粉灰;有的是 6 人一间，有的就是大统间；房屋造价最低的每平方米只有 27 元。艰苦奋斗、自力更生的精神取得了胜利。

## 边基建边生产　集中力量打歼灭战

土法上马，逐步实现机械化的建矿方案确定以后，这个矿在边基建的同时，又边生产。但是，开始也有人认为，矿山建设必须按"正规程序"搞，要等矿山基建完成了，才能生产矿石。但大部分人认为，应该看到当前国家对磷矿石的迫切需要，争得矿石就是争得粮食。同时，他们还具体分析了本身的条件：矿山是露天开采，露头好，地层不太复杂，加上有初步的勘探结果和设计方案，这些都为边基建、边生产提供了有利条件。于是，矿里在筹建其他两个工区的同时，组织了专门力量在水运方便的樟树冲工区扩大生产。从全矿看，樟树冲工区重点是抓生产；而从樟树冲工区本身来看，又是边基建，边生产。这样，不但保证了以最快的速度拿出矿石，而且通过生产实践又使基建内容更加切合实际需要，还培训了技术力量，支援了新建工区迅速上马。

在边基建、边生产的过程中，这个矿始终抓住不同时期的工作重点，集中力量打歼灭战。今年年初，正是要确定整个矿山建设规模和建矿步骤的时候，在有关领导部门的具体组织下，集中了地质、设计、施工、交通、生产等方面力量，通力合作，深入现场，全面勘察，然后分头提出方案，这个歼灭战为时达 4 月之久。接着，省委在 6 月间正式确定这个矿今年在基建的同时，要拿出 10 万吨矿石的方案，矿里便集中主要技术力量，充分发挥三机一线（发电机、卷扬机、压风机和高压线）的设计能力，并且调整了劳动组合，使工效不断提高，从 6 月起，每月的生产水平即达到一万吨以上。8 月，民工大量上山，其他两个工区开始基建了，矿里又集中全力做好民工上山的组织工作，如盖住房，加强对民工的管理，搞好劳动组合等。民工上山以后，眼看基建速度大大加快，每月剥离土方达 4 万多个立方米，同时考虑到明年生产的发展，运输又成了当前的一个关键问题。从 11 月以来，在继续组织民工上山的同时，全矿集中 400 多个民工和职工突击抓好溜槽、漏斗、轻轨道、校车和公路、下河码头等运输工具和运输设施的建设。这样一环扣一环地集中力量打歼灭战，就更加加快了矿山的建设速度。

## 组织民工上山　实行亦工亦农

采取土法上马，逐步实现机械化的建矿步骤，边基建、边生产，力争尽快生产出更多的矿石,是需要大量劳动力的,而矿上只有400多个固定职工。所缺的劳动力从哪里来呢？这个矿在广泛开展技术革新,合理调整劳动组合,深入挖掘企业内部潜力的同时,利用农闲季节,大量组织民工上山,实行亦工亦农的制度,有效地解决了劳动力的来源问题。

开始实行这个制度时,有的同志顾虑民工来多了,场面铺不开;流动性大了,不好管理。但是,民工上山后,他们在一起生活,一起劳动,矿里又派出专人加强了对他们的领导,结果上山的1000多个民工生产、生活一般都组织得很好。在经常的学习中,民工们也深深懂得建设矿山的意义,他们说:"今天我们多剥一方土,多开采一吨矿,明天就能多产粮食,就是为发展农业出了份力。"所以,民工们在生产中干劲十足,风里来雨里去,拣重活干,从不叫苦。金刚公社三虎大队的民工一马当先,他们在队长何传尤的带动下,克服重重困难,和兄弟队一起在两座山腰之间开了一条20多米长、10多米深、3米多宽的沟,保证了车道运输。罗江公社申田大队的民工们还开展了劳动竞赛,你追我赶,热气腾腾。金刚公社大冲大队的民工,为了提高劳动生产率,调整劳动组合,采取歇人不歇车的办法,取得了很好的效果。

事实证明,实行亦工亦农的制度,好处很多。既加快了矿山建设,又加强了工农联盟,既减轻了国家负担,又增加了社队集体收入。今年以来,民工们为矿山剥离的土方占全部剥离量的90%以上,社队从中获得了20多万元的收入,有效地促进了农业生产的发展和社员生活的提高。如金钢公社界口大队32个民工参加磷矿建设,7个月时间,即向大队投资了4600多元。大队用这笔钱买回了一头耕牛和大批农药肥料。实践证明,没有这样一支民工队伍,要土法上马、高速度地建设矿山是不可能的。

目前,这个矿除了在农闲季节组织民工参加矿山建设以外,还推行了三年一轮换的民工(合同工)制度,对今后矿山的建设将起着更大的作用。

## 各方大力协作　切实加强领导

浏阳磷矿的迅速发展,是与省委的高度重视、各方大力协作分不开的。省委将磷矿建设列为打歼灭战的重点项目,今年6月,还专门成立了磷矿建设指挥部,具体负责矿山建设的领导。省委、省人委负责同志几次深入矿山,现场指导,确定矿山的建设步骤,要求有关单位大力协助。为了摸清地质情况和矿藏储量,省地质局402队的职工们冒严寒,战酷暑,翻山越岭,边勘察,边钻探,并且集中了全队技术力量,突破了矿心取样等质量关键,仅仅在7个月的时间里,就拿出了重点地区的储量报告,保证了矿山设计顺利进行。冶金部有色冶金设计院、省轻化工厅设计院和省煤炭局设计院等单位的设计人员，深入现场，打破框框，紧密与勘探、施工、生产部门结合，自己找地质资料，自己算储量，进行现场设计，出色地完成了设计任务。担任矿山建筑施工的湘潭工程公司二工区，集中了全工区的主要力量投入磷矿建设，密切与矿方合作，在几个月的时间里，就基本完成了矿山土建部分。交通部门的同志为了摸清航道情况，保证矿石运输，不辞劳苦，在浏阳河上来回勘测了两次。他们还专门成立了调运办公室，从3个专区7个县调集了1700多艘帆船，运送磷矿石。船员们战胜滩干水浅、山洪袭击、航道不熟等困难，提前70天完成了全年磷矿石的运输任务。物资部门的职工深入矿山，主动上门了解磷矿对物资的需求情况，做到要什么就调什么，什么时候要就什么时候调。除此以外，浏阳县委、县人委积极组织劳动力参加矿山建设，桃林矿、水口山矿、瑶岗仙矿都分别为磷矿配备了工区整套班子。各个部门、各个单位都是一个心眼、一股劲地支援磷矿建设，这些对磷矿职工都是极大的鼓舞。

磷矿的干部们也深入一线，带头参加劳动，解决生产关键问题。今年二月间，矿里安装水泥电杆，一时请不到专业安装力量，自己又缺乏安装经验，加上连绵阴雨，困难不少。矿领导就和工人一道研究，亲自试安。放电线时，又组织全体干部参加劳动，保证了这项任务的完成。三四月间，生产任务陡增，在部分职工中出现了畏难情绪，副矿长张志明便深入到工区蹲点，参加劳动，帮助解决一些具体问题，又反复向职工讲明农业发展的形势和增产磷矿石的意义，使职工的劲头更足，任务完成得很好。

这个矿山从本身实际出发，自力更生，艰苦奋斗，采取土法上马、逐步实现机械化的道路，促进了矿山的迅速发展，这是毛泽东思想的伟大胜利。

（原载1965年12月14日《湖南日报》一版头条）

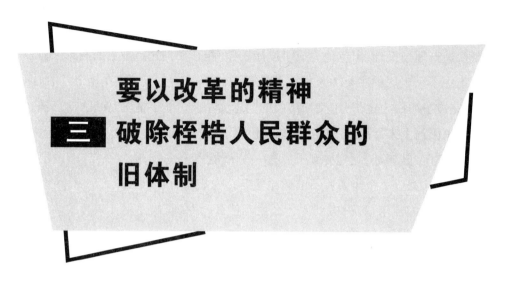

**要以改革的精神三破除桎梏人民群众的旧体制**

**心灵感悟**：古人云，不破不立，不塞不流，不止不行。邓小平同志指出，改革是社会发展的直接动力，是"第二次革命"，是中国现代化的必由之路。党的十一届三中全会实现了建国以来党的历史上思想路线、政治路线和组织路线上的拨乱反正，明确了把党和国家的工作重点转移到经济建设上来的战略决策，并提出了一系列改革开放的工作方针和政策。清除"左"的影响，坚持以经济建设为中心，实施改革开放，理应成为我们新闻报道的重点和主旋律。

**亲身经历**：在 20 世纪八九十年代报道中，我紧紧围绕改革这一主题，重点从清除"左"的影响，大力发展个体私营经济；扩大企业自主权，实行经济责任制；揭示行政体制改革中存在的问题；批评了对改革的错误理解和做法；大力宣传改革中的典型人物和事件等五方面着眼着笔。

## （一）清除"左"的影响　大力发展个体私营经济

1980年初，当不少地方对恢复个体私营经济思想阻力大的时候，我冲破"左"的思想枷锁，率先采写了《长沙市恢复400多家个体商店和摊担》的报道。接着，抓住当时闻名全国的长沙红星饭店砸碗事件进行连续报道《从红星饭店砸碗事件中吸取教训　长沙市加强对个体经济户的扶植和管理》（此文由新华社向全国转发）、《长沙市发展3000多家个体经营户》等近10篇稿件。这不仅促进了长沙市有关部门进一步做好这方面工作，而且对全省个体经济的发展也起了促进作用。一年多时间，全省个体户即发展到8万多家。

# 长沙市恢复四百多家个体商店和摊担

### 繁荣了市场，方便了群众，解决了部分待业人员就业问题

**本报讯**　最近，在长沙市街头巷尾，恢复了400多家个体经营的小商店和摊担，繁荣了市场，方便了群众。

这些小店和摊担是由市工商局和各区工商局正式发给营业执照开业的，其中由东区工商局登记开业的就有250多户。他们大都是一个人或是夫妻两人经营。有的从事修理服务，如镪刀磨剪，镥锅，修理小五金、提桶、脚盆、竹器、棕棚、雨伞等；有的从事加工服务，如切烟、缝纫、做蚊香、京花、铁器等；还有的经营饮食、百货、印相、日杂、副食、水产、豆腐等商品。他们的经营特点是：小型、快速、灵活、多样。如东区办起的几家个体印相店，只要一天或是半天就能拿到照片。早几年，补锅、补碗的几乎绝迹，现在已

有人走街串巷,业务在逐步恢复中。以往,锵刀磨剪的也很少见,一些缝纫店、皮革厂和家庭住户为磨刀剪耽误很多时间。现在,开业的磨刀匠定时定点上门服务,群众欢迎。前一段,许多饮食店不经营白粒丸、猪血、猪杂、牛杂等品种。如今街头巷尾的个体小吃店或摊担,正在填补这些空缺。据有关部门统计,个体摊担经营的农副产品达 200 多种,大至各种肉类、家禽、鲜鱼、小至黄豆、芝麻,还有不少湘莲、湖藕、黄花、木耳等湖南名特产品和乌龟、脚鱼、螃蟹等特殊产品。在经营时间上,不少店、担清早开卖,晚上也营业。

个体户小店和摊担的开业,也解决了城市一部分待业人员的就业问题。如已登记发证的 100 多户农副产品市场内的商贩,原来大都靠做临时工和街道救济过日子。摆摊以来,不要救济了,有的还有所节余。各街道劳动服务站和农副产品市场,加强对他们的组织管理和政策教育,经常检查他们的秤具、货源、价格和商品质量,使他们更好地为消费者服务。

(原载 1980 年 6 月 11 日《湖南日报》一版)

从"砸碗事件"中吸取教训

# 长沙市加强对个体经济户的扶植和管理

**本报讯** 长沙市有关领导部门从"砸碗事件"中吸取教训,进一步解放思想,放宽政策,加强对个体经济的扶植和管理。

8 月 17 日,新华社发表了《长沙市国营红星饭店营业员砸个体饮食摊的碗》的消息和《"砸碗事件"说明了什么?》的评论员文章,引起了强烈反响。长沙市委主要负责同志石新山、李照民多次找有关部门负责人交谈,并召开了有关加强集市贸易建设和扶植个体经济发展的会议,研究了扶植个体经济的一系列措施。前一段,长沙市对个体经济户的登记、发证只限于在个别区街试点;现在决定在城内四个区和郊区全面开始登记、发证,同时制订了《长沙市街道个体工商业户登记管理暂行办法》。登记、发证的范围也适当放宽了:除了有常住户口的待业青年和闲散人员可以登记外,有一技之长、家庭生活又困难的退休人员只要经原单位审查同意,也可以申请登记。个体经济户经登记发证开业后，允许自愿组合，民办集体企业；对有技术专长的，允许带一两名学徒。在货源方面，除了允许在国家规定的范围内自行采购外，商业部门应给予适当照顾。为了方便个体经济户经营，全市确定在原来38个集市贸易场所的基础上，在火车新站、五一广场附近和小吴门再新建三处集市贸易场地。城内四区还将拨出50万元，加强对现有交易场所的建设。前一段，个体经济户的隶属关系不明确，不便于加强领导。最近，长沙市明确由各区、街主管，市工商行政管理局协助管理。个体经济户按居委会成立小组，按街道成立行业联组，由街道劳动服务站做好经常性的管理教育工作。市工商行政管理局和各区工商行政管理局分别成立了个体经济管理科、股，贯彻有关政策，开展经验交流和协助解决一些具体问题。

"砸碗事件"的报道发表后，在长沙市二商业局、市饮食公司、新胜饮食总店和红星饭店也引起了很大震动。他们对照检查了本身的工作，决心进一步搞好服务工作，积极参加竞争。最近，市饮食公司已对全系统58家餐厅、面店、包点店和甜品小吃店，分别提出了不同的要求。

个体户李分龙被砸烂的碗碟，已由新胜总店和红星饭店负责人亲自登门赔偿，并表示了歉意。李分龙也一再表示要向国营商店学习，更好地为群众服务。

（原载1980年9月10日《湖南日报》一版，易侃林、文伯其参与采写，新华社向全国播发）

## 活跃市场　方便群众　广开就业门路
# 长沙市已有三千多家个体经营户
### 市有关部门解放思想，放宽政策，给个体工商业户以有力支持

**本报讯**　在长沙市的一些大街小巷、居民集中区和城郊工矿区，活跃着一支肩挑手提、摆摊设点的个体经营户队伍。他们经营饮食、副食、小百货，缝衣修表、磨刀锢剪、钉鞋配锁，广开了就业门路，大大方便了群众生活，活跃了市场，成为公有制经济的必要补充。据统计，全市已有3180多户个体经营户，从业人员达4000余人，占有资金71万多元，每天营业额15000多元。

长沙市个体经营户的发展经历了曲折的过程。1965 年，全市有 8060 家个体经营户，占当时城市人口的 1.15%。他们分别从事商业、服务业和修理业，经营方式灵活多样，服务热情周到，与人民群众的经济生活紧密联系在一起。但在十年动乱中，他们大都被当成"资本主义尾巴"被割掉。到 1977 年底，全市仅剩下 132 家个体户，使市场出现了不少缺门，给人民生活带来许多不便。党的十一届三中全会以来，长沙市一批老个体户重操旧业，许多待业青壮年从事个体经营。今年上半年，有近千名青年跻身在个体经济中，从而使全市个体经济展现出重新振兴的势头。

为了发展群众需要的个体经济，市有关部门解放思想，放宽政策，给个体工商户以有力的支持。市工商行政管理部门制订了个体工商业登记管理办法，建立健全了市、区两级管理机构，为 700 多家个体户安排了营业场地。人民银行长沙市支行抽出专人负责个体户的信贷工作，帮助他们解决资金不足的困难。去年四季度以来，这个支行共为 36 家个体户贷款 35000 多元，同时还为 20 多家个体户在银行开立了存折。市财政部门对待业知识青年个体工商业户，免征工商税和工商所得税一年，还区别不同行业、对象和收入情况，确定了起征点和减、免税收办法。长沙小百货站拿出 3000 多种商品样品，任凭个体户看样选购，今年上半年为个体户提供了 77000 多元的物资。市粮食部门今年一至六月，为个体户供应粮食 30 多万斤、油 14000 多斤。市日杂批发部对个体户进货，不限批量，不限金额，不限品种规格，做到随到随进，商品原装破损，还可斟退。

个体经营户的发展为广大群众提供了愈来愈多的方便。过去长沙市群众要修钟表很困难，去年下半年以来，先后有 20 多家个体钟表修理店开业，随到随修，大修不超过一周。已登记开业的 200 户个体缝纫店，有的已开门接料做衣，有的上门做衣，使做衣难的矛盾有所缓和。

（原载 1981 年 7 月 22 日《湖南日报》一版头条）

## （二）扩大企业自主权　实行经济责任制

当中央反复强调，要严格实行经济责任制度，给企业以更多的自主权时，我采写了《长沙市纺织厂扩大自主权后生产大发展》《不开"大锅饭"带来了更大的经济效益　长沙市二轻局107个集体所有制企业由统负盈亏改为自负盈亏》《我省八家阀门厂联合经营》《长沙市财政局采取多种形式扩大一批国营企业财权》《长沙市二商业局推行多种形式经济责任制》《长沙市国营理发店实行定额到人超额分成工资制》《长沙市服装工业公司与铜官镇供销社实行　工商联营　沟通渠道提高经济效益》《在小商品上做出大生意》等报道，促进了企业体制改革，激活了企业内在潜力。

# 扩大自主权给企业带来了活力

长沙纺织厂扩大自主权后，生产大发展，上缴给国家的利润、企业所留的基金和个人所得的奖金，均增长了一倍

**本报讯**　扩大企业自主权，给长沙纺织厂带来了活力。自去年9月份以来，这个厂月月超额完成国家计划，产品质量不断提高，品种也有增加，首次打入了欧、美市场。扩大自主权后的8个月同前8个月比较，利润增长了1.17倍；企业所得的福利基金和奖励基金增加了55万元，增长一倍多；职工个人的奖金也增长一倍，实现了国家多收、企业多留、个人多得。

过去，上级主管部门对这个厂的人、财、物和产、供、销统得较死，企业没有自主权。

职工对企业生产的经济效益不大关心，认为反正是计划由国家定，材料由国家给，赚钱由国家收，赔钱由国家贴。不少职工有"坐大船""吃大锅饭"的思想，以致长期来企业生产起色不大。去年9月，这个厂按照上级指示精神，开始试行扩大企业自主权：厂里在全面完成国家计划的基础上，按一定比例实行利润留成，留成资金使用于发展生产、改善生活福利和奖励等；企业在坚持按劳分配、多劳多得和兼顾国家、集体、个人三者利益的原则基础上，可以按照留成的奖励基金自行掌握发放；在确保国家计划完成的前提下，企业可以按正当渠道，广开门路，自找原材料；企业可以按本身生产能力和市场需要，制订补充计划，超产的产品和发展的新产品，可以部分自行销售；企业可以根据本身实际需要，自行使用折旧基金，对多余的闲置设备，可以自行处理。

企业有了这些自主权，使广大职工认识到个人、企业和国家的利益紧密相连，从而千方百计搞革新、改造、挖潜，努力把生产搞上去。织布车间原来有200多台布机，因设备不配套，10年来一直闲着未用。去年底，厂里积极筹集资金，购买了一套与布机配套的整经机和浆纱机，腾出房子安装好。接着，又组织群众日夜抢修好了全部布机。原料不够，他们便多次派人外出求援，先后购回了300吨化纤，增产了市场上急需的绵绸。今年一至四月就获得利润140万元。这个厂还广泛开展市场调查，积极调整产品方向，改进产品设计和工艺，提出要由用纯棉做原料转为多用化纤、用好化纤；由生产低档产品转为生产高、中档产品；由内销转为逐步增加外销；由只生产内衣转为生产部分外衣。内衣车间过去只生产一些汗衫、背心，向第三世界出口。去年11月以来，他们努力提高产品质量，增加品种，通过外贸部门，与美国、英国等国家签订了24个外贸合同，增加了多种纱支、多种规格、多种色泽、多种风格的毛巾套衫，为国家挣回了一笔外汇。织布车间和纺纱部的其他几个车间，今年也开始生产出口灯芯绒和精梳纱。

扩大了企业自主权以后，这个厂将留成的利润用于扩大再生产和兴办职工福利事业。现在，厂里正着手从福利基金中拿出60万元，为职工盖三栋共计5000多平方米的宿舍，解决职工住房的困难。厂里把利润留成中的13万多元发展生产基金补充到更新改造资金上来，正积极筹建新厂房，添置一些机器设备，进一步扩大生产能力。

（原载1980年6月10日《湖南日报》一版头条）

# 不开"大锅饭"带来了更大的经济效益

长沙市二轻局 107 个集体所有制企业由统负盈亏改为自负盈亏
今年前 7 个月产值、利润比去年同期大幅度增长

**本报讯**　长沙市二轻局将所属 107 个集体所有制企业，由过去统一调拨资金、统负盈亏，改为独立核算、自负盈亏，大大地加强了企业的经济责任，调动了生产积极性。今年前 7 个月，全系统生产大发展，产值比去年同期增长了 23.12%，利润也有较大幅度的增长。

过去一段，这个局所属的 107 个集体所有制企业，全部实行资金由主管部门统一调拨，盈亏由主管部门统一负责。结果"统"掉了企业的积极性，"统"出了依赖性。反正是赚钱往上交，无钱向上要，企业办好办坏一个样，坐大船，吃大锅饭的思想相当严重。去年清产核资，全系统即有价值 220 万元的 967 台机器，长期闲置未用，还有价值 286 万元的设备报废了。流动资金严重积压，1978 年只周转 3 次，每次 123 天。

今年来，这个局的党委经过反复研究，认为这种大包干的做法弊多利少，必须改变。从元月份开始，他们即在全系统 107 个企业全面实行了独立核算，自负盈亏；在分配比例上也作了调整，确定企业上交所得税后净利润只上交 30%，企业自留 70% 用于生产基金、福利基金、奖励基金；恢复交税后的劳动分红制，从企业自留基金部分抽出一定比例作为个人奖励；如果企业的利润超过上年同期，还可以从超额部分中留出 40% 作奖金和福利基金；企业如发生亏损，则从下年度交税后的利润中自行弥补；企业对利润留成的基金（包括更新改造基金）有支配使用权，有添置设备和处理多余设备权。为了提高企业更新改造能力，促进生产发展，局里还决定将原来固定资产月折旧率 5‰ 提高到 8‰。光这一项，全系统 107 个企业每年就可提回 600 多万元的折旧费，为加速企业更新改造打下了良好基础。同时，这个局还取消了过去那种无偿占用资金的制度，明确企业使用上级拨款和流动资金都要付给一定的资金使用费。

实行独立核算、自负盈亏以后，企业经营的好坏与企业本身和职工的经济利益紧密相关，大家都关心企业的生产和经营管理，经济效果看得见摸得着了。岳麓打火机厂原来生产的产品不对路，今年来连续亏损。厂里便积极设法广开门路，改变产品结构，除生产汽车喇叭以外，还增加了民用锁边器的生产，6 月份便开始扭亏为盈。长沙市三木工厂原来由产地运原木来长沙加工包装箱，运费贵。实行独立核算、自负盈亏以来，

他们算了又算,决定与当地造纸厂联系就地加工,边角余料作造纸用,这样就节约了运费8千元。该厂还将7台圆盘锯改为带锯,一年即能为国家节约10多万元。

(原载1980年8月17日《湖南日报》一版头条,《人民日报》二版头条转载)

# 我省八家阀门厂联合经营

### 阀门联合经营公司成立后,沟通了产销渠道,
### 方便了用户,促进了生产,扩大了服务领域

**本报讯** 为了保护竞争,推动联合,把经济搞活,最近,我省机械系统成立了第一个联合经营组织——省阀门联合经营公司。公司成立后,已与用户签订了928吨、226万元的合同,很快发挥了联合经营的优越性。

这个联营公司是由长沙阀门厂、常德市阀门厂、常德七一机械厂、涟源县阀门厂、湘潭市阀门一厂、衡阳市阀门厂、长沙市水暖器材厂、洪江市阀门厂根据自愿互利的原则组织起来的。各个企业的所有制、财务和隶属关系不变。联营公司的主要任务是:预测市场,收集和交流经济技术情报,组织发展新产品;组织产品销售,对外签订合同,对内分配合同及检查合同执行情况;检查产品质量,协助解决技术方面的问题;扬长避短,发挥优势,搞好产品分工,促进改组。联营公司的权力机构是联合经营委员会,由各参加厂的一名厂级领导组成,下设经营组、财务后勤组和技术服务组,处理日常工作。并在各成员厂设立经营处,负责接洽有关联合经营的业务。联营公司在银行建立账户,实行独立核算。公司所需管理费,从签订合同总金额中提取百分之一至二解决。为了减少中转环节,不增加成本,公司签订的合同分配到厂后,各厂按合同规定直接向用户发货和办理货款托收。

省阀门联合经营公司建立以来,沟通了产销渠道,方便了用户,促进了生产,扩大了服务领域。过去,我省生产的四百多种规格的高、中、低压阀门分散在6个地区8个厂。用户订货在一地一厂无法配套,往往要跑很多地方。工厂派人外出联系业务也是各自为战,互不通气。而现在,他们以联营公司出面,一厂代八厂,一人顶八人,出门一把抓,回来再分家,这等于销售人力比原来增加了7倍。用户只要与联营公司接洽,就可以签订订货合同,不需要跑很多地方了。在签订和分配合同时,用户可择优指定生产厂;有现货的,可先安排交货;生产厂与用户相距近的,可就近供应,这样就大大方便了

用户。从生产安排来看，过去由于各厂互不通气，生产任务来源不一，有的企业吃不饱，有的企业又吃不了。现在，公司本着统一计划、合理布局的原则，对各厂产品品种、型号、规格，在维持各厂现有生产的前提下，按照市场需要，适当调整分工，并调剂余缺。如长沙阀门厂今年生产任务吃不了，而衡阳市阀门厂前一段任务还不足，长沙阀门厂便将本厂与用户订的小口径低压切止阀 1040 台和低压闸阀 5270 台，转给衡阳市阀门厂生产，解决了该厂任务不足的困难。

（原载 1980 年 10 月 6 日《湖南日报》一版头条）

## 长沙市财税局改变统得过死的做法

# 采取多种形式扩大一批国营企业财权

### 企业产值和利润大幅度增长，国家、企业和个人都得利

**本报讯**　长沙市财政税务局针对企业各种不同情况，采取多种形式，扩大企业财权，有效地促进了生产，搞活了经济。今年 1 至 9 月扩大财权的 45 个国营企业的产值和利润，比去年同期分别增长了 24.2% 和 51.7%。9 个月来，国家比去年同期多得利润 2100 多万元（其中归还贷款 863 万元），企业多得利润 180 万元，这些企业的每个职工平均多得奖金 25 元。

过去，这个市的财政部门对国营企业实行统收统支，企业盈利全部上交财政部门，超过国家规定的开支和挖潜、革新、改造的资金不论多少，都要经财政部门审批。企业没有财权，生产、生活上的问题很难解决。去年下半年以来，长沙市财政税务局决定改变这种统得过死的做法，并在 9 个企业开展了扩大财权的试点，取得了很好的成效。今年又把扩大财权试点的企业增加到 45 个，并针对各个企业的具体情况，采取灵活多样的扩大企业财权的办法。对那些完成利润计划难度比较大、幅度比较小的企业，以上年利润为基数，根据利润增长多少和难易程度分别从超额利润中提留 4-10% 给企业；对那些产品比较单一、把产量搞上去就能显著增加积累的企业，从超产增收中提出适当金额留给企业；对那些上缴税收大的企业，则从税收超过计划定额部分中提留 5% 给企业；对那些提高产品质量能显著增加财政收入的企业，则从优质增收中提取适当比例的金额留给企业；对那些能源耗用量大的企业则以部颁标准为基数，从能源节约额中

提出适当比例的金额给企业；对那些上年亏损的企业则从减亏部分提 10%、盈利部分提 5% 留给企业；对政策性亏损的企业采取计划包干，从减亏部分提留 50% 给企业。

这种分别企业的不同情况，不搞"一刀切"的扩大企业财权的做法，使企业具有内在的动力和自我发展的经济条件，调动了职工的生产积极性。长沙铝厂生产每吨铝的耗电量原定额是 1.75 万度。由于实行了节电费用留成的办法，企业积极性大增，工人们千方百计节约用电，使生产每吨铝的电耗下降到 1.6 万度左右。今年 1 至 8 月光节电这一项就为国家节约了三十多万元。

（原载 1980 年 10 月 13 日《湖南日报》一版）

吃大锅饭连续 12 年亏损　建立经济责任制连年盈利

# 长沙市国营理发店实行定额到人超额分成工资制

**本报讯**　长沙市国营理发店实行定额到人、超额分成工资制，扭转了连续 12 年亏损的局面，近三年半来盈利 22 万多元，实现了国家多收、企业多留、个人多得。

长沙市国营理发店有 9 个门市部，250 人，1965 年以前一直实行抽成工资制，年年盈利，最高一年达 5 万元，最低的一年也有 1800 元。但十年内乱中，抽成工资制被改为计时工资制后，经济责任制度不严，职工坐大船，吃大锅饭。1966 年至 1978 年 2 月，共亏损 62 万多元。1978 年 3 月，他们经过试点，6 月份起实行定额到人、超额分成工资制。根据各门市部的不同级别和理发员的技术状况，参照历史水平，分别制订出不同的定额，落实到店到人。明确规定：完成定额的，发基本工资；未完成定额的，除去病、事、公假外，按日平欠产收入扣发基本工资；完成定额后的超额部分四六分成。企业得六成，职工个人得四成。这样，有效地调动了职工的积极性。职工出勤率达到 95% 以上，服务态度和服务质量也有显著改进。过去停电不理发，吃饭时不理发，接近下班时间不理发。现在，停电用手工理发；吃饭分班，照常理发；快下班时，顾客来了，推迟下班。为了方便女同志烫发，中华、红星两家理发店还专门开辟了烫发厅，确定专人洗烫。各门市部经常开展技术练兵，先后培训了 70 多个烫发员，设计出 91 种男女发型。

由于认真贯彻了按劳分配的原则，职工的收入也有了显著增加。1979 年至今年 6 月止，职工超额多得的分成工资就有 19.59 万元，平均每人每月增加收入 26.1 元多，为人平月基本工资的 64.5%。企业收入也有了很大增加，营业条件和服务设施进一步改善。近三年来，9 个门市部都进行了全面油漆、整修，还新增了上电椅 25 把、罩头吹风 33 个、电烫盘 38 只。

（原载 1981 年 7 月 28 日《湖南日报》一版）

# 长沙市二商业局推行多种形式的经济责任制

### 调动了职工积极性，长期亏损的扭亏为盈，小有盈利的变成大有盈利，实现了国家增收、企业增收、职工多得

**本报讯** 长沙市二商业局针对各行业的不同情况，广泛推行多种形式的经济责任制，时间虽短，效果甚佳。长期亏损的扭亏为盈，小有盈利的变成大有盈利，国家增收，企业增收，职工多得，三全其美。

这个局有八百多个基层商店、门市部和商办工业的车间、作坊。长期来，由于一律搞商店（门市部）、工厂一级核算，职工拿固定工资，坐大船吃大锅饭，统负盈亏，以致不少企业经营起色不大，职工的积极性没有充分调动起来。去年以来，这个局从各个不同行业的实际出发，实行了多种形式的经济责任制：一、承包经营。把那些小型、边远、微利、亏损的企业承包给集体经营。由公司对商店、商店对门市部签订承包合同。如副食、饮食、蔬菜、肉食行业的 20 个商店、门市部已这样进行了承包。二、离店自营。根据需要和可能，经过批准，商店允许职工离店自营。由个人与企业签订离店合同，按月向企业交纳利润。离店后，工资、劳保福利、税金、门面、工具等自理，货源由国家供应。如服务公司照相总店和二饮食公司已批准四名职工离店自营。三、计件工资制。对那些任务饱和、原材料有保障、产销对路的独立的手工劳动，实行计件工资制。这种计酬形式已在全市集体理发行业的八十多个门市部实行，并即将在搬运、包装及商办工业的部分工种中广泛推广。四、浮动工资制。从基本工资中提出 20% 连同从企业利润提取的部分一道浮动。全局系统已有 35 个集体企业零售总店、370 多个门市部实行了这一制度。五、定额到人，超定额分成。对那些能够定额的工种，计算出该工种平均先进定额，落实到店到人。对完成定额的，发基本工资，完不成定额的，按一定比例扣发基本工资，超定额的实行四六分成（国家、企业得六成，职工个人得四成）。全市国营理发行业的 9 个门市部已采取了这一计酬方法。六、全额利润分成。在保证企业利润计划完成的情况下，

从企业利润中提取一定比例用作职工奖金。这种分配形式正在全市国营饮食服务行业的 27 个核算点、120 多个门市部推行。

长沙市二商业局系统实行多种形式经济责任制度以来,把职工个人的经济利益和对企业、国家的贡献,企业经营的好坏紧密联系起来,调动了职工的积极性。全市国营饮食服务行业今年上半年利润比去年同期上升 14%。柑子园副食品门市部长期完不成计划,7 月份承包给 4 个职工经营后,气象一新:销售扩大一倍多,盈利两百余元。市副食品公司集体企业南区总店的 17 个门市部实行浮动工资后,今年上半年利润就比去年同期增长 3.7 倍,309 个职工的收入平均每人每月多得 10.92 元。照相总店批准的一名离店自营的职工,平均每月收入八十余元。现在许多商店职工吃困难补助的少了,用于集体福利事业的钱多了,生产、生活条件开始有所改善。

(原载 1981 年 8 月 19 日《湖南日报》一版)

# 工商联营　　沟通渠道　　提高经济效益

长沙市服装工业公司与铜官镇供销社实行联营,基层商业部门
许多适销产品得以货畅其流,工业部门能及时了解需要安排生产

**编者按**:长沙市服装工业公司与望城县铜官镇供销社实行工商联营,是一个可喜的尝试。这样做,有利于解决基层商业部门经营地方工业品中的具体困难,调动他们经营地方工业品的积极性;有利于工商双方更好地了解产销情况,搞好地方工业品的生产和销售;有利于沟通工业品下乡渠道,做到货畅其流。他们的做法,可供各地参考。

**本报讯**　长沙市服装工业公司与望城县铜官镇供销社实行联合经营,疏通成衣下乡渠道,有力地促进了生产和购销。实行联营后的六七两月,这个供销社的成衣销售额比去年同期高出 94.3%。

铜官镇供销社过去经营服装,由于资金少,不能大量进货,品种单一,销售量不大。而长沙市服装工业公司所属各厂积存着不少款式新颖、价格适宜的服装,不能及时下放农村,与消费者见面。因此,服装公司和镇供销社协议,实行联合经营。货源由服装公司供应,场地、设备和人员则由铜官镇供销社提供;经营毛利供销社得九成,服装公司

得一成；已调去的不适销当地的产品，由服装公司调剂。实行联合经营一个多月来，很快显示了它的优越性：

——大大调动了供销社经营服装的积极性。供销社本钱小，过去进货多了怕积压。现在有了服装公司作他们的后盾，要什么货就提供什么货，同时，做到新、俏服装随时供应，每月先销售后结算，这就使得供销社放开手脚大力开展服装销售业务。6月份，他们调回的服装品种达 100 多个，男女老少四季衣着应有尽有，生意做得十分热火，供销社这月的服装利润也增加了一倍多。

——疏通了渠道，扩大了工厂销售，解决了社员买衣难的问题。过去服装公司库存的一些产品如印花尼龙绸女衬衣、涤纶男衬衣等，运到供销社后，几天之内就销售一空。原来认为不太好销的地勤服、女式短袖布衬衣、绵绸裤等也都畅销。当地社员以前要坐船搭车来回上百里到长沙去买衣服，现在就在家门口能买到。他们称赞，工业品下乡，给社员帮了大忙。

——提供了农村市场信息，使服装产品更加适销对路。通过联营，服装公司直接听到了社员群众对服装生产和供应的意见，立即采取改进措施。有的女社员反映，中、小号花短裤太少，而大号女花短裤过多。他们迅速通知工厂压长补短。他们了解到涤棉布连衣裙在农村不适销，根据女社员意见，新增了一种款式新颖的学生装连衣裙的生产，目前已生产了 2000 件运往农村，大受欢迎。

（原载 1982 年 8 月 18 日《湖南日报》一版头条）

长沙鞋料针扣专店真心实意为群众服务

# 在小商品上做出大生意

今年上半年的销售额和利润比去年同期有较大增长，<br>人平利润为本系统的二点八倍

**本报讯** 有人说，一分钱卖两口针或者五粒圈扣的生意没有多大油水。长沙鞋料针扣专店的实践却证明：只要经营得法，真心实意为群众着想，在小商品上也可以做出大生意来。这家商店目前经营着 1100 多种小商品，今年上半年做了 150 多万元的生意，利润达 142000 元，分别比去年同期增加 13.6% 和 25.6%。人平为国家积累利润

2500 多元,为同时期本系统零售商店人平积累利润的 2.8 倍,也大大超过了同一地段以经营大商品为主的兄弟商店。

这家商店经营小商品的主要经验是:

——紧跟大商品的变化而变化,及时组织适销货源。近年来,随着群众穿的、用的向高、精、新、美方向发展,市场对小商品的需求也相应变化。如过去做青、蓝、白色的咔叽罩衣和府绸衬衣的多,一般只买一分钱一两粒的电玉扣、罗甸扣和棉线、蜡线就行了;而现在大都做的是涤卡、涤棉、绸呢衣服,要买的是有机玻璃扣、镀铬扣和几十上百种颜色的涤纶线、锦丝线等。妇女和儿童衣着装饰用的小商品更是大大增加。滚领、嵌边要尼龙花边,绣花要金线、银线,童服还要贴花。根据这些新的变化和需要,这家商店除积极经营好必备的传统产品外,还努力扩大新产品的经营。今年上半年,他们就从上海、浙江、武汉、广东等地购进了 80 多万元的小商品,占同时期进货总额的 60% 以上。仅贴花就有40 多种,有头像的、动物的、花卉的。六月份,这个店就供应了 4000 多个贴花。

——成龙配套,在"全"字上下功夫。这个商店根据群众需要,对做衣的辅料和工具、做提袋的零配件、修鞋的工具和材料等,实行一条龙经营。拿做衣的辅料和工具来说,这里不仅有针、线、扣、针抵出售,而且有画粉、篾尺、卷尺等供应。每种品种的花形、花色、规格都比较齐全。手用针就有 16 种,有绣花的、缝被的、做的确良衣的、做布料衣的。扣子有近 200 种,其中光女衬衣扣就有二三十种。因此,很多顾客都说,买小商品最好到针扣专店去,人家没有的他们有,人家有的他们更齐。

——坚持拆零供应,积小生意为大生意。他们将 80% 以上的成盒、成包、成斤调进的商品拆零供应。如修理沙发的纤维线:每坨重 2 斤,要卖 16.6 元,营业员们就不厌其烦地将坨子打散,挽成框框,再由框改成扎,每扎卖 0.32 元,群众欢迎,销售扩大。衣针一包包卖简便多了,但一个型号顾客买一包的很少。他们就安排专人拆包供应,而且十多个型号的个个都拆,一分钱还可买两口不同型号的。这样平均每天要卖千多口,最多时达几千口。买的多了,小生意也就成了大买卖。

——不坐门等客,而是上门请客。今年来,这个商店先后派人带着样品,到长沙制鞋厂、长沙二制鞋厂、北山鞋厂、群新鞋厂等 20 多家工厂走访调查,宣传推介。制鞋厂的同志提出要增加鞋子上的装饰扣的供应。5 月份,店里马上从上海调回了 8 万副装饰扣,很快就销去了 5 万多副。前不久,南县皮件厂买了 6000 多元的线、鞋扣、鞋底等商品。运输有困难,他们便主动派车将商品送到采购员所住的旅社。今年来,他们给工厂供应的小商品即达 40 余万元。

(原载 1982 年 7 月 12 日《湖南日报》一版头条)

## (三)揭示行政体制改革中存在的问题

　　长期来，不少地区和部门机构重叠、职责不明、相互推诿、不担责任，再加上相关工作人员作风拖拉，易事变成难事，小事变成大事。因此，行政机构体制非改不可。此时，我根据中央体制改革精神，抓住中国人民银行长沙市支行为征用一处公房，经办员前后花了半年时间，跑了10多个单位，登门60多次，问题仍未解决的典型事例，以"这个皮球场到何时休"为题，进行了报道，较深刻地揭示了旧体制存在的问题。

　　临时机构层出不穷，每来一项中心工作，必成立一个临时机构，这也是20世纪80年代机构设置中的一大顽疾。名为重视，实为形式，机构臃肿，人浮于事。一个县(区)领导除了本职工作外，往往还兼任着七八个临时工作领导小组组长。针对这一状况，中央开展了清理临时机构的部署，我闻风而动，赶赴隆回县采写了《隆回临时机构成堆》的消息于1985年7月26日《湖南日报》一版头条见报，对贯彻中央精神，刹住临时机构滥设之风起了一定作用。(附原报道)

# 这个"皮球"踢到何时休?
## ——一个基建经办员的工作日志

　　**编者按**：为了征用一处公房，中国人民银行长沙市支行基建经办员前后花了半年多时间，反复跑了10多个单位，登门60多次，但由于一些单位之间互相"踢皮球"，踢来踢去没个完，至今问题仍没有解决。产生这种"踢皮球"现象的原因，主要是机构重叠、臃肿，体制不合理，职责不分明，互相扯皮，影响办事效率；同时也有某些工作人员作风拖拉、推诿的问题。这件事情，充分说明了精简机构、改革体制和克服拖拉、推诿作风的重要性和紧迫性。我们发表这个工作日志，希望能引起有关部门的重视。

中国人民银行长沙市支行千佛林 50 号职工宿舍，1981 年经长沙市房地局鉴定属于严重危房，必须拆除重建。在重建时，根据规划部门要求，还需征用市房地局管辖的千佛林 52 号公房一栋。1982 年 6 月，市支行向市计委申报重建计划。7 月下旬，市计委作了批复，同意重建。

为了征用千佛林 52 号公房，市支行基建经办员（以下简称经办员）前后花了半年多时间，辗转 10 多个单位，登门 60 余次，但这一不太复杂的问题却被复杂化了，至今未能解决。下面记载的是这位经办员的工作日志：

## 前后辗转近两月　一纸批复才拿到

1982 年 8 月 13 日　经办员将土地征用申请报告、地形图等送至市规划科，请求派人实地勘察了解，以便办理有关手续。规划科的同志一方面同意研究市支行报来的材料，另一方面又提出要经办员先去市房地局联系，征得他们同意后，再来填表办手续。8 月下旬，规划科经过研究，同意征用千佛林 52 号公房。

9 月 10 日　经办员按照规划科的要求去市房地局征用拆迁科，该科办事员答曰："从 9 月 1 日起，我们不再处理拆迁工作，你们要去找市开发公司。"当日下午，经办员即至市开发公司，该公司征用拆迁科一位同志说："你们的红线手续还没有办，调查表也没有拿，找我有什么用？你还是要找规划科。"

9 月 14 日　经办员只得再去市规划科，详细汇报了去市房地局、市开发公司的全部经过，规划科办事员为难地说："是的，正因为现在有矛盾，我才要你先去取得他们的同意，要不然，我发了调查表也是办不通的。你还是要去找房地局。就说是要征用他们的公房，看他同不同意？"

9 月 15 日　经办员只得再次到市房地局，请办事员支持办理有关手续。这位办事员说："我看你还是写个报告来，我们再研究。"

9 月 24 日　经办员便将赶写的报告送至市房地局。办事员要他将报告先放下，等请示局长再定。随后，经办员多次去市房地局催问。答复是："局长还没回。"

10 月 4 日　经办员终于从房地局拿到了批复，批复上写道："同意市人民银行征用千佛林 52 号公房，现有居民由人民银行负责安置。但在拆房之前，要与西区房管处签订协议。"

## 四进西区房管处　好不容易盖个章

10月5日　经办员持市房地局的批复文件到市规划科，领到了征用及拆迁安置调查表。

10月7日　经办员拿着征用及拆迁安置调查表到千佛林52号所在的通太街办事处盖了章。7日和8日，两次去西区房管处请求签订协议，办理征用手续，但西区房管处从拆迁股长到主任都不同意，他们说："市里有文件，局里有通知。9月1日起，我们不办了。"又说："不办是局里通知的，要办我们没有接到通知。局里批了，你们就找局里办。"

10月8日　经办员只好回到市开发公司征用拆迁科，汇报了以上情况。办事员说："我也没有办法，你去找我们科长。"经办员找到科长，科长表示同情，要经办员写个情况，然后由他们科里盖章。次日，经办员将写好的材料送到市开发公司，征用拆迁科在调查表上签了意见："同意市人民银行征用表所列范围土地，被拆对象由银行负责安置，其公房产权处理请西区房管处签署意见。"

10月3日　经办员持表第3次到了西区房管处，该处负责人还是不受理。找西区城建科，也没解决问题。

10月11日　经办员没法，第4次来到西区房管处，向负责人再三说明情况，总算同意在调查表上盖了章。随即，西区城建科也盖了章。

10月12日　经办员将调查表送到规划科，次日正式批准了用地。

## 文件被丢失　又出新点子

房管部门同意征用千佛林52号公房，用地计划也由规划科批准了，但关于房产作价、现有居民安置、产权归还等问题仍要找西区房管处解决。

10月25日　经办员第5次到西区房管处，与公房管理股负责同志一道确定29日开会协商。

10月29日　西区房管处和市支行负责同志开会，就产权、拆迁动员和安置等事项签订了3条协议。次日，经办员又将协议草稿送给西区房管处审阅、签字。西区房管处直到11月11日才签好字。

11 月 11 日　经办员将双方签字的协议草稿送至市房地局房管科，以便正式打印、盖章生效。谁知一个多星期没有音讯。直到 11 月 21 日，经办员去催问时，方知协议底稿、图纸等全被房管科一位负责人丢失了。这位负责人提出："如果要就地归还产权，只能全部给一、二层楼的房间，不能一至六楼成套归还。最好的办法是，用作价和补偿三材的办法来解决。"但在房屋作价问题上，他又提出每平方米要 316 元。市支行的同志没有同意。这位负责人便推托道："那你们去找市开委（即市城市建设开发委员会），要他们定个标准，再书面告诉我们。"当天，经办员即找市开发公司汇报，市开发公司也认为这样作价处理不当，要经办员将以上情况再写个报告。（这已经是向有关部门交的第五个报告了！）

11 月 23 日　经办员写好报告，送至市开发公司，一连催了五六次，直到 12 月 7 日才拿到市开发公司的批复。

## 意见不一　一拖再拖

12 月 10 日　经办员拿着市开发公司的批复到了市房地局。房管科一位办事员问明情况，接过批复一看，满不在乎地说："岂有此理，开发公司抄送房地局。我们房地局是政府机关，开发公司是个企业，有什么资格抄送我们，抄报还差不多。你拿回去，再去找开发公司，就说我讲的，这样的文件办不通，只能是一张废纸。最好你去找市里有关领导同志。"经办员只得倒回市开发公司汇报情况，市开发公司的同志约定向领导请示后再告。

12 月 13 日　经办员再次到市开发公司，办公室的同志说："此事已请示市里领导，答复是'开委'和'开发公司'办文都一样，文件已发出，不要再换了，只需跟市房地局讲清楚。"当天，经办员去市房地局，转告了市里一位负责同志的意见，办事员有点窘迫，推托道："那我带你去找局办公室。"办公室主任要经办员将开发公司的批文留下，过天再找局长答复。

12 月 18 日　经办员找到市房地局一位副局长，副局长听完汇报后，说："这要找局长，他是'开委'成员。"此时恰逢某局长在市里开会。等至 12 月 21 日，仍然是办公室主任接待。主任说："某局长讲，现在不好办，这样的问题不止你们一个单位，还有好几个单位，要等'开委'成员开会时再定。"经办员再三央求，说："事情已经拖了这么久，1982 年又只有几天了，能否作为特殊情况办？"主任答曰："那你还只能去找某局长定。"

12月22日　经办员在房地局找到了某局长，说明来意后，某局长说："这样的文件（指开发公司的函件）本来就不恰当，开发公司怎么能这样发文呢？ 房地局是政府部门，事先又不通个气。"经办员解释道："发文前，开发公司找你们局里的一位科长商量过。"某局长说："我并不知道。"经办员当即转述了市里负责人的意见，某局长反问道："市里负责同志是要开发公司来联系，还是要你们来联系？"经办员答道："是要我们来联系。"这时，某局长说："这些问题不能怪市里负责人，也不怪你们，主要是市开发公司那些经办人没办好。你们还得去找他们。"经办员无可奈何，只好将文件从房地局取回。

文件啊文件，经过半年多的旅行周折，除去丢失的，仍然回到了原主手中。

问题啊问题，经过几十次申报请求，却依然如故。

（原载 1983 年 2 月 23 日《湖南日报》二版头条）

■ 回音

此稿见报后，长沙市一位副市长和建委主任立马过问此事，经与各方协调，很快妥善解决了这一问题。

■ 调查研究

# 隆回临时机构成堆

## 该县有临时机构 99 个，90% 是上面要求成立的
## 县里同志强烈要求刹住临时机构膨胀之风

7月上旬，记者走访了隆回县，了解到该县原有县局和相当局以上常设机构 70 多个。1981 年该县又开始建立临时机构，当年即成立了 16 个。后来，尽管年年喊砍掉这类机构，但实际上有增无减，截至今年七月上旬为止，已建立临时机构 99 个。这些机构90% 以上都是根据省、地有关主管部门的要求成立的，一般都要县级领导牵头，有关部、办、委、局负责人参加，以表示对某项工作的重视；否则应分给的资金、物资也难得

到。这样，几乎每搞一项稍大的工作，都成立了相应的领导小组、委员会、指挥部及办公室，如人工降雨领导小组、柑橘生产领导小组、清理罚没钱财整顿领导小组、环境质量报告领导小组、灭鼠领导小组等等。县里本来有一个安全委员会，后来上面又要求成立了县安全生产委员会、安全防火委员会。本来有一个县运输领导小组，上面又要求成立了县公路路政整顿领导小组、春节旅客运输领导小组、公路修建指挥部等。

建立这么多的临时机构，意在加强领导，搞好工作，但结果往往适得其反，带来了一系列问题：

**——人员、房屋、资金更为紧张。**目前，该县从县局和公司抽调了百余人在临时机构工作，使他们原来的工作也就受到影响。县委、县政府院内大、小 11 栋办公楼，本来比较宽裕，而现在被临时机构挤得满满的。有几个临时机构还挤占了新建的老干部宿舍 10 套住房。该县财政相当紧张，但今年预计要拿出近 10 万元用作临时机构开支。

**——造成了文件、会议成灾。**这个县的县委、县政府、县委办和政府办去年下发的文件就有 670 多号。随着权力下放，尽管今年上半年有的文件由部、办、委去发，但上述 4 个单位仍发出了 210 号文件。县政府的县长会议室内，几乎每天日夜被会议占用，还常常出现争要会场、争要组长开会的情况。该县原常务副县长李本达兼任 30 多个临时机构的负责人，经常每天要开两、三个会，凡与临时机构挂得上号的工作，包括一些鸡毛蒜皮的小事，都要他表态。7 月 7 日这天，三个临时机构的人都来找他，他只得带病奔波 120 多公里，到三个单位解决具体问题，直到晚上 8 点才回，当晚就病倒了。副县长邱源芳身兼 25 个临时机构的负责人，连灭鼠、改造水井都要由他发动布置，6 月份，他就开了 28 天半的会。

**——特别是县级领导干部无法集中精力抓经济工作，及时解决一些重大问题。**这个县有 11 个区、一个镇，原议定由县里主要领导同志分片包干，但由于临时机构增多，文山会海压头，实际上兑现不了。同时，由于临时机构多，事无巨细，都要县领导点头，职能部门的作用也就难以发挥。如分配石油，本来是石油公司的事，但由于县里有一个石油统配领导小组，统管石油分配，石油公司也就无权作主。而石油统配领导小组的成员又很难凑齐研究分配方案，以致今年的石油供应指标，直到 7 月份才定下来。

在采访中，我们了解到，这个县的党、政领导普遍为临时机构增多，感到忧虑。他们想撤想并。但又不敢下手，怕上级有关主管部门责难，怕物资、资金受卡。他们期望省、地领导对有关业务部门成立临时机构的要求，要严加控制；同时，支持基层大刀阔斧地砍掉临时机构，以便集中精力抓好经济工作。

（原载 1985 年 7 月 26 日《湖南日报》一版头条）

■ 相关链接

# 坚决撤掉一大批临时机构

## 省委负责同志发表谈话指出，
## 今后各业务主管部门不能随意向下布置成立临时机构

**本报讯** "要下决心撤掉一大批临时机构，并把这个问题作为整党、改革的一个重要内容认真解决好。今后，各业务主管部门不能随意向下布置成立对口临时机构"。这是省委副书记刘夫生 7 月 27 日晚上对记者发表谈话时指出的。

本报 7 月 25 日第一版发表了《隆回县临时机构成堆》的读者来信和记者调查汇报后，刘夫生同志认为，这个问题抓得好，很有普遍意义，各级党委对此要引起足够重视。他说，近年来，各地都相继成立了不少临时机构，造成机构臃肿，人浮于事；部门之间相互扯皮，推诿责任，职能部门作用无法真正发挥；领导干部精力分散，忙于事务，把时间花在协调部门关系上，耗费在文山会海中，无法深入基层，切实推动工作。事倍而功半，弊病的确不少。如果这一问题不抓紧解决好，给整党、改革势必带来影响。

刘夫生同志指出，临时机构过多，省里有责任。一些业务主管部门单纯强调本身工作需要，向下压任务成立对口机构，不然就从资金、物资上卡下面，这是不允许的。他要求各级党委认真学习毛致用同志在省第五次党代会上的讲话精神，坚决停止增设机构和机构升级；省直党政机关要带头精简。对于机构设置不要强求上下对口，对于下面采取的精简机构和撤、并临时机构的措施要积极支持，不要横加干涉。要依靠下面职能部门开展工作，充分发挥他们的积极性，切不可让临时机构包办代替工作。各地要认真向华容县学习，切实搞好精简机构工作，特别是首先要大刀阔斧地砍掉临时机构。宣传部门也要配合这一工作，抓好正反两方面典型的报道，以促进精简机构工作的开展。

（原载 1985 年 7 月 31 日《湖南日报》一版，马宁参与以上两稿采写）

## (四)批评了对改革的错误理解和做法

改革是一个国家、一个民族的生存发展之道。而绝非只图"名牌",不讲内容,偷工减料,谋取利益;或头脑发热,片面理解,占街为市,发展经济;或方便自己,转行经营,减少环节,误入歧途……由此,我针对自己当时在长沙街头所见,采写了如下三篇呼吁稿件,引起了有关部门高度重视,立行立改,取得了良好效果。

**■ 市场一角**

# "名牌"要有名牌货

最近,我在长沙街头采访,欣喜地看到饮食行业陆续恢复了一批名牌商店,如和记粉店、半雅亭面馆、新华削面店、德芳汤丸店、强民小吃店、裕兴面粉店等。这是广大群众欢迎的。

8月29日晚上,我特地来到北门的和记粉店,想吃碗该店制作的传统牛肉粉。进门一问,却没有。店里的负责人告诉我,是进货的没有衔接好。买什么呢?墙上挂的七八个品种中,只有肉丝和酸辣两种粉了。我只得买了碗肉丝粉。和记粉店的手工粉过去素以做工精细、厚薄均匀、粉丝细软、味道鲜美著称,每碗粉中还有独家风格的白菜心。而这些,现在却都有一定的差距:白菜心是多年不见了;就在我吃的这碗粉中,还发现了"锄头尖"(一根粉头、尾宽窄不一)。在营业间,我访问了常来这里吃粉的几位顾客,他们也有同感,说和记粉店恢复名牌以来,粉的质量并不稳定。比如拿原汤来说,白天好一些，晚上就差了。有时还要吃"等粉"（粉下出来等人），粉也比较碎。

从"和记"出来，我又来到五一广场附近的半雅亭面馆。只见顾客满堂，熙熙攘攘。有关部门的同志告诉我：这家商店的面、粉价格比一般店子高出 40% 至一倍，原料用的是富强粉，按规定，每碗面要放三钱油，每碗肉丝面的码子要有九钱生肉。但据常到这家面馆吃面的顾客说，实际情况却不是这样，开业那一段好些，最近又差了一点；有时上午好些，下午又差一点。

由此，使我深切感到，恢复"名牌"固然重要，但更重要的是，产品要有名副其实的名牌特色。不然，光靠牌子吸引顾客，久而久之，还是枉然。据了解，长沙市有关部门最近专门研究了提高名牌产品质量的问题，有的同志却摆出了货源、技术力量、价格等困难。这些问题要不要解决呢？要！但现在的问题是，有些名牌产品质量的提高并不完全牵涉到这些问题，而只要费举手之劳即可解决。这就不得不促使我们从主观上做一番努力了。

（原载 1979 年 9 月 21 日《湖南日报》二版）

■ 回音

稿件发表后，长沙市二商业局和饮食公司专门对名牌饮食店进行了检查、整顿，颁发了相关规定，恢复了名牌食品的制作方法，确保其质量。

## 湘春路街中所建商店有悖初衷
# 农贸市场竟不姓"农"

近日来，在长沙市湘春路东段，鞭炮声声，乐声阵阵，建在马路中央的 20 余家商店，陆续开业了。可是附近居民和过路行人却议论纷纷：湘春路变成了"乡村路"，怪不得农村在马路上晒谷，如今城里在马路中起屋，实在少见。

据说这些商店是根据市有关部门"进一步搞活流通，繁荣市场，促进城乡经济的协调发展"的指示建的，是长沙、望城、浏阳、宁乡 4 县将要在市区建立的 4 个农贸市场的第一个。

但是，这些商店经营些什么呢？9 月 4 日和 5 日，记者特地走访了这条近 300 米长的街道,看到这里已经建起的 22 家商店(其中开业的已有 17 家),除了一家小小肉店和一家粮油店是经营农副产品外,其余绝大部分都是经营五金交电、棉布、绸呢、服装、鞋帽、百货、文化用品、搪瓷制品、医药品、副食品等。也许是由于利润较高的缘故,在这些商店中出售电视机、洗衣机、自行车、摩托车、电冰箱等高档商品的就有 8 家。殊不知,长沙市已有经营这类商品的商店 3060 多家了,早已处于饱和状态。记者看到在安沙贸易商店挂有"农副产品"字样的货架上,摆的是城市生产的腈纶衫。另外,与城市居民可说无缘的一家商店——沼气服务公司服务部,也在这寸金之地占了一席地盘。

这些作为农贸市场的商店,既然挤占马路中央建起来,那就应该姓"农",应该积极为城市居民提供具有本县特色的丰富的农副产品。如果经营的商品和近在咫尺的其他商店一样,而且占了马路中央,人们自然要问:它们是否有存在的价值?

(原载 1985 年 9 月 9 日《湖南日报》一版)

■ 回音

此稿发表后,长沙市委、市政府对此十分重视,决定拆除在湘春路中央所建的农贸市场,原有店铺另迁新址,恢复马路正常通行。

■ 记者来信

# 肉店改革不应改行

取消生猪派购、全面开放肉食市场以后,肉食行业怎么适应这一形势发展,积极参与市场调节,满足群众需要呢?

最近,记者走访了长沙市肉食水产公司,了解到不少商店能比较自觉地广开进货渠道,增加肉食品种,并积极改革内部管理制度,方便群众购买。但是也有些肉食企业面对全面开放的肉食市场,一时措手不及,有的甚至放弃肉食经营阵地,盲目转向专营或主营其他商品。在全市120多家肉食水产、腊卤味店中，先后有8家转行，近20家主营或兼营其他商品（有的办饮食，有的卖冷饮，有的开旅社，有的销售五金交电商品），还有6家因拆迁、改建等原因停业了。蔡锷北路原有三家肉店，供应附近两、三万人的肉食水产品。其中，荷花池肉食水产店已改名为"荷花池商场"，连人带屋全部交给了市劳动局劳动服务公司，专营五金交电、百货、副食等商品。水风井肉食水产店已停业整修。剩下的营盘街肉店也拿出了三分之二的营业场地办旅社。这样，附近居民只能从农贸市场买肉吃，价格高低全由个体户主宰。久负盛名的长沙腊卤味制品经营状况也很不理想。由于价格等因素，原有10家腊卤味店，除两家仍在专营腊卤味制品外，有4家全部转向经营其他商品，另4家主营或兼营其他业务。如有名的解放路腊味店，从6月中旬起已腾出大部分场地与一家工厂联营家用电器、床上用品和服装等，仅留下一个柜台出售少量腊卤味制品。因全市7家大、小腊卤味加工厂已基本关闭或停业，该店货源主要靠外地供应。

肉店转行经营后，由于业务不熟，管理不善，加上场地、设备有限，相当一部分商店都发生了亏损现象。如正兴街水产店5月改为经营冷饮、茶食后，花了近两万元装修门面和添置设备，仅经营了一个多月就办不下去了。解放路腊味店6月中旬联营以来，即亏损了9000多元。

一些国营、集体肉店退出肉食市场，其他肉店由于价格等因素又难以组织货源。所以，六七月份全市生猪日供应量只有400头左右，仅及正常供应量的约四分之一。这样一来，国营主渠道的作用怎么发挥？国营商业平抑市场价格的功能又如何实现？

长沙市肉食供应问题，已引起有关领导机关的重视，对市肉食公司进货环节进行补贴，并派出人员帮助基层商店进行整顿，8月以来，全市猪肉日供应量有所增加。我们热望市肉食水产公司在整顿中强调国营商业要发挥主渠道的作用，纠正改革中改行的偏向，恢复必要的供应网点，方便群众，为居民生活服务。

（原载1985年9月10日《湖南日报》一版）

■回音

此稿见报后，长沙市政府召开专门会议，邀请我参加，并听取我的意见。市有关局迅速采取有针对性的措施，恢复了已改行的肉店的正常肉食供应。

## （五）大力宣传改革中的典型人物和事件

改革是靠人来推进的,是靠典型的单位和典型的做法来引路的。改革开创着前人没有走过的路,展示着一个个美好前景。因此,我抓住了改革大潮中涌现出的一批批典型人物和典型事件进行报道。

### 长沙磷肥厂厂长、大学毕业生杨世伟不信邪敢碰硬

# 大刀阔斧整顿企业　经济效益大提高

#### 全员劳动生产率连续三年居全国同行业首位

#### 三年来利润平均递增 29.83%　在全省同行业检查中获总分第一名

**本报讯**　11 月 9 日,在长沙磷肥厂召开的职代会上,职工代表用记分的办法评议厂里的领导干部。36 岁的厂长杨世伟得分最高,大家对他的评价是:敢于碰硬。

杨世伟是湖南大学化工系的毕业生,1979 年被任命为副厂长,1980 年提升为厂长。他上任后,致力于解决那些严重妨碍企业提高经济效益的尖锐矛盾,不怕压力,有胆有识。这个厂的人手有多,但多年来厂内运输由地方搬运队承担,每年要支付大量运费。为了提高企业的经济效益,杨世伟抽调人员成立了运输队,承担厂内运输。地方搬运队有意见,故意推来 50 辆板车挡在路上,阻止工厂车辆通过。当时,有人开导他:"反正不要你杨世伟掏荷包,何必这样认真!"杨世伟回答道:"国家的钱,可以不花的却大把大把地花掉了,我心疼!"有人劝道:"土地菩萨得罪不得,让个步吧!"杨世伟找出国

务院和省里的有关文件，据理力争："我按政策办，为什么要让？"最后，终于得到了上级的支持，地方搬运队只得撤走板车。厂内运输由职工自己承担后，每年可以少付运输费14万元。

高炉车间有一个工人，1979年到1981年累计旷工440天，今年又旷工150天。6月份，杨世伟行使厂长职权，按照《职工奖惩条例》将其除名。这个工人拦住杨世伟大吵大闹，扬言"要拼命"。杨世伟毫无惧色地回答："你不服，可以找职代会申诉。拼命，谅你不敢！"职代会调查了这个工人的情况，认为杨厂长处理得当，表示坚决支持。今年，杨世伟在党委支持下，发动群众全面整顿了劳动纪律，全厂的出勤率达到了94.4%。

杨世伟上大学前在这个厂当过9年工人，熟人很多，但他处处坚持原则，不讲情面。包装车间的一位负责人在厂里工作多年，但业务不熟练，管理水平低，去年全车间纯收入只有3000元。杨世伟决定调换他的工作，有位已调上级机关工作的老领导来代他说情，杨世伟回答说："私人感情不应该掺和到工作中来，他不适应现代企业管理的要求，就该换下来。"在党委的支持下，把这位同志调开了。与此同时，杨世伟又在车间搞了定额管理，包装车间的生产面貌起了显著的变化。今年1至10月，这个车间的纯收入达到了10万元。1980年，厂里决定通过考试从普工中选拔技术工人。一位副厂长的儿子考试成绩不合格，有关部门的同志出面求情，杨世伟说："择优选拔的原则不能变，任何人都不能例外。"这位副厂长对杨厂长坚持原则很赞赏，说："搞事业，就要像杨世伟那样敢碰硬，不讲情面。"消息传开后，工人们深受感动，学技术、学文化的热情更高了，全员培训面达到90%。

在厂党委的支持下，杨世伟依靠群众大刀阔斧解决影响企业提高经济效益的矛盾，取得显著的成效。三年来，长沙磷肥厂产值平均每年递增14.5%，利润平均每年递增29.83%，全员劳动生产率连续三年居于全国同行业首位。今年1至10月，因为受能源影响，工业总产值比去年同期下降了14.9%，而利润仍然增长了19.68%。11月11日，在全省同行业检查中，获得总分第一。

（原载1982年11月15日《湖南日报》一版头条，吴谷平参与采写）

## "湘锰"轻贤慢士 "长橡"礼贤重士

# 工程师蔡铁林到新厂半年 献良策六项

### 已实现的节约用水和用气两项，每月可节约三千余元

**本报讯** 在湘潭锰矿长期被轻视的工程师蔡铁林，去年11月应聘到长沙橡胶厂工作后，受到厂领导和群众多方关怀和热情支持，工作积极性大大提高。半年来，他提出了6项合理化建议，已经实现的两项，每月即可为国家节约资金3000多元，受到长沙市有关领导部门的通报表扬。

蔡铁林今年45岁，1964年从湖南冶金学院毕业后，分配至湘潭锰矿工作。多少年来，他勤奋工作，埋头苦干，受到工人们的好评。为了减轻采矿工人的劳动强度，1980年，他在昏暗的煤油灯下，熬了许多夜晚，设计出一种新的采矿法——垂直爆破漏斗后退式采矿法。他满怀希望地将这份设计交给了矿部，又在有关技术会上作了答辩，希望得到采纳。然而两年过去了，新采矿法被置之高阁，连个试验的机会都未给。1981年，他写了一篇《非电导爆管在湘潭锰矿的应用》的论文，在全国性科技杂志《爆破器材》上发表了，矿里也有人非议。同年，他为了验证爆轰在管道中的速度，花了半年时间，好不容易写了《管道效用》这篇近万字的论文，矿部同志接过一看，毫不在意地说："这只是一本教科书。"阵阵凉水泼来，蔡铁林感到十分苦闷。

在矿里时，蔡铁林一家5口住在一间打铁棚里，屋漏多年不修，三年无电灯也无人过问。家里生活专靠他每月60余元的工资维持，十分拮据。他在矿里10多年，可从没有一个矿领导上门看过他。离开锰矿时，他向矿里一位负责人试探地央求道："这些年来，我家境实在困难，欠了一些工会借款，能不能给予补助？"这位负责人竟冷酷地回答："矿里还没有这个先例，除非人死了才可以销账。"蔡铁林只得含泪离开了矿山。

去年11月，蔡铁林应聘来到长沙橡胶厂。厂里给他安排了一套三室一厅的新房，将他一家4口（父亲已去世）落好户，市里又优先给他发放了液化石油气灶。老蔡的爱人没有工作，厂部多次派人找有关方面联系，按政策规定把她招进厂里当工人。厂领导在政治上给予他极大信任，工作上大胆使用，让他当上安技环保股股长。这一切，使蔡铁林感到党的知识分子政策在他身上开始落实了，他决心为党和人民发奋工作。他不分白天黑夜，也不管分内分外，一头扎进生产现场，勤看、勤问、勤听、勤查，狠抓各项安全规章的落实，全力解

决生产难题。这个厂因地势较高，生产生活用水必须进行第二次加压，但长期来，加压后水管管道经常炸裂，大量的水白白流失，有时一天多达 300 吨。因超计划用水，1981 年和 1982 年就被有关部门罚款 6000 多元。老蔡了解到这个情况后，和工人们一道对管道进行全面检查，找到了问题的所在。他便利用假日和机修工人一起将水管铺设进行了彻底改造，又堵住了多处漏点。这样，用水大大减少，仅这一项每月就可节省近 2000 元。

生产用气不足是这个厂生产中的老问题。今年元月就因此使全厂停产 40 多个小时，减少产值 13 万多元。老蔡看在眼里，急在心里，便和工人一道对空压机进行认真检查，对供气管道一段段过细测量、计算，原来是车间进气管道太小，加上管道中间又装了一个油水分离器，使气压损耗过大。有段时间用两台空压机加压，既耗电，又不安全。他便和动力车间的同志一道将局部管道改大，进行改装，使气压途中损失由原来的 2.9 公斤降到 0.5 公斤，只要一台空压机就可以满足生产需要。这一项每月即可节约 1000 多元。

蔡铁林还主动承担了炼胶车间安装新设备中拆卸旧机座的任务，设计了全厂工业废水处理循环利用方案，提出了在高温硫化车间制冷通风的设想，协助厂部开展群众性的百日无事故竞赛等。他为自己报国有门而高兴，决心在新的岗位上贡献出自己的全部聪明才智。

（原载 1983 年 7 月 5 日《湖南日报》一版头条）

# 承包合同具有法律效力　岂能任意废弃

## 长沙市副市长登门为新华理发用具商店承包者落实合同

**本报讯**　昨日，长沙市委常委、副市长王克英和市二商业局局长晏桂明等专程到长沙市新华理发用具商店，为承包这家商店的李应立落实承包合同，使一起拖了近 5 个月的合同纠纷在一小时内解决了。

李应立原是长沙市服务公司西南理发总店的出纳员。1983 年 10 月 17 日，他与总店签订了为期三年的承包合同，开办了全市第一家理发用具商店。他从总店借得两万元作流动资金，吸收了一名正式职工，安排了三名待业青年，积极开展经营活动。他到各理发店和修理理发工具的车间广泛调查，了解对理发工具的需求情况。接着，跑了 3 个省、20 多个生产单位，行程 4000 多公里，采购了一批市场上急需的名牌产品。商品运回后，他带动大家在柜上积极推销，并向有关县、镇写了 100 多封信推介本店商品，还代办邮购、托运等手续。他身兼店领导、采购、保管、营业等项工作，起早贪黑，每天工作达 10 多小时。由于李应立和店里职工的苦心经营，商店很快取得明显经济效益。今年 1 至 5 月，营业额即达 7 万余元，上交国家税款 5800 多元，交给集体 4600 余元，商店职工也得了 3044 元，其中李应立每月收入达 400 余元。

这时，公司和总店有的领导见李应立的承包收入多，便借"原定分成比例有问题""店内职工分配不合理""承包性质有改变"等为由，不同意履行合同。总店一位领导从 3 月份起，还硬性冻结了李应立的承包收入，换掉了李应立的银行印鉴。有人甚至扬言"商业系统不适合搞个人承包"，李应立的承包所得有"剥削性质"。还有人要收回给李应立的借款和店堂，致使李应立几个月来四处申诉，无法安心经营。

昨天上午 10 点 30 分，王克英等同志到坐落在黄兴中路 240 号的这家商店，详细听取了总店负责人和承包者李应立的汇报，和局、公司、总店领导进行了认真磋商。他充分肯定了李应立的承包方向和经营成果，明确表示，合同具有法律效力，一经签订，不应轻易变更，必须坚决按党的政策办事，维护合同的严肃性。当场，王克英等同志又和签订合同的双方对原合同未尽事宜作了补充。这样，一起拖了近 5 个月的合同纠纷圆满解决了。当天下午，总店即解冻了原冻结的李应立的承包收入款。李应立激动地说："炎天暑热，市里领导登门为我落实承包合同，使我进一步增添了改革的信心。我一定要加倍努力，把商店经营好。"

（原载 1984 年 7 月 11 日《湖南日报》一版头条）

# "第三世界"的条件造出了"第一世界"的产品

## 只有初中学历的彭和捷牵头制成接近世界先进水平、填补国内空白的轧花铝板，其轧辊制造工艺获全国发明展览会银奖

**本报讯**　原只初中毕业、今年 38 岁的长沙花纹铝板厂厂长彭和捷，利用简陋的设备条件，依靠科技攻关，历时四载，终于在今年 8 月上旬牵头研制成接近世界先进水平、填补国内空白的轧花铝板。省委常委、长沙市委书记夏赞忠赞扬"这是'第三世界'的条件造出了'第一世界'的产品"。

轧花铝板是用作冰箱冷冻室内壁的材料。它要求大面积抛光均匀、透亮,被复层附着力、硬度和耐酸耐碱等性能强,特别是要在每平方毫米的铝板上轧下用肉眼都难以看到的 16—20 个网点,并组成排列有序的几何图案,技术难度很大。长期来,这种材料国内不能生产,国家每年要花上千万美元进口。1987 年 8 月,彭和捷在市场调查中了解到这一情况后,下决心开发这一发达国家材料王国的奇葩。

彭和捷所在的工厂仅有 10 多间简陋的厂房、10 多台照相制版设备和维修设备。在这种情况下,要攻克轧花铝板难关,谈何容易。他从长沙市东区信用社借来了 30 万元风险贷款,依靠长沙电冰箱厂提供的大量信息和试验条件,凭着自己近 20 年的机械加工和制版技术,与副厂长朱万洪及兄弟厂的伙伴陈伟洪、王宝和、刘志庆等起步了。

万事开头难。他们既没有专用设备,更没有制造这种设备的图纸和资料。彭和捷便走访了北京、天津、上海、辽宁和湖北等省市的几十个科研单位和大专院校,请教了上百位专家教授,又多次去新华书店翻阅有关资料。他从《金属材料表面加工手册》一书中受到启示,经过 300 多个日日夜夜的试验,终于制成了一台专用轧花设备,并摸索出用机械、电子、化学等综合工艺进行加工的方法。

接踵而来的技术难关是被复材料的选定、比例的搭配以及大面积抛光工艺的探索。此时,30 万元贷款已用完,合作单位怕担风险也撤退了。厂里经济十分拮据,1990 年年关到了,职工的工资仍无着落,人心浮动,60 多个职工走得仅剩下 10 多人了。屋漏偏遭连夜雨,彭和捷的妻子受不了他对科研的那股迷恋劲,带着 8 岁的女儿离他而去;最疼爱他的父母也在他为研制经费四处奔波时,带着临终前无法面晤的遗憾相继而逝;超负荷的工作量使他落下了一身疾病。但他丝毫没有因此松懈斗志,依然废寝忘餐,没日没夜地干。

他的苦心感动了“上帝”。省、市科委,长沙科技开发区将他的研制项目上报国家科委,被列为“火炬”项目得到了重点扶持。国防科大的魏克泰教授经常自带干粮,骑上单车来厂进行义务指导。还有 60 多位专家教授先后到厂里开展技术咨询和业余攻关。长沙市各级政府也热情支持他,有关部门给他增补了 80 万元贷款。彭和捷和他的伙伴如虎添翼,攻关的劲头更足了。

功夫不负有心人。经过 4 年拼搏,彭和捷和他的伙伴终于成功地研制出轧花铝板。去年 11 月,他的轧辊制造工艺荣获了全国第五届发明展览会银质奖,并获两项专利。今年 8 月上旬,轧花铝板正式通过了省级鉴定。许多专家认为,它能替代进口产品,正式投产后,按现有设备条件,认真加强管理,每年可创产值上千万元、利润 100 多万元。

（原载 1991 年 9 月 5 日《湖南日报》一版头条,陶小爱、陈勇参与采写）

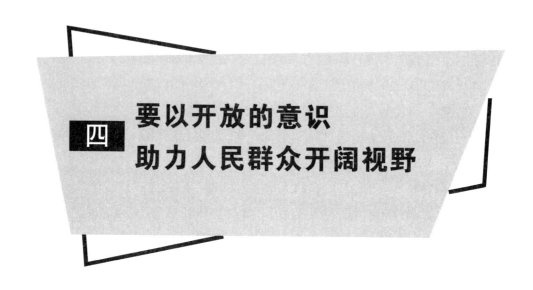

**四 要以开放的意识 助力人民群众开阔视野**

**心灵感悟：**对外开放是我国的基本国策，是经济全球化的要求。当今，社会生产和资本流动全球化，任何民族和国家都不可能脱离这种密切的世界联系，再回到闭关自守的状态下进行自己的建设。同时，对外开放也是发展社会主义市场经济的客观要求。市场经济是开放的经济，客观上要求打开国门，面向统一的国际大市场，积极参与竞争合作，才能加速我国社会主义市场经济的发展。加之我国社会主义建设伊始，面临的困难是资金不足、技术落后、管理不善，只有对外开放、发展对外经济关系，才能加快现代化建设进程，发挥后发优势。

**亲身经历：**湖南是一个内陆省份，长期处于封闭状态。党的十一届三中全会后，对外开放的春风吹来，湖南省委、省政府闻风而动，打开省门，全方位、立体化、多层次地开展对外经济合作，引进资金、技术和管理模式。在这一对外开放的热潮中，我有幸参与了湖南省一系列对外开放活动和事件的报道，如全省第一个引进的外资项目——旺旺集团落户长沙、湖南省"湘交会"和"港交会"的召开、人才的回归与引进等，以我亲身的所见所闻和事件的场景，去助力人民群众以开放的眼光看世界，以开放的意识观事物。

■ 采写回顾

# 旺旺落湖南　湘旺齐旺旺

## ——记扎根湖南的首家外贸企业

时光回溯到 1989 年,台湾当局开放大陆探亲以后,不少有远见卓识的台商飞越台湾海峡,纷纷到祖国大陆投资办厂。在台湾从事多年米果生产的旺旺集团也乘着这股祖国对外开放的强劲东风,唱响了进军大陆、走向世界的进行曲。

### 落户湘江之滨

1991 年,旺旺集团董事长蔡衍明先生满怀投资的热情,走访了全国很多省市,其中不乏沿海发达地区,并初步选定了珠海经济特区作为第一个设厂地点。但随后,他通过朋友介绍,抱着观光旅游的心情来到了当时还少有台商的内陆城市长沙。

湖南省几大家主要领导都出面,给予考察团以热情的接待,并详细介绍了湖南作为"鱼米之乡"的农业大省在食品生产投资方面的优势,真诚希望旺旺集团能来湖南投资兴业。从来没有想过到内陆省设厂的蔡衍明,深切感受到湖南省领导的热情、诚信和迫切心情。加上产粮大省的湖南,在原料供应上有充足的保障,可谓"天时、地利、人和"皆具备。于是,通过几天的实地考察,旺旺集团决策层突破常规,大胆决定落户内陆省湖南,并选址湘江之滨的望城县(现望城区)作为旺旺集团在大陆发展的本部。"望城,好旺!"集团对在湖南兴业充满了希望。这也是湖南省引进的第一家外资企业。

### "旺旺"声名远扬

1992 年, 旺旺集团与湖南省华湘进出口集团合作创办了高新技术企业湖南旺旺食品有限公司。这是旺旺集团在祖国大陆设立的第一家合作工厂,也是规模最大、设备技术最先进的湖南首家以大米为原料进行深加工的食品工业企业。

但"旺旺"食品能否在大陆旺起来,当时还是个未知数。为了尽早在大陆打响"旺旺"名声,时任公司总经理廖清圳采取了"未投产,先营销"的经营战略。在投产前半年,公司投入了 1000 多万元人民币进行宣传活动,而后特地从台湾运来 30 多个集装箱的旺旺食品,将它们送到长沙市及附近各地的中小学校。旺旺食品的鲜美味道和漂亮包装立刻受到孩子们的喜爱和家长们的青睐,"旺旺"名声不胫而走,一举造成了轰动效应。短短一年,旺旺系列产品在三湘大地名声大振。由于产品深受广大消费者的喜爱,投产当年,便创下了产值 2.5 亿元人民币的佳绩。时任湖南旺旺食品有限公司总经理廖清圳先生在回忆当时情况时,动情地说:"湖南省各级政府给予了我们宽松的环境,建厂的土地是当地政府优惠拨给的,那条直通厂区的马路也是当地政府专门为旺旺修建的。当地民众支持我们企业工作,企业成为当地'重点保护单位'。这一切,都使我们很受感动。"

## 打造"世界米龙"

在发展途中,旺旺集团深感台湾企业扎根大陆前景十分宽阔。随之,确定立足湖南、走向世界的经营目标,将获得的利润全部用于大陆的再投资、再发展。从 1992 年开始,旺旺在湖南投资的步伐从未停止过,从当年的 600 万美元,到 2009 年即增加到 1.2 亿美元。旺旺集团湖南总厂现已拥有旺旺食品有限公司、长沙旺旺食品有限公司,下辖 6 家生产厂,工厂总面积达 340 亩,标准化厂房、办公及配套设施齐备。企业由建厂初期的单一米果系列,发展成为现在的米果、豆果、休闲食品、饮料等 20 多种食品及包装于一体的多功能产品企业,并成为"全国高新科技百强企业"和"中国 500 家最大外商投资企业"之一,荣获卫生部"执行食品卫生法先进企业"称号。除此,旺旺集团湖南总厂还创办了湖南省首家中外合资医院——湖南旺旺医院。

湖南旺旺的成功,促进了旺旺集团在全国投资的快速发展。他们先后在南京、上海、杭州、北京、沈阳、成都、广州等地开设了 30 多家工厂。为使旺旺进入世界食品舞台,集团还结合国际知名食品巨头的资金和技术,利用旺旺在大陆的知名度和营销渠道进行国际投资整合,将产品销售到马来西亚、新加坡、泰国及欧洲各国,以实现其多元化、国际化的"世界米龙"跨国企业的宏伟目标,创造世界品牌产品。

## 不忘回报社会

旺旺集团湖南总厂的兴旺发达,不仅创造了自身良好的经济效益,而且也创造了良好的社会效益。旺旺的大量投资和高新技术,衍生和繁殖出巨大的潜在市场,形成了配套产业和开发产业两大体系，带动了当地经济的发展。望城县（现为望城区）的相关行业如化工、运输、服务、建筑、石油、液化气都因旺旺而旺起来了，有近百家销售企业依托旺旺走上了致富路。旺旺人恪守"缘、自行、大团结"的经营理念，积极参与协办当地各项社会公益事业及社会活动，并赞助当地教育事业、支援抗疫抗洪救灾，爱护关心孤儿寡老。旺旺集团湖南总厂还成立了旺旺集团"中国旺"基金会湖南分会，以便更好地回报社会，服务大众。湖南旺旺"旺"起来了！今天，旺旺品牌深入人心，旺旺形象家喻户晓。党和国家前领导人江泽民、乔石、钱其琛和李岚清曾亲临旺旺集团湖南总厂视察指导。旺旺的成功得益于祖国大陆的改革开放政策！旺旺的明天将更加兴旺、美好！

### "旺旺"米果系列产品在长落户

# 我省最大的大米深加工引进项目昨签订

## 熊清泉、陈邦柱、孙文盛等出席仪式并会见台商

**本报讯**　我省最大、设备技术最先进的大米深加工企业——中外合作经营的湖南旺旺食品有限公司，于昨日在长沙蓉园宾馆隆重举行签字仪式。

下午 4 时 30 分，熊清泉、陈邦柱、孙文盛、董志文、汪啸风等领导同志赶来参加签字仪式，并会见了台商蔡衍明一行。他们品尝着香脆可口的"旺旺"米果系列食品，称赞"旺旺"的引进为湖南大米深加工开辟了一条好路子。旺旺企业股份有限公司廖清圳先生表示："要让'旺旺'走进湖南，并且带动台湾更多的企业到湖南来，也希望湖南走向世界！"省对外经贸委、工商局和科委的负责同志当场颁发了《中外合作经营企业批准证书》《营业执照》和《高新技术企业认定证书》。

湖南旺旺食品有限公司，是由湖南华湘进出口公司和台商在香港注册的旺旺有限公司合作创办的，第一期投资总额为 990 万美元，建成后预计年产量可达 4100 吨，年产值 1940 万美元，税后利润 200 多万美元。该项目的引进，将促进我省大米资源的开发，提高大米的附加值，并直接推动我省食品加工业的发展。

（原载 1992 年 7 月 2 日《湖南日报》一版）

# 维护外贸信誉　抓住到手外汇

## 长沙羽毛厂挖掘内部潜力按时按质按量完成外商订货任务

**本报讯**　长沙羽毛厂职工严格遵守国际商业信誉，千方百计挖掘企业内部潜力，按时按质按量完成外商订货任务。4月份已生产了标准毛270吨，相继出口。今年一至四月，为国家创外汇289万美元。

去年底和今年初，这个厂与美国、西德、法国、丹麦等国商人签订了1470吨标准毛的加工合同。外商要求在5月底以前交货880吨，并从3月份起，陆续将信任证（外国银行发出的一种安全收汇通知）寄来。而这个厂在正常情况下每月只能生产100吨，一季度生产出来的连同原来库存的标准毛共有560吨。四五月份平均每月要生产160吨，才能完成880吨的任务。

在时间紧、任务重的情况下，厂里邀请老工人开"诸葛亮会"，共商增产大计。从4月开始，全厂打了一场突击战。大羽毛车间专门成立了指挥小组，一个副厂长下到这个车间协助指挥生产。整理组打包和拼堆的人少了，厂里就从洗毛车间和其他几个岗位调来11个同志，做到一个班打130包，比原来提高工效30%以上。班与班还广泛开展了劳动竞赛，每个班的标准毛产量平均达6500多斤。三箱分毛机原来分出的毛不合规格，还要到单箱分毛机上补火，影响产量。现在，老工人周长富千方百计控制风门，提高分毛质量，一般做到一次分毛就合格，减轻了兄弟机台的负担。产量增加后，仓库的工作量要比原来增加一倍。库房负责人、老劳模陈海清就将24个同志分成4组，每天将吨位定额到组到人，在不增加人员的情况下，保证了任务的完成。

（原载1980年5月13日《湖南日报》二版头条）

# 引进技术为我所用

## 长沙正圆动力配件厂迅速提高经济效益

**本报讯**　长沙正圆动力配件厂积极引进活塞环镀硬铬技术，迅速扩大经济效益。

自去年下半年以来，按引进技术而建立的镀铬试验线共生产镀铬活塞环 36 万片，为国家节约用电、铬酐和工时，减少废品损失共达 8 万余元；用这些镀铬活塞环装配的 18 万缸柴油机，每年还可为国家节约机油 3600 吨，折合人民币 540 万元。

活塞环是内燃机的关键基础件之一。质量好坏，影响到内燃机的性能、油耗和使用寿命，而广泛采用镀铬技术，又是提高活塞环质量的有效措施。长期来，由于国内镀铬工艺落后，只能镀普通合金铸铁环，只有外圆柱面镀铬一个品种；镀铬环的产量仅占整个活塞环产量的 5%左右，不能满足各种强化内燃机的需要：生产效率低于国外同行业水平，废品率却比国外高几倍，能源和原材料消耗多，成本高；更突出的是内燃机的机油消耗量约为国外的 3 倍以上，影响社会经济效益。

1979 年 8 月，这个厂由国家有关领导部门批准，决定从英国联合工程国际公司引进快速、自动、长筒镀铬技术和关键设备。先进技术引进后，他们组织专门人员进行翻译和学习，认真消化、应用，坚持从本身实际出发，处处精打细算。原打算从英国进口几台专用设备，后来听说这些设备是由日本等其他国家的工厂生产的，便改为直接向日本等国厂家订货，节约中间手续费达 5800 多美元。他们还争取兄弟单位支持，自制了冷却器、镀液温度自动控制仪表等 17 套(件)设备和仪器，为国家节约了一笔外汇。

这个厂在引进国外先进技术时，根据本身实际情况，做到学中有创。国外镀槽的金属外壳和塑料内壁原是粘贴在一起的。但这个厂要这样做，一时条件不够。他们就用聚氯乙烯硬塑料板做内槽，外面再加上金属壳，同样取得很好效果。目前，这个厂生产的镀铬环品种由 1 个增加到 6 个，产品合格率由 65%上升到 90%以上，生产效率也提高了 5 倍。他们还把引进的技术和应用中的经验推广到了北京、上海、武汉、石家庄等地的 9 家工厂和设计单位，进一步扩大了社会经济效益。

（原载 1983 年 8 月 29 日《湖南日报》二版）

# 长沙水泵厂出口泵体在美国免检

## 英格索兰公司一次要求增订 210 台

**本报讯**　10 月上旬，长沙水泵厂接到美国英格索兰公司的来信，要求增订 210 台 6 种型号的泵体。近年来，这个厂先后向美国出口泵体 112 台，质量达到全优，成为美国进口的免检产品,在用户中取得良好信誉。

这个厂自 1981 年开始生产对美出口泵体。泵体铸件是水泵的主体。它的质量好坏直接关系到水泵的效率,美方对这种产品的精度要求非常高。厂里从生产毛坯、加工到检验,建立了一套专门班子。在生产中,更是精益求精。1981 年,这个厂出口了第一批产品,美方通过严格的检查,对质量十分满意,当即表示,以后进口不再检查。

但这个厂的职工并不因此满足。他们发扬进取精神,不断改进工艺,提高产品的精度。为了使泵体外壳壁厚均匀,误差不超过 1 毫米,他们想方设法,改进模具制作方法,严格控制泥芯间隙,并且做到逐台逐部位划线加工,终于使有近百个弯曲部位的泵体壁厚均匀一致。对泵体铸件的非加工面,他们也小心翼翼地用小型砂轮机打磨,大大提高了光洁度。检验人员更是一丝不苟地把关。今年 8 月的一天,一个工人不小心,将 5 台泵体上的轴承端面小孔钻偏了一个多毫米。检验员发现后,当即将这 5 台产品报废。今年 6 月,这个厂的考察组到美国考察,英格索兰公司经理伸出拇指,称赞该厂的产品"OK!OK!"而后,又增加了这批订货。

(原载 1983 年 10 月 28 日《湖南日报》一版)

# 我省对外劳务输出成绩可喜

## 近年来,为亚、非、美洲的十个国家承包七十多个项目,
## 创外汇五百七十多万美元

**本报讯**  春节前夕,从遥远的卢旺达传来喜讯:一条由中国路桥工程公司湖南省分公司承包修建的从卢旺达首都基加科至卢汉热里的公路竣工了,有关方面正在安装路牌标志,准备投入使用。至此,我省建筑、建材等部门近年来已为亚洲、非洲和美洲的 10 个国家承包了 70 多个项目, 有力地支援了这些国家的建设, 也为我国创外汇 574 万美元。

前些年,我省对国外只有单纯的经济援助,没有劳务输出,随着对外开放政策的落实,自 1981 年起,我省外经部门积极组织建筑、建材等方面的力量,开展对外承包工程、劳务合作、技术服务和咨询服务等项业务。目前,在国外从事这些工作的有千余人,其中 90% 是工程技术人员。他们分布在美国、联邦德国、伊拉克、北也门、突尼斯、卢旺

达、阿尔及利亚、埃及、几内亚、索马里等 10 个国家，开展建筑承包、农作物种植、淡水养鱼、公路修建、餐馆开设等，受到所在国欢迎。

我省建筑、建材等部门在国外承包工程和进行劳务合作的同志，遵照中央"守约、保质、薄利、重义"的指示精神，不畏艰苦，辛勤劳动。如中国路桥工程公司湖南省分公司的同志在承建卢旺达卢(卢汉热里)西(西亚尼卡)公路时，沿途为火山熔液地带，地质条件差，施工困难大。他们就早上班、晚下班，加班加点干。压实路基时，水不够，他们便出动水车从十多公里外的地方运水来，满足施工需要，终于提前 47 天完成了这条路的修筑任务。在通车典礼上，当地群众高呼："希里瓦，沙瓦！(中国人好！)"卢旺达总统还号召本国人民向中国筑路工程队学习。在伊拉克卡低西亚砖厂工作的我省建材部门的同志，在生产条件相当困难的情况下，战高温，夺高产，猛攻技术关，使砖的日产量由原来不到 7 万块增加到 15 万多块。厂方总经理高兴地说："中国技术组和我们合作得很好，就像一个人的两只手一样配合得协调。"这样，我省专家组不仅在伊拉克打开了局面，站稳了脚跟，而且争得了越来越多的承包项目，每年人均为国家创外汇上万元。

(原载 1985 年 2 月 18 日《湖南日报》一版)

# 到国际市场找出路　向新产品要效益

## 华宇企业有限公司今年上半年创汇 35 万美元

**本报讯**　湖南省华宇企业有限公司积极开拓国际市场，努力开发新产品，使企业走出困境。今年上半年，仅出口纸质漏斗一项即创汇 35 万美元。

这家公司由于受市场疲软的影响，经营曾一度陷入困境。公司总经理李伏初经过多方打听，了解到香港一家公司想到内地设点生产纸质漏斗，转销美国、联邦德国。随即，他五下深圳，邀请香港客商来长沙实地考察，并根据客户的要求，先后 8 次做出漏斗样品，提请客户确认。香港客商终于向华宇企业公司发出了试生产 100 万只纸质漏斗的订单。

收到订单后，华宇公司为搞好批量生产采取了种种措施。在兄弟厂的大力支援下，先后解决了生产漏斗的特种用纸、胶合剂和烘干、包装等问题，终于将 100 万只美观耐用的纸质漏斗如期交到客户手中。香港忠信丝麻棉纱公司总经理郭大通先生专从香港打来电话,说:"华宇公司组织生产的纸质漏斗价廉物美,深获美国、西欧客户好评。请放开生产,贵公司生产多少,我司收购多少。"

目前,华宇公司组织生产的纸质漏斗,已由单一的油漆漏斗发展到医用漏斗、化验用漏斗,产品由销往美国扩展到联邦德国、法国、瑞士等国。今年上半年,已生产漏斗2500万只。预计全年出口创汇将突破100万美元。

（原载1990年7月17日《湖南日报》一版）

# 华湘的步履

出乎人们的意料,3年前靠20万元贷款起家的湖南省华湘进出口公司,出口创汇却连年翻番。仅1991年,该公司出口创汇达4088万美元,进口物资价值2990万元,固定资产超过1000万元,并在海南、深圳、广州等地及省内先后办起了20多家有实力的分公司。这家由省对外经贸委归口管理的公司,去年终以惊人的速度位居湖南省外贸各公司进出口贸易额的第5名,今年承担的出口创汇任务又名列全省50余家外贸企业的第4位。

从坎坷历程走过来的"华湘",可说是创造了奇迹。日前,国家对外经贸部部长李岚清听取有关"华湘"的工作汇报后,连声称赞:"华湘"的路子是对的,在内地像这样的高速度、高效益的企业是不多见的。

3月中旬,当记者来到"华湘"采访时,公司总经理赵富明颇有感慨地说:"我们'华湘'之所以能发展,关键是彻底废除了铁饭碗、铁交椅、铁工资。"

华湘进出口公司当初起步确实千难万难。1985年公司刚刚成立,不久,就因种种原因被一度关闭。1987年6月,作为我省外贸事业的一种探索、一项改革的试验,省政府及省对外经贸委决定复办"华湘"。一颗公章,一本营业执照,12份红头文件,便是当时的全部家当。谁来担此重任呢?挑来选去,赵富明中选。其时,已担任湖南省工艺品进出口公司党委书记兼副总经理的赵富明,刚从香港回来,风尘未洗,一纸调令摆在面前。他觉得太突然了,不免有些犹豫。但组织上又寄希望于他,省对外经贸委的主要领导好几次与他倾心交谈。性格刚毅的赵富明咬咬牙,终于担负起了这副重担。受命于危难之际，他再三思量，恳切地对上级领导说："我是壮着胆子向领导提要求的。我不要政府给资金，只要求有选择起用能人的自主权！"赵富明的要求得到了应允。"华湘"就这样干开了，并一天天兴旺起来。

然而，前进的路途并不平坦，一项事业的成功总是伴随着多少艰难曲折。1990年5月，全省清理整顿公司基本结束时，谁家留，谁家撤？各方看法不一。在"撤"与"留"之间，"华湘"又面临着一场严峻的考验。在这关键时刻，刚走马上任的省对外经贸委主任李壬申深入"华湘"调查，当了解到"华湘"不花国家一分钱却为湖南外贸作出了较大贡献时，明确支持"华湘"保留下来，并从多方面创造条件，促其发展。

诚然，当时的"华湘"没有任何模式可循，他们却依靠省政府和对外经贸委撑腰，率先在我省推出了一套崭新的人事制度：无论是哪一级干部，也无论是任何一名普通职员，都是"能者上，庸者下"。当时，有两名外单位调入公司的处级干部，一进"华湘"就成了普通职员。这样，在"华湘"形成了一个平等竞争的环境。接着，公司及时推出了"自由组合制"：各部、室人员自由组合，其经理由组合的职员推举，认可后，即报批备案履行职责。公司随之将年收汇总额等4项指标层层落实到每个业务员，凡完不成年承包实数90%的部门，部经理就地免职；完不成年计划90%的业务员，取消其资格；对宣传、打字等特殊工种，则由公司全体职员公开评议，依据评议结果给予奖惩。公司还视贡献大小来确定工资、奖金：对从"铁交椅"上下来的人，公司坚决取消"铁工资"；对组合落岗者，公司只发6个月基本工资，6个月以后则减发基本工资的1/4。

自由组合，能者上岗，一把尺子度人，多种形式竞争的人事工资制度，使"华湘"充满了活力。它不仅加深了部门经理自身的危机感，而且激发了每个职员的进取心。一批批人才就在这激烈的优胜劣汰的竞争中，脱颖而出。贸易四部曾培安等几位同志，广辟门路，新开发了气垫床、睡袋等业务，并与日本、西欧等国家和地区的客商结成贸易伙伴，去年即完成收汇计划200%，一举从外省客商手中夺回了气垫床等在湖南的旅游产品市场的80%。

年仅27岁的鄢彩宏，原是某专业公司的业务员。他听说"华湘"实行了一套行之有效的竞争机制，便毅然来到这个可以充分施展才干的地方。1990年，他承包了300万美元出口服装的任务，实际完成536万美元，占了公司全年创汇总额的一半。根据他的实绩，公司提拔他为贸易一部经理，后又晋升为总经理助理，被派驻香港。与此同时，公司对完不成任务的，坚决撤换。3年多来，"华湘"就有8名完不成任务者从领导岗位上换了下来，又从群众中挑选产生了19个部室负责人。

"华湘"大胆废除了"三铁"。尽管他们一路上冒着风险，但毕竟艰难地走了过来，使一个国家的"包袱企业"红火起来,来之不易啊!这个职工平均年龄仅 31 岁的企业,因充满活力,现在省内有 15 家外贸企业的进出口业务委托他们代理。代理后,这 15 家企业都完成或超额完成了任务。在去年的广州秋交会和湘交会上,"华湘"独领风骚,出口成交额居全省 67 个交易团之首。

毋庸置疑,"华湘"走的是一条可贵的探索之路,希望之路!

(原载 1992 年 3 月 25 日《湖南日报》一版头条)

# 诚心换知心　外商引外资

## 耒阳招商引资步入快车道

**本报讯**　韩国商人黄赞植经"落户"耒阳市的外商"牵线",5 月下旬与该市遥田镇签订了合资兴建硅铁厂的合同。今年以来,耒阳市像这样"以外引外"签订的投资项目就有 16 个。

耒阳靠近广东开放地区,107 国道和京广线纵贯南北,具有招商引资的优越条件。前几年,该市由于只重引资,不重稳商,造成了"'新凤凰'还未到,老'凤凰'飞走了"的被动局面。去年以来,该市在广泛听取外商意见的基础上,确定了"尊重外商、服务外商、真诚合作、互利互惠"的"稳老引新"工作思路。他们建立了外商情况资料库,并在广州、深圳、武汉、长沙等 7 个城市设立联络处,以便经常与外商保持交往。他们定期走访外商,还建立外商生日档案,及时安排生日宴会或联谊活动。今年 2 月 1 日,港商李国祁先生在该市过生日。该市主要领导为他安排了别具一格的生日联谊会。李国祁先生深受感动,他把计划投资 1000 万元修建耒阳市城北路第二期工程的项目当即确定下来,还打算投资 600 万元兴办另一个企业。

该市不但注重对外商情感的投入,而且真心实意地为外商排忧解难。他们设立了市民与外商"热线电话",做到解决外商企业小问题不过夜,大问题不过旬;经常召开外商座谈会,了解情况,听取意见。今年元月 27 日晚上,合资企业上峰电石有限公司董事长受到某机关个别人的刁难。晚上 10 时,市里接到投诉电话后,市委领导当即责成有关部门进行了妥善处理。迄今,该市共接到外商投诉 30 多起,都有处理结果,外商满意。

以诚相待换来了丰厚的回报。许多外商说，你们不把我们当外人，我们把你们当成知心人。外商把发展耒阳经济当作自己的事来对待，形成了以外引外、以老引新的招商引资局面。目前，该市不仅稳住了 18 家老外商，还吸引 16 家新外商前来投资，正在洽谈的引资项目 32 项，意向投资总额 6995 万美元，比上年同期增长 35%。

（原载 1996 年 6 月 6 日《湖南日报》一版）

# 湖南正走向更大开放

## ——湖南省第四届港交会述评

金风送爽，丹桂飘香。在香港召开的湖南省第四届港交会，格外引人注目，轰动整个港岛。

且不说 5000 余中外客商出席开幕式的盛况，也不说万种湘货精品参展、3000 多个项目招商的热闹情景，更不说本届港交会创下的合同引资 17 亿美元、进出口贸易成交 1.9 亿美元的巨大成绩。单说到会的一大串香港各界名流：张浚生、李嘉诚、邵逸夫、曾宪梓等等，就令人刮目相看。难怪新华社香港分社副社长张浚生也深有感触地说："内陆省份在香港办招商会，规格这么高，少见！"

是什么力量使湖南如此这般受世人青睐和关注？是开放！正如长江实业（集团）有限公司主席李嘉诚所说，湖南资源丰富，有区位优势，对外开放态势越来越好。

当今世界是开放的世界。如果说港交会是开放的舞台，那么，湖南就是借港交会这个舞台，唱对外开放好戏，使湖南走向更大开放，走向世界和美好未来！

（一）

湖南经济要发展，招商引资是关键。人们的这一共识，在港交会上凝成一股动力，化为一种行动。

赶来香港与会，长沙市市长袁汉坤的心愿是：抓住机遇，广交朋友。记者几次去找他，他不是外出与客商洽谈，就是在房间同客商会面。他说："对外开放，多一个朋友，多一条路，多一个信息，多一份财富。"

不是吗?!短短的几天,岳阳市市长黄甲喜和副市长罗碧升就登门拜访了20多位客商,还与50多位客商洽谈了合作项目。他们与港商合资兴办的500吨浮法玻璃生产线,即引进资金1亿美元。

由市长龙定鼎带领的郴州市交易团,一到香港,就忙开了:召开了介绍郴州市市情和投资环境的新闻发布会,散发了3000余册介绍郴州情况及投资项目的资料,登门拜会了香港知名人士,还召开了旅港同乡会,为招商广泛开展了宣传发动工作。

开放已成为时代的要求、社会经济发展的必然途径。从封闭到开放,是人类社会不断前进的一个重要标志。

来自边远山区怀化的同志,对待汹涌的开放潮,更有一种紧迫感和危机感。怀化纸浆厂项目,还是国家“六五”期间立项的,因无资金,一直没有建设,这对怀化山地的进一步开发影响很大。行署专员吴宗源、副专员李微微率团来招商,项目没谈成前,他们坐卧不安,带着方便面四处奔波。多么可贵的精神啊!他们这样做自有他们的道理:“怀化山区本来就很封闭,不扩大开放、加快招商引资步伐,怎么行呢?!”

衡阳市委书记颜永盛更是把港交会看作对外开放的赛场。他说:“每次来参加港交会,都想赛出好水平;每参加一次港交会,衡阳的开放就加快了一大步。”的确,该市已连续两年实现实际到位外资居各地州市之首。

港交会是一面真实的镜子,透过这一幕幕,记者从内心深处由衷感到湖南人对待开放的那股热情和劲头,也看到了对外开放在三湘大地已呈不可阻挡之势。正是因为这样,此届港交会,与往届相比,显现出许多不同的特色。首先是招商项目结构变化大,由原来的三产为主变为一、二产为主。155个省级重点项目中,能源、交通等基础设施项目占27个,大中型企业技术改造项目105个,农业林业开发项目21个,突出了湖南特色,符合产业政策。二是展样品档次大为提高。在港交会上,参展的一大批“高、精、尖”产品异彩纷呈,赢得客商们一片喝彩声。特别是金光四射的“单峰金骆驼”,更是令人注目,引来无数客商围观。香港南丰行国际投资有限公司总经理王韦民观后,喜不自禁地称赞道:“这是世界独一无二的!”三是远洋客户大大多于往届。此次来参加港交会的远洋客户即有300余人,他们的到来,为我省更大范围的开放,提供了十分有利的条件。

(二)

“不开放,不发展;小开放,小发展;大开放,大发展。”这是被改革开放实践所证明了的客观事实。

现今湖南的对外开放已呈强劲之势，如何乘势而上，走向更大开放？副省长唐之享在港交会上这样说："湖南将按照'呼应两东，开放带动，科技先导，兴工强农'的指导思想，全面实施'开放带动'战略，坚持'以开放促开发，以引进促改造，以外经促外贸'的开放方针，敞开胸怀，走向世界。"从本届港交会的实践看，湖南要走向更大的开放，当前还有待解决以下问题：

要进一步转变观念，解放思想。观念的转变和思想解放的程度，直接关系到对外开放的力度和广度。这里，如何正确看待外商就是一个重要问题。据说，有一个外商在衡阳投入120万元，因多方原因项目没有搞成。市里就全额给他补偿了损失，他心里感到了平衡。市委书记颜永盛认为，这不是几个钱的问题，而是心里面有没有外商的观念问题。只有观念转变了，才可能形成人人抓招商引资的局面，也才能创造更好条件，引来更多外商前来投资办厂。

要突出重点，进一步改善投资环境。利用外资的竞争，实质上是投资环境的竞争。赴港与会的同志都感到，当前特别要重视软环境的改善。湘潭市市长蒋建国讲过这样一件事：澳门地产公司董事长李英沛，曾与湘潭市签订投资1亿元开发房地产的合同。后来因市里承诺修一条公路没有兑现，他投了1千万元资金就不搞了。这次港交会前，湘潭市政府决定拿出资金修好那条路，并已开工。李先生见湘潭人有诚意，非常高兴。除继续完成原项目投资外，还与湘潭签订了投资2400多万美元、合资兴建湘江三大桥的合同。由此，蒋建国深有感触地说："信誉、环境，关系到招商引资的有无和成败。"

要有一支对外队伍，要加快外向型经济人才的培养。国际经济的交往、信息的沟通、市场的竞争，都离不开人才。当前要发展外向型经济，就必须加速培养大量高素质的人才。怀化地区行署领导从港交会中就感受到了人才的重要性。他们这次带了两名外文翻译，都忙不过来。港交会尚未结束，专员吴宗源就在港研究解决外贸人才问题。他当即拍板，回去马上调懂外经的人才充实外贸领导班子，选送30名中青年干部进有关院校和涉外机构培训。

可以看出，从港交会上，人们得到了启迪，对进一步扩大开放有了更新的认识和思索。香港作为世界性的金融中心，汇集的大小银行就有184家，存款总额相当于内陆存款的总和，其贷款的实力即可见一斑。因此谁抓住了与香港合作的契机，谁就可能赢得经济的发展。人们有理由相信，湖南大开放的时机到了，开放的湖南定会成为海内外特别是香港朋友投资兴业的一方热土！

（原载1996年10月11日《湖南日报》二版头条，金中基参与采写）

### 引进技术　开发名品　走向世界
## 湘机产品出口 26 个国家和地区

**本报讯**　湘潭电机厂充分利用其雄厚的技术优势,瞄准国际先进水平,高起点开发新产品,拓展新市场,产品源源不断销出国门。3 月 20 日,记者在该厂进出口公司看到,一批发往巴基斯坦国的电机即将启运。据公司负责人介绍,湘机产品已销往世界 26 个国家和地区。

湘潭电机厂先后与日本日立公司、美国西屋电气公司、德莱塞公司、德国西门子公司等进行技术合作,其产品广泛运用到我国能源、交通、矿山、冶金、军工等领域以替代进口产品。"八五"后期,该厂先后为秦山核电站、深圳妈湾电站等 50 多个国家和地区重点建设项目提供近 600 台电机产品;为宝钢一号高炉研制出防腐电机等多种电机产品;该厂在全国首创的 Y 系列电机已有 600 多个规格、5000 多台产品辐射到全国各地;与美国合作生产的 154 吨电动轮自卸车和自制的 108 吨电动轮自卸车,已向国家大型露天矿山提供了 189 台产品。

立足国内市场后,该厂敢于打"国际"牌,参与国际市场竞争。1992 年,伊朗德黑兰为修建地铁工程,派员对英、德、俄、日、中、韩等国进行考察,当他们考察到由湘机为北京地铁生产的产品后,毅然决定工程的部分设备由湘机制造,出口产值可达 2790 万美元,目前已有两台产品即将交货。有一次该厂驻土耳其的商务人员传回信息:土耳其从德国等发达国家进口高压电机。厂里迅即集中力量研制并取得成功,产品随即进入土耳其市场。

（原载 1997 年 3 月 28 日《湖南日报》一版,陈胜年参与采写）

## 五　要以满腔的激情讴歌人民群众中涌现的新人新事

**心灵感悟**：改革的年代，共产党人肩负起复兴中华民族的重任，不忘初心，牢记使命，顽强拼搏，奋勇向前，在各条战线、各自岗位创造了一个又一个举世瞩目的成果，涌现一批又一批先进人物。新生事物如雨后春笋不断茁壮成长。记者，作为时代的记录者，就要以满腔的激情，即时讴歌在人民群众中涌现的新人新事，使其在更多的人群中发扬光大，在祖国广袤的大地上开花结果，成为推进有特色社会主义建设的一股汹涌澎湃的力量。

**亲身经历**：党的十一届三中全会后，在改革的大潮中，我一方面抓住了一些典型人物和典型单位进行了深入的采写报道，如《致富户的胸怀——记桃江县桃花江乡修理专业户莫学文》《搏击风浪闯市场——天心炸鸡实业发展公司经理张达商海纪事》《厂长的眼力——长沙啤酒厂厂长谭桂林纪事》和《三一之路》等；另一方面，着力挖掘出一批新鲜事物进行宣传，如《百位寿星喜游春》《中南矿冶学院讲师钟廷科不为高薪厚利所动毅然回国服务》《堵住"后门"开前门　紧俏商品送上门》《长沙市办起 58 家"围墙商店"》《立下一块"政策碑"绿了大片"和尚"山》《一条热线电话拨动万众心弦》《谢绝出国定居邀请　坚持留在祖国服务》《衡阳市百货大楼发布总经理宣言　购物不称心　投诉有奖》等。这些报道做到了：一是取材广。涉及工农商学兵、街办企业、个体经营户、城市居民等各行各业；从年龄来讲，有老、中、青各层次的个人和群体。二是角度新，切入点新。力求有新意，有新闻性，能吸引人去看去读。三史描写细。立足事实，力戒空谈，以动人的细节去感染人。四是立意深。用真真切切的事实来说明一个有思想深度的道理，寓情于理，寓事于理，使人们读后从中受到启迪和教育。

# （一）人物和单位典型

# 致富户的胸怀
## ——记桃江县桃花江乡修理专业户莫学文

人类的本性是这样确定的：人只有为自己同时代的人完善、为他们的幸福而工作，他们才能达到自身的完善。

——马克思

1985 年 3 月 14 日上午，一辆棕褐色小轿车驶进桃江县桃花江乡肖家山村。省长刘正一走下车，就握着前来迎接的那位中年农民的手，说："我是专程来向你学习的。"随即，刘正同志和同来的益阳地委书记何晓明一道，兴致勃勃地看了这位农民承包的工厂、联营的商店、自办的学校和他的家庭，详细地询问了他的致富过程。特别是对他帮助当地农民致富的做法，给予了高度赞扬，鼓励他继续做下去。

这位农民，就是这个村的修理专业户莫学文。

今年 45 岁的莫学文，1961 年从长沙工业学校毕业后，一直在农村从事汽车和电器修理。20 多年的实践，使他掌握了多种技术，积累了许多经验。党的十一届三中全会，给了他发挥才干的条件。从 1981 年开始，他承包了村里的汽车修配厂、制冰厂和照相馆。4 年来，除按规定完成国家税收和其他上交任务外，共获纯利 3 万多元。去年 9 月开始，他又承包了乡办汽车电器大修厂，与供销部门联办了一个汽车配件公司和南杂五金商店。现在,他有固定资产和流动资金9.8万多元,成了远近闻名的致富户。

莫学文致富后不忘众乡亲,千方百计把致富的种子撒到群众中去……

## 热心传技术——开办职业技术讲习所

肖家山山头。一栋精巧别致的三层楼房,屋顶上竖着"职业技术讲习所"7个大字。讲习所的负责人和授课者就是莫学文。对办职业技术讲习所,莫学文早就有了盘算。他想,眼下不少农民之所以不能离开田土,从事其他活计,开辟多种致富门路,很重要的一个原因就是缺少技术。要帮助乡亲致富,就要教给他们技术。

办职业技术讲习所,首先碰到的是场地问题。莫学文想方设法,筹攒了三万多元资金,建起一栋三层楼房,除自己家住二楼外,把三楼的两间大房用来做教室和实验室,将一楼六套间近200平方米做学生宿舍。

招生开始了。莫学文拿出120多元,印了1000份广告,要儿子和女儿骑单车、搭汽车到本县的马迹塘、灰山港、三堂街和邻近的益阳县谢林港等10多个乡镇去张贴。还掏了6元多钱在县广播站广播了几次。消息传出后,几天之内就有数十人前往应试。莫学文自己出题目,对他们进行了语文、数学测验,从中录取了27名。

去年8月16日,第一期学习班开学了。莫学文开设了钟表修理、摄影、家用电器三个专业。为了让学员们学得好一些,他特地从新华书店买回《钟表修理》《摄影技术》《家用电器》《缝纫机修理》等技术书籍40多本,还从县文化馆借来技术参考书70余本。他除了结合自己的实践经验上好课之外,还带学员下车间、出外进行实习。对学员们的困难,他总是尽力解决。有个来自嘉禾县的学员,家境困难,老莫就少收他30元学费,还经常给他辅导,直到夜深。学员周跃华,有个未断奶的孩子要随身带着。老莫破例接收了她,还腾出一间房子让她和保姆住。周跃华毕业后,老莫又借给她放大机、放大纸、印相纸,还帮她买了照相机。小周很快办起了家庭照相馆,头个月就赚了60元。

讲习所第一期和第二期培训班54名学员,大部分已就业。目前,莫学文又办起了第三期培训班。20多名城镇待业青年正在他这里认真学习。

## 帮助找门路——倡办致富户开发协会

去年11月中旬,莫学文参加了在北京召开的全国专业户座谈会,受到中央有关部门领导同志的亲切接见,一些著名的专家、学者也勉励他们。他还被中国农村综合发展研究所聘请为一家杂志的特约研究员。

此时此刻，莫学文心头不能平静。他思索着：党组织给我这么大的荣誉，我怎样进一步帮助乡亲们致富？一个新的念头在他脑海里萌发了：要是能把全乡致富户组织起来，发挥大家的智慧和力量，广泛收集信息、技术，广开生财门路，不是能够使乡亲们富得更快吗？

在北京开会的日子里，他哪里闲得住？！繁华的街道、热闹的商店，他无暇光顾。几乎所有的空余时间，他都用来向兄弟省、市的专业户学习。短短几天，他到了200多个专业户的驻地。他走访过全国闻名的辽宁"葡萄大王"王忠农。他请教过广西水果专业户吴以禄。他还拜访过贵州养种鸡的能手颜学益。还有不少的苎麻、稻谷、蚕桑等方面的专业户，成了他的朋友。短短几天，莫学文收集到的信息和技术资料就有30多种。他把这些视为财宝，满载回乡，连妻子要他带一件小小纪念品的事也忘了。

北京归来，他向乡党委汇报了成立致富户开发协会的想法。党委书记李原光当即敲定："行！"

去年12月26日，以莫学文为首组织的桃江县桃花江乡致富户开发协会成立了。这个为农民提供技术、信息、产销渠道和种子的协会，第一批吸收了会员53人。成立会上，被推选为会长的莫学文畅谈了在京开会的盛况，他说："这次进京开会，真是大开眼界。河北有个村就有400多个万元户。他们不靠天兵天将，靠的是党的政策、集体的智慧和自己的劳动。人家能够这样做，我们就不能吗？！……"台上，发言激昂；台下，掌声如雷。

会议刚散，乡亲们就纷纷找莫学文问情况，要信息。老莫呢，来者不拒，细心引导。青年农民符正球、符日光，原来靠拖板车搞运输，货源不足，想找老莫另开一条致富门路。莫学文根据市场需求情况，建议他们成立一个高档装饰品服务公司，生产立体形壁纸和会议沙发。开初，青年人怕亏本，莫学文就带头拿出200元作股金；缺少高档装饰品的图纸和技术，莫学文主动提供；产品销售有困难，老莫一口承诺由他包销。眼下，公司已经成立，必需的生产工具和两个产品的图纸齐全了，做沙发的木材也买回了。三名青年正干得火热。

药铺子村有个农民想种一亩多葡萄，自己又苦于没技术、缺种子。老莫听到这个消息，连忙和致富户开发协会的同志合计，帮他从辽宁和江苏的两位专业户那里弄来了技术资料和葡萄良种。

在当今社会里，致富离不开信息，信息就是财富。莫学文自费订了10多种报刊，还聘请了一名专职信息员和三名兼职信息员，一个多月内就发出了40多封信与省内外的专业户联系。

## 发扬高风格——帮助同行超自己

在肖家山村，人们还传颂着莫学文"肚里撑得船"的故事。

离老莫承包的汽车电器修理厂不到300米处，新开了一家汽车修理厂。主人就是莫学文的徒弟符正川。一时间，符正川很少和老莫来往，有时还派人到马路上和他争生意。老莫却不以为然。他想，我们走的是共同致富的道路，竞争中发扬社会主义风尚尤为重要。

开始，新厂技术力量和设备都较缺乏，一些难题不易解决，莫学文就主动派人上门相帮。一次，他听说新厂接的一台车，一个多月还未修好，顾客意见不小。莫学文赶忙要那位用高薪聘请来的八级师傅去支援。一查，原来是新厂修理工把汽车上的电路全部拆下了，重新安装有困难。去支援的师傅搞了两天一晚，因家里有急事回去了。老莫就自己出马，帮着修了半天，直到搞好为止，分文未要。平时，新厂缺少电石等原材料，老莫只要有，就分给他。最近，莫学文又在琢磨着为这个厂办三件事：一是带符正川的女儿跟班学习汽车电路技术；二是帮助做台充电机；三是协助厂里改进管理，提高经济效益。一些好心人关切地对莫学文说："你这样搞，不怕人家抢生意吗？"老莫答道："生意是做不尽的，重要的是友谊、风格、共同致富。"

"友谊、风格、共同致富"，在莫学文的心田里扎了根。他把同行看作战友，只要战友能在致富的大道上迈开脚步，即使自己作出再大的努力也心甘情愿。大栗港乡农民艾新生，去年11月在本地办了个汽车电器修理点，但缺少空压机和充电机，常靠手工操作。老莫一划算：如果要买新的，两台设备就要上千元。他便将自己一台空压机折价为40元给了艾新生，又带小艾到县回收公司仓库，花25元买了一台坏的充电机加工修好。艾新生花了不到100元添置这两台设备后，如虎添翼，第一个月就赚了3000元。前不久，小艾又买了一台手扶拖拉机，把修理设备装上车，到周围的鸬鹚渡、五家洲等乡流动服务，焊房架，做铁门，修机械，样样都干，深受群众欢迎。

眼看同行们在乡村、在城镇大显身手，一个个富裕起来，莫学文心中充满了喜悦。

（原载1985年4月24日《湖南日报》一版头条，傅卓然参与采写）

# 搏击风浪闯市场

## ——天心炸鸡实业发展公司经理张达商海纪事

　　航行在市场经济的海洋，迎风雨，击波浪，有成功有失败，有欢乐有忧伤。尽管她历经艰难险阻，却赢得了成功，赢得了市场。

——题记

## 抛开处级官位　不恋安逸生活
## 她要在商海中显示自身的价值

　　湖南天心炸鸡实业发展总公司经理张达，从一个普通工人到国家干部，从一般干部到走上处级岗位，而后成为企业家；在她事业的坐标上，从零起步，顽强拼搏，短短四载，成为全省炸鸡行业"执牛耳"的人物。的确，她走过了一段不平凡的历程。

　　1968年张达高中毕业后，先后在长沙市一家街办小厂和市办企业当过工人、科长、副厂长、厂党支部书记。直到1988年，才由人举荐到了省天心饲料总公司，任禽类加工厂厂长。一个偶然的机会，使她与炸鸡结上了缘。

　　那是1989年2月，北京前门。冰封大地，寒风凛冽。美国肯德基家乡鸡店门前，长长的买鸡队伍吸引着来往行人。正在北京考察禽类加工设备的张达好奇地排进了队伍，一等就是两个小时，总算买到了一盒肯德基家乡鸡。

　　有人说，崭新的创造，常常得益于一种灵感，一种创造的冲动。那皮酥、肉嫩、香味扑鼻的肯德基家乡鸡使张达灵感顿生：长沙没有西餐厅，更没有炸鸡店，我是搞鸡加工的，何不办一个炸鸡店呢？

　　在回长的火车上，热情火炽的张达默默地在心中编织着"天心炸鸡"的梦。

　　一下车，她就把自己的想法报告公司领导，并要求辞去副处级职务去办炸鸡店。"办炸鸡店，能行吗？张达，你眼前筹建的禽类加工厂是国家投资1000多万元的大项目。而炸鸡店还是'八'字冒一撇。你得认真考虑呵！"公司领导关切地说。好友们也衷心相劝："张达，一个女人能爬到副处级位置已经不错了，何必不安稳地过日子？"张达想的却是，一个人的生活不应去顺从、适应某种现成的环境，而应勇敢地主宰自己的命运,用聪明和智慧、勇气和心血,在改革大潮中去闯出一条创业之路,以体现自身的价值和乐趣。她滔滔不绝地向领导和友人谈起了自己办店的方案和决心,令人信服。公司领导决定拿出 15 万元资金和一间工棚给她办店。不安于坐“铁交椅”的张达,就这样辞去了副处级禽类加工厂厂长职务,去当那没有级别的、白手起家的天心炸鸡店经理。

1989 年 4 月。张达拿了公司给的 15 万元资金,邀集了 5 个年轻伙伴,走进了坐落在韶山路的一间 40 多平方米的简易工棚,开始了炸鸡店的筹办工作。她带领几个青年将工棚里堆放的饲料一袋袋地背了出去,把屋子打扫得干干净净,再从中隔出一间小小的制作间。

然而,更大的困难是:四个女人与二条汉子对制作炸鸡一窍不通。张达和同伴便兵分两路:一路北上取经;一路由她和另一个同志南下广州、深圳,学习加工技术、服务方式和采购原材料。白天,张达借了一辆自行车,绕着广州城来回 50 多公里,将购置的物品用单车运回。晚上,就到餐厅学习制作技术和服务方式,天天至深夜两、三点才回来。广州之行,张达和同伴除学到了一些生产西餐的基本技术外,还买回了 11 大包餐具、灯具、调料和饮料。

经过一段时间紧锣密鼓的筹备,天心炸鸡店终于在 1989 年 8 月 1 日开业了。

俗话说,好事多磨。正当“天心”开业之时,又碰上了商店附近的袁家岭立交桥开工。几台大型推土机和成堆的泥土把炸鸡店三面出路挡住,再加上群众对炸鸡十分陌生,开业后的几天,除了几个买蛋的婆婆姥姥外,很少有人问津。这时,各种风言风语都来了:“炸鸡是‘洋’东西,是水佬倌吃的,长沙人没有吃这种东西的习惯。”“张经理,这 15 万元等于丢到水里去了,响都不会响,何不早点关门!”但张达坚信:路,总是人走出来的,既然北京市民如此喜爱这种食品,为什么同是中国人的长沙市民会不喜爱呢?长沙有上百万人口,上百万张嘴,只要我们做好宣传工作,引导他们消费,炸鸡是一定会行销的。

张达给服务员下达了一道无形的命令:凡是进店来的,一个都要留住。的确,服务员对每一位进店的顾客,总是热情相迎:请坐,泡茶,并免费请吃一小块炸鸡,还动员他们买一块带回去,让家里人尝尝。为了保持炸鸡的色、香、味,店里在经济十分困难的情况下,忍痛作出规定:炸鸡炸出 4 小时后,未卖完的不再出售。也就在此时,张达印制了几万份天心炸鸡说明书送给顾客。她还翻阅电话簿,给 200 多个单位打了电话,并寄上炸鸡说明书,宣传天心炸鸡。这一着一着促销的棋步,果真显灵。天心炸鸡名声大振,来进餐者络绎不绝。开业后的头个月,营业额只有 1 万多元,第三个月就猛增到了 10 万元。

## 汇集"名优特新"　创建首家美食城
## 她要擎起一根市场经济的"魔棍"

　　尽管艰难，张达毕竟跨出了她"下海"的第一步，坚实的一步。她，却并不满足。

　　1991年4月的一天，张达到天心总公司开会。会间休息，她站在15层楼上俯视全城，视角所至，街道纵横，楼房林立。她想，这些大大小小的楼房里都是人，有人就得进食。要是我有一根魔棍，能把他们统统搅出来，搅到我们餐厅，让他们美美地吃上一顿，那多好啊！她越想越神：这"魔棍"是什么呢？就是汇集全国名、优、特、新食品于一体，办一家好大好大的美食宫，把千万个顾客吸引来。公司领导支持了她的大胆设想。张达又把自己的老同事石磊、李迪元请来合计，都说：这一想法不错。

　　要擎起美食宫这根"魔棍"，却并非容易。开始，她企望就地取"材"，就地解决。一天夜里，她和李迪元等人去拜访了一位高级厨师。一打听，要请高级厨师出山，可以。条件是：每月工资1000元以上，还要由他带人组班；店里要按餐饮业的要求，具备各方面条件；逢年过节还要拜师傅。顿时，张达怔住了，只好婉言告辞。

　　回家路上，行至织机街，张达突然跳下自行车，喜出望外地说："有了，有了。""什么？有了？"这突如其来的话语，弄得李迪元摸不着头脑。张达胸有成竹地说："我们出差去，向外取经，用自己的双手擎起美食宫这根'魔棍'。"

　　这年5月初，张达与石磊、李迪元三人出发了。他们北上北京、沈阳，南下广州、深圳，东到上海、杭州、苏州、无锡。每到一处，什么美食厅、宾馆、餐厅、名食小店，他们都要跑尽。从食品名称、形状、特色、制作方法到原材料采集、加工设备、餐厅布局、服务方式，项项都要问到、记清，还不时拍下逼真的形象。为了亲自品尝各地名、优、特、新食品，他们常常一顿饭要吃上三四个地方。

　　在广州东方食品一条街，他们看到一种中型情侣火锅，恩爱夫妻、相伴情人吃来别有风味，只是价钱比较昂贵。他们想，要是把这种火锅再改小一点，做到每人一个，既便宜，又能让顾客自吃自助，不是更好吗?!后来，店里推行的宫廷火锅就是从这里得到的启示。在上海的小绍兴餐馆，他们看到好多人在排队争购白切鸡和鸡粥，他们便挤进去买了2两鸡粥，每人吃了一块白切鸡，的确美味可口。吃罢，三人又钻进厨房、制作间，瞟学了加工技术。回来后，他们就开发了"一鸡五吃""四味天心白切鸡"等新品种。

　　为了抢时间，他们日夜兼程，在车船上度过了多少个不眠之夜，在菜市场迎来了多少个灿烂黎明。13天时间，他们跑了7个城市、100多家商店，构思了10大系列、300

多个美味品种,如"巴山蜀水""粤港风光""潇湘览胜"等。真是集各家之大成,创自己之风味。"白师傅"成了富有者。你想,张达有多高兴呵!

然而,山道弯弯,荆棘丛生。张达刚刚下车,接站的同志就告诉她,公司实行一级核算、一级财务管理,要收账号,每天只给炸鸡店 500 元备用金。张达一听,心急如焚:店子怎么经营,美食宫怎么起步?张达对所倾心的事业表现出极大的执著。她带着旅途后的劳累和尘土,提着一包大大小小的餐具,从车站直奔公司,请求保留账号,并立下军令状:如果明年赚不了 100 万,我认罚;赚了 100 万,我不要奖。几经努力争取,公司终于给了一个备用账号和 5000 元备用金,为美食宫的开业创造了一个良好条件。

1991 年 10 月,美食宫终于开业了。开业那天,好不热闹,上级领导、各方高朋都来祝贺。800 平方米的餐厅被挤得水泄不通。当天一个晚餐,就销售了 1 万多元。这是张达也没预料到的。

俗话说,"众口难调"。在美食宫,张达就来了个"众口易调""众口自调":一人一个的宫廷火锅,配上 5 个装有调料的小碟,40 多种美味荤菜、素菜任你选择。难怪一位顾客说:"吃这种自助火锅,又勾起我对童年办酒酒的美好回忆。"随着宫廷火锅的风行,有人又把天心美食宫称为"天心火锅城"。

冬天吃火锅,夏天吃什么?张达又在思索着。她一面组织维修部主任周诚干把餐厅的中央空调安好,让大家热天也能在舒适的环境下吃上火锅;一面带人北上沈阳,走访和请教了 20 多家餐厅和商店,回来后开发了像"夫妻对拜""寿桃""十二生肖"、冷饮套餐等冷饮和冰雕食品。顾客们一边吃火锅,一边吃冷饮,赞曰:"乐在其中。"特别是从 1992 年春节开始,天心美食宫还在省会饮食业带头推出了代顾客做团年饭的服务项目,第一年来餐厅团年者就达数百家。

张达擎起的这根"魔棍"真的显灵了。她把千万个家庭搅动了起来,把众多的"食客"从楼房里搅到了美食宫。瞧!宝宝过生日,来了;青年男女喜结良缘,来了;老两口金婚或银婚纪念,来了;多年不见的亲朋好友相聚,来了;外地顾客慕名而至,一餐饭吃上百里、千里的,也来了;连国际友人来长沙,都舍不得放过到天心美食宫尝"新"的机会……在这里,无淡季旺季之分。年年月月,朝朝夕夕,常是高朋满座。

天心美食宫,名噪遐迩。人们把没进美食宫看作是一种遗憾,把吃"美食宫"当成一种时髦和享受。这里的高档次、多品种、低消费、新奇独特,成为新闻媒体剖析的"美食宫现象"。有一本杂志甚至刊登了这样一篇文章《天心美食宫——魔圈》。20 多个省、市的上百家饮食同行来这里参观、取经,要求合作经营或办连锁店。他们称赞张达办的火锅城,突破了传统的思路和习俗,又一次引导了饮食新潮流。一位深圳老板吃后,很是感慨，寻到办公室问张达："张经理，你们这种进餐内容和方式，申请专利没有？我想办一个类似的餐厅，不知有何制约要求？"张达答道："我们没有申请专利，你们可以办，只要办得好。"有位香港朋友吃罢，夸奖道："走遍东南亚，天心第一家。"

## 跨行业跨地区跨所有制联合、兼并
## 她要组成一支远航"联合舰队"

事业如此红火、兴旺，这时有人对张达说："你真是春风得意呵！"

张达却感慨道："不，我更多的是紧迫，焦虑，苦恼。我好像一天到晚有一根无形的鞭子在抽我，我有做不完的事呵！"的确，市场不同情弱者，不相信眼泪。1992 年下半年，张达先后随团考察了乌兹别克斯坦和美国。她看到外面的世界好大好大，也相当精彩。深感自己若是原地踏步，就要落后、挨揍。市场竞争既然如此激烈，张达不愿为自己留退路，总是要把自己逼得很紧很紧。她决心在二三年内，把天心炸鸡公司发展成为国际国内双向开发，各种经济体制同时并存，科工贸一体化的跨国界集团公司。

作为"走向世界"的第一步，就是搞跨地区、跨行业、跨所有制的联合、兼并，组成"联合舰队"，远航深海。起步即从足下始：

坐落在繁华闹市区的金童餐厅，开业才 5 个月，就步履艰难。他们很想与"天心"联营，张达听到这一信息，马上登门考察，随即承诺了。1992 年 9 月，当时的总经理助理李迪元等人被派进驻"金童"，重新组班子，招聘人，实施了一套全新的管理模式。很快，"金童"扭亏为盈，开业后的第一个月就神奇地赚回了上万元。

几乎就在同时，省妇联的一家下属实体——君健餐厅也难以为继。张达又上门和妇联达成了联营这一餐厅的协议，只是"君健"改为了"恩庆"。其时，"天心"的人力相当匮缺。张达便举起一面招聘旗子，借了两张条桌，挤进了正在召开的省人才交流会。经她一番宣传、鼓动，在社会上叫响了的"天心"一下迎来了数十名应聘者，张达从中选择了 11 人，解了燃眉之急。经过短期培训，10 月 1 日上班时，张达给他们发了几床被子，交代他们吃住在"恩庆"，要日夜加班，保证餐厅按期上马。张达和石磊带领 10 多名员工和装修人员，连续奋战了 20 多个日夜，将原有餐厅面积扩大了 3 倍，并装饰一新，连室外的走廊也改造成了一个露天儿童游乐场。10 月 23 日，恩庆大酒店在鞭炮声中如期挂牌。

接着，张达又几次来往于益阳、郴州和湖北十堰，经过考察、协商、签约，在那里开办了 3 家连锁店，把"天心"的种子播出了长沙、湖南。

在组建"联合舰队"中,对张达来说,要数最困难的还是兼并省广播设备厂。"省广"是一家国有企业,曾几度红火,后来由于政策和产品销售不畅等原因,失去了竞争优势,工厂生产停停打打。而正好名噪三湘却寄人篱下的炸鸡公司急于找一块发展场地。经上级领导部门批准和双方协商,1993年7月,由天心实业总公司兼并了"省广"。兼并工作由总经理李继禹牵头,张达等人具体负责。"省广"有上千万元固定资产,1000来名职工(其中退休职工200余名)。按天心总公司分配,炸鸡公司要接受200名在职职工和100名退休职工。

兼并的第二天,张达就在"省广"门口贴了张招聘海报,摆了三个招聘台子,她和同事们不停地宣传炸鸡公司的用人机制、管理方法和竞争势态,热烈欢迎"省广"职工一道来从事炸鸡事业,用自己的双手艰苦创业。短短3天,前来应聘者即达240人,张达从中选聘了200名。

200人,这是一股力量。但它对炸鸡公司原有的用工制度是个大的冲击:公司原来90%以上的员工都是合同工、临时工,依据各人表现,能上能下,能进能出,工资能多能少。而现在,对端惯了"铁饭碗"的全民职工来说,要这样做就有困难了。再加上每月的费用要增加10多万元。用什么经济来支撑?张达感到压力很大。

她做的第一件事,就是让大家补上市场经济这一课。她先后召开了40多次大、小会议,找了40多个人个别谈心,苦口婆心,动之以情,鼓励大家树立起市场观念,积极参与竞争。同时,她又积极筹划着如何开发项目,让这些同志尽快上岗:食品厂、食品商场、工艺品厂、贸易公司、镭射影视厅等10个项目,被相继敲定。"省广"转来的200名员工已基本上岗。大家艰苦奋斗,顽强拼搏。连多年来很少上班的,也在拼死拼活地干。他们跌进了"天心"这个"魔圈",就把自己的命运与企业紧紧相依。

"天心",已由一个6个人、一间破棚、15万元资金的炸鸡店,发展成为拥有4家联营店和3家连锁店、800人马、年销售额创同行一流水平的炸鸡实业公司。张达也以自己的业绩赢得了种种耀眼的光环:劳模、女强人、三八红旗手、省政协委员……但她,总是感到任重道远。她说:"创业容易守业难,开业容易赚钱难。我还有多少工作要做,一刻也不能喘息。"

我们祝愿她在继续创业的同时守好业, 率领着天心炸鸡实业公司这支将不断发展、壮大的"联合舰队"乘风破浪,永远永远地搏击在市场经济的海洋,把中国的饮食文化传播到世界各地,让天心炸鸡在四海扬名安家。

张达,你定会成功!

(原载1994年2月26日《湖南日报》六版头条)

# 厂长的眼力

## ——长沙啤酒厂厂长谭桂林纪事

眼力，对一个企业家来说，的确至关重要。它能使你明察秋毫，胸怀全局，及时而又准确地去解决眼前发生的诸多"小"问题，它能使你高瞻远瞩，着眼未来，果断而又大胆地去把握前进中的大方向。了解长沙啤酒厂厂长谭桂林的人，都说他的成功，离不开他那能观善辨的眼力。

### 他熟悉厂里的每一件设备的特征与脾气　并以此来解决生产中的难题

一位将军不一定熟悉每一件兵器。但，作为长沙啤酒厂厂长的谭桂林却熟悉厂里的每一件设备的特征与脾气。

一种进口麦芽湿法粉碎机出故障了，粉碎后的麦芽浆很难输送到糖化锅中。谭桂林得知后，急忙赶到车间，仔细检查，又撑着下巴琢磨了一阵子，然后对检修人员称"机器本身还看不出什么问题，可能是加水时的水料比不够，麦芽浆无法抽上来，多加点水试试吧。"工人们照此法一试，果然见效，不禁惊喜："厂长，你的这个主意看起来简单，却正对路子，了不起！"几年来，这台粉碎机再也没有发生类似的故障了。

一台锅炉引风机坏了，操作人员不敢开机，技术人员认为可能是基础问题，提出更换新的基础。"真有这么严重吗？"谭桂林跑到车间，动手把机器打开，然后一边观看机器的运转，一边仔细探听机器发出的振动声，接着对技术人员说："不会是基础问题，我看可能是动平衡问题，拆开看看吧。"说着，就和技术人员一起动手拆开机器，果然不出所料：叶轮上积灰严重，且厚薄不均。清扫后，装机一试，运转正常，大伙儿乐开了："我们谭厂长比我们工人更了解机器哩！"

是的，谭桂林这个工人出身的厂长，正是通过熟悉机器来进一步熟悉这个工厂和这些工人，从而使工人更信服他，工厂也就少不了他。几年来，通过他亲自解除的机器故障达几十起。有人估算了一下，光这一点，谭桂林就为长沙啤酒厂挽回损失在100万元以上。

## 他勤于思索　能从多方面的观察、对比中争得市场的主动权

谭桂林的眼力,绝非只是熟悉厂里的每一件设备的特征和脾气,而是能胸怀全局,勤于思索,从多方面的观察、对比中争得市场的主动权。

1993年,一条罗马尼亚生产线上的洗瓶机轨道因磨损老化要更换新机。国内生产厂家只能采取测绘制图的办法进行模具加工,厂家报价要2万多元。"长啤"的技术人员也认为这种设备国内愿意加工的厂家不多,恐怕只能按这个价付款了。"莫急,等我们再算一算。"谭桂林又眯缝着双眼,对着图纸,一道工序一道工序地盘算核对,最后硬是以不可辩驳的理由说服对方,以7000多元达成了协议。

工人们都说,谭厂长的确目光敏锐,心眼开窍,经他办的事,事事放心。1995年初,厂里决计引进一条先进的扎啤生产线。此时,谭桂林的眼睛又眯缝了起来,他反复在那些有关国内产品信息的材料中搜索,又参看了国内其他啤酒厂家引进这种生产线的反馈资料。"选哪一种好呢?"谭桂林感到心里没底。没底的事,他从来不做。他便带着高级工程师去海南考察。在那里经过反复比较,购买了一条德国全自动不锈钢扎啤生产线,从安装调试到投产使用,总共才花了50多万元。这一笔,就比兄弟厂引进国外线少花了200万元。

谭桂林就这样凭着自己敏锐的眼力、高度的事业心和责任感,为工厂节约了一笔又一笔的巨额资金。

## 他高瞻远瞩　善于去捕捉那些有关工厂发展全局的大事

然而,谭桂林的眼力更多的不是盯在小事上,而是高瞻远瞩,捕捉那些有关工厂发展全局的大事。1990年,他调任长沙啤酒厂厂长后,就将有关这个企业的大事一件件地抓起来:从下狠心抓企业管理以激发职工的生产热情,到拼命抓质量以竞争市场赢来效益;从果断引进德国扎啤生产线以高速完成技术改造,到迅速甩掉"特困企业"的帽子以重振企业雄风;从不断改进工艺使白沙啤酒一次次获得国际、国内展评金奖,到挤走他乡啤酒,成为市场的抢手货……一步一个脚印,步步都有成果。

这里只说说"长啤"近几年来的技术改造吧!激烈的市场竞争,使谭桂林深刻认识到,啤酒行业要发展,工厂要争得市场制高点,就必须施行技术改造,不断提高产品质量,实现更大规模的生产。他襟怀豁达,说干就干。1991年,他东奔西跑,四处筹措,好

不容易争来了 1000 多万元贷款，一下就将其中的 700 万元投入 3 万吨糖化包装改造工程。结果只用了半年时间，便完成了拖了 4 年之久的这一改造任务。1992 年，为了对引进的二手设备进行改造，谭桂林毅然将从银行贷回的 500 万元资金倾囊投入。改造完毕，3 万吨的年生产能力就能正常发挥了，效益也立竿见影。往后的 3 年，他又带领全厂职工投入了 1300 多万元资金，增加了糖化能力，改造了杀菌机，更换了洗瓶机，安装了新锅炉，增加了 8 个发酵罐……做到了技改年年搞、年年上台阶。如今，白沙啤酒已牢牢地占领了省会市场，工厂税利成倍增长。1995 年提前 3 个多月完成了全年计划，产量和税利分别达 4.2 万吨、2252 万元，成为引人注目的长沙"税利大户"，并晋升为国家大二型企业，在全省同行业中夺得了利润总额、吨酒利润、人均税利三个第一。截止到今年 2 月，1996 年 5 万吨的产量计划早已全部订购一空，并收到客户预付款 1500 多万元。于是，有人长吁："谭老板想要做的事是非做不可的，九头牛也拉他不回。"

## 他的眼力看得更高更远　决心让白沙啤酒走向全国

谭桂林却并不就此满足。他的眼力看得更高更远，他决心抓住机遇，进一步发展自己，让白沙啤酒冲出湖南，走向全国。去年 10 月，他听到马来西亚金狮集团想在湖南投资生产啤酒的信息，就多次找省有关部门联系，并主动送交了介绍本厂情况的材料，争取外商选择。他还特地邀请外商来厂考察。工厂的基础和实力、白沙啤酒的盛誉和前景，再加上谭桂林的精诚所至，令马来西亚客商赞叹不已，当场拍板投资 1.32 亿元，与"长啤"合资成立"湖南金狮啤酒有限公司"，联手发展啤酒生产，经双方两次推心置腹的谈判，一份期限为 50 年、第一期工程年产 10 万吨的合资合同，于 1995 年 12 月 3 日签订了。11 天后，又办好了工商登记、海关等各项手续，目前已到位资金 100 万美元。眼下，谭桂林正带领"长啤"职工着手进行观念和体制的转变，以适应合资企业的要求。难怪长沙市招商局领导不称赞："'长啤'的这个合资项目是一个最优惠的项目。"这就是谭桂林的办事魄力和速度！

春秋才几度，而作为全国轻工系统优秀企业家的谭桂林凭着自己的眼力和智慧，为"长啤"、为湖南的啤酒事业所作的贡献知多少?！

（原载 1996 年 3 月 22 日《湖南日报》七版头条）

# 三一之路

东出长沙，车行 10 公里，便来到坐落在星沙开发区东部的三一集团所辖的三一工业城。展现在眼帘的是，两栋高大、宽阔的厂房，一栋按宾馆标准建造的公寓楼，近万平方米的配套平房，以及宽广的厂区大院和纵横交错的水泥路面。车间里，瓷板墙面，茶色玻璃窗户，水磨石地面，再加上全新的生产线，给人一种崭新的视野。从办公室到生产现场，员工们在紧张有序地工作，个个精神饱满，朝气勃勃。

据三一集团负责人介绍，该集团已建成一个跨行业、跨地区、集科工贸于一体的高科技产业集团，由 6 个公司组成，并在国内 20 多个大、中城市设有分公司或办事处。目前，集团已有固定资产 5 亿元、年产值 10 亿元、年利税 1.5 亿元，是湖南省高科技示范企业、明星企业。前不久，集团所属三一重工集团公司生产的混凝土输送泵在北京举行的国内外 20 多家名牌混凝土输送泵比武中，夺得了国内第一、世界第二的好成绩。

面对"三一"这一派繁荣兴旺的景象，人们总难以忘记他们所走过的艰难、曲折的道路。

面对汹涌的改革大潮，梁稳根和他的同伴们作出了常人不可思议的抉择，决心为企业改革闯荡一条新路子。

提起"三一"昨天的创业，就离不开梁稳根和他的同伴。

1983 年夏，中南工业大学金属材料系毕业的高才生梁稳根被分至兵器工业部洪源机械厂。进厂不久，就担任了厂体改委副主任的梁稳根，便陷入了对工厂的命运和自己的前途担忧之中。中国企业发展的活力在哪里？影响生产力发展的症结何在？他认真翻阅了大量书籍，而后和几位挚友——当时同样受到厂里重用的大学生唐修国、毛中吾、袁金华商量，决心为搞活企业，从理论和实践上来一番广泛的探索。

于是，4 个血气方刚的年轻人，顶住了家庭和社会的压力，作出了常人不可思议的抉择：辞去公职，另辟探索企业改革的新路。就这样，梁稳根和三位同伴硬着头皮，几经周折，东拼西凑了 6 万元资金，在梁稳根的家乡——涟源茅塘乡租了几间闲置的公房作为场地。接着，上东北、下西南进行市场调查，选择了 HL105 焊片这个市场紧缺、省内空白的产品。生产设备从何而来？梁稳根和他的同伴们就自己动手采购、安装了两台简单的油炉和一台鼓风机，用一些石头、砖头垒起了一座熔炼炉子。买不起喷油泵，喷油的压力不够，他们就把油桶抬到三层楼上让油往下流。

1986年3月1日，以梁稳根为首的涟源市特种焊接材料厂就这样诞生了。梁稳根及其同伴带着4位青年农民在三面不透风的地下室里，顶着高温和翻江倒海的油烟，用最原始的方式开始了制造现代焊料的试验。他们既当搬运工、熔炼工，又做采购员、推销员。饿了，吃方便面、馒头。累了，就在潮湿的屋子里躺一下。厂里没有化验工具，他们只得将产品连夜送往长沙，检验完后，又马不停蹄地赶回厂里。风餐露宿，废寝忘食，熬过了常人难以想象的艰难。

经过无数个日日夜夜的煎熬，伴着汗水和心血的第一批产品好不容易试制出来了。他们立即将产品寄往辽宁锦西某厂，等着对方收货付款后买原材料生产第二批产品。哪知产品经对方试用不合格，被拒付货款。眼看来之不易的资金变成了废品。面对这山穷水尽的地步，梁稳根想："开弓没有回头箭。"哪怕失败100次，也不放过101次冒险的机会。于是他和同伴们咬紧牙关，又东借西贷了一笔钱，买回原材料，并请来了中南工大翟登科副教授。在翟教授的指导下，调整了配方，重新试验。又是几十个日日夜夜的苦战，产品的各项质量指标终于达到了国家标准：一项填补我省空白的高科技产品——HL105铜基焊料制成了。

此刻，梁稳根在兴奋之余，又在琢磨着如何扩大地盘，实现规模生产。涟源市政府给予了极大支持，将靠近市中心的一家畜牧场卖给了他们作场地。一着棋走活，全盘皆活。工厂犹如插上腾飞的翅膀，生产规模不断扩大，年销售额以300%的速度递增。1991年，即实现产值1100万元，并配齐了有色焊接材料全套生产设备，成为国内第二大有色焊接材料生产厂家。

"三一"人时刻立于高处，依靠科技，高起点更新产品，创造了一个又一个奇迹，哲学家培根有这样一句名言："科学创造了奇迹，奇迹改变着世界。"梁稳根以一个先行者的敏感，触摸到时代的脉搏。他坚信，只有打破单一的产品模式，依靠科技不断更新产品，做到你无我有、你有我优、你优我全，企业才能在激烈的市场竞争中立于不败之地，实现超常规发展。

为了及时了解国内外有关科技发展水平和市场信息，使新产品开发设计快、试制投产快，集团成立了合金材料研究所、工程机械研究所，并在国内各大、中城市设立了窗口，同时与10多个科研所、大专院校、骨干企业建立了长期的合作关系，还聘请了十几名专家、学者担任常年技术顾问，共同参与市场调研和新产品开发。这样，做到了研究一代、试制一代、推广一代、创优一代：

1987 年 2 月,当 HL105 铜基焊料正处于热销时,他们获悉市场急需 HL801、HL841 焊料,便迅速组织人员攻关,获得成功。这两个新产品和 HL105 焊料都荣获湖南省优秀新产品奖,占全国总经销量的 1/3 以上。而后,HL801、HL105 焊料还在泰国出口商品博览会上荣获"泰王杯"新技术金奖,跻身国际市场。

1988 年 1 月,他们又瞄准了技术难度大、工艺性能要求高的 HS221 焊丝进行攻关,使该产品的流动性、强度、抗腐蚀性等技术指标达到或超过国际同类产品水平。这种产品不仅成了国内的抢手货,而且远销美国、伊朗、泰国等地,获国家火炬高新技术产品银奖。

1990 年,他们了解到美、英、日等国已将 80 年代研制成功的低银、无银焊料广泛应用于电子、航空、家用电器及装饰行业,便抓住战机,用 3 个月时间研制成了这种产品,荣获国家级新产品称号,替代了进口产品。这不仅为国家节约了大量白银,还为用户降低了成本。

1993 年,他们研制、生产出第二代触媒——SCM—4 稀土低钴、无钴触媒和六面顶液压机,均获得"湖南省科技新产品"称号和"湖南省科技创新金奖"。

1995 年,梁稳根通过市场调查,决定跻身建筑机械这个大行业,从事"九五"计划期间国家建设部推广的 10 大重点产品之一的混凝土输送泵的研制。经过近一年的反复试制,终于制成了这种产品,并达到国际先进水平。

三一集团的决策者们就这样一步一个脚印、一步一个光辉地开发新产品。10 年来,仅焊接材料就开发了 8 大系列、107 个品种、200 多种规格;全集团有 2/3 的产品在国内同行中率先通过 ISO9002 质量认证。

人才是企业高于一切的资源。"三一"的决策者认为,创建一流企业、做出一流贡献,其关键又在于造就一流人才。

创建一流企业、造就一流人才、做出一流贡献,这是梁稳根及其同伴创办企业的初衷,也是孜孜以求的企业精神。但他们认为要创建一流企业、做出一流贡献,其关键又在于造就一流人才。所以,人才是企业高于一切的资源,是企业最活跃的、决定性的因素。这些年来,三一集团的决策者们,就把相当多的精力放在造就一流人才上。

为了实现"三一"目标,他们求贤若渴,不惜用重金聘请了一大批专家、学者来集团工作。中南工大副教授、有色焊接材料专家翟登科,1989 年退休后,就被集团请来担任技术副总经理。中国压机始祖、山东铸锻研究所压机专家陈毓盛退休在家,梁稳根得知后,"三顾茅庐",将其接来公司担任了人造金刚石压机厂厂长。前些年,当一些单位不愿接受大、中专毕业生的时候,三一集团却主动要求上级分配或向社会公开招聘大、中专毕业生来集团工作。目前，全集团 2600 员工中，大、中专毕业生占近 40%，具有高级职称的有 150 多人。

"三一"以"人"为中心，创造了一个有利于发挥每个员工最佳才能的环境和机遇。他们用人的根本依据是能力，正如梁稳根所说："我们奉行的就是能力主义。"集团进人、用人实行严格的考察和试用制度。不论男女，也不论城镇和农村人员，一律凭本事吃饭。如果工作马虎，随时都有被解雇的可能。对管理人员、技术骨干则实行聘用制，能者上，平者让，庸者下。所有员工实行双向选择，寻求能力和岗位的最佳配置。1990 年毕业于南京工学院的肖建华，来公司后即被安排在有色焊接材料厂跟班实习。由于工作扎实，专业知识水平高，一年后就先后被提拔为车间主任、生产技术科科长、副厂长，现在担任了总裁助理。

在这里，文凭只能使用一次，对原有学历只在招工考核和初次确定基本工资时作为依据。进集团后，工资升降和岗位调整就以实际工作成效作为依据。集团做到唯贤是举、人尽其才，"属龙的下海，属虎的上山"。员工们可根据自己的特色，向集团人事部提出要求，在全集团范围内选择最有利于发挥自己优势的工作。

为了提高全体员工的业务素质，他们经常聘请专家来集团讲学，传授管理、技术知识；选送骨干脱产到大、中专院校进修培训；每周不定期地由本单位工程技术人员及技术能手为职工教学传艺。在销售人员中，还开展了以"我最成功的一次推销""我推销中遇到的最大难题及解决办法"等为题的推销知识演讲和研讨会，以相互启示，总结教训。这样，集团人才辈出，有力地促进了工作的开展。

"三一"之路，是艰苦创业之路，是科技兴企之路，也是"创建一流企业、造就一流人才、做出一流贡献"之路。集团总裁梁稳根带领全体员工历尽坎坷，用勇气和智慧走出的这条崭新的路，给我省企业展示了新的希望，开创了一条改革的阳光道。

（原载 1996 年 12 月 27 日《湖南日报》7 版头条）

# （二）新人新事新景象

# 百位寿星喜游春
### 省会部分古稀老人昨日应邀联欢游览

**本报讯**　昨天,长沙城风和日丽,一列由 7 辆大、小汽车组成的车队,载着 100 位古稀老人浩浩荡荡地驶过长沙街头。——这是寿星在春游长沙。

这次活动是由长沙市妇联组织的。参加昨日春游的有长沙市社会福利院、市水运公司敬老院、内四区和郊区的孤寡老人,以及少数名老艺人和退休工人。他们的平均年龄有 70 岁,最大的 86 岁。

清晨,寿星们一个个梳饰得精精致致,分别由汽车接到烈士公园羡鲜馆。市委副书记齐振英、市委常委杨宏和省、市妇联的负责同志,在这里热情地迎接老人。9 点 30 分,"百老游春联欢会"开始了。市一干幼儿园和望麓园幼儿园的小朋友,为老人表演了精彩的文艺节目。5 位寿星也情不自禁地演唱了湘剧高腔、快板等节目。吃罢午餐,百位寿星倚栏饱赏湖光春色。84 岁的罗凤梧望着远处的高大建筑群和近处的楼台亭廊、船儿游人,笑得眯缝着眼睛,说:"整整 30 年没来这里了,变化真大呵!"寿星们在烈士塔前合影留念后,驱车来到省博物馆,观看西汉初期马王堆古墓出土文物。86 岁的王岳扶着拐杖,从地面陈列室看到地下陈列室,越看兴致越浓。她说:"我虽然经历了三个朝代,却没有看到过这些珍贵文物,真是大开眼界。"

离开省博物馆,又来到火车新站。老人们深深地被宏伟壮观的车站主楼所吸引。他们从宽敞高大的车站大厅、候车室，一直看到车站广场，心情十分激动。76 岁的刘端，新中国成立前讨米为生，前后生过 12 个小孩，由于贫病交迫全都死了。解放后，她一直幸福地生活在社会福利院。她说："我们国家虽大，过去穷人却无安身之处。现在国家建设得这么好，我们就能安度幸福的晚年。"当寿星们来到湘江大桥时，已经是下午四点了。寿星们都不觉劳累，仍然兴致勃勃地参观了主桥、支桥和悬梯等。78 岁的唐时和 15 岁学驾船，前后在水上生活了 47 年。他说，新中国成立前也讲修大桥，哪里修得成?!只有人民政府才能真正为人民办事情。

这次寿星春游长沙，得到了市政协、市民政局、省博物馆、烈士公园等单位的大力支持。寿星们感慨地说："如今真是敬老尊贤树新风，老人处处受尊敬。"

（原载 1982 年 3 月 31 日《湖南日报》一版）

### 中南矿冶学院讲师钟廷科
# 不为高薪厚利所动　毅然回国为民服务

**本报讯**　在美国进修的中南矿冶学院冶金系讲师、共产党员钟廷科，放弃高薪聘请，于最近从美国返回长沙，决心为祖国"四化"贡献自己的聪明才智。

今年 44 岁的钟廷科，1979 年 9 月经教育部考核批准，被派往美国犹他大学矿冶学院进修。他在美国著名冶金专家华兹沃斯教授的指导下，刻苦钻研，大胆实践，一年后就在用废铜催化剂来制备纯氧化亚铜和湿法冶金基础理论研究方面取得显著成果。1981 年 8 月，美国纽泽西洲麦迪逊化学工业公司经理布兹拉了解到这一情况，便两次给我国驻美国大使馆发出了邀请信，希望钟廷科去他的公司实验室进行从各种残渣中回收铜、锌和铝的高纯化学制品的研究。还上门拜访了钟廷科，又先后三次打长途电话给他，希望他尽快作出决定，答应他们的要求。公司每年将给予 3 万美元以上的工薪，除此，还可分得 5000 元至 1 万美元的红利。麦迪逊化学工业公司还答应将他的爱人和小孩接来美国，并负责他们的工作和学习安排。但钟廷科表示：我是受国家和人民的委托来进修的，我的一切行动只能听从祖国和人民的召唤。当他得知祖国正热切地期望他早日回来，把自己所学到的知识贡献给"四化"建设时，他毅然迅即返回了长沙。

（原载 1982 年 5 月 18 日《湖南日报》一版）

# 堵住"后门"开前门　紧俏商品送上门

## 昨日,长沙市中山路百货商店将150张购买上海缝纫机的票送到淘粪、清扫、清洁和殡仪工人手里

**本报讯**　堵住"后门"开前门,紧俏商品送上门。昨日下午,长沙市中山路百货商店党支部书记李树生,冒雨摸黑将150张上海缝纫机票送到长沙市殡仪管理处和东、南、西、北四区环卫所,请这些单位的领导将票转交给战斗在第一线的掏粪、清扫、清洁和殡仪工人。

过去,这家商店供应上海缝纫机虽然也是采取发票的形式,但票一般只寄到省、市机关单位,基层单位很难得到。最近,这家商店到了一批上海缝纫机,怎么供应?商店党支部反复进行了研究,决心学习陈丽君,堵"后门",开前门,把票直接送到上述这些基层去。

南区环卫所有170多个职工,30年来只有今年由上面发过一张购买上海缝纫机的票。不少工人想买这种商品难以入门。昨天下午,当中山路百货商店党支部书记李树生将30张缝纫机票送给处工会主席刘汉章时, 老刘紧握李树生的手, 激动地说:"党这般关心我们淘粪工人,万分感谢。"长沙市殡仪管理处火化工人杨国荣,家里3人参加工作,月收入达200多元,手表、收音机、电扇等都添置了,就是想买一台上海缝纫机。昨天,他高兴地领到了缝纫机票,十分高兴,表示要进一步搞好殡仪工作,来感谢党的关怀。

(原载1982年11月28日《湖南日报》一版)

# 长沙市办起58家"围墙商店"

## 补充了城市商业网点之不足,方便了群众购买,还先后安置了千余名待业青年

**本报讯**　在长沙市一些主要街道和城郊工矿区,58家集体商业性质的 "围墙商店"临街建起。它们不仅方便了群众购买,而且还为千余名待业青年开辟了就业场地。

群众赞扬道："这真是红杏一枝出墙来，生机勃勃开不败。"

1981年下半年，省人民政府机关和冶金部长沙勘测公司大院带头打开围墙，分别在韭菜园和韶山路办起了长东商店和常青综合门市部。接着，长沙市人民政府、省军区、长沙铁路分局、省外贸局、冶金部有色冶金设计院、北区劳动服务公司、省建六公司和长沙塑料厂等56家企、事业单位纷纷行动：有的捅开围墙，有的打开多年紧闭的大门，有的让出临街的底层房屋，分别办起了饮食店、理发店、修理店、百货店、南食果品店，经营着上千种商品，设置了10余个服务项目。

这些"围墙商店"办起后，有效地补充了城市商业网点的不足，繁荣了市场，方便了购买。省人民医院地处较偏僻的东茅街，住院病人和当地居民买东西不方便，1982年9月医院将宿舍区的围墙打开，建起了一个占地70多平方米、经营饮食和副食的东虹商店，每天清晨6点开门，一直到深夜12点收市。营业员们还经常将水果送到病室出售。病友们和附近居民称赞说："商店办到家门口，买东买西不发愁。"省人民政府打开围墙办的长东商店，不仅出售百货、副食、五金交电等商品，而且还为群众缝制衣服，一年多来已缝制3100多件（条）。宽阔的韶山路一带原先很少有自行车修理店，不少的单车出毛病，只好长途推着走。省水利电力勘测设计院于1982年三季度打开临街围墙，组织待业青年办起湘水自行车修理门市部，骑车人再也不愁单车突然出毛病了。

"围墙商店"成批出现。也为待业青年就业提供了场地。长沙火车新站将站内底层部分房屋让出来，开办饮食店、小卖部和小件寄存处，不仅方便了成千上万的过路旅客，而且站里也陆续安排了150名待业青年就业。省煤炭局职工子弟中有的已待业几年，1982年5月局里将封闭近20年的大门捅开，办起春光商店，便安置了22名青年。8个月来，这家商店生意兴隆，商品销售额已近30万元，盈利2万元。

（原载1983年1月5日《湖南日报》二版头条）

# 立下一块"政策碑"　绿了大片"和尚"山

## 常德县逆江坪乡农民放下了压心石，踊跃承包荒山造林

**本报讯**　五月中旬，在常德县逆江坪乡狮子山一带的荒山坡上，新栽下的杉苗，翠绿欲滴，生机盎然，惹人喜爱。而立于新苗之中的、用水泥制成的"政策碑"更加引人注

目。陪同采访的同志对笔者说："这一举真灵,立上一块碑,绿了一片山。"

逆江坪乡共有山林面积 79139 亩。通过前些年的造林,绿了一些山头。但仍有 800 多亩荒山还是"和尚头"。1981 年,当时的公社,把荒山全部承包到了农户。可是,在一段时间里,上山砍柴的多,栽树的少。特别是狮子山一带 150 亩荒山承包给 22 家农户后的两年间,乡里虽多次发动农民上山栽树,却不奏效。去年秋,乡党委领导同志深入这里做调查,经过推心置腹地交谈,农民终于吐出了心里话:"我们不是不想造林,就是怕今天笑(指政策好),明天哭(指政策变)。荒山造林花工多,播了'春风',能不能收'夏雨',我们不放心。"这话,给乡党委以极大的启示。他们专门开会研究了如何帮助农民解除疑虑的问题,决定把林业政策刻在碑上,立在山里,让农民放心。同时决定先从狮子山一带的 22 户农户入手,再推广到全乡。

10 月,乡里请来匠人,用水泥倒制了 22 块 40 厘米宽、1 米多高的石碑。碑的正面刻着"造林永存"四个大字,碑头、碑尾刻着承包户名字、山名、造林面积和分成比例。同时,户里设卡,乡里造册,明确规定了承包户对山上林木有继承权。立碑那天,20 多个农民欢天喜地围在一起谈开了。有的说:"政策刻在石板上,撕不烂,圈不掉了。这真是立下一块政策碑,放下一块压心石。"有的说:"现在有了石碑,还不造林就不像话了。"农民戴新斋,全家 4 个劳力,承包了 10 亩荒山。他找了几个亲友,起早睡晚,挖了 2000 多个树坑。春节刚过,他就来到林场,选了 2000 多根头齐尾齐的好杉苗,只用了一天半时间就栽完了。就这样,一个冬春,22 户农民你追我赶,把 150 亩荒山全部栽上了树。

（原载 1984 年 6 月 9 日《湖南日报》二版,杜德斌、田正校参与采写）

# 一条热线电话拨动万众心弦

### 长沙市设立"政务公开电话"听取群众呼声,半年处理来电 7000 多个

**本报讯**　元旦前夕,长沙市政府政务公开电话室接连接到居民电话,反映照明用电有时得不到保证,想买点煤油又买不到。副市长何家象看了《政务公开电话摘报》后,当即与计划部门联系,挤出了 15 吨平价煤油供应居民。半年来,这个市的政务公开电

话值班人员处理市民电话 7000 多个，其中 95% 以上的问题得到了解决。市民反映，政务公开电话是政府和群众的"连心线"。

这个市是从去年 6 月开始设立政府政务公开电话的。目的是直接听取各界呼声，尽力为群众排忧解难。全市共设立了政务综合电话、物价监督电话、市政城管电话、治安交通电话等 18 类。电话号码都公之于报端，电话室有专人值班记录或答复，并定期编发政务公开电话专刊。

这个市设立政务公开电话后，注意将群众来电筛选归纳，从中找出带倾向性、全局性的问题，为实行科学决策提供第一手资料。去年 7 月下旬，全市出现抢购粮油风，一时间，政务公开电话铃声不断，群众反映强烈。市政府立即采取紧急措施，改善计划粮油供应办法，决定简化购粮手续，重申粮油不涨价、票不作废。经过广泛宣传，民心稳定了，抢购风很快平息下来了。

这个市设立的政务公开电话，还成了群众民主监督的一个重要途径。群众可以随时随地、通过电话向市政府和各部门提出批评意见。去年 8 月 24 日，群众向供电管理公开电话反映电力部门的一名青工有意制造故障，使长沙建筑涂料厂一带 23 日晚停电。市电业局负责人立即派人接通线路，并亲自上门道歉。事后，又开了三次专题分析讨论会，对当事人进行了严肃处理。这个市为了更好地利用政务公开电话实行群众监督，还定期通过新闻单位公布群众来电批评和揭露的问题。《长沙晚报》和长沙市电台、电视台设立的《政务公开电话》专栏、专题节目报道这方面的稿件就有 34 篇。

（原载 1989 年 1 月 7 日《湖南日报》一版）

# 谢绝出国定居邀请　坚持留在祖国服务

## 侨属彭崇立将海外亲友支援的 80 万元资金投入两家街办企业

**本报讯**　当有的人热衷于出国谋事安身的时候，长沙市新型化工材料厂厂长彭崇立却谢绝亲属要他出国定居的邀请，毅然留在祖国服务。今年，他将海外亲友给他的 80 万元资金投入两家街办工厂，促使企业生产发展，并制成填补我省空白的 EM 硅复合材料和氯偏体系涂料 177、170 等产品。

　　彭崇立的父亲和两个弟弟长期在美国、新加坡、中国香港等地经商,多次劝他去美国定居,并为他购置了房屋等产业,办好了有关手续。今年 5 月,他的父亲和大弟从海外归来,看到长沙的动乱情况,焦虑不安,更是催他尽快出国。彭崇立给父亲和弟弟介绍祖国近年来的发展情况,陈述自己办好街道企业的设想,动情地说:"我已经扎根在中国,我舍不得离开这个家啊。我坚信动乱只是暂时的,共产党的改革开放政策不会变。"彭崇立的愿望终于得到了父亲和弟弟的理解。

　　不久,80 万元资金从海外寄到了彭崇立的手里。有人劝他将钱存在银行吃利息,享清福。但他早已胸有成竹:一方面用 20 万元投入陷于严重困境的华南建筑装饰材料厂,购进大批氯偏乳液等原材料,发展新产品;另一方面,设法从上海引进技术设备,着手生产填补我省空白的 EM 硅复合材料。目前,由他和一位同伴牵头经营的长沙市新型化工材料厂和华南建筑装饰材料厂产值、利润全面超额完成计划,工厂被评为全市先进企业,彭崇立本人也被评为长沙市三胞亲友企业先进个人。

(原载 1989 年 9 月 29 日《湖南日报》一版)

衡阳市百货大楼发布总经理宣言

# 购物不称心　投诉有奖

一年多来,先后接到 278 起投诉和建议,

处理率和顾客满意率均达 100%

　　**本报讯**　6 月 14 日,一位姓唐的顾客向衡阳市百货大楼投诉:"他为单位购买的一批电热暖水瓶用了一段时间后,其中一只漏水,一直往外冒热气。"该大楼商场管理科立即派人查验,认为属于生产厂家质量问题,并保证负责修理好后送上门,还发给这位顾客一份"投诉奖品"。据悉,这是该店自发布《总经理宣言》以来接到的第 278 起投诉和建议。对这 278 起关于商品质量、经营方式、服务态度等方面的投诉和建议,大楼都做到了 100% 的处理,处理后顾客 100% 的满意。

　　去年初,上任不久的总经理黄昭仁即倡议把商店经营活动置于整个社会监督之下,得到广大职工的支持。于是,他花了 30 万元大胆地在电视台发布《总经理宣言》

——"对广大消费者，我只有一句话：购物不称心，投诉有奖。"在40多米高的大楼楼顶，也装上了一块巨型《总经理宣言》的霓虹灯广告牌。大楼门前、店堂墙上更是处处挂有"投诉有奖"的宣言内容。

为便于"上帝"投诉，黄昭仁抽调了5名骨干负责接待、处理每一起投诉事件。店里还设立了投诉箱、投诉电话，建立了有关制度。今年元月，721矿一位退休工人给总经理来信，说他在大楼买了一个电动剃须刀，只用了一次，就转不动了。黄昭仁收到信的第二天，即派人驱车20余公里，到该矿找到了这位老人，除给他换了一个剃须刀外，还发给了奖品。老人深为感动，表示要继续担当起监督重任，做大楼的忠实顾客。

对个别不讲理的顾客，大楼则教育职工有理让人、礼貌待人，并在营业员中设立了"委屈奖"。一天，一位中年男顾客到大楼买化妆品，钱不对数，便批评营业员有意侵吞。营业员欧小平冷静地劝他好好回忆、寻找。果然，他从内衣口袋里找到了。小欧虽然一时受委屈，但为商店化解了矛盾，赢得了顾客赞扬，因而获得了大楼颁发的50元"委屈奖"。

衡阳市百货大楼实行《总经理宣言》一年多来，在群众中的信誉更高，经济效益明显增长。每天来大楼的顾客达7万人次，比以前高出一倍多。1994年，全店销售和利润均创近年来的最高水平。今年1至5月，又实现销售额3800多万元，税利123.8万元，名列该市商业系统首位。

（原载1995年6月18日《湖南日报》一版头条）

## 六 要以深切的关爱 乐为人民群众鼓与呼

**心灵感悟：**在日常生活中，人民群众从衣食住行、吃喝拉撒，到看病就医、小孩入学等都会遇到各种各样的困难和问题，需要得到媒体的关注和呼吁，求得政府的重视和解决。正如习近平同志所指出的：要坚持以人民为中心的发展思想，切实解决好群众的操心事、烦心事、揪心事。要与人民在一起，为人民鼓与呼。

作为人民的记者，就要深入群众，扎根群众，处处做有心人，时刻关注群众之所思之所难之所需，利用媒体信息灵、渠道通的优势，搭建好党和政府与人民群众之间的桥梁，乐为群众鼓与呼，并促成问题的解决，让人民群众深切感受到党和政府的关怀与温暖。

**亲身经历：**我在报社工作期间特别是在湖南日报社驻长沙记者站工作那一段，作为记者和长沙市人民代表的我，由于自己采写和报道民生方面的稿件比较多，每天给我打电话、写信或上门反映情况的相当多。20 世纪 80 年代初，那几年内，我接到群众来信近两千封，平均每天要接到电话 10 余个，来访七八人次。我要求自己对来电来信来访者做到：生人熟人一样热情，有事无事一样主动，闲时忙时一样耐心，待人接物一样诚恳。并就如下问题做了呼吁，得到政府有关部门重视，取得了良好效果。

■ 采访札记

# 上下齐动手　解决"行路难"

## ——从长沙市大庆路所见谈起

　　7月22日下午4点至6点，记者从长沙市的先锋厅到南门口，漫步繁华的大庆路，所见所闻，颇有感受。

　　先锋厅高耸的中山亭边，人、车显得特别拥挤。原来，一座人防工事的破棚、一座装满基建材料的临时库房，就把马路占去了一截。周围的烂泥、碎砖、麻石遍地皆是，再加上三口房子那么大的包装箱和一个大型油罐，横卧在那里，又把人行道占了一大片。除此以外，这周围还堆满了砂和砖，横七竖八地卧着4堆、108块水泥预制板。一位老人拄着根拐杖一穿一插地走着，感慨地说："行路难呀，行路难！"

　　来到前锋电器厂门市部门口，一节高1.2米、长1米的水泥管道构件堵住了我们前行之路。它的主人在哪里呢？问遍周围群众，全都不知，只晓得它被遗弃在这里已有年多了。在633号门前，我们又碰上了一堆散煤，行人道上还有几块石头围着一堆黄泥，一打听，堆在这里已经有好几十天了。附近的居民告诉我们，这一带在行人道上做藕煤是常事：几根绳子一拦，几条石灰线一圈，就成了"街头禁区"。在545号门前，虽然只有一丈多长的门面、6尺宽的行人道上却放着一张睡椅、4张靠椅、两张竹床、两桶水，另外在电线杆上还绑着两块竹凉板。只听得过路行人不满地说："住家户虽然拥挤，却不能这样'另辟天地'！"

　　来到五一广场，更是热闹非常：在九如斋二门市部门前，有推车的，有挑担的，有提篮的，有摆摊的，他们在不停地叫买叫卖。我们边看边数，在这块400多平方米的人行道上，摊担足有38个。绕过五一广场来到八角亭。在长沙物资调剂商店附近，围着一堆堆的人，据说是在成交私人单车或其他物品，由于人行道窄，他们就干脆站在街中央。骑车的铃声不断，汽车的喇叭声刺耳，还难以开路通行。

　　走过八角亭，到了大庆路南段。正好稻香村南食店到了一车西瓜，28部单车一下不约而同地停放在人行道上、马路旁边，过路行人只得被迫绕道。往前行，我们来到道门口，3辆分别出售牛肉、鲜鱼、蔬菜的三轮车和10多副小菜担拦在街边，人行道上还摆着4堆丝瓜。人挤人，车碰人，要继续往前走，真难呀！到达南门口时，已是6点了。

两个钟头的"艰难漫步",我们一边走来一边数,在 1675 米长、17.5 米宽的大庆路上,停着有碍交通的大、小汽车 23 部,自行车 418 辆,三轮车和板车 51 部,摆着摊担 218 个,还有大小宣传牌 95 块,竹板、撮箕、提桶、水缸和竹篓等杂物 280 多件,修理门面占去人行道或部分马路的有 7 处,马路或人行道失修的有 3 处。

大庆路的情况,只是长沙市"行路难"的一个缩影。综合几条主要街道的情况,导致"行路难"的因素,眼下可以归纳为 10 个:一、汽车违章停放和在不让通行的小街小巷行驶;二、随意乱摆单车、板车;三、人防工棚长期不用又不拆;四、基建维修留下一堆堆碎砖、砂石、管杆、垃圾;五、打藕煤私辟"禁区";六、"红白喜事"临时"圈地";七、小摊担、货郎车违章摆设;八、蔬菜店扩张地盘放蔬菜;九、住家户在人行道上开饭、架竹床;十、马路边上洗衣服和倒脏水。这 10 种现象像 10 只大手,一齐伸向本来就不宽阔的马路、人行道上,真是各显神通。这样下去,行路还能不难?

据悉,长沙市有关部门对此已经引起重视,开了会,发了布告,并先在六条干线上进行整顿试点,决心改变"行路难"的局面,受到群众的欢迎。但从一个多月的整顿情况来看,效果还不明显。有关主管部门表示:解决"行路难"的问题,涉及各行各业、各家各户,需要大家配合,一齐行动,也热切盼望机关、企业、事业单位和职工、居民群众,都能按整顿的要求,切实做到。而广大人民群众则恳切地希望有关主管部门,切实把整顿的担子挑起来。现在,关键是要让"布告"上的规定坚决兑现,这除了需要进一步作好思想教育和舆论宣传工作外,还必须严格执行纪律,讲究"言出法随",还可以实行经济制裁。这样做,不是侵犯群众利益,而恰恰是上保护了广大群众的利益。

(原载 1980 年 8 月 2 日《湖南日报》二版头条,刘政参与采写)

■ 反响

# 长沙市大庆路"行路难"局面有所改善
## 但五一路中段、火车北站附近行人道等处的交通急需整顿

**本报讯** 长沙市商业网点集中的大庆路,"行路难"的局面开始有所改善。

这条马路日通行机动车六百多辆、自行车两万多辆、行人十万多人次。但路幅仅十

七点五米，交通经常阻塞。为此，本报曾于8月2日报道了大庆路"行路难"的状况。八月上旬以来，长沙市公安局会同城建、工商行管和街道等部门，着手进行整顿，颇见成效。先锋厅一带，原来堆放的水泥预制板、烂泥、碎砖，遍地皆是，八月中旬以来，已经清理两次。其中有十多吨麻石渣子长期无人过问，经查明原来是汨罗县一家公社麻石厂堆放的，已经予以清除。过去，大庆路沿街随便停放车辆的现象比较严重，现在，市交通大队的同志专门下到用车户做工作，落实整改措施。与此同时，他们还在五一广场东北角和西南角的人行道一带，增加了两个交通管理员，设置了不准停靠机动车辆的指示牌，机动车随便停靠的现象开始改变。原来大庆路只有4个单车存放点，最近又在国锋钟表店附近、道门口、苏家巷等处，增加了三个停放点或寄存处，以方便群众。前一段，大庆路沿线，特别是五一广场四周的人行道上摆满摊担，经常造成交通阻塞。市交通大队和西区交通中队配合工商行管部门，对摊贩逐个进行登记后，把它们集中安排到附近的小街小巷进行交易。对于沿街一些占用人行道进行基建维修的建筑户，办理了登记手续，限期清理，超期实行罚款。与此同时，交通民警还实行定点执勤、分段包干，这些都有效地维护了大庆路一带的交通秩序。

目前，大庆路"行路难"的局面虽有所改善，但仍有待进一步整顿、巩固。除此，长沙市其他一些干线上的"行路难"问题，如近日五一路中段行人道上摆摊设点，火车北站附近人行道上养牛、喂猪，太平街口拥挤不堪，湘春路东段（新华印刷厂附近）马路上，从人防工程中取出的泥土长期未做清理等等，尚需长沙市有关部门采取措施，加以解决。

（原载1980年10月26日《湖南日报》二版）

■ 相关链接

## 解决居民倒垃圾难的问题
# 长沙市部分街道增设垃圾站、垃圾箱

**本报讯**　倒垃圾难，是长沙市一些居民长期以来发愁、也迫切盼望解决的事情。现在，市环卫部门已在部分街道建起了八十个垃圾站，设立了一批垃圾箱，为大约五万户居民解决了这个问题。

长沙市街道居民和集体单位每天要出垃圾四至五百吨。其中除三分之一的垃圾由各单位自行运出外,其余均由市、区环卫部门负责收集处理。过去一段时间,居民的垃圾大都由环卫部门派清卫工人拖着垃圾车,走街串巷收集。每天,一个清卫工人要拖四至五车(每车上千斤),工作相当辛苦。加之清卫工人收垃圾一般在白天,双职工户难遇上,有的只得将垃圾堆在家里,有的索性往街边倒。后来,市环卫部门虽改用汽车收垃圾,但垃圾车是定时定点开来,又不能进入小街小巷,双职工户倒垃圾的问题仍然难以解决。一些婆婆姥姥为倒垃圾也要跑上好远,有时追不上垃圾车,真是"望尘莫及"。

长沙市环卫处的同志了解居民的这一困难,决定兴建固定垃圾站,摆设垃圾箱。他们为此设立专门班子,进行实地调查,积极筹集资金和材料,使垃圾站、垃圾箱得以陆续投入使用。目前,建起的垃圾站为高台自动装卸式的,每个站容量有两吨、四吨两种,倒卸方便;有的站还装有喷洒设备、防止扬尘。新设的垃圾箱是封闭式的,可自动装卸,随处摆设,群众十分方便。藩后街法院巷一带住有两百多户人家,原来有些户赶不上垃圾车,只好将垃圾往巷内堆。今年8月,这里新建了垃圾站后,巷内就显得十分整洁了。东区九如斋三条巷附二号六十多岁的黎春英老人,家里儿子和儿媳白天要上班,孙子要上学,自己身体又不好,每天为倒垃圾而发愁。现在环卫部门在她家门口摆设了垃圾箱,老人出门就可以倒掉垃圾。她高兴地对记者说:"环卫部门这件事办得好,使我们放下了一个'包袱'。"

长沙市环卫部门准备继续加快垃圾站和垃圾箱的建设,他们迫切希望得到有关领导部门的支持。

(原载 1980 年 12 月 9 日《湖南日报》一版)

**■ 采访札记**

# 坚决刹住倒买倒卖风

**编者按:**这篇采访札记反映的倒买倒卖行为,在我省不少地方存在着。有些人歪曲现行经济政策,利用经济管理工作中的漏洞,把国营商店出售的紧缺商品套购或抢购到手，转而高价出售，干扰国营商业正常的营业活动，加重人民负担，损害群众利益，这是一种严重的违法行为。我们的现行经济政策允许和支持个体工商户拾遗补阙，方便群众，在政策许可范围内从事力所能及、不损害他人的小本经营，以获取正当的利润。但是，对那种套购国营商店商品转手倒卖、哄抬市价、牟取暴利的不法行为，必须坚决制止。广大人民群众热切盼望工商行政管理等部门，切实加强市场管理，坚决打击投机倒把，对少数屡教不改、性质严重的违法分子，还应绳之以法，决不能犹豫观望，姑息养奸。

最近，我们走访了长沙市场，看到一派兴旺、活跃的景象：不论是国营商店、集体企业，还是个体摊担，生意都很兴隆。但是，新近出现的倒买倒卖、投机倒把之风，也不能不引起足够重视。

9月24日上午，我们会同商业部门的同志对五一广场附近的14家经营针织品的摊担进行了调查：他们经营的品种、规格多则20多个，少则上10个，一般都是从邻近的国营零售商店倒买出来的。就我们了解的21种腈纶衣服来说，一般每件要比国营牌价高出四五元，少的贵两元，多的贵12元。如70厘米的腈纶圆领绒衣，国营牌价每件卖4.04元，摊担上卖6.5元。90厘米开口女腰带衫，国营牌价每件卖22.7元，摊担上卖29.7元。85厘米腈纶女拉毛衫，国营牌价每件13元，而摊担卖25元。这些衣服有的无标签，有的改了标签。前不久的一天，长沙市百货公司钟表缝纫机商店出售电影《流浪者》插曲的唱片，按规定每张0.55元。有两个自称来自湘潭的青年一下就抢购了10多张，出门就以1.5元一张转卖给其他顾客。

工业品如此，水产、家禽等副食品也不例外。据太平街肉食水产店的同志告诉我们："有那么几个人经常从他们商店套购家禽、鲜鱼、猪下脚等。"9月23日中午，商店来了200只母鸡，几个长期搞转手买卖的商贩一下就挤进人群，买去近40只。营业员不肯卖，他们就嚷开了。商店是按每斤1.2元出售的。这些人提过马路就卖1.5元一斤。有时，商店卖鱼，他们也争着要买，一买就是二三十斤。他们买走后，平均以每斤高出三四角的价格卖给顾客。有的经营香烟的摊贩，还将0.32元一包的大庆烟和0.46元一包的长沙烟，分别卖0.4元和0.6元一包。更有甚者，有的还转手卖高价报、高价书、高价杂志、高价电影票、高价手表等。据了解，从事这些非法经营的，有相当一部分人根本无营业许可证。群众对此意见很大。

长沙市最近作出有关规定，要求各街道劳动服务站配备一名退休干部专管个体经营户的工作，由主管部门逐步给个体摊贩发放营业执照副本，经营工业品的个体摊贩可凭副本向小百货批发站等部门联系进货,然后按批零差价赚取利润。长沙市东区自9月底以来,认真执行了这些规定,由区工商行政管理分局和街道一起,对于少数不听劝告,继续进行无证摆摊和倒买倒卖的人员分别给予处罚,有的取消、冻结,有的罚款,有的收回营业执照。通过一番整顿,绝大多数个体摊贩都能自觉按规定的经营范围和合法的经营手段营业,市场秩序明显好转。事实证明,只要各方共同配合,加强对个体经营户的组织和教育,给其解决货源问题,并坚决制止和打击非法经营活动,问题就可以解决。我们呼吁各地有关部门尽快行动起来,坚决刹住这股倒买倒卖风。

(原载 1980 年 10 月 8 日《湖南日报》一版,刘政参与采写)

■ **相关链接**

## 长沙市公安局、工商局和一商业局
# 联合采取措施　取缔非法交易

**本报讯**　长沙市公安局、工商行政管理局和一商业局联合采取措施,取缔大庆路长沙市物资调剂商店地段非法交易场所。

前一段,长沙市物资调剂商店门前,私自交易自行车、手表、衣服、收录机、色镜等商品的成风。这些东西有的是从外地贩来的走私商品,有的是从本地商店套购的紧俏商品,个别坏人甚至将偷来的商品也在此公开出售。有的人由于分赃不匀,还经常造成行凶斗殴。在这里,非法买卖的人和围观群众,平时达三四百人,多时近千人。他们站满了人行道、非机动车道,甚至站到了马路中央,经常使这一带交通严重阻塞,还影响了社会秩序和市容。

为取缔这种非法交易,长沙市公安局、工商行政管理局和一商业局在现场贴出布告,设立广播站,广为宣传。并明确规定,不许私自贩卖进口物品,不准从国营或集体商店套购紧俏商品高价出售;违反者,除没收其全部物品外,还要酌情处理;对惯犯、首犯坚决予以打击。同时,也不许任何单位和个人向私人购买进口物品。

(1980 年 12 月 20 日《湖南日报》二版)

■ 呼吁

长沙市部分代表迫切要求省有关领导部门
## 协助解决长沙用水难的问题

**本报讯** 在省五届人大三次会议上，长沙地区部分代表迫切要求省有关领导部门积极批转贷款，协助解决长沙市用水难的问题。

代表们说，长沙目前日供水能力约为 25 万吨，其中河东地区 22 万吨，河西地区 3 万吨，而正常日需要量为 35 万吨。特别是到了炎夏用水高峰期，日用水量要达 42 万吨。这样，供水能力与实际需要量相差 17 万吨。所以，群众用水感到十分困难。有的地区群众特别是有些住在高层楼上的居民要半夜三更起来接水，以致影响了白天的生产和工作。住在北门伍家岭建湘新村一带的 4200 多个居民，由于经常用不上水，只得挖低地面，接上管子，安上龙头接水。楼上的住户还得挑水上楼。坐落在砚瓦池后街新村的居民，由于地势高，自来水难压上去，只得经常下山挑水吃。王家垅一带的几家工厂、单位虽然合伙建了水塔，但每天的抽水量和储水量都有限，在用水旺季，只得每天分早、中、晚三段限时供水（每次半小时）。在黑石渡后街的 300 多户居民由于缺水，甚至还要经常跑上半里、里把路到附近社队去取井水。因此，长沙市群众多年来存在的用水难问题确实是要解决了。

长沙市政府对群众用水难的问题多次进行过研究，打算通过采取节约、挖潜等措施，每天解决 5 万吨用水。但要从根本上解决用水难，在河西地区必须新建四水厂，第一期工程完成后可增加日供水能力 5 万吨；在河东地区必须迅即着手三水厂二期工程的建设，增加日供水能力 10 万吨。第一步要建一个沉淀池、一个快滤池和一条出水管道。只要批准计划，所需投资由银行贷款解决，在 5 年内可以归还。代表们热切地希望能得到省有关部门的支持，迅速批准这笔贷款，纳入基建计划，促使工程上马。这样，可望明年三季度增加 10 万吨的供水能力。

（原载 1980 年 12 月 27 日《湖南日报》三版）

■ 回音

# 长沙市用水难的问题基本解决

市三水厂二期工程昨日投产送水,全市日供水量比去年增加 15 万吨

**本报讯** 近年来,为用水难而发愁的长沙市部分居民,昨日喜笑颜开地拧开龙头,迎来了长流不断的自来水。这是这个市日产 10 万吨的三水厂二期工程于昨日提前建成送水的结果。至此,全市 4 家水厂日供水量已由去年的 27 万吨增加到了 42 万吨,群众用水难的问题基本得到解决。

市自来水公司的同志告诉记者,三水厂二期工程投产后,除个别高程地区和管道尚未改造的居民集中区用水可能仍有些困难外,其他地区包括原来严重缺水的左家塘、妹子山、黑石渡、浏阳河路和树木岭等处,一般都能用上水。特别是每逢早、中、晚用水高峰时,水厂还增开机泵,增加送水量,并将低峰时储蓄水库的水调剂使用,能比较好地满足群众需要。坐落在北郊的湖南羽绒制品厂过去白天经常无水,水压为"○",而现在白天水压达到了每平方厘米 2 公斤以上。厂址设在树木岭的正园动力配件厂等单位,原先每逢用水旺季,要靠深更半夜等着接水或用汽车进城取水,而昨天水压达到了每平方厘米 1.7 公斤左右。这样不仅生活用水解决了,而且生产用水有了保证。职工和居民们皆大欢喜,都说吃水用水再也不像以前那样发愁了。

为了解决长沙市用水难的问题,党和政府对三水厂二期工程的建设给予了很大关心。在目前国家财政困难的情况下,仍然投资和贷款 655 万多元,省、市物资和城建部门还积极做好水泥、钢材、木材、红砖等材料供应工作,有的还送料上门。为了加快施工进度,省、市领导同志还多次深入现场办公,落实具体措施,鼓舞建设人员的干劲。担负电器安装、机械安装和土建施工任务的工人,采取交叉作业方法,千方百计缩短施工时间。500 多名管道工人和民工冒风雨,顶烈日,在人流如织的市中心日夜奋战,先后铺设了 8 条长 30 多华里的大型输水管道(其中一条即将竣工)。整个工程只花了 7 个多月时间就完成了。

随着三水厂二期工程和四水厂一期工程的完成,长沙市日供水量虽大有增加,但有关领导部门认为,各机关、单位、企业和广大群众仍需积极采取措施,实行计划用水、

工业循环用水，并按户实行用水装表计量收费，切实改变"喝大锅水"的现象，以更好地保证旺季正常供水。

（原载1982年6月11日《湖南日报》一版）

■ 记者来信

# 长沙市群众要求解决火柴脱销问题

6月份以来，长沙市场火柴经常脱销。近日，记者从城北到城南，走访了10多家副食品商店，不是挂牌"火柴无货"，就是营业员口答："没有！"一位老娭毑为了买盒火柴，跑了几天却一无所获。有时商店到一点火柴，往往很快就一购而空。群众为买不到火柴十分发急。有的投机倒把分子却乘机提高火柴价格，每盒火柴卖到5分以上。由此，社会上也谣言种种，扰乱人心。

记者特地走访了省、市有关领导部门和长沙市湘江火柴厂，了解到今年来长沙市火柴生产和供应都比去年有所增长。1至7月，湘江火柴厂共生产了火柴9.5万件（每件一千盒），比去年同期增长3123件；长沙市共投放火柴14856件，比去年同期多投放4142件。既然如此，火柴供应又为何如此紧张？其主要原因：一是生产增长速度仍满足不了群众的需要。就全省来说，今年的供需也不平衡，加之省外进货合同没有全部实现，也给长沙市供应带来影响。二是有的小商贩从零售店套购火柴，囤积居奇，或是外流出去卖高价；有的零售店的营业员图省事，怕麻烦，甚至拉关系，成包成件卖给小商贩，以致造成市场火柴供应紧张。

火柴虽小，但它直接关系到千家万户的日常生活，必须引起足够重视和迅速解决。群众热切希望有关领导部门在抓紧增产火柴的同时，要尽快集中投放一批火柴给零售店；在供应方法上，可暂时采取定点凭证供应的办法，保证各家各户能买到适当数量的火柴，防止套购外流。与此同时，工商行政管理部门要切实加强市场管理，坚决打击投机倒把活动。这样，长沙火柴供应紧张状况可望缓和。

（原载1981年8月30日《湖南日报》一版）

■ **相关链接**

对照兄弟厂产品和国家标准找差距

## 湘江火柴厂经过整顿产品赶上先进水平

**本报讯**　8年未完成生产计划、长期亏损、产品质量低劣的长沙湘江火柴厂，如今面貌大变，10月间在全国100多家火柴厂质量评比中获得满分，与其他11家兄弟厂并列第一。今年1至10月，全面完成了国家计划，盈利12万元。

这个厂过去由于领导班子涣散软弱，管理无制度，操作无规程，质量无标准，成本无核算，企业长期亏损，生产出来的火柴质量极差。为了彻底改变这个厂的面貌，省、市主管部门派出了工作组，帮助他们进行全面整顿。首先抓住了领导班子的组织整顿和思想建设：抽调和提拔了三个年富力强、有事业心、业务熟悉的同志担任厂领导，配备了一名工艺技师，还提拔了25名年纪轻、思想好、有文化的生产技术骨干担任车间、股室的负责人。新的领导班子组成后，就朝气蓬勃地带领全厂职工狠抓以提高产品质量为中心的全面整顿工作。厂领导干部带领一些职工去宁乡、益阳、长沙等地的50多家商店听取群众对产品质量的意见，公布党报的批评和群众的来信，发动职工对照兄弟厂的产品和国家标准找差距。接着，进一步发动群众建立健全了质量管理制度，把国家规定的8项质量指标，分解为279个小指标，落实到三个车间的52个生产岗位。厂部并根据各车间对产品质量的不同要求，分别确定质量在计件工资中所占的比例为30%或40%。没有达到质量标准，按比例照扣工资。厂和车间相应地建立了质量管理机构，配备了专责和兼职的化验、检验人员，在每个火柴盒面上都盖上工号，一发现质量问题，就能及时追查原因和责任，做到奖罚兑现，不让不合规格的火柴出厂。这样，这个厂生产的火柴，终于全面达到了国家的8项质量指标和12项技术要求，赶上全国先进水平。

（原载1981年11月21日《湖南日报》一版）

■ 采访札记

# 各方齐努力　迅即解决长沙市火柴脱销问题

本报于去年8月30日和今年5月20日先后刊登了《长沙市群众要求解决火柴脱销问题》《长沙市火柴脱销的原因何在》的两篇报道，引起了强烈反响。近日，记者特地走访了省商业厅、省百货公司长沙批发部和20多家零售商店，了解到——

## 省商业厅迅即确定解决办法

20日上午，省财办副主任、商业厅厅长孙乐然看到报纸后，马上与党组成员研究。他们认为报纸关于长沙市火柴脱销的报道，对全省商业工作是个很大的促进，问题虽然发生在批发部门，但厅领导是有责任的。孙厅长当即指出，要在解决长沙市火柴脱销问题的同时，进一步检查其他地区、其他商品供应工作中存在的问题。当日上午，省厅派出了有关负责同志到长沙批发部进一步检查火柴供应、库存等情况。20日下午，副厅长徐侃召开省、市商业部门有关负责人会议，具体研究解决办法。确定在运输正常情况下，从5月份开始按月给长沙市调足3500件左右火柴；并根据市场销售情况，调整了分配比例；还强调今后批发部门在投放火柴时，一定要做到按月一次下达、多次开票、月中检查、月底结算；批发有货，要保证零售有卖。21日，厅里又专门向各地、市、县商业局及厅属各公司发出了通知，要求认真吸取长沙市火柴脱销的教训，组织专门班子，全面清仓查库，澄清家底；狠抓企业管理，把进、销、调、存各个环节的制度搞好，把各类人员的岗位责任制搞好；各级领导干部要克服官僚主义，切实改进作风，加强市场调查，努力提高工作水平和办事效率。

## 百货批发部组织力量　下放库存火柴

这些天来，长沙百货批发部的几位负责人都感到心情十分沉重。他们对记者说："长沙市最近火柴脱销，我们有不可推卸的责任。由于我们工作失职，给党的工作带来影响,给群众生活造成不便,我们对不起全市几十万人民。我们一定以此为戒,抓紧搞好当前供应工作,来弥补这一损失。"近日,他们积极组织力量,先后分两批向长沙市场投放了 2300 件火柴。20 日下午两点多至晚上八点半,还由搪瓷日化组和储运组负责人带队将 266 件火柴送到了 22 家零售店。过去火柴进出没有分户头的明细账,现在将经营火柴的总店、门市部分别设卡立户,随时记载火柴下放情况。对没有及时来进货的商店,主动打电话催调。22 日这天上午,相关部门就连续给 16 家总店打了电话。

## 零售点积极进货　陆续上柜供应

自 20 日以来,全市已有 80 多家经营火柴的零售点、总店、中心店分别派人到批发部开票进货。它们所属的 270 多家门市部都陆续有火柴供应。过去对经营火柴不太积极的商店,现在也从广大群众需要出发,主动做好火柴调入、销售工作。长沙市副食品公司西区集体企业中心商店所辖的 18 个门市部,近几天家家都有火柴出售。南北特产商店所属的中孚烟酒店经营品种多,最近人手又少,营业员不怕麻烦,坚持搞好火柴销售,并出面制止套购行为。西区义成食品店的营业员还主动将火柴送到附近街道居民家里,满足群众的需要。

## 值得注意的一个问题

长沙百货批发部已将火柴陆续下放到了各零售店,各零售店如何做到积极经营,合理供应,是当前值得注意的一个问题。

22 日上午至 23 日中午,记者走访了内四区的国风、稻香村、庆丰、华南、兰香、又一村、红桔、长青等 22 家副食品商店,发现其中只有三家商店每次按规定给顾客拆零供应一至二盒,其他 19 家商店均成包出售。记者在稻香村食品店亲眼看到 740 号营业员一次就给一位顾客卖出二包(20 盒)火柴。在目前火柴短缺的情况下,如果零售商店营业员不积极做好宣传解释工作,适当控制每次出售数量,就可能给二道贩子套购火柴以可乘之机,那么,尽管火柴下放数量增加,消费者在市场上仍将难以买到火柴。我们希望有关部门加强对营业员教育,建立必要制度,认真做好零售火柴工作,以保证细水长流,正常供应。对倒买倒卖火柴的二道贩子,工商部门应严加惩处。

(原载 1982 年 5 月 27 日《湖南日报》一版)

■ 记者来信

# 婚事新办需要大声疾呼

近来，在长沙城乡，办婚事讲排场、比阔气、请客送礼、铺张浪费之风颇为盛行。嫁妆车巡街"亮相"，喜酒一办几十桌。过去结婚是两铺两盖"三大件"，如今有的发展到六铺六盖"六大件"（手表、自行车、缝纫机、收录两用机、电扇、电视机）。新房里的家具十分讲究，诸如三门柜、弹簧沙发、落地音箱、钢丝床等等，已由过去的"48只脚"逐步增加到"72只脚"，甚至"80余只脚"了。虽说有关部门三令五申不许动用汽车接亲，但有的婚事依然是轿车开道，旅行车压阵。有的青年人认为，结婚是人生一大喜事，不如此这般就显得太"寒酸"，不"光彩"。有的则认为，过去送了别人的礼，现在不捞回来要吃亏。有的新婚男女和家长虽不愿大操大办，但在陈规陋习的影响下，在亲朋好友舆论的压力下，也只得依从。他们对此都有难言的苦衷。某厂一个青工为了筹办婚事，先想弃工经商，因无本钱，后来竟走上犯罪道路，结果，未入洞房，先进牢房。另一个青年，结婚时办酒、购物一下花费2000多元，刚成家，就负债，婚后日子困难重重，闹得一家不和。看来，婚事大操大办，不仅给家庭、自己带来苦恼，而且已经成为败坏社会风气的一种"公害"，这个问题必须引起社会各方面的重视。

婚事新办，是"五讲四美"的一项重要内容，也是树立良好社会风气，建设社会主义精神文明的一个重要体现。现在元旦、春节将临，准备结婚的人不少，仅据长沙市郊区统计，在这两个节日结婚的男女青年将有2500多对。如果我们不抓紧进行婚事新办、移风易俗的宣传教育，采取有力措施，刹住大操大办的歪风，带来的后果将是严重的。结婚是人生的一件大事，在家庭和个人经济条件允许下，添办一些必要的家具和衣物，适当的热闹一番，当然是可以的。但一定要注意勤俭节约，决不可奢侈浪费。

我们呼吁各级党、团、工、妇组织要迅速行动起来，做好思想政治工作，用正反面典型事例教育青年分清婚事上的美丑荣辱，以婚事新办为荣为美，决不被他人的"时髦"婚礼所诱惑，决不为落后的舆论压力所动摇。各有关单位要为青年的婚事新办提供方便，如举办集体婚礼，组织短途旅行结婚等。对大操大办婚事的人，要进行行政干预；造成严重后果者，要严肃处理。准备结婚的青年男女和家长，一定要摒弃那些婚姻问题上的陈腐观念,坚持"文明、节俭、热闹"的原则,做婚事新办、移风易俗的促进派。

(原载 1981 年 12 月 17 日《湖南日报》一版)

■ 反响

# 嫁女记

长沙纺织厂后纺车间老工人李爱莲的两个女儿要出嫁了。亲朋六眷和街坊邻里都在打听着、筹划着,一定要好好热闹一番。大女婿小杨的家就在厂里,二女婿小陈的家在农村。两个亲家也在张罗着,准备大操大办。而李师傅心里却另有一番划算:如今,党组织一再号召我们要勤俭节约。作为一个老工人、共产党员,自己儿女的婚事能搞铺张浪费吗?

今年 7 月底,二女儿惠兰出嫁的日子临近了。亲家特地派人从乡下赶来接上亲。李爱莲想,眼下生产正紧,自己又担任生产组长,怎能抽得身出?她一再婉言谢绝,并搭信给亲家:"千万不要讲排场,一切要从简。"8 月 2 日结婚这天,为了表示做母亲的一番心意,李爱莲利用休班时间,和老伴一起带着二女儿和女婿到伍家岭一家饮食店里花了几十元钱欢聚了一番。

今年国庆,李爱莲的大女儿惠芝又要出嫁了。事前,亲家就来征求意见:"看要给惠芝办点什么?"李爱莲一口谢绝,说:"我们母女俩早就商量好了,什么都不要。""那就制两套好点的料子衣服吧?!"亲家试探着问道。"那也不要!""男婚女嫁,人生大事,总该添点什么吧?!……"亲家不知如何是好。李爱莲运了运神,商量着说:"亲家,你的美意我心领了。你就给小两口打两、三件简单的家具吧。"亲家连连点头道好。再说担任车间团总支书记的彭惠芝,也和母亲一样是个硬板人。一天,她的未婚夫邀她到市里来,路过九龙服装店,硬要给她买件呢子衣,她却连店门都不肯进去。

惠芝结婚前几天,李爱莲听说亲家打算把婚期推迟到国庆以后,好准备办酒请客,热闹一番。她察觉苗头不对,便特地赶到亲家屋里,劈头便问:"亲家,惠芝她俩的婚事到底怎么办?"亲家笑着说:"你嫁大女,我收头个媳妇,不瞒亲家,东西少置点就依了你，可酒席还是要办它几十桌才行。"李爱莲一听，急了："那搞不得，搞不得！如今，党三令五申号召勤俭节约，我们都是厂里的老工人，怎么能带这个头呢？再说，你我都是有几个子女的父母，如果大的这样开了锣，下面几个就收不得场啊！亲家，我们可要给孩子们留个好作风！"亲家听着，感到言之有理，但又顾虑这样从简，恐怕对不起亲朋好友，自己面子上也过不去。李爱莲理解亲家的想法，便说："这没关系，只要把道理讲清，大家是会谅解的。"临走时，她还建议把婚期提前到9月30日。接着，又请车间领导代为向一些同志做好解释工作。

9月30日惠芝出嫁这天，李爱莲照常上班，只利用中午休息的45分钟时间到亲家屋里吃了顿中饭。临别时，亲家拿出彩礼钱，李爱莲说什么也不肯收。

夜里，新房里热热闹闹，前来贺喜的亲朋好友络绎不绝。他们一边吃着喜糖，一边观看新郎新娘的文艺表演，糖更甜，兴更浓……

（原载1981年12月20日《湖南日报》三版）

## 长沙石油站车队安全员朱岭俭朴办婚事
# 单车接新娘　不办酒席"吃食堂"

元月8日上午11点多钟，雪后放晴，阳光璀璨。从长沙市兴汉门旁的一条小巷里，驶出了一列由7辆单车组成的接亲队伍。只见新郎新娘骑在车上，胸前各戴着一朵艳丽的大红花。路旁的一些青年男女好奇地停步探望："咦，咯就是接亲？！"老人们高兴地议论说："好传统回来了，办喜事，就该这个样子。"

新郎朱岭，是长沙石油站汽车队的安全员，新娘蔡小星，是省石油公司基建科的描图员。两人都是共青团员。在筹办婚事的时候，亲戚朋友、街坊邻里议论开来："小星的爸爸是1934年参加革命的老红军，朱岭的父亲是南下老同志，经济条件好，婚事该办得像样点。""小星是满女，前面三个兄姐都是悄悄办的婚事，这回该热闹热闹了吧！"小两口也在合计："这几年，朋友们结婚，我们吃了不少酒宴。自己结婚不办酒，交代不过去，办多了又影响不好，就办个四五桌吧！"一天晚上，蔡小星的父亲、老红军蔡先华和他的老伴把小两口叫到身边，说起他俩在1951年，从朝鲜战场上回来，两条军被一并就成了婚的往事,开导说:"现在你们条件好了,也不应该大操大办,你们是共青团员,要响应党的号召,做移风易俗的模范。"小两口同意父母的意见,决定不办酒宴了,但想到广州、上海旅行结婚。小蔡的母亲在一旁反对道:"旅行结婚也要花不少钱,还要增加交通运输的负担,你们工作都很忙,在家休息休息就上班吧!"小两口觉得父母亲言之有理,最后商量决定:一不受礼,二不摆酒,三不旅游,四不坐车。

朱岭所在的汽车队有 26 辆汽车。往常一些同志办喜事,动用过公车接新娘接嫁妆。8 日早上,汽车队的领导关切地对朱岭说:"新娘家离石油站很远,亲家又是上了年纪的人,我们派辆车去接接吧!"小朱婉言谢绝道:"那不行,眼下国家汽油这么紧张,我作为油站的职工,怎么能这样做?!"有人提出要带几挂鞭炮去接亲,朱岭也没有同意。上午 10 点多钟,石油站副主任潘新民带着小朱和工会、团委、车队、政办室的同志,一行 6 人骑着自行车来到新娘家。

新郎新娘回到设在市郊伍家岭石油站内的新房时,已是中午时分。朱岭像往常一样拿着碗筷到食堂排队买了饭菜,并给在新房里接待客人的新娘带了一份。傍晚,双方单位的领导在新房里为小朱小蔡举行了一个俭朴的婚礼。新郎、新娘介绍了他们对婚事新办的感受,客人们高兴地吃着喜糖、谈笑,《社会主义好》的歌声回荡在新房……

(原载 1983 年 1 月 16 日《湖南日报》二版,吴谷平参与采写)

■ 记者来信

# 愿敬老尊贤蔚然成风

尊重老人是每一个公民应尽的义务,也是中华民族的优良传统。特别是近年来,通过"五讲四美"活动,广大青少年敬老尊贤,蔚为风尚。

然而,我们不能忽视在有的家庭,老人不仅得不到尊重,而且受到种种歧视和虐待。有的让老人做力所难及的家务劳动,有的不给老人生活费用,有的甚至动辄打骂老人。媳妇折磨家娘的事也时有所闻。长沙市某街道有位 60 多岁的老娭毑,亲生的 5 个儿子都参加了工作,开始由老人按月到 5 个儿子家吃"轮供",但后来几兄弟你推我来我推你，谁也不愿负担。有对青年夫妇不愿负担年迈的父母，还给双亲写信道："公同志婆同志，公婆两位老同志，新社会新办法，各人搞了各人吃。"父母万分气愤，只得答曰："儿同志媳同志，儿媳两位少同志，生儿育女我有'罪'，20 年后你尝味。"朝阳新村有位年轻媳妇，不准家娘同桌吃饭，不让家娘随便出门，老人病了不去过问，寒冬腊月还让老人在自来水龙头下接水洗漱，直到老人被折磨死去。

在社会生活中，有的老人也没有得到应有的尊重。他们出门上街，乘车坐船，或是买东买西，有的青年岂止不谦让，还争先恐后，拥挤顶撞老人。更有甚者，有的青年随意打骂老人。在长沙拖拉机配件厂宿舍，青工胡湘民凭着自己身强力壮，竟不分青红皂白将退休老职工詹某按在地上毒打一顿，致使老人多处受伤，卧床不起。

老人，特别是革命老人，是我们社会的宝贵财富。他们在烽火连天的战场上，在为"四化"创业的征途中，忘我战斗，辛勤劳动，为祖国为人民作出了一定贡献。他们如今年岁已高，理应受到全社会的尊重。为此，我们呼吁全社会都要尊重老人，形成敬老尊贤的社会风气。各机关、单位、街道、家庭都要采取切实可行的措施，让老人幸福地度过晚年。对那些虐待、迫害老人的行为，一定要引起公愤、群起而攻之，直至追究法律责任。

（原载 1982 年 5 月 18 日《湖南日报》一版）

■ 反响

# 群"龙"登门送温暖

## 长沙市商业、服务、修理等行业青年组成 45 个<br>"一条龙服务队"为 712 家五保户和困难户服务

**本报讯** 昨日，长沙市由商业、服务、修理等行业组成的 45 个"一条龙服务队"一齐出动，下户服务，把党的关怀和温暖送给五保户、困难户。

清晨，春雨潇潇，来自全市百货、粮食、副食、肉食、蔬菜、酱食、日杂、医疗等 10 多个行业的 1100 多名团员、青年擎着"一条龙服务队"的标牌，肩挑货担，手推货车，活跃

在大街小巷。有的为孤寡老人买煤送米,有的给五保户洗衣浆衫,有的帮病残老人送医送药。街头巷尾洋溢着尊老爱幼的深情厚谊,荡漾着文明新风。住在白沙街27号的吴琼华和张慧两位老人,都年逾70,张慧还身患重病,行动不便。昨日,城南路"一条龙服务队"的同志主动为老人送去大米、面条。后来,他们听说老人爱吃腐乳和清凉糕等,又专门给两老供应了这些商品。参加服务队的青年医生周林还给老人打水洗擦、按脉看病。当日下午,又从卫生院拿了药送去。老人万分感激,说:"如今孤老真不孤,亲人上门来服务。"局关祠一村4号73岁的老人易学华急需买煤,服务队就给他送去了200斤藕煤。老人喜出望外,连连称道:"这真是雪里送炭。"都正街"一条龙服务队"的同志了解到家住建湘南路144号的李霞卿老人牙齿不好,要买糯米煮稀饭吃。这天,他们便送去了10斤糯米。

这次活动是由共青团长沙市委和各区团委组织的。300多个基层商店、街道和医疗卫生单位参加了这次活动。荷花池菜店的杜春艳、周德意早上下班后,顾不了休息和吃饭,就推着100多斤鲜菜出发了。小吴门和清水塘菜店的团员、青年还把红菜薹、白菜等的边皮、黄叶和蔸子去掉,扎成小把,便于老人购买。这天,全市45个"一条龙服务队"共为712家五保户和困难户送去排骨、筒子骨、鸡蛋等2907斤、蔬菜和酱食3713斤、白煤10628斤、粮油9376斤、日杂百货3341件,还为220多位老人送医送药,洗衣浆衫。

(原载1983年3月28日《湖南日报》一版)

**■ 记者来信**

# 如此服务态度必须整顿

最近,漫步长沙街头,喜看商店营业员们努力改善服务态度,提高服务质量,主动热情地为群众服务好。但也有不足之处,在此,偶拾两例:

## 煤店卖煤搞"遥控"

8月8日中午，一位男顾客来到南门燕山街煤店买煤，等了好久，却不见一个营业员。到哪里去了？顾客请问坐在门口的一位老娭毑，回答说："我也是来买煤的，等了好一阵，不见人来。"这位男顾客只好高声大叫。

这时，坐在对门街上一家副食品店的一位50多岁的男同志，端着一只杯子出来招呼，说："卖筹的在屋后面玩牌，你从后街的厕所边绕过去，叫她就是。"这位顾客只得按他指点的地方找去，果然在屋后荫凉处见到一位女营业员正在跟另外几个人下跳棋。女营业员总算放下了手中的娱乐，回店给顾客卖了筹，又走了。

称秤的又到哪里找呢？等了一两分钟，在对门副食品店喝酒（顾客说是喝酒，营业员说是喝茶）的那位男同志（原来他就是这家煤店称煤的）不慌不忙地来到磅秤旁边，收了筹。然后，调了一下磅秤，交代顾客自己称：一秤是110斤，称完四秤，他再来调秤。说完，他又到对门店里喝酒扯谈去了。这位顾客只得自己一边铲煤，一边称秤；那位营业员就坐在对门街上"遥控"：看到磅秤标尺起来了，就打一下手势，表示可以。

顾客称完四秤（440斤煤）后，他走过街来再将磅秤标尺调到100斤，又去一边喝酒，一边"遥控"。后来又来了一位60岁上下的老大爷买煤。喝酒的依然要他到屋后去喊卖筹的……

## 肉店卖肉打伤人

9月8日下午5点左右，一位年青女顾客带着个孩子到文艺路肉店买肉。当时，店门口排着10多人，轮到她买时，客气地对砍肉的男营业员说："同志，请你给我买四角钱的精肉。"营业员回答道："没有精肉，只有带皮的肉，你退钱吧！"女顾客听到这么回答，很生气，批评道："你这是做什么生意，开口就叫退钱。"营业员满不在乎地说："你这四角钱，我还懒得做呢！"女顾客进一步说明情况，并眼看着里面挂的两块肉说："我是买给小孩吃，肉皮怎么要得，你这里又不是没有精肉。"

当时，在场的几个卖鸭子的老同志也要这个青年男营业员帮女顾客称点精肉算了。但他没听，反而出口骂人。女同志很不高兴，说："无聊！"男营业员便咆哮起来："你再讲一句！"女顾客生气地再说了一遍："无聊！"说时迟，那时快，那个男营业员扬起手来朝女顾客左脸上打去。顿时，女顾客口里出血，牙床、右耳内及脖子都痛得很厉害。经医生诊断,头部被打伤。

这两件事情发生后,已经引起有关领导部门的重视,正在处理之中。但这些事例仍使人们深感当前抓好商业服务工作,特别是服务态度的重要。我们建议有关部门认真抓好整顿,不断改进服务态度,努力提高服务质量,以适应广大群众大干"四化"的需要。

（原载 1979 年 9 月 27 日《湖南日报》一版）

■ 回音

稿件见报当天,当事煤店和肉店即买回报纸学习,并关门进行整顿。相关领导部门对当事营业员进行了批评和处理,上门给顾客道了歉。

# 七　要以科学的态度
# 消除人民群众身边的焦虑

**心灵感悟**：科学发展是当代中国的鲜明主题，是人民群众的根本利益所在。璀璨的科学需要美好的理想，美好的理想需要行动来实现。科学是至高无上的，因为它鼓励人们根据事物的发展规律和因果关系来思考和处理问题。科学给人以确实性、给人以力量。但实际工作和生活中，不按科学规律办事的现象依然存在，给人民群众带来焦虑。记者就要以科学的态度去发现和解决这些问题，引导当事者回归到尊重科学、依规办事的正道上来，既促进了工作，又消除了人民群众的焦虑。

**亲身经历**：在日常报道中，我曾遇到过不少像长沙市工农桥居委会那样坚持按科学规律办事，主动改变街办企业发展方向，为民排除噪声污染，值得点赞的单位。但也遇到过有的坐落在城市中心的文化机构，夜夜举办营业性舞会，闹得周围群众不得安宁。还有的执法部门不按科学办事，不以法规办案，竟将部优金水打成劣质产品。这些，记者都应该过问。

## （一）关于改变街办企业发展方向的报道

### 长沙市工农桥居委会改变街道企业发展方向

# 过去敲敲打打扰乱四邻　如今便民利民群众欢迎

**本报讯**　半年以前，当人们走到长沙市南门胜利路一带，听到的是乒乒乓乓的铁锤敲击声。特别是在夜深人静或是仲夏午休时，噪声更加震耳，苦煞了那些下班以后亟待入睡的人。他们有的从床上跳下来骂"太不像话，不得安宁"；有的向发出乒乓声的冷作加工场投掷果皮，以示抗议。但有什么办法？工农桥居委会办的这家冷作加工场正是要利用夜间和中午时间抢电生产油罐和铁桶。

这间冷作加工场是 1970 年办起来的，加工场就设在人口稠密的胜利路东侧厚生里的街口。近在咫尺的居民点住宅有 15 栋，还有散居户小组两个，人口达 2300 多人，其中 75% 以上是双职工。他们白天忙忙碌碌，中午、夜间想睡个安静觉。但多年来，冷作加工场的敲击声把他们闹得很不安宁。去年，居委会反复进行研究，认为办事情应该多为群众着想，在居民集中的地方，确实不应敲敲打打，而应尽量把方便送给群众。于是，他们决定停办这个冷作加工场，把 20 多个同志抽下来，先后办起了一个南食代销店和一个饮食店。南食店经营糖果、烟酒、酱油、食盐等 100 多个品种，还代卖牛奶。饮食店出售各种包点、面条、馄饨、卤味、茶水等。两家店子办起来后，每月的营业额达一万三四千元。以前，双职工早上上班，要到很远的饮食店去排队买早点，现在就在路边这家饮食店的售货摊上随到随买了。晚上，一些退休老人还喜欢到这里来坐一坐，喝杯茶,饮食店也满足了他们的要求,把营业时间延伸到晚上 11 点。冷作场停办后,还有三个同志被安排到街道幼儿园搞服务工作,很快就解决了孩子们搭中餐和代买早餐的问题,家长也很欢迎。目前,这个幼儿园的小朋友增加到了 90 多人。

工农桥居委会停办冷作工场,抽出人力办起服务行业,深得群众赞许。大家高兴地说:"过去,你们敲敲打打,扰乱四邻;如今,你们办起服务行业,便民利民。"

■《湖南日报》编后

# 街道要办好服务修理事业

近年来,街道工业兴起,为广开就业门路发挥了积极作用。可是,街道搞工业,有原料的问题,有污染环境包括噪声扰民的问题,发展受到一定限制。然而,街道在组织发展服务、修理行业方面,却有着广阔的天地。现在,不少城市饭馆不足,理发、洗澡也要排队,一些日用品坏了要修理很费时,甚至没人修理,致使群众在生活中感到甚多不便。如能像长沙市工农桥居委会这样,调整街道工业发展方向,多办些服务、修理行业,就可做到既多安置待业人员,又能方便群众,还可避免办工业带来的许多棘手的问题。建议各地都对街道工业做一番深入的调查研究,认真搞好调整,因地制宜地把服务、修理等厂店办起来。这将是一个大得人心、皆大欢喜的事业。

(原载 1980 年 5 月 27 日《湖南日报》一版)

■ 相关链接

长沙市十二家街道工厂

## 转办饮食服务商店受到欢迎

**本报讯** 长沙市有 12 家处境困难和前景不佳的街道工厂，已转行办饮食、修理店，为城市人民生活服务，既方便了群众，又搞活了企业。

长沙市有不少街道企业，过去热衷于大量加工机械、五金产品，由于技术水平低，设备差，许多产品质次价高，造成企业亏损。而另一方面，城市人民在日常生活中所迫切需要的一些服务行业又没人去干。针对这一情况，市相关主管部门通过调查，将"无米下锅"或者有严重污染的街道企业，转行办商店、搞修理服务。地处轮渡码头的某居委会综合工厂，原来生产的纸袋有原料无销路，做芦花枕芯有销路又缺原料，真是左右为难。他们就抽调了 11 名工人，办了一个饭店。这家饭店通宵营业，顾客盈门，今年头三个月的营业额将近 2 万元，盈利 1800 多元，职工增加到 19 人。中六铺街居委会有 1000 多居民，过去方圆三四里内没有一家商店，群众买盐、打酱油都不方便。今年初居委会将所办街道工厂的部分厂房改建成店堂，办了一间副食品店，深受群众欢迎。

（原载 1981 年 5 月 10 日《湖南日报》二版）

## （二）关于部优金水竟被打成劣质产品的报道

醴陵市工商局不按科学办事不依法规办案

# 部优金水竟被打成劣质产品

**本报讯**　在企业狠抓产品质量、各方维护产品声誉的时候，醴陵市工商行政管理局少数人，竟不按科学办事，不依法规办案，制造了一起将部优金水打成劣质产品的事件。

设在这个市的省陶瓷研究所自50年代生产陶瓷工业用金水以来，科研人员经过反复试验，探索金水生产规律，研究出了新工艺及配方，使生产的金水描绘性好、烧成范围广、白度亮度高，在国内同行业中处于领先地位，并接近国际先进水平。去年6月，被评为全国第一。同年9月，获轻工部优质产品称号。今年，还拟上报国优产品。金水畅销14个省、市的80多家厂家。省陶瓷研究所也被轻工部列为金水开发基地。

但就在这期间，醴陵市工商局以有"用户反映质量问题"为由，单方到一家工厂取样（共取走两批计4瓶金水），用非部颁标准方法化验，取得了一个远远低于部颁标准的数据。当时，连工商局三位送检人都不相信这一结果。他们竟以此为依据，加上一个什么计算公式，推算出该所1983年元月至1985年6月生产出售金水偷工减料75公斤黄金，折合人民币120余万元。随即，市工商局向银行发出冻结陶研所存款100万元的通知书。部优金水就这样被他们打成了劣质产品。

陶研所对此不服，多次口头和书面向有关部门申诉，要求共同取样，按部颁检验方法重新化验，以取得准确结果；并尽快解除冻款，以保证正常生产。但市工商局不同意共同取样,再行化验。就连他们和所里一起查账中得出的金水无偷工减料的结果也不予承认。在有关领导部门干预下,市工商局虽于去年11月25日、今年4月3日分两次解冻了陶研所的资金,却已影响该所12天正常生产,造成经济损失4.5万元,并使一些厂家金水得不到及时供应。

与此同时,市工商局市管股股长杨选程、工作人员刘建平等又单方从几家用户取走陶研所生产的20批(每批一瓶)金水,到上海一家研究所化验。去后,他们既不向对方提出按轻工部部颁检验方法化验,更不出示陶研所事先给他们的有关技术资料。在这种情况下,上海的这家研究所便以非部颁检验方法进行化验,所得数据比部颁标准略微偏低。但该所同志明确表示,这些产品大部分是合格的,个别不够合格的,还应考虑其他方面的因素。杨等人回来后,却不如实反映。后经双方再次查实原始记录和有关人员送检,说明陶研所金水质量符合标准,市工商局对此也不顾及,仍然强定这些金水均不合格。并抓住所得数据,推算出陶研所1984年4月15日至1985年10月25日所生产的金水共偷工减料2800余克黄金,决定没收其"非法收入"和罚款共8.4万余元。尽管省陶研所指出,在裁定金水质量时,这种不按部颁检验方法化验、又按部颁质量标准要求的做法是违反国家标准化管理条例和有关法规的,市工商局却仍然不予考虑。6月2日,强行从银行划走陶研所8.4万余元存款。还四处发文张扬:该所生产的金水偷工减料。

8月上旬,当我们调查这一事件时,有关负责人还坚持说:"此案定性准确,处理恰当。"人们不禁要问:"难道真的像他们说的这样吗?"

(原载1986年8月15日《湖南日报》一版)

■ 相关链接

省工商局负责人就"金水一案"指出

## 执法人员必须尊重科学　严守法规

**本报讯**　"我们热诚欢迎党报的批评和监督。一定尊重科学,依据法规,促成'金水一案'尽快得到正确处理"。这是省工商行政管理局副局长端木长河在昨日接受记者采访时说的。

　　本报记者近日在采写《部优金水竟被打成劣质产品》一稿时（详见昨日本报一版），即引起了省工商局负责同志的重视。他们随即派出专人听取了有关部门的情况汇报，专程走访了省标准局，还向醴陵市、株洲市工商局告诉了省局的处理态度。端木长河对记者说："在'金水一案'的处理上，问题虽然出在下面，但我们也是有责任的。平时，没有很好地过问和指导基层严格按科学办事，依法规办案。我们这支队伍从整体上来说是好的，但面对新情况、新任务，需要更多地学科学，学法规，加强调查研究，提高执法水平。对违反工商法规的事情，工商部门不仅要做到敢管，而且要善管。今天，党报披露了'金水一案'，我们要从中获得教益，知错就改，以利今后更好地工作。"

　　　　　　　　　　　　　（原载 1986 年 8 月 16 日《湖南日报》一版）

# "金水一案"得到初步处理

## 株洲市工商局发出《改变处理决定书》，决定退还罚没款 8 万余元

　　**本报讯**　拖了一年之久的"金水一案"，在有关方面过问和督促下，终于得到了初步处理。9 月下旬，株洲市工商行政管理局发出了《改变处理决定书》，决定由醴陵市工商行政管理局将已罚没的 8.4 万余元全部退还给省陶瓷研究所。

　　本报于 8 月 15 日在一版发表《醴陵市工商局不按科学办事，不依法规办案　部优金水竟被打成劣质产品》的报道后，引起了有关领导机关重视。见报当日，省工商局副局长端木长河即发表谈话，表示接受党报批评，一定要尊重科学、依据法规，促成"金水一案"尽快得到正确处理。并派出专人调查过问此事，电告株洲市工商局予以纠正。醴陵市工商局知错就改，积极配合有关方面做好复查工作。但株洲市工商局所发的《改变处理决定书》中，对工商部门应负的责任丝毫没有提及，而是归咎于其他部门；对省陶研所提出应为部优金水恢复名誉、适当赔偿经济损失等合理要求，也无反应。难怪知情人对记者说，难道这是在真心诚意纠正错误吗?!

　　　　　　　（原载 1986 年 10 月 10 日《湖南日报》一版，马宁参与采写以上三稿）

### （三）关于解决长沙市建筑工人俱乐部
### 噪声污染的报道

**■ 采写回顾**

# 入夜下户听噪音

1987年夏季,位于长沙市中心五一路附近的市建筑工人文化宫开设了一个舞厅,每天晚上都在楼上举办营业性舞会。乐声鼓声歌声闹得周围400多户居民不得安宁:学生无法自习,工人没法休息,病人难以安身,居民看电视和交谈连话音都听不清。

我得知这一消息后,一连几晚冒着酷暑高温,前去舞厅和附近居民家采访,了解噪音污染情况。走进舞厅,人如潮涌,击鼓声、奏乐声和高音喇叭的歌唱声震耳欲聋。来到紧邻舞厅的一个三口之家,只见读初三的儿子坐在桌边看书,窗外阵阵嘈杂的乐器声和歌声传来,他说:"我哪里静得下心?!"他的爸爸妈妈都是40多岁的人了,正在另一间房里看电视,得知我是来采访的,他俩都忙着说开了:"你来得正好,你看我们在这么嘈杂的环境里,连电视里的话音都难听清呵!舞厅一般都要开到深夜12点后。我们想早点休息都不行,明天还要上早班呵!拜托你们记者为我们呼吁。"从这户居民家出来后,我到了另一家离舞厅稍远的两位退休老人家里。两老从一家工厂退休后,住在这里三年多了。老爹爹叫苦不迭地说:"自从舞厅对外开放后,把他们害苦了,不只每天晚上要闹到12点后,有时还要加开晚晚场,直到天明,真是一天到晚都不得安宁。加上我们两个都身患有病,怎么能熬得下去?!"就这样,连续几晚,我访问过七八家住户,都是怨声载道。我深感,在市中心人口密集区开舞厅确实严重扰民,是到了非解决不可的时候了!

采访后,我立马将这些情况向长沙市领导和环保部门做了汇报。时任市长王克英对此十分重视。在得知情况后的次日晚上,即带领市、区环保部门负责人前去现场督查,并听取临近居民意见,当即与市建筑工人俱乐部负责同志协商后,决定立即停办舞会。附近居民听到这一信息后,拍手叫好,赞扬市长深入百姓家,听意见,解难题。

**■ 新闻链接**

# 市长夜访除噪声

8月24日夜晚,天气灼热。9点30分,长沙市市长王克英在家里送走了当天最后一批来访的客人,又在思索着另外一个问题:宝南街上百户居民来信反映他们遭市建筑工人文化宫舞场噪声骚扰的事解决了吗?他想,当前城市工业噪声污染虽有所减少,但生活噪声污染相当严重。这个问题应该抓一下。

9点45分,他和市委副书记曾昭宣、副市长罗桂球、市环保局局长龚洵超步行来到了宝南街,摸黑穿过一条小巷,走进了紧贴市建筑工人文化宫的3号居民楼。

此时,只听得舞场里管乐高奏,人声鼎沸,居民们宛如生活在一个嘈杂的公共场所。市领导从一楼攀缘到四楼,一层层楼察看、询问。当走到四楼易娭毑家门口时,老人连忙出门相迎,沏茶让座,说:"市里领导来得好啊,我们真被噪声害苦了。"接着,易娭毑数落着家里的情况:她有一个儿子、儿媳和一个小孙子,儿子每天凌晨三点要上班,孙子靠她带。而近在咫尺的舞场和弹子房每天闹到深夜才收场,大人小孩哪能休息好呢?!易娭毑一面指着电视机,一面对王市长说:"舞场乐声一响,连电视机音量开得再大也难听见哩!"王市长深表同情地连连点头说:"这个问题一定要解决。"

市长夜访居民住宅楼的消息一下传开了,居民争相来反映噪声污染的情况。住在三楼的李德华老人一进易娭毑家的门,就来个自我介绍:"我是一个患有严重心肌梗塞症的病人,医生再三要我好好休息。文化宫里却日也闹,晚也闹:'阿里巴巴……'那震耳的叫声使我实在受不了。每天晚上,我只好躲到爱人单位去。"

　　谈话间,等在走廊上的两位中年人走进房来。一位姓李的说:"我的小孩刚才还在找我吵,说要搬到一个安静的地方去住,我无可奈何地对孩子说,'往哪里搬?!'孩子央求,'爸爸,那就先用棉花把我的耳朵塞住吧。'"据了解,这里由于噪声干扰,孩子无法学习,成绩也受到了影响。另一位姓骆的中年人接过话头,说:"我是个司机,晚上休息不好,白天开车真危险啊!"

　　这时,在走廊上测算的市环保局局长龚洵超进来说:"舞场噪声至少有 80 分贝,污染的确严重。"

　　一桩桩、一件件噪声污染的事实,使市领导下定解决这个问题的决心。11 时许,王市长一行便来到了市建筑工人文化宫,向该宫负责人详细询问了宫内活动项目和开办舞场的情况,再次转达了群众的意见。并且一再强调:办文化宫不仅要讲究经济效益,更要注重社会效益、环境效益,要处处为群众着想。市领导当即建议停办骚扰四邻的舞会,改设其他项目;对有的项目还要加强管理、整顿。

　　次日,王克英、曾昭宣等同志仍放心不下,又找有关部门落实措施。市建筑工人文化宫的舞会终于停办了,宝南街几百户居民听不到从舞场飘来的噪声了。

(原载 1987 年 9 月 1 日《湖南日报》一版)

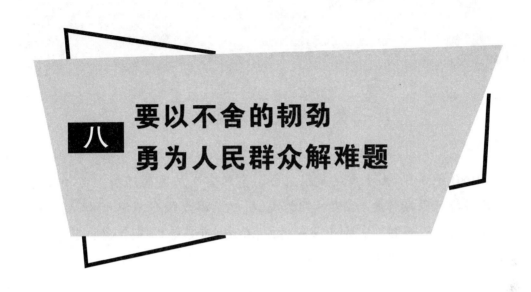

**八　要以不舍的韧劲
勇为人民群众解难题**

**心灵感悟**:为民解难,既饱含着党和政府的重托,更承载着人民群众的期盼。但为民解难并非轻易之举:有时要经过深入调研,需寻根究底;有时要遇到许多周折,需迎难而上;有时要发挥一股韧劲,需一抓到底。这样才能通过解难,使人民群众真真切切地增强获得感、幸福感、安全感。记者,也能在为民解难中实现自身的价值,在无私奉献中成就人生的境界。

**亲身经历**:为人民群众解难题,我经历了不少事情。下面仅述五例:一、关于解决买煤难的报道;二、关于解决吃高价菜的报道;三、关于解决长沙街头如厕难的报道;四、关于在路途中常遇难题的报道;五、关于为受雨水侵袭的六户人家解难的报道。

## (一)关于解决买煤难的报道

1980年3月,长沙市煤炭供应公司突然宣布居民购煤折上历年节约的存煤指标限期作废,后又延期作废,引起了群众强烈不满。为此,我四处奔波、采访、反映,并写出多篇稿件,在省、市领导的亲自过问下,促进了这一问题妥善解决。

■ 采写回顾

# 凌晨,顶风冒雨访煤店

时间倒回到1980年3月上旬。一天夜里,我的牙齿剧痛不止,起来又睡,睡了又起,直痛得在前房里踱来踱去。好不容易熬到凌晨四点多,我轻轻地穿上衣服,披上雨衣,开开房门,准备外出了。哪知,我的开门声惊醒了住在后房的我爱人。她忙叫住我:"你不是牙痛吗?这么早到哪里去?"我告诉她:"昨天我接到两封群众来信和几个电话,反映前几天长沙煤炭供应公司发出公告:规定居民购煤折上的存煤3月底购完,过期作废。几天来,居民们起早贪黑排队抢购藕煤。我得去煤店看看。""不能去呵!这几天你牙齿痛得吃没吃好,睡没睡好。你莫以为牙齿痛真不是病吧!你要去就去医院。"我爱人再次关切地劝说道。"烧煤是与群众密切相关的事,何况大家反映这么强烈哩!我不去实地看看行吗?"我坚持着。

随即，我关上房门，骑着单车，迎着风雨出发了。我先到了离家两里外的留芳岭煤店，这是一家集生产、销售一条龙的较大藕煤店。我刚到留芳岭巷口，循着不太明亮的路灯，只见前面黑麻麻一片：五六十个男男女女、老老少少排着一条长龙。他们撑着伞，披着雨衣，站的站，蹲的蹲，坐的坐，还有拖着板车来的。我走访了排在第一的一位六十多岁的老人，他说自己住在煤店附近，凌晨一点就拿了张凳子坐在这里了，想早点买回自家煤折上存的100多斤藕煤。排在第11位的中年男子对我说，他为了买煤折上的存煤已经来排三次队了：第一次，他来排了两个多小时，当天店里却没有进到煤；第二次，他排在43位，店里的煤卖到40位就没有了。今天，他硬是起了个早床，凌晨两点多就来了。

接着，我又骑上自行车，跑了近处的三公里煤店和远处的南门游击坪煤店。这两家煤店虽小点，但排队买煤的也有二三十人。队伍里回响着一片怒气冲天、怨声载道之声："政府说的是计划用煤，节约归己，现在又突然来个'存煤限期作废'，太不取信于民了！""害得我们起早贪黑来买煤，买回去又往哪里放?！"……

我边听边想，老百姓看政府，既看路线、方针、政策是否符合民意，也看对自己的衣食住行有无实惠。摆在眼前的事实不就是这样吗?！作为一个记者，决不能眼看着存煤限期作废这种区区小事影响到党和政府的信誉和形象，给群众生活带来不便。当天上午，我就赶写了一篇题为《长沙市居民强烈要求取消存煤限期作废规定》的记者来信，并送到长沙市一位领导手里。这位领导看后，建议稿子暂不见报，他马上和相关部门负责人联系，督促解决问题。市和有关部门领导几经研究，搞了个折中方案：将存煤作废时间由3月底延至4月底。

存煤延期作废的公告发出后，我又一连几天清晨骑上单车，顶着风雨，走访了东、南、西、北城区的几家煤店。虽然煤店排队抢购存煤现象有所缓解，但大家的意见还是不小："买回去没地方放啦"，"煤源不足，销售网点太少，加工设备欠缺，队难排啦"，"煤炭市场亟待整顿啦"……我又把自己所了解到的这些情况和写的一篇《长沙市买煤为何如此困难》的经济工作研究，向省、市财办、商业局和煤炭局(公司)做了汇报。省和长沙市相关部门领导对此都十分重视，随即采取了一系列有效措施，改善了长沙市煤炭供应工作，我也紧密配合写了多篇报道，如《长沙市买煤为何如此困难？》《长沙市煤炭供应公司听取群众意见改进工作 收回存煤"限期购完"和"延期作废"的两次公告》《听取群众意见解决烧煤难的问题 长沙市拨款兴建和扩建一批藕煤店》《长沙市煤炭供应公司整顿煤炭零售市场 严肃处理三起违反煤炭供应政策事件》等。从此，长沙市煤炭供应井井有条，群众不愁买不愁烧。群众说，这场煤店的冲击波，由于政府改进工作,我们心里变得乐呵呵!

这组报道当时在报社内外也受到了好评,有的同志写出长文,赞扬它是报纸的党性和人民性是一致的、统一的最好范例;只要记者站在党性的立场坚持为民讲话,又紧紧依靠各级党委改进工作,就能把报纸的人民性和党性原则很好地结合起来。

## 长沙市广大群众迫切要求改变存煤限期购完的规定
# 做好煤炭供应　坚决取信于民

**本报讯**　本报 3 月 15 日发表了《这种做法能调动群众节约用煤的积极性吗》的读者来信和编者附记后,反响很大。对此,长沙市有关部门 3 月 26 日又发出通知,仍然规定居民存煤"限期购完",只是将限期延长了一个月,酌情抛除水和湿煤中的水分。

长沙市有关领导部门为什么要坚持存煤限期购完、过期作废的规定呢?《通知》中提出的理由是,目前群众手中存煤较多(约 4.7 万吨),现在不买,集中冲击旺季,旺季就无法保证供应了。

限期购完或是延期作废,这是不是真能从根本上解决问题呢?不能!本报最近接到不少读者来信来电来访,有的说:"不管是今天买还是明天买,一下子硬要我把全部存煤买回去,往哪里放呢?还要自己加工成藕煤,又哪来的人力哩!""我本来本着节约的原则,好不容易积存了一点煤,现在硬要我买回去烧掉,或是转给亲友,这怎么符合国家节约能源的政策呢?"还有的说:"过去,要我们节约用煤,从来就没有讲存煤要作废,而现在突然来个限期,这不是失信于民吗?节约的粮票、油票将来还会不会作废呢?"群众的呼声,应当引起我们各级领导的重视。

目前,长沙煤炭供应的网店大大减少,堆煤场地也越来越小,运力不足,制造藕煤的设备、厂房和原料(粉煤)都跟不上来,这些都给煤炭供应带来了困难,也是造成长沙市煤炭供应紧张的根本原因。但是,这些都是我们工作上的问题,并不能成为"限期作废"的理由。群众迫切要求有关部门努力工作,克服困难,搞好藕煤供应,而绝不能用"一刀切"的办法造成紧张局面。希望长沙市有关领导从维护广大群众利益和取信于民出发,慎重从事,妥善处理好群众存煤问题。

■ 经济工作研究

# 长沙市买煤为何如此困难?

当前,长沙市煤炭供应特别是藕煤供应紧张,群众对此呼声很大。究其原因:

**一是网点大大减少,与供应量不断增加不相适应。**解放初期,长沙市有 808 家煤店(或摊点),到 1954 年末也还有专业煤店 293 家。可是,后来由于那些私人店屋相继变成危房,拆掉后没有再建,国家 30 年来又极少投资兴建煤店,到 1979 年就只剩下 69 家了。而市区常住人口 1979 年已接近 100 万,比 1954 年的 61 万人增加了 64%;居民的生活用煤也由 1954 年的 1.9 万吨增到了 15 万多吨。这样一来,平均每家煤店每年供应煤炭的数量,由 1954 年的 65 吨增加到 2170 多吨,增长了 32 倍。

**二是堆煤场地大大减少,煤店容量又十分有限,以致经常储煤不多。**1959 年,长沙市有煤坪 6 处,面积约 13.2 万多平方米,能储煤 26 万吨。后来由于基建占地,现在只有 4 处煤坪、7.5 万多平方米,只能堆煤 15 万吨,仅能供全市用上一个半月,大大少于中央关于城市应有 3 至 6 个月储煤量的规定数额。再说现有煤店的规模,大都还是 50 年代的面貌,储煤容积更小。河东 63 家煤店只能储煤三四千吨,这些煤店中只有几家能进汽车,其余多是用胶轮板车进煤。

**三是藕煤生产能力太小。**由于煤店面积太小,无法安装机器。加上目前全市粉煤生产能力跟不上,现有藕煤机又落后陈旧,生产数量受到了限制。长沙市现有藕煤生产单位 17 个(3 个藕煤厂、14 个前店后厂),去年共生产 5.1 万吨藕煤,只及全市供煤量的 34%。

**四是煤店职工必要的生活设施差,影响了职工积极性的充分发挥。**绝大部分煤店只有一间面积很小的营业间,有的连放几把座椅、一个火炉都没有适当的地方。有的还得把桌子搬到街边去卖筹。半数煤店连一个水龙头都没有,洗个手也要去烦扰四邻。

综上所述,长沙市煤炭供应的确是个老大难问题。怎样解决这个难题呢?经向有关单位调查,大致提出了以下几项建议:

一、从 1980 年起,省、市有关部门每年要安排基建投资 50 万元,兴建两、三个骨干煤店。争取在 1985 年前,共建成 12 到 15 个,基本上改变全市供煤网点面貌。

二、扩大储煤场地,积极增加运力。建议改造和扩大南、北车站煤栈,并在城郊划出一定的场地或恢复原有煤坪,在现有基础上再扩大 7.5 万平方米以上的堆煤场地,经常保持有 3 至 6 个月的储煤;同时,煤炭的运力也要适当增加。目前,长沙市城市面积比解放初期扩大近三倍,而煤炭运输工具除了少量汽车外,一般仍然是用胶轮板车、扁担、箩筐,远远适应不了供应量日益增长的要求。初步摸底,至少急需增加 10 部翻斗车、两至三台铲车,投入运输。

三、设法提高藕煤生产能力。途径是,改造现有煤店,增加前店后厂;搞好粉煤机的设备配套,增加粉煤生产能力;划出专山保证黄泥供应。对现有的藕煤机,进行小规模技术改造,以提高藕煤质量和产量,减轻职工劳动强度。

以上各条能否实现,关键在于领导。全市人民迫切希望有关领导部门,把煤炭供应作为国计民生的大事来抓,专人负责,经常研究。其他物资、财政、房地、城建、交通运输等部门也要通力协作,协助解决有关问题。

（原载 1980 年 3 月 28 日《湖南日报》二版）

■ **相关链接**

## 长沙市煤炭供应公司听取群众意见改进工作
# 收回存煤"限期购完"和"延期作废"的两次《公告》

**本报讯**　近日来,长沙市广大群众十分关心的生活存煤"限期购完"的问题,在省、市委领导同志的关心和指示下,已经妥善解决。长沙市煤炭供应公司认真听取群众意见,决定收回 3 月 1 日、26 日分别发出的存煤"限期购完"和"延期作废"的两次《公告》,并决心进一步搞好煤炭供应工作。

3 月 1 日,长沙市煤炭供应公司发出存煤"限期购完"的《公告》后,不少群众纷纷给本报来信、来电或来访,反映意见,要求长沙市煤炭供应公司从维护广大群众利益出发,收回所发《公告》。本报曾在 3 月 15 日发表了《这种做法能调动群众节约用煤的积极性吗?》的读者来信和编者附记。3 月 26 日,长沙市煤炭供应公司虽然发出了关于存煤延期作废的《公告》,但群众仍然很有意见。对此,省、市委领导同志十分重视,多次找有关部门进行研究，并实地察看了一些煤店，了解了供煤情况。经过反复磋商，最后决定由长沙市煤炭供应公司收回原来发的两次《公告》。

长沙市煤炭供应公司原来为什么要将存煤限期购完呢？据他们反映：主要是因为全市储煤场地十分有限，供煤网点又大大减少，而现在群众手中尚未购买的存煤很多（约相当于全市三个月的供煤量），如果现在不买，将来集中冲击旺季市场，旺季的煤炭供应就难以保证。现在，两次《公告》既已收回，长沙市煤炭供应部门除表示要设法克服困难，努力做好供应工作外，他们还热切地希望广大群众也能体谅煤炭供应中的实际困难，尽可能在淡季（元至8月）多买些煤，以缓和旺季（9至11月）煤炭供需紧张的矛盾。

（原载 1987 年 4 月 1 日《湖南日报》一版）

### 听取群众意见解决烧藕煤难的问题
## 长沙市拨款兴建和扩建一批藕煤店

**本报讯** 最近，长沙市决定从地方财政中拿出 110 万元，兴建和扩建一批煤炭网点，解决城市居民长期来烧藕煤难的问题。第一批选定的 10 个网点已经或即将动工，总面积达 5580 平方米，其中生产用房为 2500 平方米。它们建成后，将增安 15 台至 20 台藕煤机，每月可生产藕煤 2500 吨左右，在正常情况下，能供应 3 万多户居民的生活用煤。

长沙市一年约需藕煤 10 多万吨。煤炭供应部门由于场地缺、网点少，加工藕煤能力有限，每年实际只能供应 5.3 万多吨（不足部分只能靠居民自己加工），每逢烧煤旺季，居民群众不得不排长队，争购藕煤。买藕煤难，成了长沙市长期未能解决的一大问题。

去年下半年以来，省、市领导多次开会研究，并深入到现场调查，听取意见，决心解决城市居民烧藕煤难的问题。现在兴建和扩建的 10 个藕煤店，一般都设在城市居民集中区和网点空白处。如河西住有 1.9 万多户、8 万多居民，原来没有一家藕煤店，这次决定在麓山门、溁湾镇和咸家湖 3 处兴建 3 个藕煤店，其中麓山门和咸家湖两处已经破土动工，预计在三季度即可投产。

（原载 1981 年 3 月 26 日《湖南日报》一版）

大家都来帮助解决"买煤难"

# 长沙市二十多个单位代职工加工藕煤

**本报讯**　为协助长沙市解决买藕煤难的问题，长沙机床厂、长沙鼓风机厂、长沙拖拉机配件厂、湖南橡胶厂、长沙市电讯局、湖南大学、冶金部长沙矿山研究院、湖南医学院附属二医院等20余家工矿企业和事业单位，自己动手、自行设法修造或购置了近30台藕煤机，为上万户职工家属加工藕煤，今年1至10月即已加工1万多吨，相当于全市生活用煤一个月左右的正常供应量，相应减轻了社会上藕煤供应的压力，也方便了本单位职工群众。

这些企事业单位长期为买煤难所苦，单位党组织和行政部门经过研究，从福利费中提取资金，盖工棚、添设备，由市煤炭公司按各单位职工用煤计划，统一供应煤炭。加工藕煤的任务，则由各单位待业青年或家属承担，由职工或退休工人经管。加工人员的工资及其他费用，均由收取的加工费中开支。

各企事业单位办起藕煤加工点后，很受群众欢迎。湖南橡胶厂职工过去要到窑岭、左家塘煤店买煤，每逢旺季，请假排队还经常买不到。去年12月，厂里从福利基金中提取2万元，买了两台藕煤机，在宿舍区起了栋两百平方米的房子，办起了加工厂。每天能生产10吨藕煤，职工可以随到随买。今年来，这个加工厂即代厂内外职工加工了1000多吨藕煤。长沙船舶厂四名待业青年办的藕煤加工点，还代职工买煤送煤，很受职工欢迎。长期来，河西左家垅一带的煤店不卖藕煤，冶金部长沙矿冶研究所添置两台藕煤机后，每月能加工100余吨，不仅解决了本单位600多户职工的需要，而且还能给临近单位的400多户人家供应藕煤。

（原载1981年11月12日《湖南日报》一版）

■ 相关链接

湖南日报社内刊《长征路上》文章：

# 一场"官司"的启示

不久前，针对长沙市煤炭供应公司发布存煤"限期购完"和"延期作废"公告的问题，本报反映和代表群众的要求，同市煤炭供应公司打了一场"官司"。尽管这中间经过一些周折，也费了不少唇舌，但毕竟这场"官司"是打赢了。最后作废的不是群众手中的存煤，而是煤炭供应公司先后两次发出的《公告》。

这场"官司"从实践上回答了一个重要问题，这就是，报纸的党性和人民性是一致的，统一的。不能认为强调了报纸的党性就似乎必然忽视人民性，强调了人民性就似乎难以照顾到党性。你看，这场煤炭"官司"，我们既坚定不移地反映群众的呼声，代表群众的要求，又积极向省、市委领导机关反映，取得领导的支持，通过党政组织解决问题，从而把报纸的人民性和党性原则很好地结合起来。

通过这一场"官司"，使人感到有以下几点启示：

第一，作为党报记者，确实必须随时注意倾听群众的呼声，力求做到与群众心心相印，息息相通。报道与千百万人民群众切身利益相关的事，好比是触动一根非常敏感的神经，不仅反应快，而且引起的正作用或副作用都非常大。顺乎大多数人的心愿，就起正作用，煤炭"官司"就是例证；悖乎大多数人的心愿，就起副作用，这样的例证不是没有的。

第二，要敢于为人民的利益坚持好的，这里"坚持"二字特别要紧。如果认为群众的呼声和要求只要在报上反映了，就可以不管了，反正解决不解决是别人的事，那就不行。而应一定要关心、过问到底。煤炭"官司"中的一个可贵之处，正在于当事记者有股子"坚持"劲。不然的话，也许煤炭供应公司发出"延期作废"的公告后就妥协了，那其结果还是损害了节约归己的既定政策，不利于取信于民。

第三，在关键的时刻，报社领导同志要亲自出面说话，撑记者的腰，积极向上级党委汇报、请示，取得领导的支持。老实说，许多问题只是靠记者去奔波是奈不何的。这次煤炭"官司"之所以取得圆满结果。如果不是报社领导同志的亲自出马,从而引起了省委领导同志的重视和给予热情支持,恐怕也难于做到。

# 报纸说出了群众的心里话

**编辑同志:**

3月10日,长沙市煤炭供应公司贴出了存煤"限期购完,过期作废"的公告,许多人都给报社写信、打电话,要求报社替群众说话。而有的人认为《公告》已经出了,向报社反映等于瞎子点灯——白费蜡,解决不了问题。可是,事实并不这样,《湖南日报》很快就于3月15日登了"这种做法能调动群众节约用煤的积极性吗?"的读者来信并加了编者附记,说出了群众的心里话。4月1日,《湖南日报》又登了一条消息,告诉群众说长沙市煤炭供应公司已接受群众意见,收回了"过期作废"、延期作废的两个《公告》。长沙市的广大群众无不为之满口赞好,说《湖南日报》是群众的好代言人,它提出和促进解决了人民群众十分关心的问题。

我们希望《湖南日报》继续努力,更多、更好地反映群众的愿望和要求,回答群众需要回答的问题,使报纸更加富有生气,富有战斗性,更为人民群众所关爱。

读者李轮辉　刘力仁

## （二）关于解决吃高价菜的报道

1980年9月，长沙蔬菜价格陡然暴涨，街头巷尾议论纷纷，群众意见不少。对此，一方面，我积极向有关政府部门反映；另一方面，从不同角度采写了一系列报道，促进这一问题的解决。

■ 采写回顾

# 百姓吃菜贵又难　省委书记下田间

临近国庆的1980年八九月间，长沙市蔬菜市场突然刮起了两股旋风：一是国营和集体菜店蔬菜奇缺；一是集市个体摊担蔬菜丰盈，但价格昂贵。对此，群众反映十分强烈。

面对这一情况，我十分焦急，心想，吃菜是群众一日三餐都少不了的呵！作为党报记者应该急群众之所急，解群众之所难。于是，我走向市场开展调查，从城南步行到城北，从城东步行到城西，走访了近20家国营和集体菜店和集贸市场，只见国营和集体菜店里菜架空空，卖菜的顾客望而生叹。但当我来到南门口、道门口和太平街的集贸市场时，看到农村社员摆的菜摊成片，各种瓜菜、青叶菜一应俱全，价格却十分昂贵，最普通的小白菜、豆角、韭菜一般都高出国营牌价的一至三倍。买菜的居民愤懑地说："如今吃菜真是吃得做钱响！"

国营和集体菜店蔬菜为何如此奇缺？集市菜摊价格为何这般高昂？我寻根究底，一追到底，花了几天时间，先后走访了长沙市二商业局、市蔬菜公司、郊区农业局和盛产蔬菜的社、队，了解到，前段暴雨成灾，病虫为害，使部分菜土减产，是个原因。但更重要的是不少社队将集体种的蔬菜化整为零，分给社员到集市卖高价。如前些天有两个早上，郊区生产蔬菜的社队就运了 118 车次近 10 万斤蔬菜（相当于每天正常上市量的四分之一）到市内 53 处集市交社员高价出卖。而这些社队都是和市蔬菜公司签了供应合同，由国家提供种子、肥料和统销粮食的，其生产的蔬菜理应交国营和集体商店出售，保证市场供应。症结找到了，我马上写出了《长沙市群众吃高价菜反应强烈　迫切要求有关部门迅速采取果断措施加以解决》的稿件，9 月 4 日在《湖南日报》一版刊发了。

这篇稿件发表后，引起了强烈反响。群众拍手叫好，纷纷给报社和我打来电话或写信，赞扬党报为百姓讲了心里话。特别是时任省委书记刘夫生和时任长沙市委副书记李照民等在稿件见报的当天下午，即到长沙市东屯渡公社友谊、新合等大队临田察看蔬菜生长状况，并听取了郊区有关蔬菜生产的汇报，提出了一系列针对性的意见。次日，市领导又专门找蔬菜生产和供应部门研究了如何搞好蔬菜供应的问题。两天后，郊区党委和政府又召开了生产队长以上干部会议，具体讨论和部署了搞好当前蔬菜生产和上市的措施。郊区领导还分别带领 4 个小分队下到 10 余个蔬菜社队协助抓好当前生产，组织了上百人对基地菜上集市的乱象作了突击检查，对长沙市郊区茶子山大队等违规者进行了经济制裁。长沙市及郊区开展的这一系列活动，采取的每一项重大举措，我都及时到现场采访，连续写出 4 篇稿件，第一时间在《湖南日报》头版作了报道，有效地促进了全市蔬菜供应的改善。

眼看长沙市的蔬菜日上市量从 40 万斤，逐步增加到 60 万斤、80 万斤，甚至超百万斤。品种不断增加，价格也逐步平稳。怎么使这一成果得到巩固和发展呢？正好我打听到时任湖南省委第一书记毛致用和时任省委常委刘正等同志来到长沙市西长街集贸市场、太平街菜店和西区蔬菜购销站，详细察看蔬菜交易情况，并找长沙市蔬菜公司和基层菜店负责人进行了座谈。毛致用同志认真听取意见后，鼓励大家摆脱"左"的束缚，解放思想，搞好蔬菜购销体制改革；零售店要搞承包经营，建立健全经济责任制，解决吃大锅饭的问题；要增加网点，扩大菜店自主权，把员工的积极性都调动起来；要广开渠道，开辟菜源，同时搞好蔬菜加工，减少浪费，尽力满足群众需要。这在当时改革刚开始的年代，省委领导的要求犹如给大家注入了清新剂，指明了方向。随即，我写出了《毛致用等同志检查长沙市蔬菜市场提出　扩大菜源　实行承包经营　搞好蔬菜供应》的稿件，次日在《湖南日报》一版头条见报了。社会反响良好。大家认为，省委领导到市场抓蔬菜，既体现了对人民生活的关心，又为蔬菜供应环节改革指明了方向。

从此以后，长沙市蔬菜市场随着生产的发展、供销体制的改革、网点的增加和市场的开放及管理的加强，再没有出现类似 20 世纪 80 年代初期经历过的蔬菜严重短缺、价格暴涨的现象。下面，就是我当时采写的有关部分稿件：

# 长沙市群众吃高价菜反应强烈

### 迫切要求有关部门迅速采取果断措施加以解决

**本报讯**　近日，记者从长沙市北门到南门，走访了近 20 家蔬菜店。所到之处，只见菜架空空。而在南门口、太平街、道门口等处的集市贸易市场上，农村社员经营的菜担菜摊成片，各种瓜菜、青叶菜一应俱全。价钱却是够贵的：小白菜卖到了一角四、五分一斤，豆角每斤二角七八分，韭菜花每斤近一元，比国营牌价分别高出一至三倍。群众纷纷反映："如今小菜真贵呀，吃起来做钱响。"据有关部门介绍，8 月下旬，全市每天平均上市菜只 40 多万斤，这比正常需要量少了 20 多万斤。而集市上每天卖的菜却增至近 10 万斤左右。

长沙市场蔬菜近日为何如此短缺？据了解，前段，郊区暴雨成灾，病虫为害，使部分菜土受灾减产，是个因素。但有的社队将集体种的蔬菜化整为零，上集市卖高价，也是个重要原因。7 月 29 日和 30 日早上，在长沙市内和市郊的 53 处地方，即有 118 车次、约 9.2 万斤集体菜上集市出售。8 月 28 日早上，在市内 43 处集中点，又有 75 车次、约 3.6 万斤集体菜出售，涉及 7 个社场、60 个生产队。如岳麓公社银盆岭大队老鸦冲生产队，在 8 月 15 日，将 1134 斤广芯菜分售给 13 个社员（每百斤 4.5 元）上集市去卖，每斤卖一角。8 月 7 日，东屯渡公社火焰大队第 7 生产队挖藕 2080 斤，到中心点集市出售，售价每斤近 0.4 元。同时，有的生产队却将次的、粗的蔬菜送给国营蔬菜店。

基于以上情况，广大群众要求长沙市有关领导部门要迅速采取果断措施，解决吃菜难的问题。首先要动员郊区蔬菜队树立全局观念，坚持"以菜为主"的方针，组织劳力，抓好当前生产，特别是要迅速刹住基地菜上集市卖高价这股风，决不能允许蔬菜队把国家计划安排的土地、粮食、种子、肥料种出来的蔬菜拿到集贸市场上去卖高价，否则应采取经济制裁。其次，在目前蔬菜缺乏的情况下，市蔬菜公司要增加豆制品的生产，以弥补市场的不足。第三，工商行政管理部门要切实加强对集市贸易的管理：集贸市场上蔬菜的价格应严格控制在一定范围内；对搞投机倒把贩卖蔬菜的，要予以打击。广大群众热切地期待着长沙市蔬菜供应能迅速好转，以满足人民群众日常生活的需要。

（原载 1980 年 9 月 4 日《湖南日报》一版）

■相关链接

省市领导临田察看　社队干部狠抓产销

# 长沙市设法改变蔬菜供应紧张状况

　　**本报讯**　省和长沙市领导认真听取群众意见,努力采取措施,改变蔬菜供应紧张、群众吃高价菜的现象。9月中旬以来,上市蔬菜的数量和品种都有所增加。目前,日上市量已达六七十万斤,品种有10个左右。集市蔬菜价格也在降低。

　　9月4日,本报发表了《长沙市群众吃高价菜反应强烈》的报道后,省委书记刘夫生和市委副书记李照民等,当日下午即到长沙市郊东屯渡公社友谊、新合等大队临田察看了蔬菜生长形势,并听取了郊区有关蔬菜生产的汇报,并提出针对性意见。次日,市委和市革委会负责同志又专门找蔬菜生产和供应部门研究了如何搞好蔬菜供应的问题。6日,长沙市郊区党委、革委会召开了生产队长以上干部会议,具体讨论和部署了搞好当前蔬菜生产和上市的措施,随即组织了上百人对基地菜上集市的现象作了突击检查。郊区党委负责同志还分别带领了4个小分队,连日下到10余个蔬菜社队,检查和协助抓好当前蔬菜生产。对那些放松蔬菜生产,长期完不成蔬菜上市任务的社队,或继续坚持将基地菜上集市出售的社队,实行经济制裁。不少社队集中劳力,切实抓好当前蔬菜生产。有的还将有八九成熟的水藕、茭瓜等提早上市。9月上旬以来,水藕就多上市了40万斤。同时,积极搞好辣椒、冬瓜、丝瓜、苦瓜、豆角等存园菜的后期管理,适当拉长季节,增加产量。为了确保城市人民今冬明春的蔬菜供应,郊区还狠抓了包菜、萝卜、红萝卜、大蒜、芥蓝头、黄芽白等骨干品种的播种,至9月20日止,已播下近2.5万亩,占应播种面积的80%以上。另外,还利用山土、河洲土扩大了3000亩菜土面积。

　　广大群众热切地希望长沙市有关领导部门,经常深入实际,了解蔬菜生产和市场情况,切实解决问题,而担心在稍有好转时就松气。

　　　　　　　　　　　　　　　　　　（原载 1980 年 10 月 3 日《湖南日报》一版）

## 长沙市郊区茶子山大队违反合同　放松蔬菜生产

# 长期不完成蔬菜上市任务受到经济制裁

**编者按**：中央曾明确规定城市近郊区农业生产应"以菜为主"，这个方针，不论在任何时候、任何情况下都必须坚持，不能动摇。现在，有的郊区蔬菜队没有处理好蔬菜生产与副业生产的关系，把劳力安排去烧红砖、挑河沙、抓青蛙，致使有的菜土荒芜，有的种了无人管，草比苗高，甚至有的把菜土出租给基建单位堆放材料。这个问题必须引起城镇党委的高度重视，在安排蔬菜生产中，要教育干部、群众，正确处理国家、集体、个人三者关系，服从国家计划安排，不能置国家计划与人民需要于不顾，什么来钱快就搞什么。在劳力、资金、物资上，要首先保证蔬菜生产的需要。经核定的菜土面积，不得任意占用、改种和出租。对茶子山大队这样的社队，给予严肃的批评和经济制裁是完全应该的。

**本报讯**　长沙市郊区岳麓山公社茶子山大队放松蔬菜生产，分散劳力抓副业，连续 15 个月未完成蔬菜上市任务。最近，长沙市郊区革委会给予该大队通报批评和经济制裁，扣发国家统销粮指标一万斤。

茶子山大队地处长沙市近郊，共有常年菜土 70 亩、半年菜土 100 余亩。每年由国家和生产队签订蔬菜生产合同，实行粮菜挂钩，生产队均衡完成蔬菜上市任务，国家按月统销粮食。但自去年 6 月以来，这个大队违反合同，放松蔬菜生产。14 个生产队中，先后有 11 个队抽出相当一部分劳力（最高时达 70%）去烧红砖。还有的劳力挑土方、砌护坡、卖花卉，致使去年秋、冬播时，全大队有 20 亩菜土未翻犁、80 亩菜土下种后很少有收。如石嘴生产队种的 6 亩红萝卜和 1 亩多蒿子，由于放松了管理，草比苗高。有 12 亩菜土荒芜了两个月，直到近日才翻耕。马家坪生产队还将 3 亩多菜土租给一家工厂卸土。还有一个生产队将 2 亩多半年菜土用来放砖烧窑。这样一来，严重影响了蔬菜上市任务的完成。去年 6 月至今年 8 月，国家给该队下达的上市蔬菜计划为 132 万斤，但实际只完成 50.34 万斤，仅完成计划的 38.1%。上级有关领导部门虽曾多次要求该队坚持"以菜为主"的方针，切实把蔬菜生产搞上去，但一直未能很好改变过来。

（原载 1980 年 10 月 19 日《湖南日报》一版）

# 长沙市蔬菜价格趋向平稳

### 广大群众热切要求加强集市蔬菜价格管理,坚决打击投机倒把活动

**本报讯**　长沙市自 11 月 7 日起对蔬菜小品种供应实行"议价购进,平价销出"以来,市场蔬菜价格趋向平稳。目前,冬苋菜、菠菜、花菜、大蒜等 24 个小品种,每斤的价格比前一段降低了 2 分至 8 分,基地菜上集市的情况大为减少。群众说:"这还像个样子!"

前一段,长沙市蔬菜生产与经营试行了"大管小活"的办法(即国家统一管理蔬菜大路品种的生产和购销价格,小品种则由商业部门与生产队实行议购议销),由于"小活"品种实际占了整个蔬菜品种的 2/3,价格昂贵,群众反映十分强烈,说:"过去肉贵了,吃小菜,如今小菜也吃不起了。"

省、市领导同志对此十分重视。他们专门听取了蔬菜生产和供应情况汇报,找有关部门同志反复商量。7 日清晨,省委第一书记毛致用等同志还到太平街、东塘、韶山路等处菜场和集市实地察看。最后,决定从 11 月 7 日起,改变供应办法。即全市国营、集体菜店的所有蔬菜品种,均按统购包销时的国营牌价销售。议价购进,平价销出。零售价不得高于去年同期水平,差价部分由国家财政补贴。这一办法实行后,市场蔬菜价格趋向平稳,如冬苋菜每斤降至八分,芥蓝头每斤降为 6 分,花菜每斤降到 0.12 元。蔬菜价格基本回到了去年同期水平。

为了保证有足够的蔬菜均衡上市,连日来,长沙市郊区党委、革委会负责同志深入到 10 多个生产蔬菜的社、场,协助社、场合理安排劳力,促使蔬菜日上市量达 70 万斤左右。长沙市蔬菜公司所属网点有的还将蔬菜价格出牌公布,便于群众监督、购买。

目前,广大群众还热切希望工商和物价部门,切实加强对集市蔬菜价格的管理,做到既有最高限制价,又有最低保护价,坚决打击投机倒把,保障消费者和经营者的利益。

(原载 1980 年 11 月 19 日《湖南日报》一版)

# 要尽快解决烂菜问题

从 11 月下旬以来，长沙市蔬菜日上市量猛增到 110 万斤以上，最多的一天达到 154 万斤。在蔬菜店的营业间、货架上，甚至门前、马路边到处堆满了包菜、白菜、黄芽白、萝卜、芹菜等。而全市正常的日销量只需 65 万斤。这样，长沙的蔬菜市场又烂菜了！有时，一家菜店几天之内就烂掉几千上万斤。过路群众看了无不痛心地说："太可惜了，太可惜了！"

据有关部门的同志告诉记者，目前，长沙市郊蔬菜社队存园菜面积约 2.5 万亩，预计从今年 12 月 1 日到明年 2 月底，可上市蔬菜 8000 至 8200 万斤，为计划的 160% 以上。其中 12 月要上市蔬菜 3600 万斤，日平均在 120 万斤左右。如当前不迅速采取措施，烂菜的现象将会越来越严重。

广大群众认为，当前要解决烂菜问题，市蔬菜公司必须做大量工作。目前，该公司已着手在市内降价处理了一批鲜菜，给市郊和长沙、望城两县县区的单位和居民送销了约 40 多万斤鲜菜，向山西、黑龙江等省、市调运了 70 多万斤蔬菜，还在市内增设了 20 个销售点，积极扩大销售。12 月份以来，12 家酱菜厂（场）努力扩大加工能力，已加工了 100 万斤萝卜、芥蓝头、包菜等。人民群众热切希望市蔬菜公司在此基础上进一步广开门路，扩大销售，抓紧加工，组织外运。零售菜店还要切实加强鲜菜管理，精心堆放、保管，尽量减少浪费；对那些由于工作放松，造成蔬菜严重浪费的，要追究其经济责任。郊区社队则要加强存园菜的管理，做到均衡上市，远郊区半年菜土的存园菜绝不能提前出园挤市场。

另外，长沙市有关主管部门还吁请居民群众，在鲜菜上市旺季，尽可能更多地自行加工一些干菜，以储菜度淡。据气象部门预告，明年元月下旬后期至二月上旬，长沙地区将可能出现冰冻，最低气温在零下 6 至 8℃，这将给蔬菜生长、上市带来不利影响。如果大家现在能储备一些干菜，对解决冰冻期间少菜的困难是有好处的。

（原载 1980 年 12 月 14 日《湖南日报》一版）

## 毛致用等同志检查长沙市蔬菜市场提出
# 扩大菜源　实行承包经营　搞好蔬菜供应

**本报讯**　12月24日下午,省委第一书记毛致用和省委常委刘正等同志来到长沙市西长街、太平街检查蔬菜供应情况,要求市蔬菜公司的同志认真学习中央的有关指示精神,研究如何进一步解放思想,排除"左"的束缚,积极扩大菜源,实行承包责任制,努力改善和做好蔬菜供应工作。

下午4点左右,毛致用、刘正等先后到了西长街集贸市场、太平街菜店和西区蔬菜购销站,详细察看了蔬菜交易情况,接着,找市蔬菜公司和基层商店负责人进行了座谈。毛致用同志指出:搞好蔬菜供应,这是关系城市人民一日三餐的生活大事,我们要千方百计把工作做好,把蔬菜供应搞活,尽力满足群众需要。毛致用同志赞扬市蔬菜公司在蔬菜供应紧张的情况下,积极设法在远郊发展大路菜,从外地调入蔬菜供应市场的做法,并建议蔬菜公司的同志进一步研究如何积极开展多渠道进货,千方百计扩大菜源;在建好近郊四季菜园的同时,扩大一批远郊一季菜土;增加蔬菜供应网点。这样,群众买菜才会方便,蔬菜供应网点增加了,上市量多了,菜价也就会相应降低。毛致用同志十分关心群众吃豆腐难的问题。他说:吃豆腐难,一定要很好解决。特别是在蔬菜供应紧张的时候,更要多打些豆腐,满足群众需要。现在黄豆不少,只是要全部平价供应,财政补贴有困难。他建议可以组织待业人员多开点豆腐店,国营商店也可以参与议购议销。毛致用同志说:"议购议销,你们可以找群众商量,听听意见,先在一个商店、一条街试试。"

当蔬菜公司有关负责同志汇报目前蔬菜购销形式很不适应形势发展需要时,毛致用等同志要求市蔬菜公司解放思想,商量搞好蔬菜购销体制的改革;零售店要搞承包经营,建立健全经济责任制,解决吃大锅饭的问题,不能老是来菜就卖,无菜就歇;要扩大商店的自主权,把大家的积极性调动起来,一道想办法,不然光靠领导着急是不行的。毛致用同志还谈到了益阳地区马迹塘供销社饮食店实行承包经营前后的变化,强调说:你们一定要摆脱"左"的束缚,坚定地走承包经营这条路子。他还建议菜店在搞好蔬菜经营的同时,还可以搞蔬菜加工、打豆腐、养猪、做腌菜等,尽量减少菜的浪费,满足城市人民需要。蔬菜公司的同志听了感到很受启发,已向市领导汇报,并正在找职工和居民商量,研究办法,准备试点,努力当好城市人民的后勤部。

(原载1982年12月27日《湖南日报》一版头条)

## （三）关于解决长沙街头如厕难的报道

很久以来，外地来长人员反映，长沙街头厕所少，标识不够明显，带来上厕所难。我便抓住这一问题，进行了采写调查。

■ 采写回顾

### 头顶骄阳　身冒酷暑
# 步行两万余米访厕所

回想起 1986 年 7 月间，好几位读者给我来信来访，反映长沙市如厕难：城市中心 10 余条马路上，走上上千米都难找到一座公共厕所。有少数马路虽有极少数公共厕所，标识也不明显。机关单位的厕所又不对外开放。行人特别是外地人来长沙，都深感长沙街头上厕所难上又难。个别人憋急了，有时只能找个隐蔽地方"方便"了。

我想，老百姓上厕所问题看来是个小事，但小事不能小看，更不能马虎对待。如厕，这也是人民群众日常生活中不可缺少的一个重要方面。何况群众已经将此事反映上门了，记者不能对此等闲视之，一定要实地去开展调查，为老百姓讲几句话。

7 月 29 日上午，天空万里无云，骄阳似火。我便邀请本报通讯员、长沙市北区（现开福区）环卫工人张原时同志一道头顶骄阳，冒着酷暑，对长沙市城区 10 多条马路开展调查，到一条条马路的两边看，去一处处临近马路的小街小巷寻访公共厕所。

我们先是从蔡锷路的北端湘雅路口出发，由北往南步行，一边看，一边访，走了

3000多米后,才在马路边水风井的一条小巷深处,找到一座公共厕所。再往前行约400米,在一条小巷里面,访到了另一座小公厕,这两座公共厕所的标识都不明显,而且蹲位不多。我们继续朝南走了500多米,马路边没有发现公厕,只在离蔡锷路有百余米的东牌楼访到了一座公共厕所。此时,我们已是满头大汗,汗流浃背。

接着,我们转至与蔡锷路平行的黄兴路上。从这条路的南头南门口出发往北行。一直走到2000米外的中山亭(当时,黄兴路到此为止),除中山亭附近有一座公厕外,再没有公共厕所了。

随后,我们又从附近的中山路的西端——沿江大道出发,由西往东行,一直步行到车站路口,足有近5000米。只在靠近中山路的连升街里面和另一处三角花园附近访到两座公厕。当我们从三角花园附近的公厕出来时,正碰上一位从农村来的老大爷向我们打听哪里有厕所。他说,自己已经找了好久,没找到。经我们指点,他高兴得连连点头:"谢谢!谢谢!"

次日上午,我们又头顶烈日,从韶山路的北端(湖南省委门前)出发,一直往南行,在街头两边看,同时又走访附近居民,了解沿途公共厕所情况。我们从北到南,径直步行到原铁道学院门前,约有10000多米,却无一座公共厕所。

接下来,我们转到城东南的树木岭(这里是劳动路的东端),便从此地出发往西步行,直到劳动路西端——沿江大道路口,足有5000多米路程,一路找,一路寻,人累了,一身汗湿了,都没有找到一座公共厕所。沿途,我们自己要上厕所了,还是到我们所熟悉的单位或进宾馆厕所"方便"了一下。

下午,我们看过一段沿江大道,仍然没有访到公共厕所,便转道看人流量大的城中心的五一路。我们从湘江边朝东行,依旧顶着烈日,迎着酷暑,边看边找边访边寻。在这条长达5000米左右的马路上,仅在五一广场附近的犁头街和韭菜园街口分别找到了一座公共厕所。

在这之后,我们还去了解放路、人民路和迎宾路等城中干道。两天来,我们一共步行走访了12条马路,总长23935米,了解到总共只有21座公共厕所,平均间隔1133米才有一座,每座厕所的男女蹲位还只有10个左右。这离当时城乡建设环境保护部规定的"城市临街公厕间距只能在500米至750米之内"的规定还有一段距离。两天的所见所闻,我深感,作为一个记者应该为人民群众大声疾呼,于是我回报社后立马写了一篇呼吁稿件《长沙市上厕所难》(见1984年8月14日湖南日报一版)。随即,引起了长沙市领导的高度重视,王克英市长将城市主干道的公共厕所建设作为一个重要问题亲自抓,亲自查看,并采取多项措施予以解决。

# 长沙市上厕所难

公共厕所是群众日常生活中不可缺少的，在日流动人口达 20 余万的省会长沙就更是如此了。

前些年，这个市在新建和改建城市公厕方面做了不少工作，使公共厕所总数达 429 座。但公厕分布不合理。7 月 29 日、30 日，我们跑遍了五一路、黄兴路、解放路、人民路、中山路、蔡锷路、韶山路、劳动路、迎宾路、沿江大道等 12 条主要干道，察看了一座座公共厕所。这 12 条干道总长 23935 万米，却只有 21 座公共厕所（几座临时公厕在外），平均 1133 米远才有一座，而且每座厕所的男、女蹲位一般只有 10 个左右。如城市繁华区的黄兴南路（从五一广场至南门口），全长 1300 多米，每天的人流量数以万计人次，临街却没有一座公共厕所。而长沙市主要干道上临街公厕如此之少，的确给过路群众上厕所带来了不少困难。

长沙市主要街道上为何公厕少呢？究其原因，是有关部门在城市建设和改造中缺乏统筹规划，没有把公共厕所的建设纳入整体规划中去；另外有的建设单位在红线范围内遇有公厕，不是严格按"先建后拆"的原则办理，而是"先拆后建"或"只拆不建"。

为此，我们建议城市建设主管部门把公共厕所的建设纳入城市建设和改造的整体规划，当前特别要优先解决主要马路上的公厕问题。闹市区的机关单位的内部厕所也应尽可能向外开放。

（原载 1986 年 8 月 14 日《湖南日报》一版）

■ 相关链接

# 王市长抓厕所

8月24日下午，骄阳似火。刚从日本访问归来的长沙市市长王克英带领着市建委、市城建局、市环卫处负责同志，沿着市内主要街道察看公共厕所，寻找新建公厕的场地。

王克英前两天看到湖南日报上登的《长沙上厕所难》的报道，心中忐忑不安。他随即交代有关部门摸清全市公厕分布情况，提出近期新建、改建公厕的方案。24日下午3点，他便带领大家实地考察去了。

市长一行路过司门口时，市规划处主任方怒江指着一基建工程，对王克英说："黄兴南路1000多米远，临街没有一座公共厕所。我们正准备向这里的建设单位提出建议，在建筑物内增设对外开放的厕所。"王市长连连点头，称赞这个办法好。他说："以后临街搞大型建筑时，都要尽可能建附属的公共厕所。"当他们行至南门口街头，看到这里没有公厕的标志，王市长马上向一旁的同志提出：要对全市公厕标志检查一遍，缺了就要补，还可在指示牌上标明厕所的距离，以方便群众。

在窑岭市科委大院，王市长一行特地到机关厕所察看了一番。同行的对他说：这里原有一座公共厕所，新屋落成后，一直未能恢复。眼下打算将这座机关厕所加成两层，对内对外同时开放。市政府有关负责同志为此事多次与这个单位联系，一直未见成效。王市长坚定地说："有些事情还是要来点硬性措施。市政府要对公厕建设下个专门文件，不能让个别单位、少数人将群众中亟待解决的问题老是拖着办不成。"

傍晚6点，王市长来到火车新站，查看了南侧一座刚刚改造好的厕所。厕所里装饰一新，有梳妆镜、新式洗手龙头、残疾人坐式马桶，墙上还镶嵌着行李钩。王克英连连称赞这些设施搞得好："我们建设、管理厕所，也要处处为群众着想。"

在3个小时的察看中，王克英和有关部门负责人边走边议。最后议定市里在明、后年内再拿出100万元，新建和改建29座公共厕所；今年要继续抓好10余座公厕的新建和改建。

（原载1986年8月27日《湖南日报》一版）

## (四)关于解决在路途中常遇难题的报道

马路上乱摆摊、乱堆物、车辆行人违反交通规则，以致造成交通阻塞、行驶不便等现象，在以往屡见不鲜。我便针对这一情况，及时地进行了采写报道。

■ 采写回顾

# 心在路上

路，人人在走，天天在走。有的步行，有的骑车，有的坐车，还有乘飞机、坐火车或轮船的。人们都希望出门在外，路途平坦，一路顺风。

然而，在旅途中，我也遇到过不少不尽人意之事，虽然与己无关，或关联不大。但它们仍触动了我的心灵，引起了我的关注。因为这些"不尽人意之事"直接关系到人民群众的出行安全、行走便捷、旅途舒适。因此，我常是本能地即时采访，或拍下一张照片，或写上一段文字，或找相关部门反映，力争妥善解决，以利于民。下面，我从自己几十年来多少次旅途经历中撷取几例，简述如下：

## 拦路"虎"　引来记者目光

A. 1984 年 8 月 24 日《湖南日报》一版，刊登我采写的稿件《这段拦路轨何时能拆除？》。该文指出：

在长沙市建湘路北端，一条近 20 米长的废铁轨横跨马路，高出路面。铁轨道心枕木和步行板均已损坏，周围坑坑洼洼。也就是这段瘫躺在马路中间的废铁轨，使得每天路过这里的数以千计的车辆都得减速行驶，承受强烈颠簸，甚至发生事故。8 月 20 日下午 5 时，一辆载着钢筋的汽车途经此处，钢筋被抖落，后面一辆汽车的轮胎被砸坏，还险些伤了过路人。怨声载道者多矣！

原来这段废铁轨是去年 6 月铁道部门拆除北三角线时留下的，至今已有一年余。据说数月前，才把修路费用拨给长沙市道路维护部门。而道路维护部门至今又未动工修整。这段拦路轨究竟何时能拆除？

**■ 回音**　此稿见报后，这段拦路轨不到一星期即由有关部门拆除。

B. 1985 年 6 月 24 日《湖南日报》三版《读者来信》版，发表我出差途中临时下车拍摄的一张照片，标题为：

## 摊担上公路　行人随意走　车辆难通行　此地谁来管
——摄于零陵至衡阳间的一集镇

**■ 回音**　该图片刊出后，当事集镇迅速对此地进行了整顿。

C. 1986 年 10 月 10 日《湖南日报》三版《读者来信》专版，刊载我坐的车途经长沙县朱桥时拍的一张照片，标题为：

## 马路中央摆摊但　车辆行人被阻拦

**■ 回音**　此图片发表后，朱桥镇随即清除了马路市场。

D. 2010 年 4 月中旬，我坐车路过湘西花垣县建设西路时，看到路面坑坑洼洼，脏乱差现象严重，立马给该县人民政府写了一封信，反映这一情况。

**■ 回音**　花垣县建设局于 2010 年 4 月 30 日回复，称："周永龄同志：你关于建设西路急需整治的信件经麻超县长批示后转我局。建设西路的人行道、排水系统、垃圾围等改造建设已列入 2010 年县政府目标管理考核内容，力争年前完工。"

## 长车阵　阻断三市交通

1987年5月28日清晨7点，我坐车由长沙去韶山采访，路过长、株、潭三市交会处的株易路口时，发现有堵车现象，便想方设法从马路边钻了过去。待下午2点，我坐的车回到此地时，马路的东、南、北三个方向全部堵满了车，根本无法通行。在连通长沙、株洲、湘潭的要道上竟然堵车如此严重，堵车时间如此之长，实属罕见。当即，我下车进行采访、拍摄，于次日在《湖南日报》一版发表了《堵车近千辆　持续7小时》的图片新闻，并附上一段文字：

昨日清晨7时多，两辆货车在离长潭公路株易路口约1公里处（往株洲方向）相撞。由于事故未能及时处理和做好交通疏导工作，致使来往于株易公路上的车辆不能通行，而后又影响到长潭公路上南来北往的车辆全部受阻。两条干道全被近千辆汽车占满，延伸3公里左右。直到下午2点半，在公安、交通部门同志的努力下，道路才逐渐疏通。

■回音　稿件发表的当天，省公安厅党组进行了专门研究，6月30日下午，时任省公安厅副厅长兼交通警察总队队长李贻衡召集长、株、潭三市交警支队队长等到现场办公，并作出相应决定，迅速解决了此地堵车问题。我立马作了跟踪报道：

本报讯　5月28日本报一版刊载《堵车近千辆　持续7小时》的图片新闻，披露了长潭公路株易路口的一起严重堵车事件。当日，省公安厅党组进行了专门研究。31日下午，省公安厅副厅长兼交通警察总队队长李贻衡等同志到现场办公。为了防止类似堵车事件的发生，当场决定：从6月1日起，在株易路口增设交通岗亭，加强公路上的巡逻，并由湘潭和株洲两市的公安部门对临路开设的饭店进行清理：有停车场的，可继续开办；无停车场地的，限期停止营业。

## 一百米　车行一时十分

2015年2月22日下午，我们一行8人从浙江诸暨乘高铁回长沙，850多公里路程，不到4个小时就到了。然而，在长沙高铁南站下车后，从地下车库坐上旅行车到西向出口处约100米的距离，却走了一小时十分钟。由此，我和众多司机、乘客都感慨万千，深感这种落后的管理体制和相关人员的责任心非改不可。于是，当天回家后，我便提笔写了篇《100米，1小时10分》的小通讯在《三湘都市报》发表了。该文称：

2月22日15点20分，笔者一行8人从浙江诸暨乘高铁G1501次车到达长沙火车南站。15点30分，便上了停在地下车库离车辆出口处仅100米的旅行车，却一直不能前行。

透过车窗往外看，只见来自东、南、北三个方向的8行车（有的一条车道就排着2行车）直往停车场西向的出口处争相推进，而出口处只开了一个通道。

尽管有两名工作人员在维持秩序，但由于司机掏钱和收费人员收钱、找钱要时间，电动栏杆上、下放行要时间。在车库急着要出门的车辆数以百计，司机们等急了，只得长鸣喇叭，或是嘴里唠叨不止，却也无济于事。车辆之间近在咫尺，刮擦现象时有发生，令人揪心。

此时，有名好心人打通长沙火车南站办公室负责人的电话，请予解决这一问题。对方抱歉地回答："此事不归他们管，要找雨花区综治办。"另一名急着回家的男士指着闲在那里的收费窗口和出口通道，对在现场执勤的综治人员说："你们为什么不能增开一个闲着的窗口？"执勤者理直气壮地回答："你去找我们领导吧！"

就这样，众多车辆一直寸步移动，直到16点30分，才总算驶到出口处。这100米，整整走了1小时10分。

与该通讯同时发表的，还有我写的短评《艰难的100米》：

有司机感慨，1个多小时，高铁要走300多公里，而在长沙火车南站地下停车库只走了100米。高铁时代，作为高铁的配套设施——地下车库的管理难道不值得我们深思吗？

深究其因，还是思想观念和管理体制的问题。高铁方便了出行，但有的部门和人员却习以为常，按常规办事。殊不知，高铁带来的"快"效应也就被这"慢"观念所削减。

再说管理体制：一是仍各管一行，各司其职。高铁站地下车库的运营，高铁相关部门也管不了。二是眼看车库现场出口的车辆严重堵塞，在场的管理人员也不主动（或无权）增开窗口，及时予以解决，而要旁人去找领导。

党中央一再强调，全面深化改革，下决心打通"最后一公里"。在当今高铁时代，长沙火车南站地下车库严重堵车的这100米也该打通了吧！

■ **回音** 《三湘都市报》的上述两篇稿件见报后，长沙高铁南站会同相关单位随即进行调查和现场整改，并对相关责任人进行了追责，从此再未发生如此严重堵车现象。

在路上，我将影响人民群众行路的"难点"随时记录、拍摄下来，或登报呼吁，或转至相关单位、地区，促其尽快解决，使大家在行路中有个安全感、舒适感。我感到，这，也是一个记者应尽的责任。

## （五）关于为受雨水侵袭的六户人家解难的报道

　　1981年5月一个暴雨深夜，一位高个青年突然敲门进入我家，反映他和5家邻居住地雨水进屋，电灯不亮，食宿不安的情况。次日上午，我顾不了自家住房漏雨，顶风冒雨前去采访，及时写出稿件，并与房产、电力部门联系，较好地解决了问题。

■ 采写回顾

# 暴雨深夜敲门声

　　这是一个不平静的夜晚——1981年5月17日晚上，天穹笼罩着乌云，大雨倾盆，电闪雷鸣。

　　当时，我家住在离报社还有近两里路的一栋破旧楼房的顶层。狂风从瓦隙中咆哮冲出，将我家蔑折做的天花板吹得一起一伏，呼呼直响。我和爱人带着三个年幼的小孩住在两间狭小的房间里，后面的那间又漏雨不停，脚盆、面盆一齐上阵接水，也难以对付。深夜11时许，我们5个人正打算挤在前房的一张窄床上横躺着睡觉。

　　这时，一阵急促的敲门声突然响起。我赶忙开门，只见一位近1.8米的高个男青年，穿着湿漉漉的雨衣走了进来，说要找周永龄。顿时，我和爱人都吓了一跳，问他有什么事。他急匆匆地说，他家住在城南胜利路307号地下层。这地下层住着6户人家，外面道路比房内地面高出 1.5 米左右。每逢春雨季节，6 户人家的 20 间大小房间里，地下水就直往外冒。眼前的这场暴雨使得 6 户人家的所有房间都水深两三寸，家具只得往床上放，人也无处休息。他们曾多次将这一情况向有关部门反映，却一直未能解决。特地来要记者前去采访，代为呼吁。听完后，我送别了他，并答应次日上午一定去现场查看。

18 日清晨，狂风暴雨来得更加凶猛。面对这场暴风雨把我家弄得十分凌乱不堪的场景，我全然不顾。8 点多，我穿上雨衣，捋起裤脚，骑上单车，顶着风雨毅然出发了。一路上，风大雨急，雨滴不停地打在我的脸上，模糊了我的眼镜，狂风不时地掀开了我的雨衣，淋湿了我的衣衫。我使劲地往前踩呀踩，踩不动了，就干脆推着车子往前走。外面是雨水，身上是汗水。好不容易，我绕过了几条街道，爬过一座斜坡，左寻右问，终于找到了胜利路 307 号。这时，我全身衣服几乎湿透。

我下到这栋房屋的地下层，走进 6 户人家一一采访。果然如此：家家户户的床铺、柜桌下面全是两三寸深的积水。有的人家还将摇窝、箱子等家具放在床上，把鞋子放在凳上。六七十岁的婆婆姥姥和几位请假的干部、职工正在忙着舀水、扫水。住在东头的柳家，前一天晚上还舀水至凌晨两点。住在中间的何大娭毑，清晨 6 点起床，舀水不止，到上午 10 点还没吃早饭。特别是由于风雨的侵蚀，电线线路发生故障，6 户人家的电灯不亮了，夜晚只能靠手电照明或是摸黑行动。

采访后，我就在现场拨通了电力部门的电话，请他们尽快派人前来抢修线路。与此同时，我又电话告知房产主管部门地下水侵袭 6 户人家的情况。回到报社，我赶写了一篇 300 多字的稿件《低地居民遭水淹　食宿不安》，在《湖南日报》一版"三湘拾零"专栏发表了。电力部门在当天下午即派人去胜利路 307 号为 6 户人家修好了电线线路，恢复了供电。房产主管部门待雨停放晴的天气，也将地下水的问题妥善解决了。然而，采访当天，我家后房的床上被褥全被雨水淋湿。好在我爱人坦然地说："没关系！我来设法解决。"

■ 相关链接

# 低地居民遭水淹　食宿不安

3月18日上午，我冒雨走访了长沙市胜利路307号地下室的6户人家。一进门，只见床铺、桌子下面全是积水。有的房间，水还直往上冒，有时水深达两三寸。有的人家还把摇窝落在床上，把鞋子放在凳上。六七十岁的婆婆姥姥和几位请假在家的干部、职工正在忙着扫水、舀水。住在东头的柳家前一天晚上舀水至深夜一两点才睡。住在中间的何大娭毑，清晨6点起床，舀水不止，到上午10点还没吃早饭。这里地势低，外面道路比房内地面高出1.5米左右。每逢春雨季节，这6户人家的近20间大小房间就有地下水外冒。毫无疑问，这样的问题是应当得到解决的，可是，这6户人家向有关部门反映后，并未引起重视，以致他们不得不要求报社代为呼吁了。

（原载1981年3月23日《湖南日报》一版）

# 九 要以顽强的毅力维护人民群众的合法权益

**心灵感悟**：人民是我们党执政的最大底气，是我们共和国的坚实根基，是我们强党兴国的根本所在。人民群众的合法权益应该得到维护和保障。在维护和保障的征程中，有荆棘、有阻力，甚至还要承担一定的风险。记者，就要不畏风险，披荆斩棘，以顽强的毅力，维护和保障人民群众的合法权益。即使牺牲自己，也应在所不惜。

**亲身经历**：20 世纪 80 年代初，长沙市两个个体户响应党的发展个体私营经济的号召，开设了中华百货店。由于商品适销对路，生意做得活，有关部门"左"的思想严重的人听信社会谣传，便进店清查整顿，还以莫须有的罪名将两名个体户分别关了 354、154 天。一个身患重病，一个眼睛快瞎了。他们向媒体投诉，并召开新闻发布会，挑明事情真相。我和省级三家媒体的 7 名记者采写了这一报道，反映了两个个体户辨明是非的要求。有关部门"左"的思想严重的人干扰我们采访，派人跟踪我们的行踪，诬陷我是个体户的亲戚。特别是还向上汇假报，发通报点名批评我。有的部门还向下布置，称我为"不受欢迎的人，来采访不予接待"。三年多时间，我经历了风风雨雨，甚至为此事外出遇车祸的严重创伤，满身鲜血，昏迷两个多小时。但我始终想到，自己所做的是在维护党的发展个体私营经济路线，是在维护人民群众的合法权益，即算个人有所失，也应在所不惜。

■ 采写回顾

# 一场惊心动魄的新闻官司

关于中华百货店的报道及由此引发的一场新闻官司，已经过去 30 多年了。但现在回想起来，仍然历历在目，难以忘怀。

那场新闻官司持续时间之长、涉及面之广、影响之大，可说在寻常新闻报道中少有。为这场新闻官司，《人民日报》《经济日报》、中央人民广播电台、《文汇报》《新民晚报》和香港《大公报》等境内外 20 多家媒体做过报道，其中《人民日报》即先后报道过 4 次，《民主与法制》杂志发表了 16000 多字的长篇报告文学，《连环画报》绘出了长达五六十幅的连环画。联合国《新闻日报》由此官司赞扬共产党中国新闻的开放度。湖南省委在两次常委会上进行过研究，并作出决定，批评了长沙市工商局，表彰了《湖南日报》、省电台、省电视台的八名记者，省会主要媒体均在头版头条位置刊登了《处理决定》。这场新闻官司载入了 1985 年《中国新闻年鉴》。有人建议，这场新闻官司也应在湖南新闻史上理所当然地书写一笔。

为何这场新闻官司引起如此轩然大波？记者其时如何应对呢？作为当事人，我做如下回溯：

## 官司从这里引起：两个体户的冤假错案

1978 年 12 月召开的党的十一届三中全会制定了改革开放的路线，提出了发展个体私营经济的问题。1980 年，长沙市个体户黄希林、谭年勋便趁势而上，两人合伙借贷从上海买回了 10 多块"哈哈镜"，赚到了一些钱，还清了借款，接着，又在长沙黄兴路上开起了中华百货合作商店。店子不大，资金不多，但由于占据市中心的地利，经营的又是颇为时尚的廉价小百货，生意做得活，几个月就有了 6 位数的出进。

也许是福兮祸所伏吧！顿时，人们议论起中华百货商店赚了十万八千元。市工商局便派员于 1981 年 5 月进店清查。此时，"中华百货商店"才开张四个多月。进店清查的人宣布查账、查物、查人，连店里开门、关门，人员出差、进货，都要经他批准。负责查账的老彭,查了一个多月,没查出什么问题,回单位去了。11 月上旬,这位工商局的同志却叫了一辆车,不出示任何抄查证件,没收了店里的部分货物和营业执照。1981 年 12 月 15 日,又罗织超越经营范围、倒卖外货、转手批发、倒换外币 4 条罪名,把黄希林和谭年勋送进看守所,分别关了 354 天和 154 天,一个眼睛快瞎了,一个病危了。加上公安部门的 4 次报捕,检察部门都未予批准。后来,只得以"保外就医"为由放了他们。

黄希林和谭年勋从看守所出来,想到自己无端挨整,人散店空,便不断找工商部门要结论,向上级部门告状。1983 年 3 月 5 日,《经济日报》发表了一篇题为《长沙一起悬案久拖不决原因何在》的报道,对中华百货商店一案表示关注。这事启发了黄希林:通过新闻界向社会呼吁不是最好的方法吗?他横下一条心,竟然在 3 月 11 日举行了一次新闻发布会,清茶一杯,向记者们披露了事情的全部过程。当时在长沙记者站工作的我和刘政、熊先志两同志一道被邀请参加。与会的还有省电台的李赤亚、韩科湘,省电视台的黄河清、袁四庆、徐骏前。

当天会后,我们便写了篇《两个体户召开新闻发布会 被收容审查年余尚未结案,恳请辨明是非》的稿件。记得发稿那晚,时任副总编辑的汪立康同志还帮我们润色,准备做好新闻来创的。因为在那些年代,不说个体户没开过新闻发布会,就连党政部门都没开过,确有新闻性。在稿件中,我们还特别注意不提及案件本身的你是我非问题,只就违反公安条例超期关押(一般只能关 3 个月,经过批准后也只能延长至 6 个月)未作出结论进行报道。次日,我们 8 名记者又特地采访了长沙市委主管政法的副书记。他对此案已有所闻,当即指出:"对黄、谭收审是错误的,不发口粮更是错误的。"接着,三家新闻单位又发表了《市委领导过问此案,可望加快处理》的消息。

然而,市工商局的领导和少数人想不通:新闻界和他们作对,记者们使他们输了"官司",脸上无光。岂能如此罢休?!批捕、起诉不行,他们研究来研究去,就决定对中华百货商店罚款 3000 元,并定于 7 月 21 日向黄希林宣布。听到这一消息后,我们决定前去采访,准备续报。哪知,黄希林当场拒绝在罚款决定书上签字;记者也被局长们轰了出来。

当晚,市工商局便派办案人赶写材料,到省会几家新闻单位告记者的状,活灵活现地推算说:"是记者坐了个体户租的车,吃了个体户的饭,某某记者是个体户的亲戚,所以为个体户说话,干扰了办案。"此时,报社领导给了我们大力支持。7 月 23 日,《湖南日报》、省电台、省电视台同时发表了《他们为什么害怕记者采访?》的报道。

为了两名个体户的事,为了捍卫党的发展个体私营经济的路线,省直三家新闻单位与一个政府主管部门之间的一场旷日持久的新闻官司就从这里开始。

## 重重压力　盖顶而来

在那"左"的桎梏尚未解脱的年代，作为政府执法机构的长沙市工商局岂能冷静下来？

1983年8月初，他们便由领导带队，坐镇京城，向国家工商总局政策研究室一位负责人添油加醋地汇报了中华百货商店一案的情况，而后带了一份《长沙市发生一起记者严重干扰工商行政部门办案的事件》的简报通报全国，简报中还点了"周永龄"的名。他们欣喜异常地把它作为"尚方宝剑"班师回长。办案人更是洋洋得意拔高一筹地向市里一家报社打电话："告诉你们'打官司'的事国务院已经批准了国家工商总局的一个材料……"某副局长还扬言："记者还要搞，我看是牙巴骨都要绊（摔）掉咯！"

此时，我们一些正常的采访活动也受到了干扰。我们到过的地方，有人布置保卫干部去查，看我们找过哪些人、谈过哪些话。有人还宣布，"周永龄为不受欢迎的人，来采访不予接待。"更有甚者，办案人还戴着墨镜跟踪我们。

为此案成立的调查组倾向也十分明显。在听取双方意见的调查会上，一位调查组成员竟然跑去坐在市工商局办案人的后面，指挥他该说什么、不该说什么，哪里多说、哪里少说。还有一个成员私下对工商局的同志说："这场官司，我包你们打赢！"特别是后来在没有听取我们意见的情况下，便将一篇混淆是非、歪曲事实、错误受到庇护、明显偏袒一方的调查报告下发了。

社会舆论飞短流长，媒体内部看法亦不尽一致。有的人真以为我们吃了个体户的饭，坐了个体户的车，受了个体户的贿，不然为何如此卖力地为他们讲话!？有人关切地对我们说，何苦！为了一两个个体户，这样费尽心思、劳师动众、承受压力呢?！

特别是当我们得知调查组在根本不听取我们意见（省委领导强调调查报告下发之前一定要听取双方意见）的情况下，将调查报告发出时，我们心急火燎的于8月24日中午赶去岳阳，向正在那里开会的省委领导汇报。省委领导问明情况后，当即表示要调查组收回报告，并要我们带回他的亲笔信。在关系到党的发展个体私营经济的路线斗争中，我们深切地感受到省委的支持。傍晚，我们立马赶到汨罗住下。次日清晨动身返长。哪知天雨路滑，我们的车刚到新市镇，就与前方来的一辆铁壳吉普相撞，两车车头严重损坏。坐在前排的我满身鲜血，昏迷了两个多小时，临时送去卫生院抢救，才苏醒过来。坐在后排的刘政也是血染衣襟，胳膊和腿部都受了伤。黄河清眉骨破损，满脸血污……回到长沙，我的头被严实地包扎着，眼睛都看不见，躺在床头，伤口剧痛。次日，我就忍着伤痛，一边哼着，一边口述汇报材料，要黄河清和我爱人记录整理。对车祸和我们受伤之事，当时少有人知，更无人来看。

的确，我们承受着巨大的压力。男儿有泪不轻弹，平日比较坚强的我，此时不禁潸然泪下。心想，为了一篇报道，为了捍卫党的一条发展个体私营经济的路线，为何要如此周折？为何自己要受到如此多的诬陷，承担这么大的压力和风险？

## 唯一的出路：调查！ 调查！

可以说，从一开始，我们8名记者就本着职业的责任感，注意做好深入的调查工作。事实胜于雄辩。我们深深感到，调查是弄清事实、辨明是非的唯一出路。

我们针对市工商局罗织的4条"罪名"，兵分几路，全面出动。炎夏酷暑，李赤亚、袁四庆登上了南驰的火车，到广州后，又马不停蹄地赶到顺德。从县城到乡下，没有汽车就坐"单车尾"。患有脚气病的袁四庆十个脚趾都烂了，还坚持着走呀走。我和黄河清负责调查与"转手批发"有关联的地方。记得去沅江草尾调查那天，我们先是赶到益阳住下，因为没有去草尾的车，便设法借来一辆破吉普，次日清晨出发。一路上，过桥、过渡，起伏颠簸，临近中午才到草尾。哪知在中华百货商店买过一批电扇的贸易货站早已分成了三个摊子。我们找了张三问李四，寻过东街串西街，连饭都顾不上吃。回家路上，汽车又两次抛锚，直到凌晨三点才赶回益阳住地。在本市的调查同样是艰苦的。偏偏韩科湘又不会骑单车，弄得熊先志只好陪着她，挤公共汽车加上步行，穿大街走小巷，跑遍全城。

一连几个月，我们在保证完成正常采写任务的情况下，从没休息过假日，加班加点，跑了上万里路，走访了70多家单位，访问了300多位证人，取回了200多份证明材料，足有几十万字。而后，我编出了几千字的材料索引，和工商局的处理决定进行一一对照：

**错误之一**：任意超越经营范围

**调查旁证**：

·黄、谭在经营电扇前，请示过工商局个体科科长，征得了他的同意；

·办案人进店清查后，不仅从未提过"电扇问题"，而且还帮店里推销过电扇。他爱人的单位就买了一台，区工商局也买过三台；

·办案人在与公安部门的一次谈话中，曾承认过1981年7月以前经营电扇的问题，是由于界限不清，由他负责……

**错误之二：倒卖外货**

**调查旁证：**

·1981年由广东顺德和从广州地摊上购进的一批T恤衫和尼龙服，都是开放地区社队工业加工的产品；

·从佛山地区供销社购进的一批尼龙裙，则是当地国营商店按政策收购华侨带回的物资；

·每笔销售均有正常手续，并通过银行付款；

·卖前，中华百货商店专门请示了西区财税局和有关部门。

**错误之三：……**

**调查旁证：……**

……

四条罪状，纯属子虚乌有！

我们心里踏实了。但是，人家还指责我们"不懂工商法规"呀！我就找来一本又一本的工商管理文件和一堆又一堆相关资料给其他7位记者学习，包括20世纪50年代的《人民日报》以及后来的《经济日报》《财贸战线报》，甚至相关的教科书。这些文件、报纸和书籍堆在桌上足有一尺五寸高。我们从中摘条文，找实例，做卡片，记笔记……除此，还特地就政策、案例问题去请教了一位区工商局负责同志和另一位在理论和业务上都颇有造诣的老工商。

有了确凿的事实作依据，有了法律法规做准绳，我们心里更加踏实了，认定中华百货商店一案确是在"左"的思想影响下造成的一个典型的案例。我们随即写出了有血有肉、有政策法规、有扎实事实的调查报告，准备向省、市领导反映。

## 另一种"调查研究"

与此同时，工商局也在紧锣密鼓，进行"另一种调查研究"。

八个记者如此铁心帮个体户说话，真是百思不得其解。要是没有得什么好处，那才怪哩！

于是，赶紧布置调查：

第一是记者们坐的那辆丰田车。不是有精明的下属发觉它不是电视台的吗，不是有机灵的干部记下了它的号码吗？1800668，对，查一查。一查，果然是出租汽车公司的营业用车。好嘛，这不是黄希林租车接记者来干扰我们公务的证据么！

第二是记者吃了饭没有？有人查到了，黄希林在"又一村饭店"请客吃饭，整整一桌,他自己喝多了,还打了一只碗……时间、地点都像。人数呢,八个记者加黄、谭二人,刚好一桌,保证没错。再查一查那桌酒席多少钱,材料要扎实。

也是想神神到,怨鬼鬼来。接着又有人报告黄希林在"又一村"订了两桌,准备请记者吃饭。急匆匆赶去的办案人,戴着黑色墨镜,死盯着那边的雅座,整整一个下午。

还有,向财贸系统布置一下,让保卫干部查一查,看这些"新闻痞子"到过哪些单位,找过哪些人员,凡是记者找过的人,保卫干部都要重新去找他们谈话,摸清情况,掌握动向。

这样的调查,真像进铺子买针线扣子、鱼虾酱醋一般,要什么,有什么。工商局两位局长带头,四处散布:黄眼镜租车接记者,在"又一村"吃饭,一桌就是一百五六十元。周永龄与黄希林沾亲带故,黄河清与黄希林则是本家……不一而足。

这些事,叫八位记者辩护起来,那是非常艰难的。

幸好,有一位局外人,《经济日报》驻湖南记者徐德火,主动出来查清了事实:

不错,那辆蓝色的丰田车,1800668 号,确实是出租汽车公司的营业车。只是这台车早已被电视台长期包租,而且一直是黄河清这个采访小组使用。

不错,黄希林确实在"又一村"吃过饭。那是一位亲戚请他,并不是他做东。饭店的一位老职工说,那天吃饭的 10 位顾客,言语举止没一位挨得上"记者"的边。

至于"答谢宴会",更是鬼使神差的误会。雅座里是一位财喜富足的人在请客,亲友们频频为他举杯敬酒。这一切都是戴着黑眼镜的办案人亲眼看到了的,不知为什么却来了个张冠李戴。

至于记者是否受了个体户的贿呢? 唯一的一件事,就是记者们去岳阳向省委领导汇报情况后返长时,路途出现车祸,周永龄几乎送命,重伤在床时,黄希林送来了两斤苹果,但连楼都没要他上,更不说收下水果了。

徐德火根据自己的调查,也写了一份材料,向省委反映情况。

## 坚持向上反映　引得各方关注

我们花了九牛二虎之力搞调查,调查清楚了,铁证收集了。我们感到,必须向上反映,以便领导们及时了解情况,作出决策。但首先遇到的问题,就是这数以百余份计的旁证材料、数以万字计的调查报告,还有成堆的政策法规、依据到哪里去打印、复印和装订呢?那年头,街头打字、复印的店子本就不多,加上打印、复印材料的内容严格受到控制,而我们所调查的材料和撰写的报告也不便外泄。

　　怎么办？我们便想方设法四处联系，好不容易在长沙远郊找到了一个部队单位，他们乐意为我们免费承担。记得那时，用的还是手动打字机，敲击一下一个字，速度极慢，复印机也少有。修改、整理、校对、装订，相当烦琐，既费时又费力。我和黄河清常是清晨骑着单车跑上 10 多里路去，忙到夜里摸黑回来。记得有一次回家途中，突遇倾盆大雨，我和黄河清全身都被淋得透湿，担心的却是材料的命运。我们一个纵身跳下车来，赶紧拿出袋里的材料，幸好它被塑料袋保护住了。

　　一批又一批的材料，终于让我们赶出来了。下一步的工作就是如何尽快寄送出去。因为这一官司已经涉及中央有关业务主管部门，材料寄送的范围也就从中央到省、市领导以及主要的媒体。一年中，几乎每月都要寄送一次，有时是寄完整的材料，有时是去问问讯或寄送补充材料。这里还要特别提到的是，当我们设法找到国家工商总局政策研究室发的那份批评我们的简报后，发现那短短的 700 字中竟有 13 处与事实不符。因而在寄送给国家工商总局的材料中，我们就逐一用大量的旁证作了点明和阐述。我们坚信，有党的英明领导，有党的十一届三中全会的方针和政策，这一区区小案、这一新闻官司总会有个水落石出，真理必将战胜谬误。

　　果真，材料寄出后，引起了各方关注。据说，中央有位领导对我们的调查报告做了批示。《人民日报》通过记者详尽采访，先后发表《应该严肃处理长沙市工商局负责人诬陷记者的问题》等 4 篇报道。北京、上海等地的 13 家媒体先后发表了几十篇文章，支持八名记者维护党的发展个体私营经济的正义行动，揭示和批评了长沙市工商局干扰记者采访和错误对待个体户的行为。连香港《大公报》也在"纵横谈"专栏里大谈特谈长沙城发生的诬陷记者的事……全国记协专门召开会议，听取我的汇报，随即致函省委，恳请尽速解决市工商局攻击甚至诬陷记者的问题，并建议表彰八名记者在中华百货商店一案的报道中坚持原则、作出的贡献。国家工商总局了解到"七·二一"事件真相后，明确承认了那期简报与事实不符。总局领导还表示接受湖南 8 位记者的批评，并于 1984年 9 月 6 日行文收回了简报，向记者致歉。

## 尾声：省委《决定》定铁案

　　其实，省委对"中华百货商店"一案以及由此案引发的这场新闻官司，早已给予高度关注，并为此成立了专门的调查组。省委副书记焦林义同志更是多次听取我们的汇报，仔细阅读我们的报告和调查材料，对我们为维护党的发展个体私营经济的正确路线所作的报道表示充分肯定和支持，并一再指示调查组要实事求是，客观、公正地将事情调查清楚。

1985 年 2 月下旬,省委又连续两次在常委会上研究了这一问题,并于 2 月 25 日下午宣布了省委对长沙市工商局负责人污蔑记者的问题作出的处理决定:原中华百货合作商店属基本守法户;长沙市工商局毫无根据地指责和污蔑记者,应作出深刻检讨,并向记者道歉;报社、省电台、省电视台的八名记者应受到表彰。1985 年 2 月 27 日的《湖南日报》以头版头条通栏位置刊载了这一消息,并配发了由副总编辑李均同志撰写的《进一步克服"左"的影响,正确对待报纸批评》的评论文章和八名记者的照片。省会各家媒体对此都作了突出报道。

这一持续三年多的新闻官司,不,这一场维护党的发展个体私营经济路线、清"左"的严肃斗争,总算以省委的《决定》圆满结束。但它值得我们回味、思索的也许很多很多。

■ 以下是有关中华百货店一案的报道

# 一家个体商店负责人举行记者招待会

## 黄希林、谭年勋原在长沙市经营中华百货合作商店,
## 被收容审查年余尚未结案,恳请帮助辨明是非

**本报讯**　3 月 11 日下午,个体集资经营的原长沙市西区中华百货合作商店负责人黄希林、谭年勋,就他们被长沙市公安局收容审查年余,至今仍未结案一事,举行记者招待会,恳请舆论界帮助辨明是非。

黄希林和谭年勋原来都是待业人员,1981 年 1 月 17 日经工商行政管理部门批准,两人集资办起了长沙市第一家个体集资经营的合作商店,先后安排待业人员 17 人,得到街道、银行、税务部门的支持。店里生意做得活,生意兴隆。这时,社会上谣传该店几个月赚了二三十万元。市工商局多次派人查账、查物,办"学习班",认为他们有坐地批发、倒卖外货、哄抬物价等行为,抄走商店商品,冻结银行账号,使该店解散停业。

1981 年 12 月 15 日,市公安局对黄、谭实行收容审查,把他们和流窜犯关在一起。

市公安局于 1982 年 4 月 27 日和 6 月 19 日两次向市人民检察院报捕。检察院两次都没有批准，更没有起诉。收容审查期间，谭年勋重病，黄希林不服而绝食。两人先后于 1982 年 5 月 17 日和 12 月 24 日"保外就医"，直至现在。

中央和省、长沙市八个新闻单位的 14 名记者应邀参加了昨天的记者招待会。当记者问到他们是否有"坐地批发""哄抬物价""倒卖外货""行贿"等问题时，他们一一做了回答。他们认为自己在经营活动中，尽管有些问题，但没有犯罪。

时至如今，对黄、谭二人的收容审查，已超过法定时间的三倍多。而长沙市工商行政管理局、检察院、公安局三家对黄、谭二人究竟有罪无罪的问题还没取得统一意见。为此，黄希林、谭年勋要求有关部门按照党的十二大精神、宪法和现行政策，尽快地辨明是非，作出结案处理。到会记者认为，这一要求是合情理的。

（原载 1983 年 3 月 12 日《湖南日报》一版）


### 中华百货合作商店一案

# 长沙市领导过问　可望加快处理

**本报讯**　昨日下午，长沙市委主要负责同志告知本报记者：中华百货合作商店一案已引起市委、市人民政府的高度重视，正积极采取措施，抓紧处理，力争尽快结案。

3 月 12 日，本报刊出原中华百货合作商店负责人黄希林、谭年勋因被收容审查年余尚未结案，举行记者招待会，恳请舆论帮助辨明是非的报道后，中共长沙市委第二书记、市长齐振瑛当日即找有关部门进一步了解案件情况和办案过程，随后又根据有关政策规定，对照检查办案中存在的问题。齐振瑛同志说：对黄希林、谭年勋收容审查逾期数月，迟迟未做出处理，是不对的。既然是收容审查，就不存在"保外就医"的提法。应该明确，自黄、谭二人被放回家后，作为收容审查已经结束，现在的问题是要加速结案。

市委已从有关领导部门抽出三名同志，组成专门班子，于 14 日开始对这一案件进行复查核实。黄希林的计划口粮有段时间被停发，现已责成粮食部门给他补发。对其他如扣留流动资金等问题，也将按政策迅速处理。市委负责同志对记者说，对中华百货合作商店一案重新审查结束后，即可作出结论。

（原载 1983 年 3 月 16 日《湖南日报》一版）

# 中华百货合作店一案初步落实

检察机关昨宣读《不起诉决定书》，并归还部分财物。

黄希林谭年勋表示，一定听党的话，好好为群众服务，为搞活市场作贡献

**本报讯**　5月14日下午，长沙市西区人民检察院的同志来到坡子街街道办事处，向原中华百货合作店负责人黄希林、谭年勋宣读了《不起诉决定书》。决定书指出："被告人黄希林、谭年勋于1980年12月4日，依法合伙开设'中华百货合作店'，先后从湖北电扇厂等单位购进货物销售，从中获得利润，经审查认为，尚未构成投机倒把罪。本院依照《刑法》第十条之规定，决定不予起诉。"同时，当场将收容审查时没收的1786元营业款和戒指、手表、家属存折等财物归还给黄希林和谭年勋。至此，中华百货合作店是否犯投机倒把罪一案，初步得到了澄清和落实。

3月中旬，中华百货合作店一案在报纸、电台披露之后，引起了长沙市委和有关部门的重视。市委第二书记齐振瑛亲自过问此案。为此案组成的三人小组，深入调查研究，翻阅全部案卷，写出调查报告，促进了问题的解决。检察部门重新审理了案件，依据法律作出了实事求是的结论。与此同时，有关部门也向中华百货合作店伸出了热情的手。银行重新为他们设立账户，贷款2万元，还签订了"委托银行收（付）款结算"合同；税务部门主动向他们提供学习资料，交代政策；西区工商行政部门派员进行业务指导，帮助扩大经营范围；粮食部门按政策补给了收容审查时扣发的一年零四个月的口粮。这些有力的支持，使黄希林、谭年勋个体店的生意越做越活。为了感谢各方的关怀，他们主动拿出130元，捐献给街道修街补路。

检察院宣读《不起诉决定书》后，黄希林、谭年勋激动地说："党的政策好，按法律办事好，我们一定要听党的话，好好地为群众服务，为搞活市场，繁荣经济作出贡献。"他们在讲话中，也谈到此案还留有一些尾巴尚需有关部门处理，比如对收容审查的问题未作出结论，工商行政部门冻结的营业款项未解冻，没收的财物也未全部退回等。

（原载1983年5月15日《湖南日报》一版，以上三篇刘政、熊先志参与采写）

# 他们为何如此害怕记者采访？

**本报讯** 7月21日下午，在长沙市工商行政管理局，发生了一起阻挠记者进行正常采访的事件。

长沙市原中华百货合作商店负责人黄希林、谭年勋被收容审查一案，本报自今年3月起，曾做过三次报道。7月21日，省电台、省电视台和本报记者听到市工商行政管理局将于当日下午宣布对该案的处理决定，便前往采访。下午4时许，记者一进门，正在宣读处理决定的一位副局长就说："我在执行公务，你们不要干扰我的正常工作。"在宣读决定以及黄、谭二人对"决定"中的基本事实提出不同看法的整个过程中，记者在一旁静听，无一人插话。

后来，记者应邀到局长办公室交谈时，这位副局长说："你们不请自来，是被串联来的，干扰了我们的工作，所以，我不欢迎你们。"几位记者几次想说明来意，话都被打断。不仅如此，这位副局长还站了起来，锁屉子，提袋子，要大家快走，说："今天没有时间，不谈了，我一分钟也不能呆了。"站在门外围观的一些干部也起哄，致使记者的正常采访活动无法进行。当记者走出办公大楼时，局里有人指着一名记者的鼻子骂："莫看你们多喝了几滴墨水呢！"还有一个戴墨镜的青年骑着单车堵住一位年青女记者，说："中华店老板用200元银币买了你吧！这是我们单位，没请你们来，你给我滚出去！"

从当天下午到晚上，市工商行政管理局一个干部以"受局长指派"的名义多处活动。晚7时，他来到《湖南日报》反映假情况，说："记者们冲了会场，干扰了我们的工作。"还造谣说："记者们是坐的中华百货店租用的小汽车，赶到会场的，小车牌号是18—0668。"并一再声称："新闻单位只能按我们决定的口径报道。"晚9时，他又急匆匆地赶到电视台，散布同样的谎言。电视台的同志当即告诉他："汽车是电视台长期租用的，你不要神经过敏。"戳破了他的谎言。这位干部不能自圆其说。我们不禁要问："长沙市工商行政管理局宣布处理决定，是公开的事情，为什么这样害怕新闻记者采访呢？"

（原载于1983年7月23日《湖南日报》一版）

## ■ 相关链接

1984年1月10日《人民日报》报道：

# 应严肃处理长沙市工商局负责人诬陷记者的问题

《人民日报》记者　吴兴华

湖南省长沙市工商行政管理局负责人，在《经济日报》《湖南日报》、湖南人民广播电台和湖南电视台披露该局在处理原中华百货合作商店一案上的错误后，采取散布谣言、公开谩骂等手段，中伤、诬陷湖南三家新闻单位报道这一事件的8名记者，造成十分恶劣的影响。

长沙市待业人员黄希林、谭年勋，经工商管理部门批准，于1981年1月17日，联合开办个体户合营的中华百货合作商店，先后安排待业人员10多人。这个商店由于商品适销对路，生意十分兴隆，最高营业额一天达6000多元。但为时不久，社会上流传该店"赚了几十万元钱，成了长沙市最大的富翁"。在此情况下，长沙市工商局派人进店办"学习班"，查账、查物、查人。先是不许该店打"中华"的招牌，继而要银行冻结商店的营业款，接着以"坐地批发、哄抬物价、走私贩私"的罪名抄走了这个商店的商品和私人财物，连收条也不打。1981年12月15日，他们又报请有关部门将黄、谭收容审查，直至去年3月未作结论。

长沙市工商行政管理局对中华百货合作商店的处理，引起了湖南一些新闻单位的关注。经过他们调查证明，尽管中华百货合作商店开办初期，由于政策界限不明确和有关部门管理工作未跟上，存在一些缺点和问题，但基本上是一个守法户，而市工商局对它的定性材料大部分与事实不符。为了宣传正确对待个体户的政策，《经济日报》于去年3月5日发表记者来信《长沙一件悬案久拖不决原因何在？》，与此同时，《湖南日报》、湖南人民广播电台、湖南电视台先后发表了中华百货合作商店负责人恳请舆论界帮助辨明是非；长沙市领导过问此案，可望加快处理；长沙市西区检察院宣布"不起诉决定书"，并归还部分财物等报道。省委、市委主要负责同志同意这些报道。

记者的报道维护了党的政策的严肃性，对清除"左"的影响，扶持个体经济的发展起了积极作用。然而，长沙市工商局少数领导人对这些新闻单位的批评十分不满，他们把报道中华百货合作商店一案的记者看成是"不受欢迎的人"，并发出文件，宣称"坚决排除记者的干扰"，"以后采访不予接待"。副局长钟孝思去年6月21日在长沙市城镇干部学习班作报告时说："周眼镜（指报道中华百货合作商店问题的湖南日报一记者），我就不信他的邪，我没得时间接待他……"在局长的指派下，工商局参与办此案的干部四处奔走，公开谩骂记者。他们对长沙县两位兼职律师说："那些人（指报道中华百货合作商店的湖南三家新闻单位的记者）是一些新闻流氓、新闻痞子。"

长沙市工商局负责人还违背市委主要负责同志关于处理此案要征求新闻单位意见的指示，事先不与新闻单位通气，不顾事实，即宣布对此案的处理，坚持过去的错误。去年7月21日，湖南三家新闻单位的记者赶赴市工商局时，宣布处理决定的副局长钟孝思公然拒绝记者采访。他说："我们正在执行公务，你们不要干扰我们的正常工作。"省电视台的记者拿着摄像机尚未进门，局长左泽民就粗暴地质问："你们是哪个单位的？出去！出去！"在局长办公室，钟孝思蛮横地指责记者："你们是被串联来的，干扰了我们的工作，我不欢迎你们。"一些工商局干部也跟着起哄，致使记者采访无法进行。

此后，市工商局负责人又散发材料，并四处散布说记者"吃了个体户的酒席""坐了个体户租用的小汽车"等谣言，诽谤、中伤记者。为了给栽赃、陷害记者的言论寻找"证据"，他们竟派人戴上墨镜，跟踪盯梢，侦察记者的行动。

更令人气愤的是，市工商局负责人还造谣说，中央负责同志"支持"他们。

据调查，长沙市工商局负责人的所作所为，是得到长沙市委、市政府个别负责同志支持的。在讨论中华百货合作商店的问题时，为了证明他和工商局的做法是正确的，要西区财税局丢开事实和政策，听他的。还有人以市政府的名义布置市财贸部门一些单位清查记者采访活动。市工商局的不少错误做法就是市委、市政府个别负责同志一手导演的。

长沙市工商局抵制新闻单位的批评，中伤、诬陷记者的错误行为，造成了十分恶劣的影响。近几个月来，一些人给湖南三家新闻单位写匿名信、打匿名电话，谩骂记者，严重损害了党的新闻工作者在群众中的形象，妨碍了新闻工作的正常进行。

湖南新闻界的许多同志呼吁："有关部门应根据党纪国法，对长沙市工商局负责人的这种违法乱纪行为作出严肃处理，以发扬正气，打击邪气，保证新闻批评的正常进行。"

（原载1984年1月11日《人民日报》）

■ 相关链接

# 省委对长沙市工商局负责人诬蔑记者的问题作出处理决定

原中华百货合作商店属基本守法户;

长沙市工商局应作出深刻检讨并向记者道歉;

报社、省广播电台和电视台的八名记者应受到表彰

**本报讯** 拖了近两年的长沙市工商局负责人污蔑记者的问题和错误打击原中华百货合作商店的事件,在省委负责同志的直接过问、全国记协和全国不少新闻单位的关注下,终于得到了处理。

2月25日下午,省委召开有关会议,省委负责同志宣读了省委常委对长沙市工商行政管理局处理原中华百货合作商店一事及其对记者的态度问题的处理决定。决定如下:

一、长沙市原中华百货合作商店应属基本守法户。长沙市有关部门打击、甚至收审该店负责人是完全错误的,是没有摆脱"左"的影响的反映,应该认真总结经验教训,改进工作,正确贯彻党的经济政策。

二、湖南日报记者刘政、周永龄、熊先志,湖南人民广播电视台记者李赤亚、韩科湘,湖南电视台记者黄河清、袁四庆、徐骏前等八名记者,对此事进行采访、揭露,是履行职责的正常活动,是维护党的路线政策的行动,应给予支持和表彰。长沙市工商行政管理局有关负责同志毫无根据地指责和污蔑记者干扰办案,接受吃请、坐个体户的车,后又派人调查记者的活动,这些都是极其错误的。长沙市委应责成市工商行政管理局有关负责同志作出深刻检讨,并向记者道歉。

三、省委调查组对查清此事的基本事实,做了大量的工作,并及时向省委负责同志做了汇报,调查工作中的某些缺点,调查组负责同志已向省委做了自我批评。此事没有抓紧处理,由省委承担责任。

会上,省委负责同志还宣布原来发出的调查报告一律收回作废。

熟悉此事的读者也许还记得，1983年3月，《经济日报》《湖南日报》、湖南人民广播电台和湖南电视台等新闻单位，先后报道了长沙市工商局负责人在处理原中华百货合作商店一案的"左"的错误：长沙市个体户黄希林、谭年勋于1981年1月合伙开办了中华百货合作商店。由于该店拾遗补阙，满足群众需要，生意做得活，曾受到有关部门表扬。但市工商局负责人听信"该店不到半年就赚了几十万元，是长沙市最大的暴发户"等谣言，派人进店清查，冻结商店资金和银行账号，非法抄家，并以"投机倒把"罪报请有关部门将该店两个负责人分别关押374天和154天，致使这家商店被迫关闭散伙。几家新闻单位公开披露这一问题后，长沙市工商局不但不从中吸取教训、纠正错误，反而于同年7月21日又宣布了一个对中华百货合作商店的"处罚决定"，要黄、谭两人交纳3000元罚款。宣布"决定"时，《湖南日报》、湖南人民广播电台、湖南电视台的8名记者前往采访，竟遭到该局负责人的粗暴指责和阻挠。尔后，他们又通过各种大、小会议，散发大量材料，中伤、诬蔑记者"吃了个体户的酒席"，"受了个体户的贿"，"坐了个体户的汽车"，是"个体户的亲戚"，因而要"庇护违法个体户"。甚至派人戴着墨镜跟踪、盯梢记者，清查记者到过的单位、坐过的车、接触过的人，还发出文件，宣称要"排除记者的干扰"。更有甚者，该局负责人还上北京向国家工商局汇报假情况，欺骗国家工商局发出《长沙市发生一起记者严重干扰工商行政管理部门办案的事件》的简报（国家工商局已于去年9月6日行文收回这一简报），通报点名批评记者，给8名记者造成了极大的舆论压力。

然而，是非总有清白日。8名记者顶住了来自各方面的压力。他们除完成日常工作任务以外，还调查了省内外的几十个单位，采访了几百人次，取得了几万字的第一手旁证材料，并走访了10余个有关领导部门和业务单位，学习了大量工商法规、法律文书和政策文件等，终于依据铁的事实、党的政策和法律规定，协助有关部门澄清了原中华百货合作商店一案。这里值得特别一提的是，在8名记者受到长沙市工商局负责人中伤、诬蔑，处境艰难之时，全国记协、《人民日报》《文汇报》《新民晚报》《新闻记者》杂志、《民主与法制》杂志等兄弟新闻单位给予有力的支持，促进了这一问题的处理。

（卓建民、国政）（原载1985年2月27日《湖南日报》一版头条）

# 进一步克服"左"的影响　正确对待报纸批评

### 本报评论员

　　拖延了近两年之久的长沙市工商局负责人攻击、诬蔑记者的事件,在省委的重视和全国记协、全国许多兄弟新闻单位的关注下,终于获得了处理。省委常委会议议定的三条意见,澄清了事实,分清了是非,维护了党的经济政策和记者履行职责的正当权益,是完全正确的,我们坚决拥护。借此机会,我们谨向全国记协、兄弟新闻单位以及关心此事的广大读者表示由衷的感激。

　　这一事件发生与发展的过程,充分说明了进一步克服"左"的思想影响的重要性。我国现在的个体经济是社会主义经济必要的有益的补充。实行国家、集体、个人一齐上的方针,坚持发展多种经济形式和多种经营方式,是搞活经济的需要,是建设有中国特色的社会主义的需要。当前要注意为城市和乡镇集体经济和个体经济的发展扫除障碍,创造条件,并给予法律保护。黄希林、谭年勋两位待业人员自筹资金,自谋职业办起中华百货店,组织适销对路商品,拾遗补阙,满足市场需要,理应受到鼓励和扶持。然而,长沙市工商局负责人却听信某些人散布的"中华店是长沙市最大的暴发户"的谣传,派人进店清查,非法抄走物资,冻结资金和银行账号,并进而整理材料,把一个基本守法户写成违法户,以"投机倒把罪"报请有关部门,将黄、谭二人分别关押了 374 天和154 天,致使这个开办仅 4 个月的个体商店被迫关闭。这是一个严重违反党的经济政策,非法打击个体经济的典型事件。它反映了该局和有关部门某些负责人歧视、限制个体经济的"左"的思想还相当严重。这件事又一次告诉我们:"左"的思想影响不进一步克服,党的路线、方针、政策就不可能进一步执行,工作中就必然要犯错误,这个教训值得好好记取。

　　这个事件的发生发展过程还说明:正确对待新闻单位的批评性报道,对于端正思想,转变作风,纠正错误,改进工作,具有很重要的意义。错误处理中华百货店的问题发生后,包括本报在内的 4 家新闻单位从维护党的经济政策出发,对此进行了揭露,提出了正确的善意的批评。长沙市工商局负责人如能正确对待批评报道，从中吸取教训，纠正错误，问题本来是可以很快解决的。然而，他们却把善意当成了恶意，抵制批评，进而发展到粗暴阻挠记者进行正常的采访活动，采取各种手段，捏造许多莫须有的罪名，对记者进行指责和诬蔑。这样就使矛盾进一步激化，更使他们错上加错。

在报纸上开展批评与自我批评，是党报的优良传统，是党赋予新闻工作者的神圣职责。省委 1984 年 9 月 6 日在批转本报编委会《关于加强批评性报道的报告》时曾经明确指出："为了更好地在报纸上开展批评与自我批评，批评稿件一定要做到材料真实，定性准确，观点力求正确，点名批评更应慎重。各地区、各部门的党组织都应满腔热情地给予支持和帮助。要善于从报纸批评中吸取经验教训，认真改进自己的工作。对抵制报纸批评、打击报复批评者的人和事，要严肃处理。"这一批示为我们搞好批评性报道指明了方向。根据这一批示的精神，我们在坚持以表扬为主，以正面报道为主的原则的同时，加强了批评性报道，在促进党风和社会风气的根本好转方面起了较好的作用。各级党组织都给了我们有力的支持。被批评者一般都能正确对待，认真进行自我批评，纠正错误，克服缺点。但是，仍有少数单位和个人对批评报道采取错误的态度。有的充耳不闻，无动于衷；有的强词夺理，有错不认；个别甚至无理取闹，辱骂、打击写稿者。这说明开展批评性报道的阻力还是存在的。我们诚恳地希望这些不能正确对待批评的同志，认真学习省委的批示，吸取中华百货店事件的教训，切实端正对批评性报道的态度。

省委常委肯定了八位记者进行采访是履行职责的正常活动，对他们进行表彰，并要求长沙市委责成长沙市工商局负责人作出深刻检讨，向记者道歉。这对于报纸、电台、电视台开展批评性报道，是一个很大的鼓舞和有力的支持。为了维护党和人民的利益，我们将按照省委的批示，坚定不移地拿起批评与自我批评的武器，在报纸上开展实事求是的、与人为善的批评，希望各地区、各部门的党组织，一如既往地给予我们有力的支持和帮助。对我们新闻工作中的缺点错误，也希望大家随时批评指出。我们将诚恳接受，认真对待，切实加以改正，努力把报纸、广播、电视办得更好一些。

（原载 1985 年 2 月 27 日《湖南日报》一版）

## 要以凛然的正气十 揭露人民群众反映强烈的 浪费和腐败现象

**心灵感悟**：腐败,破坏党风;腐败,祸国殃民;腐败,是众矢之的。作为执政党,面临的最大威胁就是腐败。因此,习近平同志教导我们,党风廉政建设和反腐败斗争"永远在路上"。开弓没有回头箭,反腐没有休止符。以习近平同志为核心的党中央以坚忍不拔的政治定力、战略定力,坚定不移地将党风廉政建设和反腐斗争引向深入,努力构建"不敢腐、不能腐、不想腐"的氛围和有效机制。作为记者,就应紧跟党的战略部署,对违背党的纪律要求,放松管理,铺张浪费;大操大办红白喜事;以权谋私,损公利己等腐败现象和行为以零容忍的态度敢于揭露、敢于斗争。

**亲身经历**：20世纪80年代中期,党中央发出专门文件,层层作出部署,要大力提倡勤俭节约,反对铺张浪费;要遗风易俗,不许大操大办红白喜事;禁止党政干部以权谋私,侵占公用土地营建私房之时,我抓住了长沙卷烟厂烧烟、双峰县百里还乡送葬和城步出现官府村三起事件进行采写、揭示,引起强烈反响。特别是时任中共中央总书记胡耀邦同志还就我写的长沙卷烟厂烧烟一事的内参做了专门批示。

## （一）关于长沙卷烟厂烧烟事件的报道

1982 年 7 月、9 月和 11 月，长沙卷烟厂先后三次烧掉 287 大箱、价值近 10 万元的霉变香烟。我及时采写稿件揭示了这一问题。人民日报旋即配评论转载。长沙市委、市政府对此事高度重视，立马采取措施，使这一问题得到了妥善处理。稿件被评为当年全省一等好新闻。

### 长沙卷烟厂经营管理不善

# 价值近十万元的卷烟付之一炬

**本报讯** 最近，在长沙市一些群众中传说着长沙卷烟厂烧烟的问题。记者赶到烟厂调查，证实确有其事。长沙卷烟厂于去年 7 月 14 日、9 月 5 日和 11 月 25 日，先后烧掉霉变香烟 200 多大箱，计有带咀、精装、简装香烟 10 余个品种。仅按成本计算，即损失 9.5 万多元。群众批评说："烧掉的是国家财产，人民的血汗，烧得痛心啊！"

长沙卷烟厂为什么会出现大量霉烟而被烧掉呢？这固然有其客观原因，如去年长沙气候反常，八九月份连续出现阴雨天气；该厂搬进新建厂房，室内湿度比较大；加之 1981 年 11 月全国烟酒调价后，由原来产小于销转为产大于销，以致造成大量香烟积压。但主要还是由于该厂的生产指导思想和工作作风等方面存在的问题造成的。

前段时期，这个厂在生产指导思想上重产量、产值，轻质量和经济效益。1978 年，该厂招进 450 名青工，1981 年 6 月和 10 月，又从长沙弹簧垫圈厂、长沙汽车车身厂接受近 700 名工人，这些工人一般都没有从事过卷烟生产。进厂时，厂里只组织他们学习业务半个月，不经严格考核，就让他们匆匆忙忙顶班操作，以致影响了产品质量。盲目生产的现象也很严重。去年九十月，厂里已经积压了上万大箱香烟，有的工人多次向厂领导提出要减少产量或停产，厂领导没有接受。理由是：厂里有 1900 多名工人，停产了不好办；不停的话，每生产一箱烟（不管卖没有卖出）就能得 5.5 元钱。这样生产越多，浪费也就越大。

这个厂经营管理不善，原有的领导人工作作风拖拉，也是造成卷烟霉变的一个重要原因。厂里原有的老成品库有防潮设施，1982 年 7 月搞基建被拆掉了。后来用新建厂房做仓库，相对湿度大大超过规定限度。仓库保管员多次书面和口头向厂领导反映，要求增加码架等防潮设施，厂领导人却一直没有解决，只得将卷烟直接往水泥地上放。去年八九月，保管员又向厂领导几次提出有间仓库温度太高，不能放烟。厂里一个负责人也到现场看了，但问题并未解决，以致造成部分带咀烟霉变。去年六七月，厂质检部门和仓库保管员发现 246 小箱带咀长沙烟很快就要霉变，建议厂领导作削价处理。厂里却犹豫不决，致使这批烟中的大部分被烧掉了。

烧烟事件发生后，各方面反映强烈，在这个厂也引起了震动。他们决心吸取教训，着手加强管理，努力提高产品质量。今年来，香烟一类品率达到 93% 左右。

（原载 1983 年 3 月 29 日《湖南日报》一版头条）

■《湖南日报》评论员文章

# 企业领导应负起经济责任

## 本报评论员

长沙卷烟厂烧烟 287 大箱，近 10 万元的国家财产转眼就化成灰烬。这难道不令人痛心，令人愤慨！人们要问：为什么香烟积压那样多还要盲目生产？为什么明知香烟易霉却不采取有效的防霉措施？霉变的香烟不投入市场是对的，但为什么不考虑其他办法（比如作农药）而只是简单地付之一炬？为什么一而再再而三地烧烟竟无人过问？人们再也不能容忍这种"败家子"行径了。

目前，我省工交企业正在推行以提高经济效益为目的，责、权、利紧密结合的生产经营管理制度。在这里，第一位的就是经济责任，以责为主再辅之以相应的经济权限和经济利益。然而在一些企业里，讲自主权，讲利润留成（这是必要的），却唯独不强调经济责任。什么产品质量、原料消耗、合理库存、成本核算、适销对路等一类问题，简直是一本糊涂账。长沙卷烟厂这样的事情，就是与该厂领导人没有承担起经济责任分不开的。

我们工交企业的领导同志都应该从这一烧烟事件中吸取经验教训，尤其是要明确自己对国家承担的经济责任。它包括：完成上缴利润计划（利改税后则是完成上缴税金任务），完成主要产品产量、质量、品种计划，完成国家计划内的产品调拨量，做到所有产品适销对路、不积压，完成纳入国家计划的较大技术改造项目，做到能源消耗不超过国家规定的指标。如果这些事情不能兑现，就应当检查原因，查究企业领导人的责任，并且实事求是地作出相应处置。党和国家把成百上千乃至上万的职工交给我们管理，把几十万几百万几千万的固定资产、流动资金、原辅材料交给我们从事物质生产，作为企业的领导人，应该掂量自己肩上的分量，时刻把承担的责任放在心头，勇敢地挑起重担，为实现四化忘我工作，这才是应取的态度。

（原载 1983 年 3 月 29 日《湖南日报》一版）

■ 此文于 1983 年 4 月 2 日《人民日报》一版转载

---

**长沙卷烟厂只求产值利润　不讲经济效益**

# 价值9.5万元卷烟霉变烧毁

**本报讯** 据《湖南日报》报道：长沙卷烟厂于去年7月14日、9月5日和11月25日，先后烧掉霉变香烟200多大箱，仅按成本计算，即损失9.5万多元。

长沙卷烟厂为什么会出现大量霉烟而被烧掉呢？这固然与连续出现阴雨天气和香烟积压等有关，但主要还是由于该厂的生产指导思想和工作作风等方面存在的问题造成的。

前段时期，这个厂在生产指导思想上重产量、产值，轻质量和经济效益，盲目生产很严重。去年九、十月，厂里已经积压了上万大箱香烟，工人多次向厂领导提出要减少产量或停产，厂领导没有接受。理由是：厂里有1,900多名工人，停产了不好办，只要不停产，每生产一箱烟（不管卖没卖出）就能得5.5元钱。

这个厂经营管理不善，厂里原有的老成品库有防潮设施，1982年7月搞基建被拆掉了。后来用新建厂房做仓库，相对温度大大超过规定限度。仓库保管员多次书面和口头向厂领导反映，要求增加晾架等防潮设施，厂领导人却一直没有解决，工人只得将卷烟直接放在水泥地上。去年八、九月，保管员又向厂领导几次提出闷仓库温度太高，不能放烟。厂里一个负责人也到现场看了，但问题并未解决，以致造成部分带嘴烟霉变。去年六、七月，厂质检部门和仓库保管员发现246小箱带嘴长沙烟很快就要霉变，建议厂领导作削价处理，厂里却犹豫不决，致使这批烟中的大部分不得不烧毁。

## 这9.5万元怎么报销？

德民

长沙卷烟厂价值9.5万元的卷烟霉变后付之一炬。原因是领导人的思想有毛病：明知积压，偏要生产；库房潮湿，偏要堆烟。

一把火烧掉这十万元，个人心安，心安之余，不禁要问：这笔钱怎么报销？全部报销吧，显然是坑害国家，让烟厂职工均摊吧，显然是牵累无辜；都叫负有责任的领导者赔偿吧，虽说不无道理，实际很难做到。看来，很可能要糊涂过去了！

过去，这类事情不少见。负有责任的人（甚至有的已构成犯罪），往往是"沉痛检查、吸取教训"、"下不为例"了事，个人既无"破财"之忧，也无"丢官"之虑，吃亏的是国家、人民。这种现象，符合情理、符合法纪吗？

办企业要责、权、利相结合，这很对。其但到烧烟这件事的"责"字怎么讲，9.5万元怎么报销，读者很想知道个究竟。

■《人民日报》短评

# 这 9.5 万元怎么报销？

德 民

长沙卷烟厂价值 9.5 万元的烟霉变后付之一炬。原因是领导人的思想有毛病：明知积压，偏要生产，库房潮湿，偏要堆烟。

一把火烧掉近 10 万元，令人心疼！心疼之余，不禁要问：这笔钱怎么报销？全部报损吧，显然是坑害国家；让烟厂职工均摊吧，显然是牵累无辜；都叫负有责任的领导者赔偿吧，虽说不无道理，实际很难做到。看来，很可能要糊涂过去了！

过去，这类事情不少见。负有责任的人（甚至有的已构成犯罪），往往是"沉痛检查、吸取教训""下不为例"了事，个人既无"破财"之忧，也无"丢官"之虑，吃亏的是国家、人民。这种现象，符合情理、符合法纪吗？

办企业要讲责、权、利相结合，这很对。具体到烧烟这件事的"责"字怎么讲，9.5 万元怎么报销？读者很想知道个究竟。

（原载 1983 年 4 月 2 日《人民日报》一版）

■ 相关链接

# 长沙市委市政府派工作组协助整顿

**本报讯** 由长沙市委、市政府派出的工作组，昨日已进入长沙卷烟厂，协助整顿企业，将对该厂烧烟问题认真作出处理。

长沙卷烟厂烧烟问题，本报于今年 2 月发了内参，并于 3 月 29 日作了公开报道。党中央领导同志对此十分重视，专门做了批示；省、市领导决定派出工作组到该厂。工作组长由长沙市委书记邹乃山担任。工作组进厂后，将充分发动群众，举贤荐能，整顿领导班子；并协助工厂全面推行经济责任制，抓好企业管理方面的改革。

（原载 1983 年 4 月 19 日《湖南日报》一版）

## "烧烟"事件刻骨铭心　抓质抓量责任到人
# 长沙卷烟厂九月开始甩掉亏损帽

**本报讯**　一年多来一直亏损的长沙卷烟厂，今年 9 月扭转了亏损局面，盈利 5 万多元。

国庆前夕，记者走访了这家工厂。只见工人们正在争分抢秒地工作着。一箱箱、一车车质地精良的香烟从流水线上下来，进入成品库，迅速被运出工厂。陪同我们参观的厂负责同志周鸿荣指着外地来运烟的汽车说："上半年，我们厂里日产香烟只有 500 多箱，还大量积压。而现在，日产香烟 700 箱左右，仍然供不应求。"

这个厂自去年 6 月以来，因经营管理不善，产品滞销，一直亏损。今年 3 月本报和人民日报先后对该厂烧烟问题提出批评后，有的同志感到压力大，精神不够振作。厂党委把压力当动力，分析生产中的不利条件和有利因素，引导大家树立信心，振奋精神。接着，厂里派出人员到近 20 个县、市听取客户意见，订出整改方案。针对管理不善问题，厂里健全经济责任制，对全厂 4 个车间、1078 名在第一线生产的工人实行定员定额，对科室实行指标分管，由于打破了"大锅饭"，有效地调动了职工们的积极性。9 月 11 日晚上，二车间高烟乙班当班时，停电影响了一个小时生产，工人们就加班至次日凌晨 3 点，直到超额完成 23 箱任务才下班。这个厂还建立了从厂部、车间、班组到机台的检验网，严格把住质量关。一天晚上，3 车间有个当班工人将几卡经济牌香烟混入航海牌香烟中，虽然两者价格相差不多，但检验人员仍坚持发动全班 40 多人拆开几千条香烟，把经济牌香烟找了出来。目前，这个厂生产的香烟质量有了提高，合格率已达 99.5%，一类品率在 90% 以上，均超过国家规定的标准。在最近举行的全省卷烟质量评比会上，该厂生产的咀湘烟、咀鸳鸯被评为优质产品。

（原载 1983 年 10 月 20 日《湖南日报》一版）

## （二）关于双峰县一场百里还乡送葬的闹剧的报道

　　1985 年 7 月 29 日，在双峰县演出一场少数领导干部为原县委书记大办丧事的闹剧，造成一些机关无人办公，商店停业，交通中断，影响恶劣。揭露此事的稿件在本报发表后，《人民日报》旋即转载并配发言论。娄底地委和双峰县委认真处理了这一问题。该稿被评为当年全国好新闻。

# 一场百里还乡送葬的闹剧

### 双峰县房鹤皋等个别领导干部无视地、县委规定，
### 为原任县委书记大办丧事，造成一些机关无人办公，商店停业，交通中断

　　**本报讯**　7 月 29 日，在双峰县演出了一场少数领导干部为原县委书记大办丧事的闹剧。

　　这天中午时分，县城永丰镇街头，出现了一支长达近百米的送葬队伍：公安局的警车开道，局长带领干警维持秩序；身着制服的交通局长和交通监理所党支部书记手持红、绿旗亲自督阵；10 余辆大小汽车紧紧尾随；一套西乐和两套中乐齐声高奏，汽车上下、街道两旁鞭炮齐鸣。顿时，有的机关干部离开工作岗位，有的商店营业员跳出柜台，有的个体户放下秤杆，有的家庭主妇丢下手中活计，一齐涌向街头，把本来不太宽敞的马路挤得水泄不通，以致交通完全中断。人们还特别注意到，走在车队最前面的是前任

县委书记、现任县政府顾问房鹤皋。他时而招呼死者亲属，时而招呼送葬队伍。在这长长的送葬行列里，还有常务副县长周初新等9名县级领导干部和近40名县科局级干部。送葬队伍从光辉村入城后，经城中村、汽车站、复兴路、书院路，直到老桥，短短1.5公里，竟走了40多分钟。

这支车队是当天上午由百里以外的娄底市开来的，一路浩浩荡荡，好不威风。死者是该县原县委书记李海扬。他是双峰人，曾在本县工作多年，1983年机构改革中调任地区财委主任，因患肝坏死于7月26日去世。李海扬同志逝世后，娄底地委、行署非常重视，成立了治丧委员会，对他进行了悼念，并做好善后工作。双峰县委、县政府也作了研究，派人参加了地区悼念活动。地委和县委都要求死者亲属及有关人员一定从简办理丧事，对参加人员、出动车辆、悼念规模都作了具体安排和明确规定。但作为李海扬同志生前战友和亲家的房鹤皋同志，却违背了地、县委的有关规定，要人将送葬车队组织好，将90多个花圈随同骨灰运回双峰。县里个别负责人除上门布置送葬事宜外，还责成县政府办的同志电话通知沿途的20多个局级单位准备鞭炮，迎接李海扬同志的骨灰进城。有的局又把通知传达到公司、门市部等基层单位。城关镇也要求沿途居委会、居民按通知精神办理。

双峰县少数领导干部演出的这一场送葬闹剧，不仅严重地影响了正常工作，而且在群众中造成了极为恶劣的影响。自李海扬同志逝世到还乡送葬的三天时间里，这个县的一些单位都忙于应付丧事：抽调人员，安排车辆，筹集礼金，准备鞭炮。送葬这天，有的机关领导一齐出动，有的单位无人办公，有的商店停止营业。吴湾区一个7岁的小孩被过路货车压死，当地群众都无法及时找到交通监理所的负责同志。只有在特殊情况下方能出动的警车，更是破例地为丧事奔忙了三天。群众看到这般送葬景象，感慨地说："整党期间竟然出现这样的事，实在令人气愤！"久住当地的居民说："这是双峰县从来没见过的送葬壮观场面，还是当官的好，死了都比老百姓强。"

8月2日晚上，当我们走访房鹤皋同志时，他却不以为然，说："车子是自发来的，我也搞不清来了多少，我只是送葬者中的一员……"群众却说："他忘记了自己的身份和作用。"

（原载1986年8月5日《湖南日报》一版，姜荣富、屈新武参与采写）

■ 此文于 1986 年 8 月 7 日《人民日报》二版转载

人　民　日　报

## 双峰县一场送葬闹剧影响恶劣

### 房鹤皋等领导干部为原任县委书记大办丧事
### 造成一些机关无人办公商店停业和交通中断

本报讯 据湖南日报报道，7月29日，在湖南省双峰县演出了一场少数领导干部为原县委书记大办丧事的闹剧。

这天中午时分，县城永丰镇街头，出现了一支长达近百米的送葬队伍，公安局的警车开道，局长带领干警维持秩序，身着制服的交通局长和交通监理所党支部书记手持红、绿旗亲自督阵，十余辆大小汽车紧紧尾随，一套西乐和两套中乐齐声吹奏，汽车上下、街道两旁鞭炮齐鸣，致使正常交通完全中断。走在车队前面的是前任县委书记、现任县政府顾问房鹤皋，还有常务副县长周初新等九名县级领导干部和近四十名县科局级干部。

这支车队是当天上午由百里以外的娄底市开来的，一路浩浩荡荡，好不威风。死者是该县原县委书记李海扬。他是双峰人，曾在本县工作多年，1983年调任地区财贸主任，因患肝坏死于7月26日去世。李海扬逝世后，娄底地委、行署非常重视，成立了治丧委员会，为他进行了悼念，并做好善后工作。双峰县委、县政府也作了研究，派人参加了地区悼念活动。地委和县委最要求对死者亲属及有关人员一定从简办理丧事，对参加人员、出动车辆、悼念规模都作了具体安排和明确规定。作为李海扬生前同事和亲家的房鹤皋，却违背了地、县委

的有关规定，要人将送葬车队组织好，将九十多个花圈随同骨灰运回双峰。县里个别负责人除上门布置送葬事宜外，还责成县政府办的同志电话通知沿途的二十多个局级单位准备鞭炮，迎接李海扬骨灰返进城。有的局又把通知传达到公司、门市部等基层单位。

双峰县少数领导干部演出的这一场送葬闹剧，在群众中造成了极为恶劣的影响。自李海扬逝世到还乡这三天时间里，这个县的一些单位都忙于应付丧事，抽调人员、安排车辆、筹集礼金，准备鞭炮。送葬这天，有的机关领导一齐出动，有的单位无人办公，有的商店停止营业。吴湾区一个七岁的小孩被过路货车轧死，当地群众无法及时找到交通监理所的负责同志。只有在特殊情况下方能出动的警车，更是破例地为办丧事奔忙了三天。群众看到这般送葬景象，感慨地说："整党期间竟然出现这样的事，实在令人气愤!"久住当地的居民说："这是双峰县从来没见过的壮观场面，还是当官的好，死了都比老百姓强。"

8月2日晚上，当湖南日报记者去访查房鹤皋时，他却不以为然，说："车子是自我来的，我也搞不清楚了多少，我只是送葬者中的一员……"群众却说："他忘记了自己的身份和作用。"

### 如此带头作用

石角

最近，湖南省双峰县发生了一起大办丧事的严重事件：长达近百米的送葬队伍，由公安局的警车开道，十余辆大小汽车紧紧尾随，汽车上下、街道两旁鞭炮齐鸣……

如此壮观的丧礼，是死者(原双峰县委书记李海扬同志)家属搞起来的吗?不是。是县民的自觉行动吗?也不像。据说，地委、县委曾要求死者亲属及有关人员从简办丧事。那么，大办丧事为什么还能搞起来呢?原来是因为李海扬的生前同事和亲家、现任县政府顾问房鹤皋，以及常务副县长周初新等领导干部起了带头作用。

过去有一句话，叫做"村看村，户看户，社员看干部"。虽然"社员"已成为历史的陈迹，但这句话本身还有现实意义。双峰县大办丧事的闹剧，能够演得如此有声有色，就是一个证明。试想，如果房鹤皋不出面操办，不走在送葬队伍前面，周初新等九名县级领导干部和近四十名县科局级干部不出来捧场，哪有那么大一股干部和群众去送丧呢?!说穿了，九名没领导干部是看着房鹤皋面子去的，这四十名县科局级干部又是看着九名县级领导干部面子去参加丧礼的。当然，有些人是去凑热闹的。但是，不管怎么说，领导干部在这起事件中起了带头作用。

把这起大办丧事的事件，据说发生在整党期间，身为党员的这些领导干部，如不加以对照检查!这种不正之风难道不应正之列吗?

■《人民日报》配发言论《漫话》

# 如此带头作用

## 石　角

最近,湖南省双峰县发生了一起大办丧事的严重事件:长达近百米的送葬队伍,由公安局的警车开道,10余辆大小汽车紧紧尾随,汽车上下、街道两旁鞭炮齐鸣……

如此壮观的丧礼,是死者(原双峰县委书记李海扬同志)家属搞起来的吗?不是。是县民的自觉行动吗?也不像。据说,地委、县委曾要求死者亲属及有关人员从简办丧事。那么,大办丧事为什么还能搞起来呢?原来是因为李海扬的生前同事和亲家、现任县政

府顾问房鹤皋，以及常务副县长周初新等领导干部起了带头作用。

　　过去有一句话，叫作"村看村，户看户，社员看干部"。虽然"社员"已成为历史的陈迹，但这句话本身还有现实意义。双峰县大办丧事的闹剧，能够演得如此有声有色，就是一个证明。试想，如果房鹤皋不出面操办，不走在送葬队伍前面；周初新等9名县领导干部和近40名县科局级干部不出来捧场，哪有那么多一般干部和群众去送葬呢?！说穿了，9名县级领导干部是看着房鹤皋面子去的；近40名县科局级干部又是看着9名县级领导干部面子去参加丧礼的；一般干部和群众又是看着那些领导干部的面子去办丧事的。当然，有些人是去凑热闹的。但是，不管怎么说，领导干部在这起事件中起了带头作用。

　　双峰县少数领导干部搞的这起大办丧事的事件，发生在整党期间。身为党员的这些领导干部，不知何以对照检查？这种不正之风难道不应在纠正之列吗？

（原载 1986 年 8 月 7 日《人民日报》二版）

■ 采写回顾

# 记者要勇于鞭挞"丑恶"
## ——《一场百里还乡送葬的闹剧》采写点滴

　　一场《百里还乡送葬的闹剧》发表已有些时候了。感谢新闻界的领导和朋友们的鼓励与支持：把它评为 1986 年度全国好新闻；在这之前，人民日报还配发评论作了转载。自然，这篇报道对双峰县乃至全省革除陋俗、倡导新风也起了一定作用。在此，我只想就这篇稿件的采写过程和体会略述一二，以求得同志们的指点。

### 迅速、及时——抓住每一时刻

　　1986 年 8 月 1 日傍晚，我采访归来，一眼看到了一封放在案头的群众来信：《一场派性的送葬活动》，顿时引起了我的注意。我细细读来，原来是双峰县有 9 名县级干部和近 40 名科、局级干部为原县委书记大办丧事,动用汽车 10 余辆,行程上百里,沿途乐队高奏,鞭炮齐鸣,招摇过市,好不威风。

我边看边思忖着:此时此刻正是党一再强调要破除陈规陋习、加强精神文明建设之时,在双峰竟然发生如此之事:论送葬规模,是少有的;论领导干部参加人数,是可观的;论送葬里程,是够远的……这一切,实在令人惊叹!尽管我手头工作十分繁忙,一种强烈的责任感和义愤之情,驱使我迅速作出决定:次日清晨,赶往双峰采访。

第二天早晨 7 点,我搭上长途班车从省城出发了。从长沙到双峰有 300 多华里。一路上,骄阳似火,车厢里闷得透不过气来,薄薄的汗衫也湿透了。临近中午 12 点,总算熬到了目的地。

吃完午饭,稍事休息,我便和报社先天到双峰的两位同志一道开始了紧张的采访活动。我们先后找了县委、县人大、县政府、县政协的有关负责同志、参加送葬的干部以及围观的群众,全面、翔实地了解各方面情况。自然,被批评的几位主要领导干部,更是我们的采访重点,他们的看法和意见是不能忽视的。当天下午,一直采访到 6 点多。吃罢晚饭,我们又一鼓作气继续干,到深夜 11 点多才从县委大院回到招待所。记得那天夜里,正碰上双峰县城停电,一无灯光,二无电扇。为了抢住时效,我们就请县委办的同志点上几支蜡烛,在昏暗的光线下,一边记笔记,一边摇扇驱蚊、取凉,坚持采访。

待我们洗完澡,时钟敲响了 12 点。"已经是零时了,怎么办?"和我一同采访的小伙子发问了。"继续干吧,反正天热睡不好。"随即,我们提笔写稿。凌晨 2 点,稿件基本完成了。我们如释重负,这才安心地上床躺下。

次日上午,我们又找当事人进一步核实稿中所写的情况,并请有关领导审稿。中午 11 点多,我便乘车返回长沙,来回仅花了一天多。8 月 5 日,稿件见报了。现在回味起来,可说是打了一场"速决战"。

## 细致、感人——着力于现场描绘

这篇稿件究竟怎么写? 若是说采访刚开始时,由于材料缺乏,我们还心中无数的话,那么随着采访的不断深入,特别是到了写作阶段,我们就考虑得更多了。

应该说,百里还乡送葬,既是封建的陋俗,又是一桩社会丑闻。怎样把"陋俗""丑闻"形象、具体地亮出来,把它暴露在光天化日之下,激起读者的愤懑呢?那就不是几句干巴巴的话语、概念式的说教所能奏效的,更重要的是要用生动、形象的细节来感染人、打动人。

因此，从一开始采访，我们就着力于现场生动细节的挖掘，不仅从不同角度不同层次采访了各方面人物，而且观看了部分现场。写作时，我们更是采用了从细节描绘入手、再现现场的手法。如文章开头写道："这天中午时分，县城永丰镇街头，出现了一支长达近百米的送葬队伍：公安局的警车开道，局长带领干警维持秩序；身着制服的交通局长和交通监理所党支部书记手持红、绿旗亲自督阵；10余辆大、小汽车紧紧尾随；一套西乐和两套中乐齐声高奏，汽车上下、街道两旁鞭炮齐鸣。"后来，又写道："这支车队是当天上午由百里以外的娄底市开来的，一路浩浩荡荡，好不威风。"

在具体细节的描述中，我们立足尊重客观事实，还十分注意用一些动作鲜明的动词，把"闹剧"放在动态的环境中，使新闻具有动态美。比如在写送葬队伍行进到城关镇的景况时，就是这样表述的："顿时，有的机关干部离开工作岗位，有的商店营业员跳出柜合，有的个体户放下秤杆，有的家庭主妇丢下手中活计，一齐涌向街头，把本来不太宽敞的马路挤得水泄不通，以致交通完全中断。"在揭示这场"闹剧"的为首者出场时，也是把他放在动态的环境中："人们还特别注意到，走在车队最前面的是前任县委书记、现任县政府顾问房鹤皋。他时而招呼死者亲属，时而招呼送葬队伍。"

由于这篇消息注意了细节的描写，同时又把"人物"和"细节"放在动态的环境之中，所以就能给人一种亲临其境、亲眼所见的感觉。

## 真实、客观——不放过任何一个细节

新闻的时效要抢住，细节的描写要讲究，但所报道的客观事实都必须完全真实，提法要十分准确。

前面提到的那封揭露这场"闹剧"的群众来信，从标题到文章内容都反复强调"这是一场有组织的派性送葬活动"能不能把它轻易地归结为"派性活动"呢？我们在采写中也反复考虑过，认为不提"派性活动"更策略。因为不管怎样，这种领导参与的大规模百里还乡送葬活动是绝对错误的。若是提出"派性"问题，不仅一下难以落实，而且也难说得准确。说不定记者还会被牵入派性之中。所以在采写稿件时，我们就回避了"派性"的问题，只就事论事，同样达到了好的宣传效果。不是吗？后来，该县一些干部为那封来信中所提"派性的送葬活动"事发生了争执，但谁也不否定这篇报道的正确性。正如被批评者房鹤皋等同志所说："感谢党报的批评，使我受到了一次深刻的党性教育。"

在一些细节的描写中，我们更是做到反复核实（包括向被批评者核实），不捕风捉影、道听途说，更不凭空想象。比如在采访中，有好几位同志向我们提供这样一个细节：

送葬的车队为了显示威风和一路畅通,由走在最前头的车不断鸣笛报警。起初,我们在稿件中也写了这一细节,但后来当我们问及房鹤皋有无这一情况时,他说:"当时,我走在送葬行列里,心情很悲痛,也记不清警车鸣笛报警没有……好像没有报。"既然如此,我们便果断地删去了"警车鸣笛报警"的这一细节。

对一些一时搞不清的或被批评者一时接受不了的问题,我们坚持从实际出发,不轻易扣帽子、打棍子,强加于人,而是客观地摆出事实,让读者去理解去评论。前面所述,作为死者亲家的房鹤皋,原是前任县委书记、现任县政府顾问,应该说在县里是举足轻重的带头人物。而他不仅没有拒绝"大操大办李海扬的丧事",居然违反地、县委的有关规定,张罗送葬事宜,"要人将送葬车队组织好,将90多个花圈随同骨灰运回双峰",自己还走在送葬车队的最前面。按理说,这场闹剧的出台是与他分不开的。然而在采访中,房鹤皋一再声明:"车子是自发来的,我也搞不清来了多少,我只是送葬者中的一员……"难道他只是"普通的一员"吗?这是谁也不相信的。但既然房鹤皋一时没有认识过来,在文章的结尾,我们也就没有简单、武断地给他做个结论或是扣顶"帽子",而是就用房鹤皋的话来作结束语,只是加上群众的一句评语:"他(指房鹤皋)忘记了自己的身份和作用。"这样,既客观、含蓄,又一箭中的,恰到好处。

## (三)关于城步出现官府村的报道

1985 年 8 月 6 日,《湖南日报》在一版头条报道了我和马宁同志一道采写的《城步出现"官府村"》一稿。城步苗族自治县 50 余名科局级领导干部侵占城郊果木林地,利用职权低价购进"三材",建立高级别墅,群众称之为"官府村",在这个国家级贫困县造成很坏影响。稿件发表后,《人民日报》上了当日报摘标题。《湖南日报》开辟了《要认真查处"官府村"的问题》专栏,发表了群众来信。邵阳地委派出工作组查处"官府村"问题。其他市、县亦开展了清理和查处领导干部利用职权营建私房的问题。该稿被评为当年全国好新闻。

## 城步出现"官府村"

### 少数县局以上干部以权谋私,占用 20 多亩土地
### 营建高级私宅,引起当地干部群众的公愤

在城步苗族自治县城关镇的狮子山到八角亭一带,竖立着 50 余栋县局以上领导干部修建的新房。其中被群众称之为"官府村"的杨家园、李家墦等处,就住着 25 个县局以上领导干部。一位常务副县长修的住房尤为引人注目,这是一栋两层楼"L"形、庭园式的建筑,楼上楼下大小 8 间,建筑面积达 180 多平方米。堂屋上面装有进人的扇形门洞和摆花的扇形窗洞,栏杆和檐下墙面粉有民族风格的图案,推拉铁门,花眼围墙,

着实考究。坐落在轿顶岩下的另一位县领导人即将竣工的小楼房,设计为扇形窗、通走廊、木板地面,加上片石围墙,也别具风格。上下 8 间住房,还有厨房、澡堂、杂屋等,连家禽都能住进一间 7 平方米的砖房。

这些领导干部的私房,大都是 1983 年以后修建的。当时正值机构改革之际,有的同志考虑到自己年龄、文化方面的原因,眼看快退下去了,便想搬出机关,另建比较高级的住房。在建房过程中,有的领导干部不惜利用职权,占国家、集体的便宜。按有关政策,并照顾该县特点,规定一户征地不得超过 3 分,但实际上相当一部分人都超过了这一标准。原县城建局局长就占用了 4 分多地,建起了大小 13 间房屋,建筑面积达 250 平方米。全县局以上干部私人建房,共占用土地 20 亩以上,平均每人约 4 分。尤其是有相当一部分领导干部征用的还是果木林地,每分地只交 36 元至 40 元土地费,已经受益的果树每棵最多也只交 50 元收购金。仅城关镇一居委会范围内刚受益的橘园、梨园就被干部建房毁坏了 10 余亩,一年减少收入上万元。全居委会现有 120 多人只得在家待业。当地群众气愤地说:"我们指望着果园受益,而'当官的'征去建私房,真是断了我们的生路。"

这些领导干部建房用的三材,不少来路不正。有的利用工作之便,低价购进原材料;有的甚至把国家拨给县里的计划物资也占用了;有的还向企业廉价索买。建房的干部中,在县物资局购得 300 公斤以上钢材的就达 130 个,共计钢材 93.75 吨。县砖瓦厂生产的红砖每块正价卖四分五,有的领导干部却以买"雨打砖"为名,只花二分一块就买到了。去年该厂为领导干部卖出这种砖 38 万多块,其中有相当一部分是好砖。一位县领导还将国家分配给县里的 8 吨钢材,以自建房屋需料为名,由其小孩出面购回了 3.9 吨。在运输建筑材料时,有的领导干部还动用公车,少给或未给运输费用。这样,使建房成本大大下降。据有关部门测算,建一栋类似房屋,每平方米约需 100 元左右。但不少领导干部仅花五六十元甚至更少。而目前,在这个县的 18.4 万多名农业人口中,约有 30% 的人温饱问题尚未解决好。因此,群众对干部建房反映十分强烈,他们说,一些干部只顾为自己造安乐窝,对群众的难处却不关心,真使人心寒。

7 月中旬,记者来到该县城关镇,看到"官府村"附近的饶家园、干龙井、大龙井、飞山庙、刘二园等处,私房施工正在紧张进行:有的忙着运送材料,有的正在下基脚,有的抓紧砌砖粉墙……好不热闹。据了解,该县局以上干部正在兴建和量了建房土地的又有 32 个,其中县、团级干部达 12 人。在工地上,桶粗的梨树被砍掉,青果累累的橘树被毁坏,过路人都痛心地摇头叹息。

这个县的部分领导干部营造私房,明显地违反了有关政策规定。当地干部和群众热切希望上级有关部门对此进行认真清理，对利用职权侵占国家、集体和群众的财物，搞不正之风的人，一定要严肃处理。

（原载 1985 年 8 月 6 日《湖南日报》一版头条，马宁参与采写）

■《湖南日报》开辟专栏

# 《要认真查处"官府村"》的问题

**编者按**：本报 8 月 6 日披露城步出现"官府村"的问题后，引起了强烈反响。读者纷纷投书本报，对城步苗族自治县少数领导干部在建造私房中利用职权，牟取私利的不正当行为，表示愤慨，并提出了一些尖锐的问题。城步苗族自治县县委做了自我批评，表示要对此事作出严肃处理。我们希望通过这件事，能使少数搞不正之风的人受到触动，改正错误，把全部心思用到为人民干好事、干实事上来。

## 彻底清查处理　决不姑息迁就
### ——城步县委来信表示

8 月 6 日《湖南日报》刊登《城步出现"官府村"》一文之后，我们县委于 8 月 8 日召开了常委会，就如何清查、处理我县干部职工在修建私房中的严重不正之风进行了认真的研究。

近几年来，我县少数国家干部、职工，特别是一些领导干部，在营建私房中利用职权和工作之便，侵占国家、集体和群众利益，影响很坏。县委未能及时刹住这股歪风，是负有重要责任的。我们决心把清理建房中的不正之风作为整党的一项重要内容，抓紧抓好。县委常委决定，对在营建私房中，不顾国家、集体和群众利益，侵占土地，超征土地，擅自动用公款，占用国家和集体的建筑材料，无偿使用国家和集体的运输工具，廉价用工，平调劳力的行为，要彻底查清，按有关文件的规定进行处理，决不姑息迁就；对在修建私房中有一般问题的同志，要给予严重的批评教育；对那些问题严重、态度恶劣、影响很坏的人要给予党纪政纪处分,触犯刑律的应由政法部门依法惩处。

我们县委决心和全县党员、干部一道,认真学习整党文件,树立"先天下之忧而忧,后天下之乐而乐",全心全意为人民服务的好思想、好作风,为建设好城步而努力工作。

中共城步苗族自治县委员会

## 党报道出了人民的心声

《湖南日报》披露城步苗族自治县"官府村"一事,在城步群众中引起了极大反响,都说党报道出了人民的心声。

论工资收入,"官府村"中的绝大多数人是修不起这样高级的私房的,他们靠的是利用人民给的权力来为自己谋私利。这几年,城步出现了一个怪现象:一些建筑队为哪个单位起房子,这个单位的领导或主管基建的人,很快就要这个建筑队为自己修起一栋私房。名义上是私人付了钱的或包给这个建筑队的,但实际上,在材料、工钱上都沾了单位的光。划算来划算去,受损的是国家,得好处的是个人。

现在,"官府村"的问题已经揭发出来,我们希望把问题一一查清楚,对那些贪赃枉法的人给予严肃的处理。

城步建筑工程公司　志功

## 只顾自己养尊处优　忘记了群众的疾苦

城步苗族自治县的一些领导干部,把精力倾注在修建私房上,只顾自己养尊处优,忘记了全县的建设大业和广大群众的疾苦。

解放后特别是党的十一届三中全会以来,城步面貌有了一定的变化,但目前全县还是比较穷困的,1/3 以上的农民温饱问题还没有解决。如地处县西南的岩寨乡,1983年人平口粮还只有 300 多斤,人平纯收入 50 多元。特别是该乡还有 30 多户村民住灰棚、岩洞或借别人房子栖身,有 300 多个大男大女无法成婚。

城步的一些地区之所以长期贫困,原因固然很多,但与县里一些领导干部没能很好地带领群众搞好建设,没能关心群众生活有很大关系。群众生活水平还很低,可县里一些领导干部却大建高级私宅,群众会怎么想呢?希望"官府村"中的领导干部扪心问一问:是不是有负于人民给予你的信任,对不对得起 20 多万城步各族群众。

城步苗族自治县　陈栗

## 触犯法规 理当查处

我们国家的县、局级干部，为数众多，如果都像自治县的一些领导人员那样，不择手段地利用职权牟取私利，那么社会上又会出现一个什么样的局面呢？城步"官府村"的出现，不是偶然的，是一种封建特权思想在党内的反映，它严重危害人民利益，影响党群关系，损害党的威信。我国宪法规定："社会主义的公共财产神圣不可侵犯。国家保护社会主义的公共财产，禁止任何组织或者个人用任何手段侵占或者破坏国家的和集体的财产。"城步县的少数领导干部显然违反了这一规定，我们希望党和政府认真查处。该退赔的必须退赔，该追究责任的就要一追到底，这样才能严法纪，服民心，才能保证四化建设的顺利进行。

长沙市西区人民代表 陈荣杰

## 群众纷纷向地委工作组反映情况

8月6日，《城步出现"官府村"》的记者来信在《湖南日报》发表后，这个县的人民群众反响强烈，纷纷向邵阳地委派往该县清理干部营建私房的工作组反映情况。

地委工作组到达城步的第二天下午，群众就陆续找到工作组的住处，说党报揭露"官府村"的问题代表了群众的意愿，说出了群众想说而不敢说的话。几个工人对工作组的同志说，"官府村"的问题解决了，城步的其他不正之风也就好解决了。一些居委会的群众希望凡属在营建私房中违反政策规定，损害群众利益的干部，这次要端正认识，如实地向组织讲清问题。他们说，这些干部平时教育别人时，大道理一套又一套，现在到了他们自己头上，看他们能不能用平时讲的那些道理来要求自己。一些基层干部和老党员高兴地向工作组说：共产党还是共产党，到底不允许搞以权谋私这些不正之风，这次抓住了"官府村"的问题，真正像个整党的样子。这样下去，端正党风才有希望，我们城步方有希望。

（原载 1985 年 8 月 8 日《湖南日报》二版专栏）

■《人民日报》"今日首都和各省市区报纸要目"转发

## 占地廿亩　蚕食四邻　城步五十余县局干部私入盖房毁果园

《湖南日报》　城步苗族自治县五十多个县局以上干部不惜毁掉果园，占用二十多亩土地营建私人高级住宅。

（原载 1985 年 8 月 6 日《人民日报》一版）

■ 相关链接

## 着手查处"官府村"问题
### 邵阳地委向城步派出工作组

本报讯　8 月 7 日，邵阳地委书记刘阳春、副书记刘慈民到城步苗族自治县，帮助县委清查该县少数领导干部违纪建房问题。由地纪委书记梁同庆、副书记邓前龙带队的地委工作组也在日前到达城步，开展清理调查工作。

8 月 6 日，湖南日报刊登《城步出现"官府村"》的报道后，邵阳地委十分重视，及时进行了研究，认为：报纸的批评是及时的、正确的，城步的这个问题的性质是严重的，必须结合整党进行严肃查处。地委负责同志和地委工作组到城步后，立即会同县委进行了调查研究，并参加了县委常委会议，由县委作了初步检查。目前清查工作正在进行。

（原载 1985 年 8 月 6 日《湖南日报》一版）

## 城步"官府村"问题已作处理
### 常务副县长高文彦等四名县级领导干部分别受到党纪处分，
### 所建私房被折价归公

本报讯　众多读者关注的城步"官府村"问题，在中央、省和原邵阳地委、地纪委的过问下，已得到严肃处理。

最近，经省纪委和邵阳市委（今年三月邵阳地、市合并）分别批准，对城步苗族自治县4名违反政策规定，利用职权，侵占国家和集体利益，营建私房的县级党员领导干部作出如下处理：常务副县长高文彦被撤销县委委员职务，建议行政由副县级降为科级；县政府调研员祝子兴受党内严重警告处分，建议行政由副县级降为科级；县政府调研员刘正梁受党内严重警告处分；原县长杨再坚受党内警告处分。以上4名领导干部所建私房，由房产部门折价归公，按真凭实据支付本人的建房费用。邵阳市委还责成利用职权营建私房的党员领导干部刘家义（县人大常委会副主任）、杨学优（县政府调研员）写出深刻检讨，对其侵占的国家和群众的资财进行退赔。

1985年8月6日，本报在一版头条位置刊载了《城步出现"官府村"》的记者来信，披露了城步苗族自治县少数领导干部以权谋私、滥建私房的问题，引起了中央、省、地有关领导部门的重视。湖南省委、省纪委主要负责同志专门听取了城步"官府村"问题的汇报，并责成原邵阳地委、地纪委和城步县委、县纪委迅速查处。原邵阳地委、地纪委主要负责人于去年8月7日带领工作组到城步，会同县委、县纪委调查处理。经过几个月的工作，查清了这个县的领导干部在营建私房中的问题。从1983年以来，该县共有192名干部在城关镇一带营建私房，其中办理了建房审批手续的县级领导干部15户，已建好的七户；办理了建房审批手续的局级领导干部71户，已建好的44户。这些建房户许多并不属无房户或拥挤户。

在营建私房中违反政策和纪律，以权谋私的问题相当严重：多数建房户超过了占地标准；建房"三材"来路不正；利用职权侵占国家、集体和群众的利益。而且这些领导干部违纪营建私房都发生在中纪委《关于必须坚决制止党员、干部在建房分房中的歪风的公开信》以后，实属有禁不止，我行我素。在建私房中，县政府常务副县长高文彦侵占国家、集体和群众资财，拖欠公款，共达1868元；县政府调研员祝子兴侵占国家、集体和群众资财等1658元；县政府调研员刘正梁侵占国家、集体和群众资财等615元；原县长杨再坚侵占国家、集体和群众资财等219元。

为严肃党纪，除作出上述处理以外，城步县委还对在建私房中有以权谋私行为的其他党员干部作出处理。

（原载1986年4月18日《湖南日报》一版）

## 十一 要以无畏的勇气敢与人民群众痛恨的犯罪分子和违纪行为作斗争

**心灵感悟：**在人类历史的长河中，在社会发展的道路上，总会有波澜起伏，蜿蜒曲折。大至侵吞社会巨额财产，挖社会主义墙脚的贪污分子，小至扰乱社会治安、侵民扰民的扒窃分子或严重违纪违法的人，不时兴风作浪，实施捣乱。人民群众对此深恶痛绝。对此，记者就应立场坚定，旗帜鲜明地与之斗争，而绝不能畏首畏尾，听之任之，更不能随声附和，危害人民。记者始终要做社会前进的促进者、消除矛盾的稳定器。

**亲身经历：**改革开放搞活了经济，使市场充满了生机和活力。然而，20世纪八十年代，社会上一些不法之徒乘机捣乱，破坏社会主义经济；国家机构少数当权者以权谋私，甚至不惜贪污挪用，损公肥私。桂阳县三名正、副局长执法犯法，带头挪用、私分罚没公款即是一桩典型案例。我得知这一情况后，随即去该县采访，及时揭示这一问题，使当事者受到了党纪国法的制裁。与此同时，我还就当时长沙市存在的公共汽车上扒窃犯罪活动比较猖獗和侵占土地、房屋的严重违纪行为也偶有发生的情况进行采访，作出跟踪报道。

# 桂阳县工商局领导干部执法犯法

## 正副局长带头挪用、私分罚没款 22 万多元

**本报讯**　桂阳县揭发一起县工商局三个正、副局长执法犯法，带头隐瞒、截留、挪用和私分罚没款 226600 余元的大案。目前，这一案件正由郴州地纪委和桂阳县委、县纪委查处。

1983 年 12 月，李教伟、陈鼎铭分别调到桂阳县工商局任正副局长后，即与原留任的副局长龚积家商量买台小车子，建栋新房子，并决定集中精力抓进口汽车走私案件，搞两本罚没单，使用两个账号，打点"埋伏"。因此，从去年元月至今年 4 月，他们组织人员抓收缴罚没款，共计收入 418000 余元，从中隐瞒六万多元，截留 74000 余元，挪用 91000 余元，用于买汽车、私分、滥发奖金和补贴。去年 12 月 3 日，三名正、副局长一起合议，以给自己发"辛苦费"为名，指令经办人从小钱柜中取出 800 元，各得 200 元，今江苏高邮县某公司从广东买回一辆走私车，路过桂阳时，被他们拦住检查，罚款 2000 元，连收条都不给对方，每人从中分得 200 元，今年元月下旬，办案人员扣留了湛江市 4 台走私小车，李教伟、陈鼎铭趁机向对方提出，如能为该局提供两台进口汽车，即可放行，不予罚款没法，对方只得陪同李、陈折回湛江，经过一番周折，总算找到了货源。李、陈便动用 138000 元罚没款，购回了两台走私车。

这个局的领导和少数办案人员贪得无厌，连报案人的奖金也千方百计克扣，中饱私囊。今年元月 17 日，樟市乡浦口村两个村民揭发一起倒卖烟草案，按规定应奖励报案人 880 元。他们却只给了报案人各 50 元，从中拿出 380 元私分，三个正、副局长每人分得 20 元。余下的 400 元既未给报案人，也不交公。他们还要报案人在 880 元的收款收据上签字。一年多来，他们采取同样的手法，先后 4 次共克扣报案人奖金 1188 元。

他们还打着"关心职工"的幌子，滥发奖金和补贴。三个局领导分到一部分罚没款后，在去年 12 月 6 日，副局长陈鼎铭提出："也给大家发点钱，有人要告状，也不怕！"随后，即从罚没款中拿出 1650 元，给局机关 33 个职工每人发了 50 元。他们还将晚上的办案补助费增加到每人每晚 3 元；给每个职工发 24 元做裤子。更为恶劣的是，今年 2 月，中央发出《关于严格控制发放奖金、补贴的紧急通知》后，他们仍然顶风作案，又先后两次从罚没款中拿出 11400 多元，以"拦车奖""超产奖"为名，发给职工。其中，李教伟、陈

鼎铭、龚积家各分得 531 元。这样，一年多来，三正局长每人分得罚没款 1300 多元。

为了防止事情败露，他们曾烧毁 13 张、计 800 余元的凭据。事情被告发后，局领导一面矢口抵赖，扬言"工商局没有问题"一面对揭发这一事件的该局干部陈光保等同志百般谩骂、恐吓，直至要将他调离局机关。有关部门立案查处后，在事实面前，三位正副局长才不得不将自己的问题逐步交代，并作了大部分退赔。

人们期望，对如此严重违纪、违法的案件，有关部门能作出严肃、认真的处理。

（原载 1985 年 10 月 4 日《湖南日报》一版，谭涛峰，聂廷芳参与采写）

■ 采写回顾

# 面对锋利刀口斗扒手

那是 1981 年 4 月间，一连几天，几个读者给我来电来访，反映不少外地扒手来长沙，利用早晚上下班时间，三五成群，到人多拥挤的公共汽车上和车站、码头进行扒窃活动，搞得人心惶惶。希望媒体记者进行调查。

当我准备去公共汽车上跟车采访时，我的家人和亲友都对我说，这些扒窃分子都是一些亡命之徒，凶狠得很，他们不仅扒人财物，而且带着刀具，伤人皮肉，去不得呵！但我想到，这些扒窃分子的犯罪活动，已经直接影响到人民群众的出行安全和正常生活。作为记者，有责任去为其解难，为民除害，即使自己承担一些风险，也应迎难而上，在所不惜。

于是，我连续几天利用早晚上下班时间，去长沙市中心的 1 路、6 路和 12 路公交车上采访。车上确实人多拥挤，我也目睹了几次犯罪分子的扒窃活动。一天傍晚，一个刚下火车的老人上了 12 路车。两个 20 多岁的扒窃分子就盯住了他：两人往老人身边一挤，一人抬高手臂打掩护，一人用刀片去划老人的布袋子。我向他们大吼一声："你们干什么？"他们不仅不缩手，反而若无其事，扬着手中的刀片对我说："关你屁事，揍死你！"我理直气壮地厉声回答道："我就是来管你们的。"这时，身边的几位乘客都看了他们，并指责他们。真是邪不压正，他们这才灰溜溜地下车了。

另一个早晨，一位中年妇女提着皮袋挤进了 6 路车。站在离车门不远的我，只见跟着她上车的一个近 30 岁的扒手乘她不备，将其皮袋打开，用手指伸了进去。我轻轻地对这位中年妇女提醒了一句："小心扒手。"她马上反应过来，将身后的皮袋往前一移，避免了财物损失。

一个周末的晚上，6 点多，我从城市中心的五一广场站，上了拥挤不堪的 6 路车。一个近 20 岁的男子乘我往车厢漫步移动时，轻轻地将手伸进我装着钱的裤后口袋里。我机灵地抓住了他的手，厉声吼道："扒手！"他猛地将手缩了回去，反扑过来，抓着我的衣服，气势汹汹地对我说："你莫冤枉人！"正好此时，在汽车后部的一位公安民警走了过来。我将情况告诉了他，请他将这个扒手带了下去。

一连几天的早上和晚边，我收集了不少扒窃分子作案的素材，接着又去市公交公司和公安部门了解了他们的销赃情况。我深感这一问题已经直接破坏了社会秩序，严重损害了人民群众的人身和财物安全，非抓不可，随即写出了一篇报道《省会群众强烈要求打击扒窃犯罪活动》，在当年 7 月 15 日《湖南日报》一版发表了，引起了相关部门高度重视，立马采取措施解决了这一问题。

■ 记者来信

# 省会人民迫切要求打击扒窃犯罪分子

近来，长沙市扒窃犯罪分子盛为猖獗，他们三五成群，大都利用早晚人多拥挤之时，混入公共汽车上进行犯罪活动。前些天，一位湘阴县某公社农机站来长沙出差的同志，清晨五点多乘 12 路公共汽车去火车新站。下车时，两个犯罪分子拦住车门，另一个家伙乘人拥挤时，即将他的钱包扒去。省戏曲研究所一位同志因单位无住房，佃居郊区，每日搭汽车上下班，从去年下半年到今年 3 月，就 4 次被扒。3 月中旬，汨罗县有 7 位同志在长沙开会，就有 4 人被扒。更有甚者，一些犯罪分子竟敢公开行凶抢劫。4 月 5 日傍晚 7 点多，长沙交通学院有个学生由城里搭 4 路车返校，一个高个子扒手掏他的上衣口袋，他急忙捂住。片刻，这个家伙一声口哨，同车的另外两个犯罪分子挤到这个学生身边,硬是将他口袋中的钱和粮票抢劫一空。这学生当即喊抓扒手,并向那高个子要回东西。这些家伙不但不给,反而将这个学生挤下车毒打一顿。对于犯罪分子的这种嚣张气焰,广大群众已经到了忍无可忍的地步了。

这些犯罪分子扒窃了这些不义之财后,有的大肆挥霍滥用,聚众赌博。他们在街头巷尾、宿舍区,甚至在火车新站、又一村、南门口、湘江大桥下、船码头和茶室等大庭广众之中公开赌博。其手法多种多样,有划拳、推牌九、下残局、比命、赌镍币、赌车子牌照号码、赌下车人数、赌火车车厢节数等等。输赢一盘从几角、几元、几十元,直至上百元。某厂有个青工原来表现较好,去年下半年染上赌博这一恶习后,几个月内就输掉千余元,只好去偷去扒。另一个24岁的青工迷醉于赌博后,干脆自动离职,堕落成赌棍。

扒窃、赌博之风,已经直接影响到社会秩序和人心的安定,严重败坏了社会风气,毒害了青年一代。对此,广大群众无不痛恨,迫切要求省、市有关领导部门狠下决心,拿出强有力的措施,刹住扒窃、赌博这股歪风,严惩这些犯罪分子,以保障人民生命财产安全。广大群众也要齐心协力,发现扒窃犯罪分子,就群起而擒之,送往公安部门。各单位要大力支持有关部门的工作,狠狠打击扒窃、赌博活动。

(原载 1981 年 4 月 30 日《湖南日报》一版)

■ 相关链接

# 长沙市群策群力整顿交通秩序

### 每天抽出 160 余人上车执勤,维持秩序

**本报讯**　昨日,在长沙市部分主要公共汽车站台,一些胸佩《交通安全员》符号,手提电动喇叭的值勤人员正在忙碌着:他们不停地招呼乘客排好队伍,依次上车;提高警惕,防止扒窃;还不时地指点公共汽车司机靠站停稳,保证安全。

这批执勤人员是由市革委会的有关部门组织的。他们来自市级机关和几十个基层单位。其任务是:维持站台乘车秩序,组织乘客依先后次序排队上车;配合公共汽车公司职工和交通民警严防扒窃犯罪活动,确保乘客乘车安全。同时,对公共汽车公司的行车、乘务工作实行监督。

前一段，长沙市公共汽车秩序比较乱，扒窃犯罪活动比较猖獗，群众反映十分强烈。市革委会根据群众意见，多次召集有关部门进行研究。决定从3月30日起每天抽出160余名干部、职工到28个主要公共汽车站台执勤，维持公共交通秩序。被抽调的同志积极、热情地对待这一工作。省建材机械厂傅建良、王忠胜和唐其伟等昨日清晨5点多就起床，6点多即赶到东塘公共汽车站执勤，使乘客上下车井井有条。湖南省客车修制厂执勤人员吴再生，60岁了，除搞好站台执勤外，还在公共汽车上抓获了两个扒手，为乘客挽回了损失。

（原载1981年5月2日《湖南日报》一版）

# 长沙市公安干警破获千元扒窃案

**本报讯** 长沙市公安局刑侦大队干警48小时破获一起公交车上上千元扒窃案，为失主挽回了损失。

4月22日早晨7点多钟，一对中年夫妇来到刑侦大队报案。他们是西藏自治区地质局勘探大队的干部，男的姓朱，女的姓欧，来湖南参观。当天早晨，夫妇俩从窑岭乘七路公共汽车去火车站。上车不久，欧发现自己的裤连口袋五层布被划破，藏在内裤里面钱包中的一千元除留下九十元外，其余全被扒走。刑侦大队的同志听了他们的叙述后，当即抽调十余名侦察人员开展侦查，对有关场所加强了控制。

干警熊菊德、彭俊敏等根据所了解的线索，查明韶山路公社红旗大队惯扒犯邹某是可疑对象。当夜，侦察员郭笃生等进一步查明，在砂子塘居民点落脚的几个扒手早晨上车作了案，其中就有邹某。深夜，公安干警抓获邹某，连夜讯问。邹只交代过去的罪行，拒不交代千元扒窃案有关事实。侦察人员再次深入调查了解，根据得到的线索，进一步讯问邹某。邹终于交代是砂子塘惯扒犯左健等人在车上作的案。刑侦干警迅速行动，在侯家塘派出所的协助下，查明左健是从劳教场逃跑出来的，随即依法拘留了左健。在确凿证据面前，左健被迫交代是和劳教人员汪建强一起作的案。公安战士兵分两路，连夜奋战，在坪塘劳教单位协助下，又依法拘留了汪建强。赃款现已全部缴获归还失主。

（原载1981年5月12日《湖南日报》一版）

# 长沙市公共汽车上秩序好转

## 扒窃活动减少,乘客增多,公汽公司九月上半月比去年同期增收三万多元

**本报讯** 9月中旬一天上午,一位来自浏阳县的老人拎着个鼓实、拍满的提包,坐上长沙市 12 路公共汽车,情不自禁地对乘务员说:"这些天来长沙的社会秩序硬是大变了呵! 记得 7 月间,我来长沙走人家,也是坐的 12 路车,放在袋子里的 90 元一下就被扒手划开袋子扒去了。这次,我带着 100 多元在长沙待了几天,上车下车,买东买西,没出一点事。"坐车有了安全感,搭乘汽车放得心。这是近一段时间来,长沙市群众的普遍反映。

前一段时间,刑事犯罪分子在公共汽车上活动猖狂,公汽公司移交给公安部门处理的案件平均每月 40 多起,在一个月时间内,竟有上 10 名司乘人员被打。在打击刑事犯罪活动中,长沙市公安局和城建局联合行动,组成治安联防队,负责处理各类扒窃案件和纠纷,侦破了一批积案,整顿了行车秩序。这样一来,9 月上半月移交给公安部门处理的案件仅一起。

公共汽车上的秩序好了,乘车的人增多了,公共汽车公司的收入也增加了。9 月上半个月,全公司的收入比去年同期增长了 6.35%,计 3 万多元。

(原载 1983 年 9 月 23 日《湖南日报》一版)

□ 呼吁

## 火星、五一大队少数干部拒让已征土地　阻挠国家建设
# 群众强烈要求拔掉这些"钉子户"

### 七年来,由于他们拒不搬迁,影响 30 个单位、3000 多万元投资的工程不能上马,省委、省政府负责同志责成有关部门迅速解决

**编者按**:火星、五一两个大队的少数干部,7 年来拒不让出已经征购的土地,使国家建设的一些项目迟迟不能上马,成为众口皆非的"钉子户",影响极坏。本报发表这篇报道,旨在敦促这些同志正确认识局部利益和全局利益、个人利益和国家利益的关系,以迅速搬迁的实际行动改正错误;否则,就会在错误的泥潭里越陷越深。

本报讯 长沙市郊区东屯渡公社火星、五一两个大队少数干部,7年来拒不让出已征土地,使30个建设单位、3000多万元投资的工程项目迟迟不能上马,开了工的也被迫中途停了下来,严重影响国家建设正常进行。各方反映十分强烈。省委、省政府负责同志对此十分重视,于近日专门作出批示,责成有关部门迅速解决这一问题。

1975年,长沙市修建新火车站时,根据车站工程和城市规划建设的需要,经当时的省、市革委会决定,将穿插在市区内的东屯渡公社火星、五一两个大队整队外迁到京广复线以东的其他大队范围内。那时,在各方的积极支持、配合下,两个大队让出了建车站及配套工程的急需用地。在征用土地过程中,长沙市征地主管部门对这两个大队社员群众的生产、生活,均按国家征地政策作了补偿安置,共调拨土地2290多亩,拨出专款进行了土壤改良和农田水利基本建设,先后为社员和集体建房11.5万多平方米,其中社员住房115栋、80400多个平方米,都比原面积有所扩大。有关部门还协助两个大队解决了部分劳力出路问题。但是,长期以来,火星、五一两个大队的少数负责人无视国家有关征地政策和省、市领导机关决定,以种种借口留下300多户社员、300多亩土地不予让出,以致30个建设单位的工程无法动工,或是开工后被迫停了下来。如担负长沙铁路分局生活物资供应工作的生活段,1977年就由上级批准,征用火星大队一队5.51亩土地建生产用房,虽经几十次联系,该队的4户社员却一直拒不搬迁,使这一工程拖了6年也无法上马。国家科委考虑到发展我省科技事业的需要,拨款250万元给省科委建科技情报楼,但被征用的火星大队土地几年来不肯让出,致使这座大楼无法建设。1977年,省农业生产资料公司经批准征用五一大队11.4亩土地建房,当年各项手续均已办好,随后市城市建设开发部门又为五一大队机械厂在新基地上新建、归还了所有生产用房,大队却将5000多平方米的新厂房高价出租给外单位,至今拒不让出所占的原有厂房。

火星、五一两个大队的少数干部还长期利用已征未让的土地,向国家和建设单位索钱要物。据统计,几年来,两个大队在国家政策补偿之外,又用各种手段向已划定用地红线的建设单位多要木材440立方米、钢材145吨、水泥780吨、煤232吨,折合人民币35万多元。其中,仅向长沙汽车东站就索取汽车3台、汽车轮胎14个、汽车篷布4块,折合人民币11.3万元;向省科委索要木材213立方米。他们还在已征未让土地上大搞违章建筑,仅火星大队集体和社员个人搞的违章建筑即达60多处、面积近4000平方米。他们还将新基地已建成的房屋和老基地应拆除的房屋高价出租给单位和个人。

为了解决火星、五一两个大队的搬迁问题,省、市和郊区领导同志曾先后几十次召开会议,宣传政策,苦口婆心进行工作,还三次派出工作组帮助解决这一问题,均未见效。广大群众和建设单位强烈要求这两个大队的主要负责人端正态度,顾全大局,带领社员迅速搬迁,不能再阻挠国家建设了。

(原载 1983 年 5 月 17 日《湖南日报》一版头条)

■ 相关链接

### 长沙市委、市政府组成工作组

## 严肃处理敲国家竹杠的"钉子户"

**本报讯** 昨日,长沙市委、市政府召开专门会议,决定组织工作组,负责处理郊区东屯渡公社火星、五一大队少数干部拒让已征土地、阻挠国家建设的事件。市委、市政府负责同志在会上强调指出:为了保证国家建设正常进行,决不允许任何人借国家征用土地之机吃基建大户,敲国家竹杠。工作组下去后,要依靠群众,坚决拔掉长期拒不搬迁的"钉子户"。

自 5 月 17 日本报发表《火星、五一大队少数干部拒让已征土地阻挠国家建设,群众强烈要求拔掉这些"钉子户"》后,长沙市委、市政府主要负责同志对此十分重视,几次召开会议,听取有关部门汇报,作出具体指示,研究解决办法。昨日,工作组负责同志明确指出:火星、五一两个大队过去向建设单位勒索的资金、材料是非法的,应抵作以后的补偿缺款;两个大队的干部利用征地饱私囊的,一律要清退;在已征土地上的所有违章建筑全部要拆除、迁走,不给分文补偿;对火星大队原党支部书记施禄泉等人借征地之机,敲诈勒索,阻挠搬迁的错误,将视其认识和改正态度,作出处理。

(原载 1983 年 6 月 17 日《湖南日报》一版)

## 错了就改正　不当"钉子户"

### 火星、五一大队 25 户干部及其亲属带头搬迁

**本报讯** 近几天来,在长沙市郊区东屯渡公社火星、五一大队,出现了一种令人欣喜的景象:25 户原住在国家已征土地上的社队干部及其亲属,已经带头搬迁。

本报于 5 月 17 日刊登了《火星、五一大队少数干部拒让已征土地，阻挠国家建设，群众强烈要求拔掉这些"钉子户"》的报道后，在这两个大队引起了很大震动。在长沙市委、市政府工作组的帮助下，大队干部联系本身实际，认真学习中央有关文件，深刻认识多年来在征购土地的问题上，要钱无止境，拒不搬迁，给国家造成了巨大损失，成了"钉子户"，是极端错误的。他们说："我们是党的干部，只能以党和国家的利益为重，不能再当'钉子户'，要变阻力为动力，克服一切困难搞好搬迁。"随即，他们分户订出了搬迁方案，自 7 月下旬以来，陆续迁往新基地。原火星大队党支部书记（现任党支部委员）施禄泉，因在国家已征土地上搞违章建筑，曾受到批评。这次，他决心以实际行动改正错误。在新基地的住房尚未建好以前，老施先搬至大队猪场过渡，家属有些想不通。他便主动说服家属顾全大局，按时搬迁，受到区、社党委和工作组的表扬。五一大队会计邓福生，不顾炎天暑热，骑车来回跑上 50 多里，请亲戚帮忙修缮新基地上的房子，已在 7 月底搬到新基地。干部亲属龚建国临近婚期，正请木工在家里做木器，开始想拖几天把木器做完再搬。后来，他听说已征土地上的房子要统一拆除，二话没说，便搬到了新基地。

这两个大队的干部及其亲属带头搬迁后，各生产队社员和队办企业也将陆续搬迁；大队、生产队出租的新、旧房屋已分别通知退租，限期空出；该拆除的立即拆除。至此，拖了 7 年之久的火星、五一大队拒让已征土地的问题可望解决。

（原载 1983 年 8 月 4 日《湖南日报》一版）

▣ 呼吁

# 长沙市北区发生抢占新建住房事件

一栋主要给教师居住的新房，竟被一些人乱抢乱占，
希有关部门迅速处理，防止事态进一步发展

**本报讯** 昨天下午，在长沙市北区望麓园小学发生一起强占学校新建住房的事件。

事情是这样的。望麓园、松桂园、茅亭子等三所小学为了解决教师居住困难，由国家投资加上房地产部门退还的拆迁费，在望麓园小学内兴建一栋六层楼、三个单元的住宅，共计 2970 平方米。《征用拆迁房屋协议书》中即规定，待新房建成后，由望麓园小

学在本栋自西向东按政策负责安排 14 户拆迁户,剩余房屋由学校安排教职工居住。

这栋房自 1983 年 11 月破土动工后,于最近正式建成。经甲、乙双方商定,并约请有关单位参加,于昨日上午召开交验会。但会议刚开始两个多小时,约下午一点左右,北区房屋修建公司一职工即用起子撬开中门 302 房间,接着,带领好几个人把事先捆好的东西搬入房内。与此同时,太平洋百货商店一职工又先后将 401、402 房门撬开,并邀集 10 余人将家具搬进新房。接着搬进新房的有文华印刷厂一职工等。至下午五点左右,已有 19 个套间和 5 个单间被占去。参与抢占住房的有的是破门、有的是撬锁、有的是爬阳台而入的。记者在现场看到东门 301 房间的门框被踢动、墙灰被抖落,中门 308、401、402 房间的门被撬烂,中门 101、102 房门的锁被取走。参加抢占公房的甚至扬言:反正搬定了,坐牢也不怕。

过路群众看到如此景象,十分气愤地说:"拆迁户按政策有组织地分房应该,但如此抢占公房,影响安定团结就大错特错了。"有的说:"党中央一再号召要尊重教师,关心教师生活,没想到这些人竟抢先占住新房,太不应该。"建房单位强烈要求有关部门迅速果断解决这一问题,防止事态进一步发展。

(原载 1985 年 2 月 14 日《湖南日报》一版)

■ 相关链接

# 长沙市强占新房事件可望解决

## 有关部门限令占房户在 17 日前搬出

**本报讯** 长沙市北区 13 日发生的抢占新建住房事件,已引起该市和北区领导的重视,可望迅速解决。

昨日上午,长沙市政府负责人看到本报刊登的消息后,马上派出有关人员到现场实地察看,并协助北区处理这一事件。这位负责人说,抢占新建住房是极端错误的,决不能允许事态发展下去。北区区委、政府领导召开了专门会议,听取情况汇报,制订出解决办法。当晚,市、区有关领导部门召开了拆迁户会议,给抢占新房的同志送了 14 日的《湖南日报》和北区城管办的《公告》,要求大家以大局为重,在 2 月 17 日前自动搬出。会上，房管和司法部门的同志也宣讲了有关房管、拆迁政策和法令。参加会议的拆迁户都受到深刻教育。强行搬入新房的9户人家当场表示要尽快搬出新房（昨日下午已有一户自动搬出），赔偿造成的损失，还要从这次事件中吸取教训，提高遵守国家政策和法令的自觉性。同时，他们也希望主管分房部门认真听取拆迁户意见，严格按照党的政策和分房协议，公平合理地把这次分房工作搞好。

（原载1985年2月15日《湖南日报》一版）

# 长沙市抢占教师住房事件妥善解决

## 11户占房户全部自动搬出新房

**本报讯** 长沙市北区抢占教师住房事件得到妥善解决：所有占房户昨日已全部自动搬出新房。

昨日清晨，记者来到这栋新楼，虽然天空飘着毛毛细雨，街头还有几分寒意，只见占住新房的一些同志，正忙碌着往外搬运东西。在中门104房间一位姓刘的退休工人对记者说：占住新房，我们已经错了，还不赶快搬出行吗？前天深夜，她开过拆迁户会后，就和家里人商量搬出新房的事情，并且连夜捆扎东西，昨天上午就带着女儿女婿搬出了新房。中门303房间的墙壁和门损坏了。青工李某搬出这间房后，还主动弄来灰沙油漆，修好墙，整好门。这天，共搬出了8户。陪同的同志告诉记者，还有三户人家前天夜里开完拆迁户会后，就连夜摸黑搬走了。

**编后**：读了这篇报道，令人欣喜。抢占新建住房，看来是个难题。但在短短的一天多时间里，就迎刃而解了。这说明只要工作做到家，群众总是会通情达理的。当这些占住新房的同志一旦认识自己错误行为的严重性和危害性时，他们就能顾全大局，迅速搬出。我们要赞扬他们这种知错就改的态度，也要赞扬长沙市有关部门敢于和善于解难题的精神和做法。

（原载1985年2月16日《湖南日报》一版）

## 要以精准的要求
## 十二 促使人民群众落实政策
## 不走样

**心灵感悟**：毛主席教导我们，政策和策略是党的生命。各级领导同志务必充分注意，万万不可粗心大意。记者，是党的方针政策的宣传者、执行者，也是捍卫者。因此，要以不折不扣地执行党的方针政策为己任，对违背党的方针政策的现象予以揭露和斗争。十年动乱年代，一些干部和知识分子惨遭"四人帮"迫害，或污名化，或失去工作，或送进监狱。党的十一届三中全会后，党中央下大力气拨乱反正，为受迫害的同志平反，并为此制定了一系列方针政策。但由于"左"的影响，有的地方或单位行动不快，效果不大。记者，作为党的方针政策的宣传者和捍卫者就要毫不含糊地，以精准的要求，促使人民群众落实政策不走样。

**亲身经历**：1981年秋季的一天，长沙港务局一位60多岁的老人来找我，说他原在港务局工作，是先进工作者，"文革"中因家庭成分问题被遣送回了老家。老家无亲人，上山打柴时又跌断了腿。落实政策他回了长沙，虽然上了户口，但其他问题都未解决。听后，我深表同情，连忙跑到长沙港务局联系，哪知该局落实政策的机构都撤了。随即，我与长沙市有关领导部门联系，经过10余次上门反映和电话沟通，终于在长沙市相关领导的亲自过问下，港务局重新搭建起了班子，进行查证落实，使这位老会计办理了退休手续，并补发了工资。老人感激不尽，先是要请我吃饭，继而要送礼品上门，我都婉言拒绝了。

20世纪80年代初期，我接到来自全省的2000多封信。其中相当一部分写信人都是反映落实政策方面情况的。怎么能助一臂之力，帮助他(她)们解决一些问题呢？出差到当地去或是靠电话联系是不行的。我就利用每年省里开"两会"(省人大会、省政协会)期间，各市州县甚至乡镇相关领导来省城开会的空隙，带着信件到他们的驻地去当面反映。相关市州领导对党报记者反映的情况都很重视，如拖了很久的岳阳广兴洲供销社一位职工落实政策的问题，我就是趁省五届三次人代会期间，冒着风雨几次骑单车到招待所找当地领导同志，在他们的过问下解决的。为新化县一位姓张的老师落实政策，我不仅在人代会期间向当地领导做了反映，而且还利用出差路过新化的机会，中途下车，找该县相关领导反映，核实情况后落实了。

在那一段时间，就落实政策找我反映情况的很多，我总是耐心地听取他们的意见，认真地宣传党的政策，切实搞好调研工作，并且将一些典型案例通过采写，见之报端：

# 刘夫生等深入基层检查知识分子政策落实情况
## 要求干部群众充分认识知识分子在四化建设中的作用，
## 勉励科技人员学习蒋筑英罗健夫，为四化贡献聪明才智

**本报讯** "各级党组织一定要教育广大干部群众充分认识知识分子在四化建设中的地位和作用，进一步清除知识分子问题上的'左'的思想影响，克服轻视和歧视知识分子的偏见，珍惜和爱护活着的蒋筑英、罗健夫。"这是省委书记兼长沙市委第一书记刘夫生最近在科研、生产单位检查落实知识分子政策情况时提出的要求。

本月8日和9日，刘夫生同志和长沙市委副书记张惠民，市委常委、组织部部长杨宏及副市长王蔚琛等，带着党的关怀和温暖，先后到市电子研究所、市化工研究所、长沙汽车电器厂和长沙机床工业公司，检查了知识分子政策的落实情况。

前几年才创建的市电子研究所，房屋窄小，设备简陋，技术力量也比较薄弱。但是，所里的几位领导干部宁愿挤在一间仅有十来个平方米的矮小楼房里办公，也要尽可能为科研人员创造较好的工作条件。大家发扬自力更生、艰苦奋斗的精神，坚持以电子技术为工厂企业的技术改造服务，近两年内即取得了20多项科研成果。如他们为一家水泵厂研制成功的水泵自动测试系统，就使水泵测试效率提高20倍以上，精度提高10倍。刘夫生同志听了汇报后，十分高兴地说：你们将电子技术用于设备更新、产品更新、企业管理、节约能源等各个方面，帮助各有关企业提高了经济效益。这说明，要实现翻两番的宏伟目标，在生产不断发展的基础上满足人民日益增长的物质文化生活的需要，就要依靠科学技术，就要充分发挥科技人员、知识分子的作用。俗话说："寒门生贵子。"你们在困难的条件下做出了很大的成绩，是很不错的。党和政府要尽可能为你们解决工作和生活上的一些问题，但眼下百废待兴，国家还有困难，很多问题只能逐步解决。他当场就对在科技人员中发展党员的问题以及住房、经费等问题，向同行的有关负责同志作了交代。

市化工研究所也在近几年搞出了十几项科研成果。其中，1980年研制成功的高效、低毒、广谱、低残留农药"百菌清"，以前要以每吨6000美元的高价从国外进口，现在交由湖南农药厂成批生产，每吨原粉的成本只6000元人民币。这样不仅为国家节约

了大量外汇，减轻了农产品的药害，有益于人民健康，而且按现在的生产规模，农药厂每年可为国家挣得利润600万元。但是，这个科研所却因为经费不足，不得不从自己的附属工厂的生产利润中提取一部分科研经费，这样就在部分工人中引起了一种错觉，仿佛是工人养活了科研人员，有的职工甚至公开这样议论。刘夫生听了，说：这种看法显然是错误的。从社会经济效益看，只说你们研制的"百菌清"一项，每年就为国家创造了600万元的财富，怎么能说是工人养活科技人员呢?! 知识分子和工人、农民，是我国的三支基本力量，都是我们党的依靠对象，都是劳动者。我们一定要帮助广大干部群众弄清这一点，切实纠正轻视和歧视知识分子的偏见。

刘夫生等同志还在长沙汽车电器厂、长沙机床工业公司同单位领导、基层干部进行了座谈，并走访了一些科技人员的家庭，了解了他们的工作、生活和体质情况。刘夫生要求各单位的领导教育干部职工充分认识知识分子在四化建设中的地位和作用，使全社会都来关心、爱护知识分子，支持他们的工作，充分发挥他们的作用。他同时勉励科技人员、知识分子学习模范共产党员蒋筑英、罗健夫，为实现四化、振兴中华作出更大的贡献。

（原载1982年12月15日《湖南日报》一版）

■ 记者来信

#### 四位技术人员完成本职工作后受聘为外单位技术顾问
## 他们获取报酬能定为索贿罪吗？

省环境保护科学研究所（以下简称环保所）工程师章亮庄、刘世杰、张玉清和湖南造漆厂助理工程师黄宗宪，从1980年3月起，先后被聘请担任长沙市三中校办工厂技术顾问。他们在完成本职工作之后，为该厂做了大量工作，每人获得了顾问津贴1200元。在去年打击经济领域严重犯罪活动中，被有关部门作为犯罪进行打击，结论为"犯有索贿罪"，但"免予起诉"。

根据章亮庄等同志多次来报社反映的情况，记者特地走访了省、市有关部门。从各方面了解到的情况看,两年多来,这4位技术人员为长沙市三中校办工厂做了以下几件事:①提供从全市定影废液中回收银,同时制成硝酸银、氯化银试剂的生产方案;②绘制从废液中回收硫化钠的工艺流程图;③提供利用含锌废水处理后的废渣——氢氧化锌生产氯化锌、硝酸钠等8种产品的技术资料和图纸;④提供含酚废水的处理方法及设备制造图纸;⑤提供烟囱旋风除尘及水膜除尘方法及图纸,脱硫方法的图纸;⑥制定制革废水的处理方案;⑦提供医院废水的处理方法及图纸;⑧提供处理有机气体的方法及图纸;⑨湖南造漆厂树脂车间废水处理的施工图设计;⑩提供处理汞蒸气的方法及图纸。此外,还为三中校办工厂新厂房及实验室的建立提出了意见和图纸,为该厂培训了工人。上述工作,章亮庄等4人除请了一些同事同学帮些忙外,每人平均花了千把个小时。所绘图纸和写的资料足有两三寸厚。其中第9、10两项已用于生产,产值20余万元,得利润几万元。其他的技术资料由于新厂房未建好,暂作技术储备。三中校办工厂原来为柴油机配套搞机件铸造,1979年下半年起因柴油机无销路而被迫停产。在这几位技术人员的帮助下,该厂决定转为生产环保机械,走出了死胡同。所有这些说明:这4位技术人员的行为结果,不仅不构成对社会的危害,而且对长沙市三中校办工厂的发展,对社会财富的增加,也就是说对四化建设是有利的。

然而,有关部门却抓住一个以湖南造漆厂为甲方,以三中校办工厂为乙方,以省环保所为鉴定单位的合同(即湖南造漆厂树脂车间废水处理的设备制造、安装合同),认定这几个技术人员帮助三中校办工厂在实现这个合同过程中所绘的图纸,是代表自己的工作单位在完成本职工作,他们每人向三中校办工厂所领的那1200元钱,是索取贿赂。事实上,环保所并没有给所里的这三位工程师具体布置为实现这个合同绘制什么图纸;同样,造漆厂也没有给自己的那位助理工程师下达为执行这个合同绘制图纸的任务;倒是三中校办工厂的的确确请他们利用业余时间绘了图纸。而他们在绘制这些图纸时,并没有事先硬要三中校办工厂付多少钱,不按条件付钱就不干。显而易见,所谓向三中索贿没有事实根据,因而不能成立。

"索贿"罪名被强加在头上后,他们的行动自由曾受到限制。逼供、诱供、指供,逼得其中两人曾想自杀,三人应提升的工资被取消,年终奖化为泡影。另一些人受到株连。环保所原和章亮庄一起在水室工作的10几个同志,也被集中办了学习班,搞得人人自危。

当然,章亮庄等人在这次受聘当技术顾问一事上,不是没有缺点错误的。在这里,重要的是要划清罪和非罪的界限。他们外出当技术顾问没有通过本单位领导,接受报酬的方式也有些问题,这是需要认真总结经验教训的。他们在找记者谈情况时,检查承认了这一点,但以"索贿"论处,他们不服。他们强烈要求有关部门迅速给予平反,让他们安心工作。

劳动人事部部长赵守一曾经指出："允许科技人员完成本职工作以后，接受外单位的聘请，担任技术顾问或承担讲课、讲学、科研设计咨询等兼职，允许得到工资以外的报酬。"我们认为章亮庄等4人为三中做了大量工作，领取顾问报酬是应当的。有关单位收缴的部分应当退还他们。他们的工资提升等问题应当得到合理解决。

（原载1983年4月2日《湖南日报》一版）

■ 相关链接

## 省、市检察院审查章亮庄等工程师一案
## 认为不构成犯罪　撤销原决定

**本报讯**　6月20日，长沙市人民检察院发出通知，决定撤销长沙市南区人民检察院对湖南省环境保护科学研究所章亮庄、刘世杰、张玉清等人"受贿"一案所作的免予起诉的决定，并责成南区人民检察院认真作好善后工作。

章亮庄、刘世杰、张玉清均系省环保所工程师。1980年3月起，他们3人和湖南造漆厂工程师黄宗宪应聘担任长沙市三中校办工厂技术顾问，在完成本职工作之后，为校办工厂做了不少工作，每人获得顾问酬金1200元。在去年打击经济领域严重犯罪活动中，他们被立案审查，并由所在单位向南区人民检察院控告，长沙市南区人民检察院受理后，立案侦查，于1982年11月24日认定章亮庄、刘世杰、张玉清等3人犯了受贿罪，作出了免予起诉的决定。

事后，章亮庄等人不服，多次向有关部门申诉。本报于今年4月2日发表了《四位技术人员完成本职工作后受聘为外单位技术顾问，他们获取报酬能定为索贿罪吗？》的记者来信，引起有关领导部门的重视。省和长沙市检察部门对此案进行了全面审查，并由省检察院检察委员会讨论决定，认为章亮庄等人担任长沙市三中校办工厂技术顾问领取酬金的行为，不构成犯罪；长沙市南区人民检察院对此案所作的免予起诉的决定应予撤销，并认真做好善后工作。长沙市南区人民检察院原收缴的章亮庄、刘世杰、张

玉清等人的酬金将予退还。长沙市化工局也将撤销原来对黄宗宪的处理决定。了解此案的群众希望章亮庄等4人所在单位也认真作好善后工作;章亮庄等人也要从中总结经验教训。

（原载1983年6月23日《湖南日报》二版）

▢ 呼吁

因被无理否定学历、错误降低级别

# 大学本科毕业医师郭振国30个月未领回工资

有关领导部门认为应给他落实政策,有那么一两个人顶着不办

**本报讯**　4月10日,长沙锅炉厂职工对记者说:"该厂保健站大学本科毕业的医师郭振国,两年多来,坚持出勤,却已经30个月没有领回工资了,靠借钱维持生活。"

郭振国于1958年高中毕业后考入湖南农学院学习。3年后,经该院同意,由在籍学生直接考进广州军区第二军医班(学制4年)继续攻读。毕业后,他被分配在中国人民解放军168医院任军医。1970年复员回长沙(后改办转业),一直在长沙锅炉厂从事医务工作。

根据上级有关文件规定:凡地方大学一二年级学生,由地方学校直接考入军队大专院校或班系学习的,其在地方大学学习的时间加上到部队院校学习的时间,满4年以上毕业的为大学本科。据此,省劳动局根据本厂申报,于1978年12月即下达了关于落实郭振国大学本科学历政策的文件,市冶金机械局也在次年3月下文正式批复:从当年3月起,郭的工资即按大学本科待遇发给,由当时的卫生技术16级改定为卫生技术15级。长沙锅炉厂随即按此批文执行。当时的厂劳资科个别负责人却背开厂党委和人事部门,又向有关部门索取不实材料;并争得主管局个别负责人支持,由局里于1981年11月5日下达文件,以不符合上级文件精神为由,撤销郭振国大学本科毕业生工资待遇。

对此,郭振国一直不服,因而拒领被错误降低了的工资,并先后100多次向主管局和各方提出书面或口头申诉。长沙锅炉厂党委又几次配合有关领导部门进行调查,证

实撤销郭振国大学本科工资待遇是错误的，并两次向市冶金机械局写出专题报告，请求迅速恢复郭振国大学本科的工资待遇。市委落实知识分子政策办公室、市劳动局等单位的负责同志还多次上门做主管局的工作。然而，有的人一直顶着不办，致使问题至今没有解决。

记者在采访中，厂里有的职工提出：在党中央一再强调落实知识分子政策的今天，郭振国的问题究竟要拖到何时才能解决？当事者该负何责任？

（原载 1984 年 4 月 17 日《湖南日报》一版）

■ 相关链接

### 长沙市冶金机械局改正否定郭振国学历的错误

# 郭振国领回 30 个月的工资

### 群众要求查实有关人员的责任，并作出严肃处理

**本报讯**　因被无理否定学历、错误降低级别，以致 30 个月未领回工资的长沙锅炉厂保健站医师郭振国，4 月 27 日接到了厂领导转交的市冶金机械局所发《恢复郭振国同志享受大学本科工资待遇的批复》和补发的两年半工资。

本报于 4 月 17 日披露大学本科毕业医师郭振国 30 个月未领回工资一事后，长沙市冶金机械局党委进行了研究，于 4 月 20 日批复了长沙锅炉厂去年 3 月和 10 月两次提交的《关于要求恢复郭振国同志大学本科工资待遇的报告》：决定撤销 1981 年 11 月 5 日市冶金机械局所发文件，恢复郭振国同志享受大学本科工资待遇，即将郭现行工资级别卫生技术 14 级（包括 1079 和 1981 年两次调资升级的级别在内），改定为卫生技术 13 级，从 1981 年 10 月起执行。

长沙锅炉厂党委接到主管局的批复后，立即认真贯彻，并指派有关人员迅速办理有关手续。职工反映：为郭医师恢复大学本科工资待遇，完全应该。在对待知识分子问题上再不能搞"左"的那一套，更不能踩他们了。郭振国感谢党组织为他落实政策，表示要加倍搞好工作，为四化作出贡献。

但是,了解此事内情的同志提出:本来早在 1978 年 12 月,有关领导部门就为郭振国落实了大学本科学历和工资待遇,并给他发了两年八个月工资,为什么原厂劳资科个别负责人要背开厂党委和人事部门搞调查,向有关部门索取不实材料,又争得主管局个别负责人支持,撤销郭大学本科毕业学历和工资待遇? 无理否定郭振国的学历和降低他的工资级别已经两年多了,郭本人向主管局和各方申诉 100 多次,厂党委也为解决他的问题两次向主管局书面报告,并有完整证明,为何至今才批复?究竟问题在哪里? 当事者该负何责任? 对此,有关领导部门应迅速查实,并作出严肃处理。

(原载 1984 年 4 月 29 日《湖南日报》一版)

■ 记者来信

# 岂能抹杀科技人员的创造性劳动

## ——为磁穴疗法的主要创始者陈植鸣不平

1962 年,身患疾病,寄居唐山的退职干部陈植,偶尔发现磁铁能使自己安稳入睡。他进而把磁铁用布带绑在三阴交、足三里等穴位上,居然显示了神奇的效果:他的病逐步好转,体质也逐渐恢复。

就这样,陈植开始了对磁穴疗法的研究。他刻苦钻研古今医书,四处求教,还深入街坊邻里,用磁穴疗法义务为病友治疗。开滦赵各庄矿一青年矿工下腹部长有蛋大的肿块,疼痛得只能弯腰捧腹走路。陈植用磁铁给他治疗几十次,肿块驱散了,疼痛消失了。一位支气管炎患者,痰喘气促,久治无效。陈植在他有关穴位上缚了几块磁片,就控制了病情。

1965 年 4 月,陈植从唐山回到长沙,继续用此法为邻里治病,并将手头积累的病历进行整理,上报给湖南省科委。省科委调查情况属实,让他与省干部疗养院老中医刘甫白合作,进一步开展磁疗试验。不久,两人向省科委写了磁疗临床疗效小结。省科委认为"这是对针灸穴位疗法的一项新发现",于是采购了 600 块磁铁,分发到 6 家医院进行临床试用,由陈植轮流到各医疗点进行辅导。十年内乱中,陈植始终坚持对磁穴疗法的研究和写作。1971 年，他还将自己设计的磁背心、磁腰带等交给一家工厂仿制，并深入到一些工厂为群众治病，收到了较好的效果。1972 年底，在省科委和长沙市韭菜园街道党委的支持下，他在韭菜园防治站办起了我国第一个磁疗门诊所，并和中南矿冶学院胡梅村副教授一道，开始使用磁性很强的稀土钴磁铁给病友治疗，疗效显著提高，治疗病种扩大，使磁疗取得了突破性的进展。1973 年 9 月 27 日，《湖南科技报》报道了有关磁穴疗法的消息，全国各地纷纷来信，参观者和病友络绎不绝地涌进小小的韭菜园门诊所。

1974 年，陈植写了长达万余字的《经穴敷磁疗法》。省卫生局决定正式成立湖南省磁疗协作组，进一步对磁疗法进行验证、推广。协作组由胡梅村和陈植分别任副组长。以后，陈植又对蝌蚪、小鼠、兔子等动物进行了磁疗试验，同时继续进行临床观察，于1975 年和胡梅村合写了《磁穴疗法》一书，得到了全国稀土会议的重视。此书先后有 7种报刊转载，经修订补充后，由湖南科技出版社正式出版，成为我国第一本磁疗学专著。1980 年此书传到日本、中国香港等地，被译成日文出版。中华医学会理疗学会主任委员郭万学在书的序言中肯定"陈植医师是研究和开展现代磁疗法最早的人士之一"。日本医学界人士来信说，这本书"很有意义，可能对日本医学的发展起较好的作用"。目前，全国各省、市均将磁疗法作为一项常规疗法，用于临床。

磁疗研究之花已在祖国大地盛开。省内外许多单项磁疗科研都先后受到了奖励，有人并因此获得了多种头衔。可是，历尽艰辛、摸索多年的磁穴疗法主要创始者——陈植却榜上无名。1974 年决定建立协作组的目的，本来是验证这一疗法的疗效和价值的，但证明这一疗法确有疗效后，陈植的"副组长"头衔却不知不觉被取消了，科研费也没有了。1974 年，省卫生局文件中明明写着"长沙市韭菜园防治站用磁铁治病的经验很好"，但 1976 年，竟有人在资料中故意抹杀陈植和韭菜园防治站的这一成就，只说"1971 年，我省广大医务人员又开展了这一工作"。在提供给《省志》的材料中，也有意不提 1973 年哪些人首先应用稀土磁片，而只笼统地说成是"湖南省"。甚至当 1979 年省干疗养院将陈植录用为磁疗医生时，有的人还散布流言蜚语，说"陈植未进过医学堂，能当什么医生？""我国几千年前就有磁疗，他的科研成果算什么贡献？！"想全盘否定陈植在创造磁穴疗法、使用稀土钴磁铁和设计试制磁疗器械等方面所作的贡献。

陈植是磁穴疗法的主要创始者，他在这方面的辛勤劳动和重要贡献是决不能否定的，有关方面应该给他以公正的对待和评价；而对于存心压制陈植的个别人应当予以追究。

（原载 1983 年 7 月 22 日《湖南日报》二版）

■ 回音

　　稿件发表后,湖南省有关领导部门将陈植调入省直马王堆疗养院,并在该院成立了理疗科磁疗室,由陈植负责该室工作,进一步开展磁疗研究和治疗。

■ 记者来信

### 被控"贪污罪"关押五月余
# 助理工程师曾觉三一案为何迟迟未予宣判?

　　长沙无线电厂助理工程师曾觉三(侨属、台属)被控"贪污罪",于去年11月26日由这个市的南区检察院批准逮捕,关押5个多月。只因曾觉三捕前和在狱中患有较严重的肾病,经各方努力和有关领导部门批准,方于今年4月30日以"取保候审"的名义被释放出来。

　　曾觉三今年45岁,系中国电子工业美术学会会员,湖南省电子工业美术学会筹备小组成员,市电子局和市电子公司技术顾问。多年来,他在为工厂组织产品设计和产品出口方面作出了一定成绩。1980年11月,长沙无线电厂委托长沙三角塘综合厂加工一批收音机标牌和刻度板,因该厂无冲剪设备,便请曾觉三等4人(均系长沙无线电厂研究所技术人员)利用业余时间代为加工。截至1981年5月,曾等4人利用晚上、中午和节假日共加工了115000多套标牌和刻度板,曾从中获得部分报酬和业务奖金。为此,去年在打击经济犯罪活动中,厂里对他进行立案审查,后移交南区检察院处理。今年3月25日,南区法院在开庭审理曾觉三一案时,公诉人宣读《起诉书》,认定曾觉三在加工中贪污了2663.9元,除此,还贪污模具加工费和颜料费181.43元,构成贪污罪。但被告曾觉三当即摆出事实予以否认,只承认得了235元加工费和264元业务奖金,没有犯贪污罪。律师李江涛认为,根据事实、证据和法律规定,曾觉三是无罪的。当日,法庭宣布休庭,未予宣判。

　　时至今日,已有两个多月,大大超过了《中华人民共和国刑事诉讼法》第125条和

121 条所规定的宣判时限。曾觉三本人和一些了解此案的群众对此都十分关注，热切希望有关部门认真落实事实，加速结案，依据法律和党的政策尽快宣判。

（原载 1983 年 6 月 12 日《湖南日报》二版）

■ 相关链接

长沙市南区法院重新查证事实后

## 宣判助理工程师曾觉三无罪

**本报讯**　昨日，长沙市南区人民法院根据事实、证据和法律规定，开庭宣判长沙无线电厂助理工程师曾觉三无罪。

本报于 6 月 12 日在二版发表了《被控"贪污罪"，关押五月，助理工程师曾觉三一案为何迟迟未予宣判？》的记者来信，介绍了曾觉三一案的具体情况，引起有关领导部门重视。长沙市委第二书记齐振瑛同志亲自过问此案并责成有关部门从速处理。长沙市南区人民法院在休庭期间，对曾觉三一案的情况重新做了调查，确认原《起诉书》中指控曾觉三犯有"贪污罪"，是不能成立的。但法庭仍认为曾觉三有受贿行为（金额为 649 元），实际上曾觉三只得了 264 元业务技术奖金。因此，曾觉三本人和了解此案的同志对"受贿 649 元"有不同看法。他们希望有关部门进一步查证事实，按法律和党的政策予以裁定；并希望长沙无线电厂认真落实党的知识分子政策，做好善后工作。

（原载 1983 年 7 月 5 日《湖南日报》一版）

### 落实政策彻底平反

# 受到错误打击的助理工程师曾觉三恢复名誉

　　**本报讯**　　拖了两年多未能解决的长沙无线电厂助理工程师，原市电子局和电子公司技术顾问曾觉三被控"贪污"罪受到错误打击一案，终于彻底平反了。昨日，长沙无线电厂召开职工大会，厂领导宣读了长沙市中级人民法院的《刑事裁定书》和厂里给他的《恢复名誉书》，还给曾觉三补发了普调的一级工资。在场的同志反映说，落实知识分子政策就是要坚决彻底，不留尾巴。

　　1980年11月至1981年5月，曾觉三所在的长沙无线电厂，委托长沙市三角塘综合厂加工一批收音机标牌和刻度板。因三角塘综合厂技术力量薄弱，又无冲剪设备，便请曾觉三等技术人员利用业余时间代为设计、加工。曾从中获得部分加工费和奖金。1982年10月，在打击经济犯罪活动中，长沙无线电厂对曾觉三进行立案审查，将三角塘综合厂给曾等人的加工费、奖金和其他方面的支出一概定为曾觉三的非法所得，并报请有关部门起诉，将曾逮捕，关押五个多月。后来，曾觉三多方申诉。本报亦于1983年6月12日和7月5日对此做过两次报道。长沙市委领导同志亲自过问了此事。1983年7月4日，长沙市南区人民法院宣判曾觉三无罪，但仍认为曾觉三有"受贿行为"。因而，长沙无线电厂一直未给曾觉三恢复名誉，补调工资，甚至有人继续上报不实材料，控告曾觉三。曾对此不服，再次向有关部门申诉。经上级人民法院多方调查、核实，确认原"留有受贿行为的'尾巴'不当"，并为此发出《刑事裁定书》。

　　在昨天的平反会上，厂领导郑重宣布：过去，凡对曾觉三同志的"受贿、贪污"等等指控都是不实之词，所上报的材料一律作废，彻底否定，为他彻底恢复名誉；还决定给曾觉三补发受审期间的年终奖、月度奖、防寒费、降温费以及因病所需的营养费，退还收缴的手表和华侨存款单等。并表示要通过此事总结经验教训。曾觉三也在会上发了言，感谢人民法院为他澄清事实，割掉"尾巴"，感谢党组织为他彻底平反，决心竭尽全力，搞好工作。

　　　　　　　　　　　　　　　　（原载1985年2月14日《湖南日报》一版）

# "我再也不出国定居了！"
## 副主任医师彭仲龄感谢组织给他落实政策

**本报讯**　曾经一再申请出国定居的长沙市一医院副主任医师彭仲龄，4 月 10 日热泪盈眶，激情满怀地撤回了自己的申请，将一份《志为四化献终身》的决心书交给前来他家看望的长沙市委副书记朱尚同等同志，说："党这般关心我们，为我和全家落实了政策，解决了几十年没有解决的问题，松了我的膀子，我再也不出国定居了，决心为四化竭尽全力。"

彭仲龄同志，今年 53 岁，1956 年毕业于湖南医学院，而后在长沙市二医院和市一医院五官科工作。他的大姐彭启结侨居国外，解放初期被有关部门定为"特务"。二姐彭启基及二姐夫尹士伟由于与大姐有过联系，加上二姐夫新中国成立前有一般政治历史问题，两人均以"现行反革命"罪被判处。因此，长期来，彭仲龄背上了"社会关系复杂"的沉重包袱。在"左"的路线影响下，尽管他医术高明，又律己很严，埋头苦干，有时一人要担负起 20 多个病人的医疗和护理工作，却总不被人信任。在历次运动中，他不知写过多少交代，做过多少检查，还被抄过家；连他儿子升学、招工、入团都受到了影响。彭仲龄感到十分痛楚。1980 年 12 月，他申请出国探亲。一年后，办理了退职手续。1982年 3 月，当他回长沙办理家属和小孩迁往国外定居的手续时，看到党的十一届三中全会以来的各项方针、政策的贯彻落实，祖国一派生机勃勃，知识分子的处境也大为改善了。1983 年 9 月，他还被省人民政府授予副主任医师职称。彭仲龄决定重新考虑出国定居这件事情。

但这时，他大姐一再来信催他尽早出国定居。彭仲龄心情非常矛盾；作为一个党一手培养出来的医务人员，在祖国需要的时候，应该留在国内，为四化尽心尽力。然而，"社会关系复杂"的枷锁套在自己身上，又怎能放开手脚干呢？！……

他终于写出了多年来埋在心底的申诉：大姐是"特务"吗？二姐和二姐夫属不属"现行反革命分子"？他请求有关领导部门彻底查清这些问题。中央领导同志了解到这一情况后，在一份材料上专门做了批示。随即，省委和长沙市委负责同志过问了这件事情。去年下半年以来，长沙市委落实知识分子政策办公室的同志一再督促有关部门解决这一问题。还三次派人到彭仲龄同志的家乡,落实情况。当地有关部门着手对彭仲龄二姐和二姐夫一案进行复查。特别是今年 3 月中旬,省委落实知识分子政策检查组到长沙后,就把彭仲龄申诉中提出的问题作为重点抓紧落实。69 岁的检查组组长、省委统战部原副部长邓晏如一方面与省人民法院和省劳动人事厅等部门联系;另一方面带领几个同志去衡南县,调查情况,听取各方意见,通宵达旦研究材料。在当地党委重视下,政法部门对原案重新作了审理,终于澄清事实真相,为彭仲龄大姐恢复了名誉,为二姐和二姐夫平反了冤案。接着,长沙市有关部门又对彭仲龄出国探亲、进修期间的工龄、工资、复职以及他爱人姚锡荣同志复职等问题做了妥善处理。现在,彭仲龄夫妇正高兴地走上了新的工作岗位。

(原载 1984 年 4 月 17 日《湖南日报》一版)

■《湖南日报》编后

# 落实知识分子政策一定要抓紧

副主任医师彭仲龄撤回出国定居的申请,立志为祖国四化作出贡献。这件事,生动地说明了党的政策的威力,落实党的知识分子政策的必要性和迫切性。

"社会关系复杂"这一沉重的包袱,使彭仲龄几十年难以伸腰。长沙市委落实知识分子政策办公室的同志的可贵之处,就在于他们在省有关领导部门的支持、协助下,敢于排除"左"的思想束缚,坚持实事求是的精神,深入细致地调查研究,给彭仲龄同志解除了沉重的包袱,从而进一步激发了他的爱国之心、报国之情。

但目前,有的单位对落实知识分子政策仍然是喊得多,做得少;或是抓小不抓大、抓易不抓难,致使一些问题迟迟不能解决,知识分子的积极性也就难以调动。

胡耀邦同志在一封关于落实政策的信中指出:"抓这件事,主要不是再发什么文件,而是要一个一个地方检查,发现一个解决一个……""抓这件事要有最大的务实精神,最大的魄力。"因此,我们一定要有时间观念,要有紧迫感,认真抓好落实知识分子政策的工作,而且抓住不放,一抓到底。

(原载 1984 年 4 月 17 日《湖南日报》一版)

# 十三　要以诚挚的心灵把党的关怀送到人民群众心坎上

**心灵感悟：**党的根基在人民, 党的力量在人民。共产党的干部是人民的勤务员, 与人民群众有着水乳交融和血肉相连的关系。正如习近平同志所说："我将无我, 不负人民。"鱼儿离不开水, 瓜儿离不开秧, 革命群众离不开共产党。全心全意为人民服务, 是党的根本宗旨。顺应民心, 尊重民意, 关注民情, 致力民生, 是每一个共产党员义不容辞的责任。特别是在人民群众遇到困难时, 记者就要抓住火候, 深入采访, 用自己手中的笔把党的关怀和温暖送到人民群众的心坎上, 让他们从中受到鼓舞, 明确方向, 赢得力量。

**亲身经历：**多少年来, 在我的采访生涯中, 总是将各级领导下基层慰问看望一线群众, 调查研究, 为民解难题等放在报道的重要位置上, 使当事群众和更多的读者体察到党的关怀和温暖。同时, 我也采写了一些点赞、歌颂一线职工艰苦奋战事迹的报道, 在党报上发表。让他们亲身感受到党报对其付出劳动的肯定和赞扬。

# 总理的关怀

隆冬时节,天寒地冻。李鹏总理一行冒严寒,顶风雨,踏上三湘大地,视察洞庭湖区,访农民家庭,到科研院所,去水利工地,把党的关怀和温暖送至千家万户。

## 嘘寒问暖访农家

12月15日9时50分,李鹏总理一行从湖北省公安县出发,到临澧县太平村时,已是中午时分,离下一个目的地——常德还有一个多小时的路程。然而,总理仍然兴致勃勃地要去看看养鸡户叶菊香的家。

汽车在叶家门口停下,李鹏总理在省委书记王茂林,省委常委、省委秘书长胡彪等的陪同下,健步走下旅行车。顿时,院内院外一片欢腾。伴着鼓掌声、欢笑声,李总理和乡、村干部一一握手,向聚集在院子里的群众招手致意。此刻,叶菊香和从县城学校赶回的两个女儿的心情更是万分激动。叶菊香迎上前去,紧紧握着总理的手,连连说:"欢迎,欢迎,欢迎总理来我家做客。"李总理打量了一下这位1.76米个头的女主人,诙谐地说:"这么高的个子,你不是湖南人吧?!"这一下逗得大家笑声盈盈,气氛十分活跃。叶菊香连忙解释道:"不,总理,我就是本地人。"

女主人领着总理一行走过堂屋,来到一个近20平方米的天井鱼池。总理停下脚步,那正在水中游玩嬉戏的红鲤鱼、红鲫鱼一下把他的视线吸引住了。总理边观看边感慨地说:"这也好,屋里养鱼,既可观赏,来了客又能就地取鱼,方便多了。"

几年来,叶菊香一家靠党的政策勤劳致富,起了这栋面积达300多平方米的两层楼房。卧室、客厅、餐厅、浴室、杂屋等大小10间,里外装修一新,家具也颇为高档。总理从楼下走到楼上,一间间参观,还不时关切地询问女主人:"家里有几口人,小孩多大?""喂了多少鸡,是肉鸡还是蛋鸡?""肉鸡卖到哪里?一年能收入多少?""家里的责任田谁来种?"……叶菊香都一一作答:"一家4口,爱人吴志云在村办化纤厂工作,两个女儿就读于临澧一中,自己在家里养鸡,每年要出笼六七千羽肉鸡,卖给村冷冻厂后,年收入在万元以上。加上爱人的工资,全家每年收入不下两万元。责任田除了自己种,还得请别人帮忙。"总理连连点头，称赞她养鸡的路子走得对、干得好，鼓励她百尺竿头更上一层楼。叶菊香告诉总理："在村里支持下，她正在筹办一个年产3万羽的肉鸡场。"李鹏高兴地笑了。

看罢房屋，总理在女主人的引导下，来到后山看鸡舍和橘园。女主人把一间30多平方米的鸡舍的门打开，里面饲养着的1100多羽小鸡，叽叽喳喳，蹦蹦跳跳，好不热闹。总理弯腰朝里观察了一番，兴致勃勃地问起了饲养方法，在场的太平集团公司总经理吴志泉介绍道："叶家采取的是封闭式圈养，冷天烧煤增温，夏日通风降温，饲养出来的鸡成活率高，生长快，肉细嫩。"李总理十分熟悉地说："这种饲养方法不错，要坚持，山东诸城县就是这样做的。""肉鸡是什么品种？"总理接着问道。"艾维因。"总理点了点头："好，这种品种抗病性能强。"他还建议村民们利用鸡粪搞综合利用：作肥料，当饲料，搞沼气。

吴志泉还告诉总理，如今全村已有300多家农户分别办起了年产万羽以上肉鸡的家庭养鸡场，其中年产3万羽以上的农户有80家。光今年就要产肉鸡500万羽，收入700万元左右，农民人平要增收近400元。总理欣然点头，表示赞赏。

临行前，叶菊香提出请总理和家人合个影，总理当即应允。他还应邀为湖南太平集团总公司题了名。总理边题边风趣地问道："公司登记了没有？"在一旁的省委书记王茂林答道："登记了，登记了。这家公司从培育种鸡到办饲料厂，从家禽防疫到为农户加工肉鸡出口，形成了一条龙服务。"

12时17分，总理一行离开了叶菊香的家。欢送的人群仍然依依不舍，伫立门前，深情地回味着和总理相处的欢乐时刻。

## 农科院里解难题

室外寒气袭人，屋里温暖如春。

湖南杂交水稻研究中心学术报告厅里，李鹏和国务院有关部门负责人何椿霖、郭树言、黄镇东、钮茂生、姚振炎、王梦奎、姜云宝以及省党政领导王茂林、陈邦柱、胡彪等，正和130多名专家教授亲切交谈。

李鹏总理早已熟知省农科院和湖南农业大学在杂交水稻、苎麻等研究方面所取得的巨大成果，并多次接见过这两个单位的有关专家教授，还答应来院里看看。多年来，两个单位的职工在盼啊盼啊，盼望总理的来到，今天总算圆了这个梦。

来到农科院，总理首先视察了杂交水稻试验室，然后召开了农业专家座谈会。

座谈会开始不久，省委常委、省委秘书长胡彪介绍了与会的有关领导。这时，总理环视四周,问道:"湖南农大有位著名的苎麻专家,来了没有？我对他是熟悉的,他在苎麻研究方面作出了突出贡献。"农大领导答道:"来了,他叫李宗道。"80岁高龄的李宗道教授彬彬有礼地站了起来:"总理,我来了。"总理怀着尊敬的心情向他点头致意。此时此刻,李宗道的心是何等激动啊！一个普通的学者竟然被日理万机的共和国总理记在心头。

接着,省农科院党委书记傅胜根、湖南农业大学校长彭干梓相继向总理汇报了本单位的简况:这两个门类齐全、实力雄厚的农业综合科研和教学单位,近年来在中央和省的关心、支持下,得到了长足的发展,不仅为国家培养了大批人才,而且取得了数以百计的科研成果。

如省农科院的两系杂交水稻育种、农业大学的生物基因工程和两系小麦杂交优势利用等在世界都达到了领先水平。目前,光杂交水稻在全国就累计种植了24亿亩,增产稻谷2400亿公斤。誉为"杂交水稻之父"的袁隆平也因此获得了4次国际大奖。

总理听了这些成果的介绍,感到由衷的高兴。他时而询问专家教授们的工作、生活情况,时而记下他们的讲话要点,谈笑风生,会场好不热烈。总理饶有风趣地问道:"杂交水稻是不是就好比马和驴子交配产出了骡子,再设法让骡子生崽呢？"袁隆平答道:"是的。""水利是命脉,良种是关键。"总理赞扬专家教授们在改进粮食品种方面所取得的成果,说他们的劳动应该受到人们的尊敬。他希望科学家们在农业科研上取得更大的成绩。这充满着关怀和期望的话语,铿锵有力,掷地有声。

袁隆平,这个曾两次受李鹏总理接见过的专家,今日再次见到总理,感到格外亲切。他简略地汇报了我国、我省杂交水稻发展概况后,说道:"总理,在杂交水稻育种方面,眼前我们也遇到了一个难题。""说吧！"总理鼓励他。袁隆平讲开了,他说:"根据国家计委和科委有关指示精神,为了进一步提高我国杂交水稻总体研究水平,加速科技成果的转化,促进我国粮食增产,我们一直想筹建一个国际杂交水稻工程技术研究中心,要2000万元,却苦于无钱,没法落实。我们想请总理解决1000万元资金,省里筹集500万元,再向银行贷款500万元……"袁隆平话音刚落,总理就明确表态:"可以,我拿1000万,但有个条件,3年内要培育出两系法亚种间杂交水稻组合。"袁隆平蛮有把握地回答道:"可以,请总理放心。"随即,袁隆平向总理递交了有关申请报告,请总理批示。李总理当场签了"同意",并对袁隆平说:"看,字在这里,就把这1000万元给你们做药引子,以表国务院一点心意,希望你们成功。"顿时,全场响起了热烈的掌声。在旁的省长陈邦柱抢住话头:"总理给了1000万,省里拿500万,另外500万请国家开发银行支持一下。"在座的国家开发银行行长姚振炎马上应允了。掌声、欢笑声再次响彻全场。

一个摆在袁隆平等专家教授面前的难题,就这样在总理的过问下迎刃而解了。他啊，从内心深处感受到党的温暖，感谢总理对科研事业的关怀。

## 灾情牵动总理心

洞庭湖呵，浩气荡世的母亲湖，千百年来，以其丰赡的乳汁——盛产的物资哺育着沿湖的千万人民。然而，大灾之年，洪水泛滥，肆无忌惮地给人们带来无穷的灾害和忧患。因此，治理好洞庭湖已经成为湖区人民乃至全省人民的强烈呼声。一份份报告、一个个治理方案、一次次人民代表大会的提案，牵动着总理的心。15 日，总理踏上三湘大地，就急切地想去洞庭湖考察。

这天下午已近 5 时，连续乘车 4 个多小时、行程 200 多公里的李鹏总理，不顾旅途劳累，又绕道 30 多公里简易公路，去汉寿县蒋家咀电排站看西洞庭湖一带泥沙淤积的情况。到达蒋家咀时，已近黄昏。总理步行了一段沙石路，来到西洞庭湖湖畔的电排站，听取了省水利水电厅厅长刘红运有关洞庭湖的介绍和亟待治理的方案，察看了湖中泥沙淤积的状况，询问了当地群众今年的灾情，心里惴惴不安。总理的心，时刻在为人民着想。在接见出席省委工作会议的同志时，他说，国家已考虑将洞庭湖的治理纳入"九五"规划。

从蒋家咀电排站出来，夜幕已经降临。路过益阳时，总理又下车去看望了益阳市的干部和群众代表。他听取了益阳市党政领导的汇报后，才赶往长沙。到长沙时，已是晚上 8 时半了，晚饭也就成了真正的"晚"餐了！这天，总理一行连续乘车达 7 个小时，行程近 400 公里。

长沙，今年遭受了百年难遇的洪灾，人民遭受了极大的损失。对此，总理非常关怀。17 日上午 10 时许，即总理离长前的几小时，又逢绵绵阴雨，工地处处泥泞。总理换上套靴，带着雨伞，来到了长沙西郊龙王港堤垸工地，慰问民工，参加劳动。工地上，掌声、欢呼声、问候声响成一片。"同志们好，同志们辛苦了！"总理那高昂、亲切的声音，回荡工地。"总理好！为人民服务。"修堤的民工和解放军战士齐声回答。总理接着说："湘江今年发生了历史上的特大洪水，长沙受到巨大损失。今天，大家在湘江上面修堤，就是为了保卫长沙，建设长沙。我向大家表示亲切慰问，并预祝工程胜利。"随后，总理一步一个脚印地踏着泥泞，走到堤边，和大家一道为加固大堤铲土、培土。总理这一言一语、一锄一铲，是精神，是力量。它将激励和鼓舞我们去修好水利，治好洞庭，战胜洪魔。

15 日至 17 日，3 天的时间是短暂的，但总理带来的关怀和温暖，将久久地留在人们的心头。

（原载 1994 年 12 月 23 日《湖南日报》一版头条）

# 春节期间省委、省政府负责同志走访专家教授

## 毛致用、刘亚南向他们致节日问候 祝愿他们为四化作出更大贡献

**本报讯** 中共湖南省委第一书记毛致用、省人民政府副省长刘亚南等,在春节期间专程走访了中南矿冶学院、湖南大学、湖南师范学院和湖南医学院的 30 余位专家、教授,向他们致以亲切的节日问候,祝愿他们为四化建设作出更大的贡献。

昨天上午 8 点多,毛致用、刘亚南等同志坐着"面包"车,兴致勃勃地来到中南矿冶学院。在院领导的陪同下,他们先后走访了陈新民、黄培云、陈国达、蒋良俊和赵天从等教授,代表省委、省人民政府向他们致节日问候。毛致用、刘亚南等同志和教授们畅谈大好形势,了解他们工作和生活情况,对他们在教学、科研中取得的成果表示钦佩。75 岁的赵天从教授表示,自己年岁虽高,但要抢住有生之年,为四化多出些力。在湖南大学,毛致用、刘亚南等同志看望了新近搬进集贤村几栋新房的殷之兰、彭肇藩、王学业、徐思铸、石任球、周光龙、刘旋天、刘义纯等 10 位教授、专家,祝贺他们春节愉快,祝愿他们在新的一年里教学、科研中取得更大成果。上午 10 点半以后,毛致用、刘亚南等同志还高兴地来到湖南师范学院北村教授楼、新至善村教授楼和上游村教授楼,看望了李盛华、尹长民、林增平、陈友端、沙安芝、陈青莲、郑琪龙、林立旦、宋佐胤、樊篱等 10 余位教授、副教授、讲师,向他们祝贺春节,同时勉励学院领导进一步加强政治思想工作,发扬艰苦奋斗精神,关心群众生活,切实把教学、科研搞得更好。

昨日下午,毛致用、刘亚南等同志还专程来到湖南医学院,亲切慰问了凌敏猷、易见龙、卢惠霖、潘世、陈祜鑫、梁觉如、周衍椒等专家、教授,了解他们在工作中所取得的成果以及对外学术交流方面的情况。专家、教授们还就如何集中人力、设备,发挥优势,搞好肿瘤、精神病等方面的科研,提出了十分宝贵的意见。毛致用同志当即交代有关同志研究解决。毛致用同志表示希望和相信湖南医学院一定能在教学、科研和医疗各方面,做出更新更大的成绩。

(原载 1981 年 2 月 8 日《湖南日报》一版)

# 深入基层听取群众意见

省委书记兼长沙市委第一书记刘夫生、长沙市委第二书记熊清泉
到长沙市二十多个工厂、队场调查研究解决问题

**本报讯**　连日来，省委书记兼长沙市委第一书记刘夫生和省委常委、长沙市委第二书记熊清泉，深入到市属 19 家工厂和郊区 5 个队、场调查研究，了解情况，听取意见，帮助解决有关问题。

他们每到一处，除听取有关情况汇报外，还深入到车间、工地和田头、畜圈、温室实地察看，和基层的同志们共商生产、生活大计。2 月 20 日下午，他们来到长沙金属压延厂，听到厂里干部职工反映生产任务"吃"不了，厂房、设备条件很差。次日，便召集省、市有关部门负责人具体协商解决办法。第三天刘夫生同志又将这个问题提交省长办公会议讨论，并责成有关部门采取措施尽快解决。22 日，他们来到长沙毛毯厂，同织造车间工人许德辉亲切交谈，询问了车间实行经济责任制以来的生产情况，鼓励工人们进一步提高产品质量，增加花色品种，在经济效益上狠下功夫。

在调研中，刘夫生、熊清泉同志对与人民生活密切相关的用水、吃菜问题做了重点了解。21 日下午，他们来到长沙市三水厂，和自来水公司的同志一道分析了全市供水情况，仔细察看了三水厂二期工程的施工现场，要求水厂的同志千方百计加快工程进度，抢在用水旺季到来之前完成全部工程，使全市日供水能力达到 37 万吨以上。24 日上午，刘夫生、熊清泉同志还和郊区区委的同志一起研究了如何搞好城市蔬菜供应，特别是如何解决当前烂菜和保证下段蔬菜均衡上市问题。刘夫生同志说：郊区社队过去在供应城市人民蔬菜方面作出了很大贡献。蔬菜生产的确是关系千家万户、一日三餐的大事。希望你们坚持以菜为主的方针，尽最大努力把蔬菜供应搞得更好些。随后，他们还察看了东屯渡公社五一大队的苗圃和韶山路公社新开铺大队的温室等处。

（原载 1982 年 3 月 2 日《湖南日报》一版）

# 他把群众冷暖记心间

### 地委书记何晓明两年多处理群众来信来访 1790 多件(次)

**本报讯**　10 月 20 日下午,益阳地委书记何晓明从省城开会归来,顾不上休息,匆匆来到办公室,认真阅读、处理了 10 多封群众来信,当晚,还接待了来访群众。至此,他从 1983 年 6 月主持益阳地委工作以来,即亲自阅批来信 1258 件,接待来访 540 人次,其中直接复信 70 件,共计处理来信来访 1798 件(次)。

何晓明同志把信访工作作为日常工作的重要组成部分。他说:信访是了解社会的一个窗口,是信息反馈的一个重要渠道,同时是党和政府联系群众的一条纽带。所以,不管工作再忙,他总是抽出时间,多看群众来信,多和群众接触。今年 5 月,他从接待来访中了解到安化县木孔乡有的村相当贫困,一些农民温饱问题还没有解决,马上要求地区民政部门认真作好调查,并立即召开会议,研究解决办法,并确定由行署专员谭卓怀带领有关部门负责人到现场办公,解决问题。5 月 29 日,何晓明同志又亲自带着地委有关部门的负责同志,专程到这个乡的龙头村访贫问苦。当日,细雨蒙蒙,山陡路滑,何晓明同志翻山越岭十几里,走访了好几家贫困户,并送去了衣物。回来后,他又和行署有关领导进一步研究落实扶贫措施,对这个乡在物资、技术、资金等方面给予了重点扶持。目前,木孔乡在生产上有了新的起色,群众生活也有了一定的改善。南县建委干部吴一平同志,为个人及家属的一些问题,曾向中央和省地有关领导机关写信上访 100 多件(次)。何晓明同志了解到这一情况后,及时做了批示。南县县委为吴一平同志解决了很多具体困难,但他家属的粮食、户口问题,按政策规定不好解决。何晓明同志又给吴一平同志写信,并利用到南县检查工作的机会看望了吴一平,勉励他体谅国家困难,努力工作。吴一平同志见地委书记这样关心他,深为感动,安下心来,更加勤奋工作。

对一些涉及面广,难度较大的问题,何晓明同志还经常组织有关部门集体研究,商议解决办法或到现场拍板定案。益阳县衡龙桥乡有个妇女和爱人离婚后,村里不给她分责任田,使她和孩子生活无着落。她四处申诉和上访,均无结果。何晓明同志从她的来信中得知这一情况后,除批示有关部门进行调查外,还请县、区、乡、村 4 级负责人和当事者一道研究解决办法，使她很快分得了责任田，借到了口粮，并被安排到茶场工作。后来，何晓明同志又关切地过问了她的生活。这个妇女感动得流着泪说："我这么点小事，地委领导还亲自过问，及时解决，我万分感激。"

今年5月的一天，何晓明同志下班回家，途中听到一位干部反映设在益阳市一中校门旁的菜店，因要搬迁，即将关闭，附近上万居民买菜将成问题。晚饭后，何晓明同志放下手头的工作，驱车赶到益阳市委，邀请地、市有关部门的负责人一道到现场，实地观察和研究解决办法。他们经过多方勘察，又找有关单位商量，终于选定了菜店搬迁地点，并决定在新店建好前不关闭老店。这样，上万居民吃菜的问题得到妥善解决。

由于何晓明同志以及益阳地区其他党政负责人谭卓怀、陈立达、谭道祖等同志重视信访工作，近年来这个地区信访工作显著加强，立案率和结案率明显提高，群众来信来访数量也下降了。

（原载1985年10月30日《湖南日报》一版）

■ 相关链接

# 用辛勤的劳动迎接灿烂的黎明

## ——长沙除夕巡礼

华灯初上，夜幕降临。除夕的长沙，沉浸在欢乐之中。鞭炮声震响长空，街头人流有如潮涌，商店里五彩缤纷、热气腾腾，到处是祝贺、笑语、歌声。但是，亲爱的读者，当您全家欢聚的时候，当您和朋友在尽情欢乐的时候，您是否想到还有许许多多的工业、交通、邮电、财贸、城建、卫生、公安、文艺等部门的同志仍在自己的岗位上，坚持战斗，辛勤劳动呢?!

除夕，记者从南到北，走访了长沙城。首先来到了长沙发电厂的运行车间，看到工人们正在紧张地劳动。他们细心地观察着各种仪表，化验汽、水品质，调整风量、水压、煤量，把电流安全地送往全城。多少年来，他们就是这样地度过了除夕。这天晚上，他们又将安全发电的纪录，增加到了440天。

烈士公园特地安排了丰富多彩的大型灯会,让人们去观赏富有民族风情的各种灯饰,为春节增添了欢乐的气氛。长沙市人民汽车公司三路车的同志看透了大家的心思。除夕傍晚,他们就增加了车辆,把乘客一车车送到了烈士公园。从展览馆到砚瓦池一段,行人拥挤,车辆通行不畅,他们又改变行车路线,把五一广场和黑石渡两边的乘客分头送到烈士公园附近。春节期间,长沙市人民汽车公司就有 250 辆车、2000 多名驾驶员和乘务员为运送旅客忙碌着。

时针指着十点半,记者来到了南门口的红光日杂店。这家商店的负责人告诉我们:"平时,晚上八点就关门了,而今天,为了满足群众购买鞭炮的需要,要 12 点以后才收市。"商店党支部副书记陈赐福同志白天忙了一整天,夜里,他仍然和大家一道战斗。街头鞭炮震响,节日气氛更浓。我们看到一个个顾客买到商品后的欢乐情景,不由得从内心赞扬营业员的辛勤付出。除夕,全市有 1400 多个商业网点、5 万多名职工坚守岗位,热情为顾客服务。

时钟敲响午夜 12 点,进入了农历新的一年。这时,记者正在长沙电信局长话台。这里灯火通明,工作正紧。话务员戴上耳机,聚精会神地注视着信号灯,嘴里忙着应答,手里不停地插塞绳。坐在专线台的黄黔英,在长话台干了 20 多年了,她在这里过了多少个除夕之夜啊!今天,她又把两个年幼的孩子送到外婆家,自己坚守岗位。除夕最后的几个小时,她就接转了 50 个长途电话,把一个个欢乐的喜讯传到四方,把一件件急切的要事告诉对方。

从长沙电信局出来,记者路过五一大道,只见一队公安干警和民兵正在配合巡逻。深夜的寒气袭人,雨又不停地下着,他们全没有顾及,精神抖擞地、机灵地观察着每一个角落。带队的府后街派出所民警老杨告诉我们,为了让群众过好春节,几天来,他们从清晨到傍晚,从深夜到天明,都很少休息。

天上刚翻鱼肚白,一夜欢腾还未尽。清扫工人们又上街了。北区环卫所的 67 名清扫工人清晨 4 点多就起了床,披上雨衣,推着斗车,拿着扫帚、撮箕,一条条马路一条条巷道打扫开来。他们把各种杂物扫得干干净净,用自己的辛勤劳动换来广大群众的舒适,迎接灿烂的黎明。

除夕,还有电影放映员、报刊印刷工人、供水工人、医务人员、演员……都战斗在第一线。他们的劳动是值得赞扬的。我们祝愿他们在新的一年里为四化建设跨大步,立新功。

(原载 1980 年 2 月 17 日《湖南日报》二版头条)

# 十四　要以新闻的眼力为人民群众选取最佳报道角度

**心灵感悟**：报道角度，是记者在报道新闻时表现新闻事实的着眼点和侧重点，也是一篇作品成功与否的关键。生活像面三棱镜。一件事情的发生、发展往往是错综复杂的，迂回曲折的，成立体形的。罗丹曾说过："生活不是缺少美，而是缺少发现美的眼睛。"记者就要善于观察事物，去摄取最佳角度、最佳层次、最佳方位，增加新闻的深度和厚度，吸引受众如身临其境地去看去读，从而更好地发挥新闻的宣传、鼓动和引导作用。

**亲身经历**：怎么以新闻的眼力，为人民群众选取最佳新闻角度？记者就要善于分析研究事物的各个方面，做到以小见大、由表及里、以新代旧，从中找出最有思想深度、最有新闻性的角度。

　　具体来说：

　　**一是要以小见大。**记者经常需要面对纷纭繁杂的事实或规模宏大的活动,此时就要善于从小处(一个侧面)着眼,去深挖能体现重大或重要主题的角度。1981 年 3 月,全国开展第一个文明月活动。1 日这天,长沙市组织 5000 名青少年上街为群众服务。事先,长沙团市委告诉我,他们安排了一辆专车,准备组织省会几家新闻单位的记者去采访几个活动点。我想,坐专车采访自然方便,但这么多家新闻单位的记者同去采访几个点,所获素材基本一样,只是写法大同小异而已,写出的新闻缺乏深度和特色。我何不在这么一个大型活动中,选取一两个有代表性、有思想深度的侧面来报道?! 于是,活动的前一天,我给 10 所大学和中等专业学校打电话联系,了解到湖南大学和湖南医学院(现改为湘雅医学院)有两个班的 50 多名大学生去长沙市西区(现为岳麓区)和北区(现为开福区)环卫所和淘粪类工人一道淘粪。这是"文革"10 多年来没有出现过的事情呵! 过去淘粪工人社会地位高,淘粪工人时传祥还登上了人民大会堂,受到刘少奇主席接见过。而现在淘粪工人被人瞧不起,有的连爱人都难找到。我决定前去采访。3 月 1 日清晨,我背着照相机,骑上自行车出发了。和大学生、淘粪工人一道进出两个区的几十个公共厕所淘粪、推粪车和采访。傍晚,回到报社写了篇《用实际行动荡涤旧的传统观念——一批大学生走街串巷为群众义务淘粪》的消息,还配发了一张大学生推粪车的照片。次日,《湖南日报》将消息用黑体大字标题和照片在一版右上方显著位置发表了。而全市 5000 名青少年上街服务的稿件发在一版右下方。当天,中央人民广播电台和《中国青年报》转播湖南第一个文明月第一天活动的消息时,也只分别报了时任湖南省委书记毛致用同志的讲话和我写的这篇稿件。后来,这篇稿件还被评为当年全省好新闻。因此,在大型活动报道中,记者就要善于选取最有思想性、最有深度的角度,以吸引和启示人民群众。

(附相关报道)

### 用实际行动荡涤旧的传统观念
# 一批大学生走街串巷为群众义务淘粪

**本报讯** 昨天上午，在长沙市北区和西区的一些大街小巷，一些胸戴校徽，身穿粗布衣服的大学生，出入大小厕所和清粪工人一道，忙着掏粪洗池，拖粪推车。他们就是湖南医学院医疗系七九级七班和湖南大学机械系铸造专业七八级二班的五十多个学生。他们的行动惊动了街坊邻里和过路行人，大家赞不绝口地说："如今学雷锋，树新风，大学生也来帮我们淘粪，50年代的好风气又回来了。"

这次淘粪活动是由这两个学校的共青团团委组织的。当同学们听说要利用星期天，走街串巷，为居民群众义务淘粪时，纷纷争相报名。他们说："我们学雷锋，树新风，就要用实际行动荡涤剥削阶级意识和旧的传统观念，建设高尚的精神文明。"湖南大学机械系铸造专业七八级二班的同学本来昨日上午要看电影，他们也放弃了，清晨八点多就冒着毛毛细雨，赶过河来参加淘粪。向文波、许祖恩同学虽然近日身体不适，硬要坚持参加。北区环卫所的同志担心淘粪这种活同学们吃不消，劝湖医同学斟换其他工种，但同学们执意不肯，说：正因为淘粪又臭、又脏、又累，被人瞧不起，我们就是要干。

在劳动中，同学们虚心向淘粪工人学习，不怕脏和累，争掏大粪，争拖粪车，拖不起的就使劲地推。粪便臭气熏天，闻之恶心，大家都毫不顾及。湖南医学院的张长杰和徐伟科同学在推车时，粪水溅到脸上，顺手擦去继续干。彭慕牛、李若飞同学手掏起了泡，也不停歇。湖南大学的刘建荣等同学又是掏来又是拖，一拖千余斤，干得浑身是汗。

昨日上午，这两个学校的五十多个同学跑遍了西区的西长街、通太街、如意街和北区的清水塘、望麓园、北站路、民主东街等七个管区的一百一十多条大街小巷，掏净了上百个大、小厕所的粪便。临走时，环卫所的工人跷着大拇指说："这样的大学生难得！"

（原载1981年3月2日《湖南日报》一版）

**二是要由表及里**。记者要透过表面的现象，依据党的方针政策、报道的重心、新闻的规律去选取藏在事物里面的最佳角度。因为事物的发展往往是由多种因素决定的：有直接的、间接的；有关键的、一般的；也有内在的、表面的。同一个事情，还可以从不同角度提出问题、说明问题。

1985 年 10 月的一天，我正在郴州市一家工厂采访，下午 4 点多，时任郴州地委书记龚杰要人打来电话，说他在宜昌县检查工作时，发现县委、县人大、县政府、县政协合署办公和住宿的大院里干部养猪成风，邀请我去宜章采访。

当天下午 6 点多，地委派出的车将我接到了宜章县四大家首脑机关合署办公的大院。龚杰同志放下手头的工作接待了我，向我介绍了相关情况，并带我观看了在宿舍区搭起的猪棚、猪栏和养的猪，还在大院里听到了猪的叫声。采访中，我了解到四大机关共有近 30 户干部养了 60 多头猪。养猪的干部利用职权买廉价饲料。猪长大后，又送到广东卖高价。当晚，县领导即召开了县委、县人大、县政府和县政协四大家的办公室主任会议，决定在一星期内，养猪户即将猪平价卖掉或宰了。

采访过程中和采访后构思时，我想这篇稿件至少可以从以下五个角度写成稿件：县委院内养猪成风，影响环境卫生；党政干部养猪经商，无视中央规定；领导干部以权谋私，攫取廉价饲料；宜章县委主动纠正不正之风；地委书记请记者上门写批评稿件。我反复思索，感到前 4 个角度已多次报道过，再报缺乏新鲜感，一般化了。若是从"地委书记请记者上门写批评稿件"这个角度报道，既有新意，更有针对性。时下，要在媒体开展批评确实较难，来自各方面阻力大、压力大。而龚杰作为地委书记这样一级领导干部不仅不害怕批评，相反还请记者去批评他管辖范围内的工作，并主动承担责任，这是不简单的，有典型意义和指导性。于是，我便以此为主题写下了《地委书记请记者上门写批评稿》。稿件发出后，反响很好，还被评为 1986 年全国好新闻。

（附相关报道）

# 地委书记请记者上门写批评稿

**本报讯** "欢迎欢迎，欢迎记者来我们这里搞批评报道。"9 月 20 日，在宜章县招待所的一间客厅里，郴州地委书记龚杰紧握着记者的手，恳切而热情地说。

记者是龚杰同志邀请来宜章的。这天上午，龚杰同志去该县检查工作，发现县委、县政府机关院内有近 30 户干部家庭养了 60 多头猪。有个县委常委今年来就先后养了

10头，现在存栏的还有6头。好端端的机关大院，搞得处处是猪圈，臭气熏天，在办公室还不时听到猪叫声。有的同志为了养猪赚钱，竟放松工作，套购廉价饲料，影响很坏。龚杰同志认为这个问题应该抓一下，随即打电话给地委秘书长，要他转告正在郴州采访的湖南日报记者，请他们来写批评稿。

下午5点多，地委的汽车将记者送到宜章县招待所。龚杰同志热情相迎。他向记者介绍了情况，又领着大家察看机关大院内的猪舍。他边看边说："这事我们也有责任，对干部帮助教育不够，今天特地请你们上门来对我们的工作提出批评。"他接着说："党报批评很有威力，能推动实际工作。如今年8月11日你们报纸刊登批评桂阳县不重视教育的报道后，第二天我就赶到县里，同县委、县政府的同志一起研究落实了改正措施。这是我们要感谢的。"他还建议新闻单位对郴州地区工作中的问题，包括地委行署本身的问题多加批评。说罢，龚杰同志就找县委、县政府负责人商量解决机关院内养猪的问题去了。

（原载1985年10月6日《湖南日报》一版，谭涛峰、聂廷芳参与采写）

**三是要以新代旧。**就是要以新颖的题材和角度来替代经常要宣传报道的老主题。有的主题还是要经常地、反复地进行宣传，不宣传还不行。记者就要多思多想，不断从这些主题中找出新的题材，提炼出新的角度。譬如对农村形势的宣传，是经常要做的，特别是逢年过节或大庆之年，更是要突出宣传。开始，一般停留于农作物产量的增加、农民经济收入的扩大，后来转为农民生活的改善，如新建了住房、添置了"几大件"。现在，又转为脱贫致富，美丽乡村的建设等。能不能在这个经常要宣传的老主题中，找出一些新的角度呢？那是在20世纪八九十年代农业生产还相对落后，产量不高，农民生活不富裕，从商意识也不浓时，我曾经发现两个线索，琢磨了两个角度，采写了两篇稿件：一篇是1981年6月15日发表的《我省农民今年五黄六月卖余粮》，另一篇是1995年12月31日见报的《临武六十辆农民豪车跨省跑客运》。这两篇稿件既从比较新颖的角度反映了农村的大好形势，又看到了体现在农民身上的新意识新风尚和新的精神面貌。

（附相关报道）

# 我省农民今年五黄六月卖余粮

### 从四月以来,全省有 80 多个县的一千多个公社卖出议价粮 4.28 多亿斤

**本报讯** 受灾之年不见荒,五黄六月卖余粮,这是历来少有的事情。然而,现在在我省广大农村处处可见:成千上万的社员肩挑手推,驾舟扬帆,喜气洋洋,争卖余粮。记者从有关部门获悉,在去年完成国家征超购粮食 69 亿 9200 万斤的基础上,今年四五月以来,全省又有 80 多个县的 1000 多个公社,向国家出售了 4 亿 2800 万斤议价粮。

五黄六月,青黄不接,背井离乡,四处逃荒。这是旧中国湖南农村的真实写照。据当年报载:1932 年,"长沙上年逃荒灾民尚未回籍,本年又续有增加,道路流离,哀鸿遍野,街头巷尾,一遍啼饥号寒声";1941 年,"湘西及湘东民间无以为生,'闹粜'乞食者络绎街头,或食木叶草根,饿毙者极众";1945 年,"沅陵一带,农民卖儿鬻女不得一饱,全家男女老幼一齐饿毙者触目皆是"。

而现在,随着党的各项政策的落实,农村逐步建立健全了多种形式的生产责任制,广泛开展了科学种田和救灾工作,群众积极性高涨,粮食、油料、生猪生产得到很大发展。1980 年,全省粮食总产量比 1949 年增长了 2.3 倍,人平产粮高出近一倍。全省社员的用粮水平普遍提高,湖区、湘中、湘东等地区人平口粮一般达到六百斤以上;湘西山区也有五百斤左右。一些山区社队过去那种"用钱靠贷款,吃粮靠返销"的历史已经结束了;相当一部分湖区和丘陵区的社队仓有储粮,户有余粮。粮食市场交易活跃,粮价稳中有降,人心安定。即使像去年,全省有 9 个地、市的 66 个县受灾减产,但由于连年丰收,底子厚实了,所以不少地区的社员群众在不减少国家粮食上交任务的基础上,仍有条件向国家卖余粮。地处丘陵地区的攸县农村,近年来粮食连年增产,去年总产量近八亿斤,为解放初期年产量的 3.6 倍,目前全县储备粮食近亿斤。今年四五两月,这个县又给国家卖了近三千万斤议价粮。在贫瘠的新化山区,也发生了喜人的变化:过去每逢春节、春荒、夏荒,县里就要全党动员安排群众生活。而近几年,由于连年丰收,目前全县 87 个社、场,就有 73 个卖了议价粮。

(原载 1981 年 6 月 15 日《湖南日报》一版头条)

湖南日报社内刊《长征路上》登载：

读者沈裕德写来评报信，赞扬6月15日一版《我省农民今年五黄六月卖余粮》是一篇标题新颖、内容精炼的好新闻。文章连标题共975个字，反映了我省当前一个重大题材，作者写作的技巧，不在长、大、多，而在巧、精、实。"受灾之年不见荒，五黄六月卖余粮"十四个字，可抵得上140个字的导语。文章内容扎实，不但有数字对比，也有新旧社会的"丰""灾"对比。写作上段落明了，衔接自然。整篇新闻好似山间泉水，清澈见底，不含糊，没废话，语言朴实而生动。

# 临武六十辆农民豪华车跨省跑客运

## 车主带有"大哥大"　车上装有电视机

**本报讯**　以农民货运车人平拥有量闻名全国的临武县，最近又爆出新闻：12月24日傍晚，一辆由该县城关镇农民唐建华、胡久华等人经营的豪华卧铺客车，载着40多名乘客，从县城出发直奔广东深圳市。这是该县开出的第60辆由农民经营的跨省跨地区豪华车。目前，临武县农民豪华客车已开通了由县城至广州、上海、深圳、珠海、中山、佛山、桂林、温州等10多个城市的营运线路。

这种豪华客车是由江苏扬州扬子客车厂制造的，采用封闭式，全空调。车厢前部设有24个旅客卧铺，后部还有20个软席座位。有的车上还安有闭路电视，车主带有"大哥大"，以便随时与家里和目的地联系。每台车车价为24万元，一般由4至6个农民合股经营。每台车平均每月可盈利三万元左右。

毗邻广东、广西的临武县盛产煤炭和有色金属，当地农民为了把这些物资运出省内外，近年来在交通部门的支持下，先后购置了3500多辆货车跑运输。他们跑活了经济，自己的钱包也鼓起来了，去年下半年以来，又把视线转向来往于沿海数以万计的打工仔和生意人身上。他们先后投入上千万元资金，购进了60台豪华卧铺客车，不仅为本县的旅客服务，而且把触角伸向了长沙、常德、益阳等地。今年来，这些豪华客车载客即达近百万人次。

（原载1995年12月31日《湖南日报》二版头条）

# 十五 要以严谨的作风准确地给人民群众提供每一个新闻事实

**心灵感悟**：真实是新闻的生命。新闻报道必须实事求是地反映事物的本来面貌，做到事实真实、分寸准确、提法恰当、逻辑严密，绝不容许任意虚构、合理想象。只有真实的新闻，才有说服力、感染力和战斗力。

列宁曾经指出，如果新闻报道"不是从全部总和、不是从联系中去掌握事实，而是片面的或随便挑出来的，那么事实就只能是一种儿戏，或者甚至连儿戏都不如"。因此，新闻要真实，不仅要求记者所写的某件具体事情是真实的，而且要求从该事实发生的单位或个人的全貌来看也是真实的，值得报道的。

**亲身经历**：在几十年的新闻生涯中，我采写过 4000 多篇稿件。为了捍卫新闻的真实性，准确地给人民群众提供每一个新闻事实，我基本上做到了"四不写、两不发"，即不凭道听途说写稿，自己不到现场采访不写稿，事实未反复核实清楚不写稿，各方看法不一、且一时无法落实的事实不写入稿中；不经相关部门领导审稿不发稿，批评稿件未听取被批评者意见不发稿。由此，我确保了新闻的真实性，在我所写的所有报道中没有出现过失实现象。

　　在维护新闻真实方面，我尽心尽力做到了下面几点：

　　**一是对新闻报道中的每个事实，包括人名、地名、时间、细节、数字、引语等都要反复核实。**

　　20 世纪 80 年代中期，中央强调，在工业企业中要勤俭节约，千方百计降低原材料消耗。一天，编辑部有位同志告诉我，他看到长沙市某局一个材料，说冶金机械系统有近 10 家工厂开展一条龙综合利用昂贵的进口矽钢片边角余料，大的大用，小的小用，连最小的都做了衣扣，效果相当明显。他建议我马上去该局找办公室主任采访，只要将材料稍做补充、改动，就可以发一版头条。作为记者，能够采写个头条自然高兴。但我看完材料后，没就材料改编成稿件，而是按材料中所提到的综合利用矽钢片边角余料的顺序，一连去现场采访了 8 家相关工厂，结果大出所料：除了两家工厂开始利用矽钢片边角余料加工外，其他 6 家工厂都还只是个计划，或因生产设备或因场地或因人员未到位，并没有行动起来，更没有成效。为什么局里的材料上又写得那么有模有样呢？是因为该局曾召开了一次相关工厂综合利用矽钢片会议，各工厂当场交出了非常具体的综合利用策划书，包括如何利用边角余料、经济效益如何，相当细致。后来，局里便把这些材料综合起来，给人印象是已经实现了。尽管这一报道线索好，既符合中央精神，写出来又能发头条。我却只能忍痛割爱。

　　1984 年 11 月 9 日，新华社曾向全国播发几张"天外来客"的图片新闻。报道的是，一天傍晚，在长沙南门织机街一所小学的操坪内，突然"轰"的一声，从天外飞来一个比篮球还大的菱形冰团。各报争相刊登，当时可说轰动世界。据说联合国某下属机构要派人来考察，某国要来合作搞研究。但也有人对此怀疑。次日清晨，我便赶到现场采访。走访了学校和当地群众。原来是前一天傍晚，小学附近有家工厂运冷却冰团的板车路过学校时掉了一块。随后，被 16 岁少年拾起，朝学校上空抛去。结果"砰"的一声，落在坪里。这个少年这一举动便构成了一条爆炸性的新闻。次日，我便第一个写了辟谣消息。所以，任何事情都要细致采访，反复核实，才能报道。

（附相关报道）

# 五斤重的大冰团并非天上降落

**本报讯**　4月9日,本报一版刊登新华社消息《长沙市上空落下一块约5斤重大冰团》。稿件见报后,根据读者的反映,经过查实,这块大冰团并非"天外来客"。

事情是这样的。4月7日晚7点左右,住在长沙市南区化龙池省新华书店宿舍的16岁少年李未残从家里出来,刚出大门,便发现门前有些冰块。据了解,这些冰块是附近一家工厂运生产用冰时掉落的。他便随手捡起一团,走进大古道巷小学的校门,"呼"的一声将冰块摔进操坪的水洼里。当时,在办公室的杨树辉等老师出来观看。杨老师观看冰团形状后误认为它是由天而降,便从7点10分开始,向新闻单位和其他有关单位不断打出电话,有关单位的同志随即赶至学校采访。这块冰团后来被送至德园店冰箱保存。次日,杨树辉又将冰团从德园店冰箱取出,用自行车送至有关单位观看,更加误传开了。

**二是一篇稿件事实要真实,不仅要求记者所写的这件事是真的、分寸是准的,而且从该事物的全貌来看也是真的,是值得报道的。**

记得1983年,中央开展打击经济犯罪活动刚开始时,媒体一连发了不少如何揭露、查处、判刑等打击经济犯罪活动的稿件。后来,中央有关领导部门提出,还要从正面报道一些犯罪分子在党的政策感召下主动投案自首的典型,启发犯罪分子改邪归正。经过多方联系,我好不容易从长沙市郊区工商局了解到某乡农机厂采购员贺某主动向工商部门交代了贪污、挪用公款1700元的事实,并将1200元现金连同家里新买的电视机一并退赃了。我随即去厂里采访,写了稿件。编辑部也希望尽快见报。但采访中,我听说,贺某老家在湘乡县农村,到厂里工作还只一年多,之前还在湖北沙市房产部门工作过。我想,现在写稿表扬他,要是在湘乡、沙市发现了更严重的问题怎么办呢?不正好起了包庇的作用吗?于是,我便三番五次地找长沙市郊区农机厂和乡政府几位负责人了解贺某过去的情况,他们都不得而知。我又给湘乡、沙市相关部门打电话,也联系不上。只听厂里人说,他爱人娘家住在长沙市太平街,具体门牌号码却搞不清楚。稿件见报前的那天晚上7点多,我便和通讯员一道冒着倾盆大雨、电闪雷鸣来到太平街寻访,一身淋得透湿,直到深夜11点多,总算找到了他爱人家和当地的派出所。经所里的同志翻阅档案,查实贺某在湘乡、沙市都没有其他问题。零点整,我便在外面打电话给报社夜班编辑室,说这篇稿件可以见报了。虽然个人受了一些累,心里却踏实了。

（附相关报道）

# 供销员贺某在政策感召下投案自首

## 当场交出赃款一千二百多元、电视机一台和作案工具

**本报讯**　3月23日和25日上午，一个中年人忐忑不安地先后来到长沙市郊区工商局、南区工商局，向有关同志坦白交代了自己的犯罪事实，并当场交出现金1200多元、电视机一台、私刻的公章一枚和收款收据一本。

这个中年人姓贺，是长沙市郊区东屯渡滑车厂的供销员。他说自从看到全国人大常委会颁布的《关于严惩严重破坏经济的罪犯的决定》的消息后，饭吃不香，觉睡不好，思想斗争激烈。接着，他把自己的犯罪情节向上述两个区工商局的有关同志作了交代。去年7月24日、8月3日和9月27日，他先后三次代平江县电工器材厂在本厂和另一个厂购买边角铁料11.5吨，每吨买价100元，而卖出去是每吨收180至250元，他从中得到非法利润819.5元。为了掩盖其犯罪事实，他还私刻本厂财务公章，私开收款收据。去年9月25日，他从平江县电工器材厂买进柴油四吨多，每吨原价442元，他却借"灌油开支费"为名，每吨加价120元出售给厂里，捞得非法利润516元。去年10月24日，他代北京某厂加工一批油桶，收取手续费400元。这三项共获非法所得1735.5元。他说："现在将手头的1200多元赃款和一台电视机退给国家，余款将于近期归还，请求政府宽大处理。"郊区工商局、南区工商局有关人员在接待他时，向他讲明了党的政策，鼓励他彻底交代，积极检举，悔过自新。

（原载1982年3月26日《湖南日报》一版）

## 坦白罪行后积极退赃

# 供销员贺某获从宽处理

**本报讯**　长沙市南区工商局报请市工商局和政法部门批准，决定对郊区东屯渡滑车厂供销员贺某从宽处理。本报3月26日报道了《供销员贺某在政策感召下投案自首》的消息，长沙市南区工商局进行了认真调查，认为贺某采取非法手段，牟取暴利，又私刻财会公章，已经触犯刑法，应依法处理，但考虑贺某能主动交代自己的罪行，所交

代的事实经查证属实,还能积极退回赃款赃物和作案工具,认罪态度是好的。经报请上级批准,决定只没收其非法所得,不移送司法机关追究刑事责任。

(原载 1982 年 3 月 30 日《湖南日报》一版)

**三是事实是真的。**从该事物的全貌来看,也可以报道了,但提法、评价、分寸还要准,要符合政策、法律的有关规定,有时还要尽可能留点余地。

我曾采写过一篇通讯——《为了一个普通工人的生命》,讲的是长沙市电业局一个外线工在长沙城郊坪塘施工时,一天深夜起来上厕所,被剧毒的银环蛇咬了,生命垂危。社会各方全力组织抢救。场面十分感人,好不容易挽救了这个普通工人的生命。原稿中,我写的是"零时"被银环蛇咬了,编者却改成"凌晨",另一处我写的是"休克了 30 多个小时",被改成"停止呼吸了 30 多个小时"。显然,这是不准确的。见报前的当天凌晨两点,我又从家里赶到报社,询问医院,进一步落实情况,按原稿改了过来。这才避免了差错。新闻真是一字值千金,错了一个提法,就与实际情况相差甚远。

(附相关报道)

# 为了一个普通工人的生命

在湖南医学院附一院的二病室里,一位被银环蛇咬伤、休克 30 多个小时、心跳中断 5 分钟的垂危病人蔡建辉,于昨日上午得救了。医务人员对记者说:"这种被剧毒蛇严重咬伤而能够救活的同类病人,是很少见的。"蔡建辉的得救,是精神文明结出的硕果,是社会各方协作的一支凯歌。

## (一)

长沙电业局安装队工人蔡建辉,是个 24 岁的年轻小伙子,现在长沙坪塘变电站担负野外施工任务。5 月 24 日零点,他被一条银环蛇咬伤了左手拇指。虽经当地卫生院及时处治,但终因毒性蔓延全身,病情不断恶化,生命处在垂危之中。

清晨 5 点左右，病人被送到湖南医学院附一院急诊室时，只见他牙关紧闭，四肢抽搐，脸色铁青，涕泗交流，呼吸和心跳相继停止。主治医师罗学宏见此情景，急忙放下其他工作，抢先给病人施行人工呼吸，胸外按摩，输氧输液。经过 5 分钟急救，心脏开始微弱跳动，呼吸却仍未恢复。麻醉科和耳鼻喉科医师火速给他气管插管，加压输氧。

经过紧张的抢救和仔细的观察，罗医师断定：非要胰蛋白酶和抗银环蛇毒血清不可，而这两种药物附一院都没有，情况十万火急！一个个求援电话从医院值班室打了出去：

"我们这里没有。"省人民医院回答说。

"我们院里也没有。"湖南医学院附二院说。

"没有！""没有……"长沙市二医院、解放军一六三医院统统都找不到这种药。

值班的黄科长不肯罢休，他一个劲地拨电话，拨呀，拨呀，好不容易打听到长沙市新药门市部仓库里还存有胰蛋白酶，赶紧派人取了回来。医生和护士们马上用胰蛋白酶加普鲁卡因冲洗伤口和进行注射，小蔡的病情才稍稍平稳下来。

## （二）

然而，要彻底清除毒素，使病人转危为安，仍然必须找到抗银环蛇毒血清。

当天上午刚一上班，长沙电业局副局长王申贵就来到了省军区后勤部卫生处请求支援。助理员马才镇一听蛇伤病人生命垂危，急需药品，马上打长途电话同常德军分区和郴州军事医学研究所等处联系，对方虽经多方找寻，仍然没有。电话很快接到了广州军区卫生部值班室和药材科，经过兰助理员与广州军区总医院联系，终于从药库里找到仅存的一支抗银环蛇毒血清。他们赶急把这支血清送往白云机场，等待着班机启航。

下午五点多钟，这支珍贵的抗毒血清运抵长沙。机场行包房 16 号服务员第一个进入机舱，取下药品，将它交给等候在机场的电业局有关领导同志。10 多分钟光景，接药的汽车就在附一院门口停下。"药来了，药来了！"等候在医院门口的近百名干部和工人一拥而上，一位同志抢先接过药品奔向二病室。黄克清医师当即给病人注射了这关键的一针。这一切，是如此快速，又如此地牵动着每个人的心！

25 日凌晨 4 点，休克 30 多个小时的蔡建辉，两肺轻微起伏，鼻翼开始歙动了。

这里，我们还要写一笔上海生物制品厂千里送药的事迹。25 日，当他们接到长沙电业局拍去的求援电报后，立即抽出专人，准备药品，组织托运。他们将 10 支抗银环蛇毒血清装在一个特制的木盒里，上面贴着"十万火急"的红纸标签。当日，他们把药物托运好后,又两次发来电报,将车次、货号告诉长沙电业局。26 日中午,79 次列车刚抵株洲站,行包车上就递出了这只贴有红纸标签的木盒。株洲站行包房的同志接过它,当场转交给前来接药的电业局有关同志。这天傍晚,附一院的医务人员又给小蔡注射了第二针。

## （三）

病人经过两次注射抗银环蛇毒血清后,情况有了好转。但二病室的医护人员丝毫没有放松护理。外科教研组副主任张时绥和主治医师晏仲舒,一天几次甚至上十次地观察病人的病情,哪怕一个微小变化也不放过。有时他们还亲自给病人插管抽吸痰液,帮助翻身擦汗。医务工作者说:"我们只有一个心愿,就是要让小蔡尽快脱离危险,早日恢复健康,奔向四化第一线!"

蔡建辉恢复呼吸后,肺部有所感染,高烧 40 度。医师们立即给他拔出气管插管,作了气管切开手术,注射了强心药、抗生素和丙种球蛋白,控制住体温。目前,病人神志清楚,视力恢复,呼吸、心跳正常,肺部感染也被控制住了。他已经完全脱离危险。

## （四）

在抢救蔡建辉的日日夜夜里,长沙电业局的领导、干部和工人给了他极大的关怀。局领导多次去医院探望他,指派专人和小车为抢救服务,几位党委成员还亲自向上海、武汉、广州、衡阳等地求援找药,光是发出的电话和电报就有 20 来个。安装队的几位领导轮流守候在病房,协助医院抓好抢救工作。这里还特别值得赞扬的是青年工人范敏,在小蔡刚被蛇咬伤时,不顾个人安危,曾两次用嘴吮吸伤口,吸出蛇毒,并和其他同志一道,彻夜不眠地给病人做人工呼吸。这些天来,到小蔡家里探望的亲朋好友,络绎不绝,小蔡家里的邻居们便主动担负起照料的担子,为蔡家送茶送水、做饭洗衣。长沙市电信局长途台和电业局总机的话务员们,也为抢救小蔡积极提供线索,询问药物。

在我们社会主义祖国的大家庭里,一人有难,四方支援。人们的心紧紧地连在一起,为着一个普通工人的生命,都在尽心尽力,分忧解愁。蔡建辉的父母亲说:"没有党和同志们的关怀,这孩子不可能有第二次生命!"

（原载 1982 年 5 月 30 日《湖南日报》一版）

# 十六　要以主动的担当尽心尽力为人民群众服务一辈子

**心灵感悟**：一个人的生命是有限的，工作年限也是有限的。但正如雷锋所说："可是为人民服务是无限的，我要把有限的生命投入到无限的为人民服务之中去。"退休，的确是人生的一大转折点，这也是自然的规律，不可抗拒。然而，退休不能退志，不能退为民思想，不能退为民精神。时时刻刻想着人民群众，事事处处心系人民群众，这才是共产党人的本色。退休了，我深感，在力所能及的情况下，主动去为人民群众办些事情，这也是自己应该做的。

**亲身经历**：1997 年 4 月，我离开了日夜奋战的工作岗位，正式退休了。有人关切地对我说："你忙忙碌碌搞了几十年，还经常加班加点，现在该好好休息了。"退休后，对我来说，确实无须按时上下班，更不要加班加点，思想上轻松多了。但我想，自己身体还相当好，思维仍然敏捷，除了每天坚持看书看报看电视，关心国家大事外，还可以发挥点余热，做到老有所为、老有所乐。

# 为民思想不退休　发挥余热作贡献

1997 年 4 月,我退休了。退休后的第二天,湖南省教育厅一位领导就派人来我家请我去为当时期发量有几十万份的《湖南职教》杂志看稿,协助把关。我欣然同意了。这之后,湖南电力报、当代商报、东方新报、湖南工人报、湖南经济报、《当代教育论坛》杂志、《湖南教育科研报》等媒体又陆续邀请我去工作过一段。这些单位都不要求我按时上下班、成天坐班,只要我当好参谋,协助出点子,把好关。尽管如此,我还是尽心尽力,把几十年办党报的采、写、编的经验用在工作上,严于律己,精心完成任务。

除此,我还特别注意留心周围一切事物,为人民群众去解决一些力所能及的难题。

## 不离本行传技艺

在《湖南职教》杂志社看稿审稿那段时间,我和年轻人一道还经常下到市(州)、县抓一些职教系统的重大人物和单位典型的报道。从选题、采访到写作的每一环节,特别是对如何严把稿件导向、精心选择主题、细致描写事物、确保新闻真实和加强报道的指导性和可读性等方面,我们都要反复研究,用心用力,从不放松。杂志社这批年轻人通过自己努力,后来有的评上了正高职称,有的成为单位骨干或领导。

在其他媒体协助看稿时,我除了有时应邀参加一些重大典型报道的策划外,特别是注意严把导向关、政策关、文字关、版式关。

1999 年,三一集团董事长梁稳根又邀我去创办了《三一集团》报,为宣传企业"先做人,后做事"的理念和交流信息创造了良好条件。到集团后的头一年,我即组织采写了上百篇(次)对外报道。梁稳根感慨地说:"姜,还是老的辣。"

## 破解难题为市民

刚退休后那年,我又连续第五届当选为长沙市人民代表。"人民选我当代表,我当代表为人民",我以此严格要求自己:经常深入群众听取意见,随时随处关心群众痛痒。一次偶然的机会,我了解到长沙城内最早建的烈士公园,20 世纪 60 年代初期,将 360多亩土地借给了城郊农民种植作物。但随着城市的扩大和人口的增加,公园面积突显不够。近 10 年来，烈士公园为收回这块土地，曾多方设法，四处联系，却一直未能解决。于是，我主动向省、长沙市及郊区多个部门反映，并翻阅了相关的历史资料，还登门走访了时任长沙市城建部门领导、后任省人大常委会副主任潘基礎同志。在全面摸清事情的来龙去脉以后，我向市人大联工委做了汇报，决定先后两次组织我任组长的市代表小组进行现场视察，还邀请了市和郊区的相关领导参加。经过多方做工作，公园对借地耕作的农民也作了适当补偿。前后约半年时间，这块土地终于重新回到烈士公园。公园经过认真设计规划，建成了别具一格的民俗村，一栋栋独具特色的民族建筑，饶有趣味的民情风俗，吸引不少游客。公园场地扩大了，活动内容丰富了。民俗村开村那天，公园还特地邀我参加了庆祝仪式。民俗村里欢歌笑语，好不热闹。

担任市代表 5 年中，我针对群众关心的焦点、热点问题提出批评、建议 120 余条，组织视察近 20 次，解决了不少难题。

## 关心下代授知识

2003 年，我被聘请为湖南大众传媒学院报刊传媒系主任。当时学院开办不久，系里只有刚开设的戏剧文学和编辑出版两个专业，学生也只有 100 多人。

可说万事开头难。我在院党委领导下，紧紧依靠群众，建立健全了系里教学组织和设施建设，增设和健全了新闻采编、报刊经营、编辑出版专业，引进和外聘了一批专业教师，修订了各专业的教学计划。为加强学生动手能力的培养，创办了 10 个校内实践基地、5 个校外实习基地。全系学生发展到了 2000 余人。

系里学生办了面向全校的《行知报》，自采、自写、自编稿件。我参与每期报纸的策划、审稿，编排指导，手把手地教。办报的学生中，毕业后，很多都成了单位骨干。

■ 采写回顾

# 深入包厢抓"杀手"

张家界属武陵山脉腹地，为中国最重要的旅游城市之一，1982 年即成为中国第一个国家森林公园。1988 年 8 月，武陵源被列入国家第二批 40 处重点风景名胜之内。1992 年武陵源自然风景区还被联合国教科文组织列入《世界自然遗产名录》。这里，每年都吸引着来自国内外数以千万计的游客来此旅游。

然而,2002 年 3 月以来,一些居住在张家界或到张家界旅游回来的友人多次给我谈到:一度在云南、海南等地猖獗一时并被当地政府严查死堵的"包厢式购物"(即将游客引入包厢,利用假珠宝、玉石蒙骗顾客钱财的现象),近几个月来,又在张家界市死灰复燃。这不仅严重侵犯了消费者的利益,而且严重损害了张家界市乃至湖南省的形象。当地群众和游客对此都叫苦不迭。他们迫切希望媒体过问此事。

此时,我虽已退休,但仍是连续五届的长沙市人大代表,更何况我还是个老记者。我感到,对此自己有责任去过问。于是,我向报社群工部反映了这一情况。群工部派了记者覃红和我一同于这年 9 月 7 日到了张家界。当天下午,我们就在武陵源暗访了 3 家珠宝店,亲眼看见了"包厢购物"的骗人招数。

5 时许,我们刚刚准备进入隆源珠宝店,门前一名青年店员连忙拦住我们,说:"我们只接团队,不接散客。""商店哪有不让顾客进入的道理呢? 这是哪里的规定?"我们反问他。他指着门框上悬挂的"旅游定点购物商店"的铜牌,振振有词地说:"旅游局定的! "争执间,另一名女店员大概觉得影响不好,便同意让我们进去了。

进入店里一看,一间约 800 平方米的大厅里熙熙攘攘,周围开设了好几个包厢。我们趁营业员不注意,溜进正对门的第一间包厢。只见 10 多个天津游客围在桌边正听一名穿黑 T 恤、长得黑黑胖胖的男子介绍所谓宝石的鉴别知识。该男子边说边持一根外线小棒,对着一盒标价 7200 元的"红宝石套餐"(一对耳环、一根项链、一只戒指、一副手链),煞有介事地照来照去。见游客们逐渐相信了他,马上说:"今天见到老乡,我特别高兴。你们又是团体游客,我优惠多点,亏本也卖,400 元一套。"说话间,黑胖男子徒然发现包厢内混进了外人,立即提高了嗓门,改口说:"5000 元,今天只能优惠到 5000元。"此时,一位女店员认出了我,说我是散客,硬要将我拉走。"为什么? 难道这里保密吗?"我与之辩理。此时来了五六个店员,强行将我"请"出了包厢。我大声质问商店:"你们怎么能如此对待顾客? "旁边一位自称姓廖的经理出来解释:"今天店里正接待一批华侨团队(实为天津团),我们价格开得高些,怕你进去搞乱价。"我被拉走后,黑胖男子马上压低声音,神秘兮兮地继续鼓动游客。在他刻意营造的亲密气氛中,一名年青女游客终于经不起诱惑,掏出 400 元来买了一套"红宝石套餐",只花了原标价的 5.5%。而这套标价 7200 元的天然宝石首饰实为人工合成,成本价不过 100 元左右。

在大厅内,另一名天津游客,看中了一只手镯,标签上写的是"进口翡翠",卖价1600 元。游客要求便宜点。营业员最后 80 元卖给了她。据行家介绍,所谓进口翡翠只不过是价格低廉的国产一般软玉。

同一天下午，我们还暗访了中缅珠宝宫、亘立珠宝宫，这两家都设了"包厢购物"。在"中缅"，店员谎称老板是缅甸华人，经营的全是缅甸珠宝。标价3800元的翡翠玉罗汉最终可300元成交，鳄鱼皮带实为人造革制成，开价2000多元，实则200元就可以拿下。在"亘立"，我们一进门，守在门前的店员即问："是团队游还是个人游？"见我们是散客，便说个人游店里少了给导游和司机的回扣，可给你们优惠价。与"隆源"一样的"红宝石套餐"标价虽4200元，380元也可卖；标价16800元的"观音翡翠"居然可以降至400元。以上3家珠宝店均称自己的价格是经区物价部门核实的。

据当地群众反映，目前，张家界市存在"包厢式购物"现象的珠宝店还有中缅、华泰、华龙、隆源、亚云、缅都、中缅、亘立、金果苑、三晋源等10余家，其中前4家是旅游部门确定的旅游定点购物场所，具有团队接待资格。这些商店以给予老乡1-0.5折的高额折扣为诱饵，欺骗游客购买假冒伪劣商品，而与之勾结的导游、司机每次均能获得150元停车费、介绍费和成交额30%的回扣。这些商店为降低风险，获取暴利，一般只接待省外游客，不接省内游客，只接团队游客，不接散客。由于利润丰厚，当年"五一"黄金周后，该市珠宝玉器店从寥寥几家一下猛增到13家，其中搞"包厢式购物"的绝大部分集中在武陵源区。2002年4月以来，不少游客向有关职能部门举报。就在我们暗访结束时，又有一名台湾游客因商店将人造宝石当天然宝石卖，愤而投诉。一名北京游客由此对旅游商品市场都失去了信心，说："我从来不在旅游店买东西，骗局太多。"

看到这般景象，我对"包厢杀手"深感愤慨：在社会主义商品市场，在张家界等旅游胜地怎能容得他们任意捣乱，玷污旅游胜地的形象呢？随即，我们写了《"包厢杀手"正在损毁张家界》的内参向上反映，很快得到了时任湖南省省长张云川和时任副省长贺同新的批示。张家界市领导对此高度重视，采取有力措施，迅速刹住了这股歪风。我们又就此作了公开报道。

■ 相关链接

### 本报内参曝光　省长批示整治
## 张家界市彻底取缔包厢购物

**本报讯**　张家界市认真落实省长张云川的批示，坚决取缔包厢购物，"十一"黄金周以来，共治理整顿珠宝玉器店9家，其中关闭4家，勒令停业整改3家。

　　所谓包厢购物,是指一些商店在营业厅四周另设包厢,名为游客休息室,实为购物"陷阱"。这些商店逢游客便谎称"老乡",以给标价的 1 折至 0.5 折高额折扣为诱饵,欺骗游客购买假冒伪劣商品,而与之勾结的导游、司机每次均能获得停车费、介绍费和成交额 30% 的回扣。

　　包厢购物曾在云南、海南等省猖獗一时,今年 3 月转移到我省张家界市。由于利润丰厚,在短短的 3 个月时间内,该市珠宝玉器店即从寥寥几家突然猛增到 13 家。虽然张家界市政府从 6 月份开始陆续采取了一些整治行动,但包厢购物仍然屡禁不止,时有反弹,游客投诉不断。9 月份全省旅游节前夕,记者在包厢购物比较集中的武陵源区进行暗访,将亲眼所见写成内参件《包厢"杀手"正在毁损张家界》,报送省委、省政府领导及张家界市负责人。

　　省长张云川、副省长贺同新对此高度重视,9 月 27 日、29 日分别明确批示,要"整顿旅游区的不良行为,实行负责制、查巡制",要"专题研究,提出明确意见,部署整治,力求明显效果"。与此同时,收到内参件的张家界市委书记刘力伟 9 月 30 日也签署了意见,要求"继续整顿、彻底取缔包厢购物"。该市迅速成立了以一名副市长牵头的整治领导小组,明确提出凡是存在包厢购物的,凡是媒体曝光了的,凡是有游客投诉的,一律查封。10 月 3 日,省旅游局也派了 2 名同志深入张家界市督促落实。

　　武陵源区将打击包厢购物,规范经营行为作为近段工作的重中之重,10 月 1 日上午收到批示件,区委书记杜芳禄立即表示要切实落实省、市领导指示,坚决取缔包厢购物。当日下午,区政府便成立了由一名副区长负责,工商、公安、旅游、物价、技监等多部门负责人参加的整治领导小组,研究整治方案,同时下发了《关于进一步加强珠宝玉器购物商场管理的通知》。

　　10 月 2 日,领导小组一行 10 余人全线出击,对全区 9 家珠宝玉器店进行集中整治,关闭了本报记者暗访过的"缅华""中缅""隆源""亘立"4 家珠宝店,其中前 3 家系旅游定点购物商店,此次定点资格被取消;勒令"金果苑""锦泰""华龙"等 3 家珠宝店拆除包厢,停业整顿。针对包厢购物中严重的虚高定价,物价部门决定对珠宝玉器进行最高限价。为了进一步巩固整治效果,区政府建立了长效管理机制,10 月 7 日,由区工商局牵头,与各珠宝玉器店老板签订责任状,限定 3 天内整改到位,否则吊销营业执照。验收合格的报区、市政府批准后方可继续营业。

　　"谁砸张家界的牌子,就端谁的饭碗",在旅游立市的张家界,一场整治行动让珠宝玉器店的老板们对此有了切身感受。

　　　　　　　　　　(原载 2002 年 10 月 10 日《湖南日报》一版,覃红参与采写)

# 湘绣大师遇难题　登门走访全相助

湘绣大师柳建新及其女儿刘雅绣制的 300 多件非遗湘绣珍品，因拆迁堆放在家，眼看即将霉变。柳建新母女心急如焚。事情就从这里开始。

## 湘绣珍品濒临霉变　柳家母女心急如焚

时间倒回到 2014 年 4 月的一天，多年未见的长沙市工会一位退休的副主席王月明特地来我家反映一个情况：省湘绣研究所退休的中国工艺美术大师、国家级非物质文化遗产湘绣传承人柳建新为了弘扬和传承湘绣技艺，分别于 1996 年 8 月和 2003 年 9 月在长沙市清水塘租房建立了湘女绣庄（后被批准为国家级非物质文化遗产传承基地），在五一大道开设了湘女绣吧，展示了 1000 余件，由她亲自或领衔绣制的湘绣精品，（其中有 300 多件为国家级珍品）免费对外开放，传授、交流湘绣技艺。慕名前来参观的省内外乃至国外的宾客成千上万。柳建新及其湘女绣庄和湘女绣吧，为宣扬和传承中华民族文化作出了积极贡献。5 位前国家领导人耿飚、廖汉生、迟浩田、陈慕华、李铁映曾接见过她，并为其绣品题词。

但随着城市的发展，柳建新所租的两处场地都被拆迁了。她只得将成百上千件绣品存放在家里。因缺乏恒温恒湿条件，眼看有的国宝级湘绣珍品将要霉变。柳建新及女儿刘雅对此十分着急。近七年来，母女俩多方寻找场地和筹措资金都未见成效。她们一筹莫展，心灰意冷。王月明希望我能助她们一臂之力，为抢救这些国家非遗珍宝做出努力。

## 多次上门观看现场　深谙母女其人其事

在王月明的邀请下，我几次到柳建新家走访。一进屋，就看到地上、桌上、墙头、弯角都堆放着精美绣品。进而详细听了柳建新母女的介绍，并翻阅了她们的有关资料，了解到如下情况：

柳建新这位亚太工艺美术大师周全秀的嫡传弟子，从事湘绣艺术事业 40 多年，主攻人物、山水、花鸟、走兽刺绣,具有深厚的艺术功底和相当的艺术成就。她的绣工精细,针法活泼,特别擅长运用湘绣独创的"鬅毛针法"刺绣动物毛发,质感强烈,风格自成一派。她为毛主席、星云大师等国内外知名人士绣制的人物肖像,生动传神;她的双面全异绣作品被国外友人誉为"魔术家艺术"。柳建新是湘绣艺坛不可多得的既能执笔作法,又能操针刺绣的技艺专家。在湘绣艺术的道路上,她不断探索创新,将传统的湘绣艺术与油画、水粉、摄影作品结合,创作了许多珍贵的湘绣珍品。如为迎接 2008 年北京奥运会,她花了一年时间去黑龙江鹤场写生,描绘了一千只白鹤的不同动作,后经多次修改,绘制成稿,再带领 11 个湘绣技师花了 5 年时间绣成的 20 米湘绣长卷《千鹤图》,被故宫博物院专家誉为"当代不可复制的文物",2008 年即估价为 2500 万元。她的作品多次在国家工艺美术馆、民间艺术展评中荣获金奖,并被国家博物馆、"台湾"佛光山美术馆等单位及个人收藏。她曾应邀到世界各地举办个展和做现场刺绣表演,蜚声海内外,享有"国宝级人物"和"湘绣神针"之美誉。她的女儿刘雅,曾留学英国。回国后,在北京外资企业工作,薪酬丰厚。父亲 2007 年去世后,为协助母亲做好非遗文化湘绣传承工作,她毅然放弃高薪聘请,回到长沙钻研湘绣技艺。经多年努力,她创作了不少湘绣精品,获得全国大奖,并被评为湖南工艺美术大师、湖南省"五个一批人才"和"十大杰出海归"。

　　看了柳建新母女的作品和资料,听了她们有关情况的介绍,面对她们目前的窘况,我一方面对她们高超精湛的技艺特别是为弘扬、传承、创新中华民族非物质文化遗产湘绣的那种执着精神所钦佩、所感动;另一方面,又为眼前堆放的众多国宝级湘绣珍品面临损坏所担忧,所惋惜。心想,作为记者,保护、珍惜非遗物质文化遗产也是自己应尽之责。我决心为其呼吁、反映,帮她们一把。

## 鼓励母女看优势　勇往直前迎难上

　　我将所收集的资料和交往中所了解到的情况以及她们目前所面临的困难和下步的想法,认真地进行了思考和梳理。觉得首先要让她们正视困难,树立信心,迎难而上。于是,我和柳建新母女进行了一次推心置腹的交流,从提高她们的信心入手,分析湘女绣庄的几大优势:一是有人才。有柳大师及其女儿等一批具有中高级职称的绣女,并掌握了湘绣的鬅毛针法;二是有成果。湘女绣庄绣制了一批获得国家金奖、银奖、百花大奖的珍品,如《荷塘情趣》《千鹤图卷》《银虎》《母爱》《金童玉女》《三英战吕布》《盛世花开》等;三是有声誉。柳建新及其女儿曾应邀到不少兄弟省市和多个国家办过湘绣个展和巡回表演及教学，特别是 5 位前国家领导人接见了柳建新并为其绣品题词，名声远扬；四是有绣制、管理和经营等方面的丰富经验；五是特别是有党和国家弘扬和传承中华民族非物质文化遗产的一系列政策。湘绣又是我国四大名绣之一，在国内乃至国际上都有一定的地位和影响。

湘女绣庄有如此好的优势和基础，我一方面鼓励她们坚持开拓创新，精耕细作，绣制出更多精品，传承好技艺；另一方面，通过多种途径争取上级领导和有关部门的支持，一定要将非遗湘绣弘扬和传承坚持下去，绝不灰心。同时，我也表示愿意为她们的非遗传承工作义务地助一臂之力。除此，我还对湘女绣庄的发展提出了一些具体建议，如加大宣传力度，开辟网上窗口，提高团队素质，争取多方支持等。柳建新母女听后很受鼓舞，深感困难虽有，但自身有利条件很多，只要继续努力，前程大有希望。

## 详写材料呈领导　大师困难迎刃解

和柳建新母女交流后，我反复思索，深感弘扬、传承中华民族非物质文化遗产绝非只是柳建新及其女儿的家庭小事，而是党和国家正在抓的一件利国利民的大事。作为一个新闻工作者，我应该把这一情况及时向上反映。随即，我将自己所了解到的情况和柳建新母女的要求，写了一篇 3100 多字的汇报材料，并附上一封信，分别寄送到时任湖南省委书记徐守盛和时任省委常委、省委宣传部部长许又声。接着，我将柳建新母女的情况向湖南日报负责内参的同志做了反映，并陪同相关记者去柳家进行了采访。他们写了一份内参。很快，我的信由徐守盛书记和许又声部长分别批至省文化厅。报社的内参也由时任湖南省委常委、长沙市委书记易炼红批给了长沙市委宣传部、市文广新局。省、市相关领导部门都积极行动起来了。省文化厅和长沙市委宣传部、长沙市文广新局领导亲自去柳建新家调研，并现场办公。针对柳建新及其湘女绣庄目前存在的困难和问题，省文化厅和长沙市委宣传部、市文广新局提出了 5 条帮扶措施：（1）如果柳建新同志拟重新租用或购买适合的场所，省、市两级有关部门出面全力提供协助，尽量争取到最低的租、购价格；（2）市群众艺术馆可免费为其开辟适当场地，用于保管和展示湘绣珍品，并可依据《长沙市民办博物馆管理办法（试行）》，将其建立的个人湘绣艺术馆纳入此范围给予资金、管理等方面的支持；（3）省文化厅已与湖南广播电视总台快乐购频道负责人沟通，他们将力推柳建新同志的精品湘绣进入该电商平台，扩大其精品的销售渠道；（4）长沙市委、市政府决定突破一些条件限制，从市文化事业、文化产业专项引导资金方面给予其适当支持，建议省里也从保护传承湘绣传统技艺、发展湘绣产业上对其给予省级文化事业、文化产业引导资金的支持;(5)省、市两级文化部门今后将对此给予重点关注，积极为其提供参与国内外重大非物质文化遗产展示活动的机会,努力加大宣传推介力度,进一步增强和扩大湘绣艺术的社会影响。省文化厅还专门给我发了两份如何落实徐守盛书记和许又声部长的答复信件,并告知我,将以这次帮扶柳建新同志湘女绣庄的个例为契机,抓紧对有关国家级、省级非遗项目的保护传承和生产经营中存在的困难和问题作出深入细致的调查，研究制定切实可行的措施和办法。

省、市委领导的批示体现了对保护传承非物质文化遗产、弘扬中华优秀传统文化的高度重视,对我和柳建新母女都是极大的鼓舞。

眼看一项项帮扶措施相继落实,部分扶持资金到位了,湘绣精品展示场地确定了。湘女绣庄的营业场地落实了,湘绣的技艺交流开展了。柳建新绣品展厅装饰一新,恒温恒湿,300多件精美珍品美轮美奂,抢人眼球。开展那天,七八家媒体对此作了报道。展示场第一年就免费接待了1万多人，还被评为长沙市雨花区优秀民办文化服务机构。柳建新还应邀到台湾、澳门进行技艺交流。刘雅还赴瑞士参加工艺品展。除此,柳建新母女还对外开展了四期湘绣公益教育,培训了300多名湘绣爱好者。

## 突遭大火受巨捐　对簿公堂追责任

柳建新母女及其湘女绣庄正沐浴着党的弘扬、传承中华非遗文化的阳光,在各级政府的大力支持下,迅速发展之时,真是天有不测风云,人有旦夕祸福。2018年4月4日,一场由于墙外长期积水造成湘绣展示厅一扇墙内出现电线故障,引发了火灾。火灾初期带热的烟雾从六家住户共用的通风井口冒出时,20多分钟后，邻居即向物业报告,并要求物业报警和通知业主柳建新母女。而小区万科物业尽管派人在周边巡查了,但以"没有明火不好报警""夜深了不便报警""清明夜火点多,不能随便报警""闻到了烧焦味和看到了烟雾,没有感受到热量还是不能报警"等为名,坚持不报警和不通知业主,致使这场火灾在刘雅家烧了十个多小时(这在全国都是绝无仅有的),财产损失达2041.6万元,连国宝《千鹤图卷》都损坏了6米。

火灾发生后,小区万科物业却若无其事,不闻不问。他们既不派人看望、慰问柳建新母女,更不主动协商善后事宜,连惨不忍睹的火灾现场摆在那里一年,小区万科物业也置之不理。

其时,我几次去了火灾现场,面对71件湘绣精品受到不同程度的损失,深感痛惜。

万科物业却一方面四处游说，消除火灾对他们的不良影响；另一方面推卸自身责任，在相关会上其代理人一再声称，他们对这场火灾毫无责任，尽职尽责做了自己应做的工作。对此，柳建新母女感到十分气愤。母女俩在多方反映无果的情况下，只得将此事上诉法院。公安和消防部门与近10人的谈话笔录和现场勘查记录以及火灾事故的认定书等都是最好的铁证。然而，小区万科物业对此视而不见，听而不闻，却千方百计避开自身在火灾刚发生20多分钟时即知火情，却坚持不报警不通知业主的不可推卸的责任。他们居然推翻消防部门对火灾所作的鉴定，强词夺理地把这次火灾的成因归结于莫须有的刘雅对房屋管理不善、室内存放大量易燃品、"住"改"商"造成的。还说什么"物业只管公共地区，不对小区业主室内人身财产安全负责""谁家失火，谁家负责"等。对他们的说法，我很是气愤，深感维护公平、正义是一个记者应尽之责。于是，我主动提出，义务为柳建新母女当代理人。我前后共花了好几个月时间，几次翻阅了足有数以百计的公安、消防、民政、物业和柳建新所提供的材料，并认真学习了中华人民共和国《物业管理条例》《消防法》《不动产法》《合同法》和《民事诉讼法》等近10部法律的相关条文，并将几十条相关法律打印出来，一条条对照。其实，这些法律中早有明确规定：小区物业不仅要管理小区公共地区，而且对业主的房屋及其配套设施也要进行管理；由于物业人员的失职，造成业主人身、财产损失的要负法律责任，并赔偿损失；遇到火警，必须报警，隐瞒不报或谎报的要追究其法律责任。至于谁家起火谁家负责，法律上根本没有这样的规定。我还找来了20多个全国全省火灾案例，却没有一个像这次火灾一样，物业明知有火警却不报警，不通知业主，任其闭门火烧10个多小时，而不追究物业责任的。与此同时，小区万科物业还提出，起火当晚物业派人尽心尽力地到现场巡查了一晚，因此不应承担任何责任。我详细地看了巡查人员的谈话笔录，发现实际上只巡查了三个小时，巡查中连起火南向房间向窗外冒出的烟雾和闪的光亮，他们都没有发现，还说没有"发现异常"。这怎能说尽职尽责了呢？！

谎言成不了事实，歪理战胜不了真理。以事实为依据，以法律为准绳，这是审理案件必须遵循的准则。2019年1月22日，长沙市雨花区已对该案作出一审判决，认定万科物业赔偿柳建新母女400多万元，原被告双方均不服，现已上诉至长沙市中院。人们正等待着公平、正义的判决。

尽管事情发展如此周折，柳建新母女在弘扬和传承中华民族非物质文化遗产湘绣的道路上历尽坎坷，但柳建新及其女儿刘雅在火灾发生后的极端困难时期，仍然依靠社会好心人士清理了火灾现场，并将房屋重新修整，让未损湘绣珍品重新归位，展示新容。

# 附　中央和省市媒体对周永龄同志为民鼓与呼事迹的部分报道

新华社、中央人民广播电台、《新闻战线》杂志、《新闻三昧》杂志、《光明日报通讯》、《民主与法制》杂志、《人民之友》杂志、《人民之声报》、《人民权利报》、《湖南日报》、湖南人民广播电台、湖南电视台、《湖南新闻工作通讯》、《当代名记者与代表作》、《中国记者新一代》、《湖南新闻界人物》和复旦大学新闻系《新闻学概论》教科书等十余家媒体对周永龄同志为民鼓与呼的先进事迹曾做过报道。这里选刊几篇。

● 1980 年 12 月 1 日新华社向全国播发的稿件

# 周永龄能当我们的代言人

### 新华社记者　刘诗训　新华社通讯员　程继华

《湖南日报》长沙记者站记者周永龄，最近被选为长沙市北区人大常委会委员和长沙市人民代表。选民们高兴地说："真正选中了我们的代言人。"

周永龄今年 44 岁，1961 年毕业于复旦大学新闻系。他曾被迫离开报社，1979 年 6 月，才重返新闻岗位。他重返新闻战线后，写了不少反映人民呼声、符合人民利益的稿件，对帮助各级领导转变作风、改进工作起了一定的作用。

长沙市的居民生活用煤一直实行"定量供应，节约归己"的原则。今年三月，有关部门突然提出存煤"限期购买，过期作废"。群众反映十分强烈。周永龄为了把情况调查清楚，不仅跑了主管单位，还一连几天在天亮之前到附近的三四家煤店去察看。他从买煤的群众中了解到，有些婆婆姥姥半夜就来排队买煤；有些工人、干部请假来排队；有的人排了一天队而店里又无煤……当时，正逢连日大雨，周永龄又患牙痛，他忍着疼痛，每天冒雨四处奔波，整整跑了一个星期，终于把这一情况反映给省、市有关单位，引起了省、市委的重视，市煤炭供应公司收回了这个决定。在此期间，他写了有关这一问题的几篇报道，许多群众为之叫好。周永龄听到社会上反映名牌小吃的质量不如以前了。为此，他特地来到长沙著名的"和记"米粉店。先看了现场，又买了一碗米粉和顾客边吃边谈，听取意见，并走访了米粉店的负责人，写出了《"名牌"要有名牌货》的报道。这篇报道发表后，有关部门对名牌商店进行了检查，推动了名牌小吃店改进经营。

周永龄关心群众利益，群众心里也有周永龄。许多工人、干部、知识分子和居民都给他写信或找他反映情况，说知心话。由于周永龄有这么多的朋友，他的消息很灵通。他写的不少稿件的题目和主题思想，就是从这些朋友那里得来的。九月份，长沙市中山路百货商店的营业员几次向他反映：集市贸易开放以后，有少数人用平价从商店买进货物，立即用高价到市场卖出，他们要求刹住这股倒买倒卖的歪风。周永龄听到反映后，就同几个营业员一起，到长沙市五一广场，对 14 个经营针织品的摊担进行了调查，取得了有力的数据，写出了《坚决刹住倒买倒卖风》一文，引起了有关部门的重视。

选举中，周永龄以名列第一的票数，当选为长沙市北区人大代表。在选举区人大常委会委员时,代表们说,周永龄能代表群众说话,任常务委员当之无愧!结果他当选为区人大常委,接着又被选为长沙市人民代表。

周永龄当选为人民代表以后表示,要经常听取群众的意见,充分发挥人民代表的桥梁和纽带作用,力争为大家多办些事。目前他已征求了近两百名群众的意见,归纳为60条,上报有关部门处理。

■ 1980 年 12 月 23 日中央人民广播电台报道

# 新闻记者周永龄当选为长沙市人民代表

### 中央人民广播电台记者　黄溪云

**本台消息**　为人民仗义执言的湖南日报记者周永龄,最近以绝大多数票,先后当选为长沙市北区人民代表、区人大常委会委员和长沙市人民代表。

44 岁的周永龄,1961 年毕业于上海复旦大学新闻系。去年 6 月,他担任湖南日报驻长沙记者站记者。他认真倾听群众呼声、深入实地采访,写出了 20 多篇反映群众意见和要求的报道。当群众对蔬菜涨价反映强烈时,他从城北到城南,走访了长沙市的近 20 家菜店,写出了《长沙市群众吃高价菜反映强烈》的报道;当人们对一些商店营业员服务态度不好,意见很大时,他多次来到现场观察,写出了《如此服务态度必须整顿》的采访札记;当长沙市伍家岭一带煤灰污染严重,群众怨声载道时,他满身灰尘,实地调查,在报上发出了尽快治理空气污染的呼声。今年 3 月,长沙市煤炭一度脱销,社会上人心惶惶。周永龄不顾当时牙齿发炎疼痛,连续一个星期,顶风冒雨走访了省、市 10 多个单位,写出了《长沙市买煤为何如此难》的报道,引起了有关领导部门的重视,很快改变了买煤难的状况。

周永龄的稿件切中时弊,对于帮助各级领导克服官僚主义,改进工作起了一定的作用。很多群众纷纷给报社写信、打电话,赞扬他敢于为群众说话的精神,称他是人民的代言人。不少人还千方百计找到他家,向他谈情况,反映问题。今年以来,周永龄接到群众来信就有 30 多封。

　　周永龄为人民说话，人民信赖周永龄。在 11 月上旬召开的北区人民代表大会上，当周永龄提出自己水平低、工作忙，难以胜任区人大常委会委员一职时，遭到了几乎全体代表的反对。人们说，像老周这样为人民仗义执言的同志，如果没有选进人民的权力机构，那我们这些代表算是白当了。

　　11 月 22 日，本台记者访问了这位深孚众望的新闻记者。

　　（出录音实况）

　　记："周永龄同志，您这次当选为人民代表，今后有些什么打算。请您谈谈好吗？"

　　周："好！这次同志们把我选为长沙市人民代表，怎么不辜负同志们的期望，多为大家做点事情呢？这些天来，我都在反复考虑。我想，既然是人民代表，首先，就要了解群众的要求和痛痒，敢于为群众讲话。所以近几天，我利用白天、晚上的时间，先后走访了一些机关、工厂、学校和街道，向两百多位同志征求意见。我把这些意见作了分类、归纳，大致有十个问题。比如说，城市污染的问题；少数人套购国营商店工业品和副食品卖高价，影响群众生活的问题；街道路面不平的问题；街道人行道上养牛、喂猪、人防工事长期不拆，影响市容的问题；增设商业网点的问题；早上扫街污染环境的问题；社会治安交通秩序的问题等等。我打算把这些问题向有关部门反映，或者争取在报上呼吁，尽快解决。我觉得，作为一个人民代表，决不能满足于出席会议就算了事了，也不能只是做做表决的工具。我一定充分发挥人民代表的桥梁和纽带作用，经常听取同志们的意见，力争多为大家办一些事情。"

■《新闻战线》杂志 1983 年第 5 期刊载

# 当人民的代言人

## ——记长沙市人民代表，《湖南日报》记者周永龄

### 曾　浩

　　1980 年底，湖南日报驻长沙市记者站记者周永龄被选为长沙市北区人大常委会委员和长沙市人民代表。

周永龄当上市人民代表后,他收到的读者来信、来电多了,接待群众来访的次数也多了。有时他竟成了不知去向的"神秘人物",连记者部也得等他从现场打来电话报告行踪,可是,人们很快便摸到了他的行动规律——吃饭时间最容易找到。

在周永龄家里——建新街居委会新栋四楼一个小套间里,经常有来访者,有时来的人多了,使得不足 30 平方米的两间房内座无虚席,简直成了群众接待站。来访者爱找周永龄,他们说:老周是市人民代表,又是党报记者,他肯为我们说话,是我们合适的代言人!

前年秋季的一天,长沙港一位 60 多岁的老人来找老周,说他原在港务局工作,是先进工作者,"文革"中被遣送回了老家,家中别无亲人,上山打柴又跌断了腿。落实政策回长沙后虽然上了户口,但其他任何问题都未得到解决。老周对此深表同情,连忙跑到港务局联系。谁知该局的落实政策机构已经撤销了。老周相继同市有关领导部门联系。经过十来次奔波和电话联系,最后终于在市领导部门的重视和支持下,由港务局重新搭起班子,进行查证落实,使这位老会计办理了退休手续,并补发了停发的工资。老人感激不尽,先是要请吃饭,继而又送礼品,都被老周谢绝了。

前年夏天,长沙市北区和东区几个待业青年两度集资在五一路长岛饭店对面搭起一座钢架饮食售货亭,均被城管办强行拆迁,造成 3000 余元的损失。这些青年找上门来诉说情况。周永龄不顾天气炎热,先后找了有关部门和市政府的领导同志,使问题较快地得到了解决。类似的事例还有不少。群众赞扬老周,他真正做到了急群众之所急。

群众给周永龄的来信,有些连称呼也没叫准:有称先生的,也有称老师的,还有称师傅的,但说的都是肺腑言、要紧事。长沙市一自称"从不喜欢说奉承话"的工人在来信中说:"我俩素不相识,但我从去年开始就从报上认识你了,因为你写的报道,不但数量多,而且都言之有物,能反映群众的呼声。当时我想周永龄一定是个年过半百的老记者,肯定还是报社的领导干部,不然,他哪里有这样的胆识,又那样了解民情呢?直到看了新华社发的通讯,我才知道你是一位年富力强、能和群众心连心的新闻战士。像你这样的知识分子,我虽属他区的选民,也要补投一票选你当人民代表。"另有一封来信,向周永龄报告宿舍的自来水通水了,感谢老周帮助他们解决了一个 9 年没解决的老大难问题。这是桐荫里一个工人代表全栋 12 户职工写来的感谢信。还有一封寄自洞庭湖滨的一位基层干部的来信,表示相信周记者不仅能为长沙市的人民说话,还能代表全省人民说话,特意反映了某些商品质量差等问题。正是出于对记者、人民代表的这种高度信赖,来自全省各地的大量信件中,涉及的问题包括落实政策、干部作风、商品价格、产品质量、住房分配等各个方面。此外,还有慕名来求教的。老周不负众望,对来信中所反映的重要问题，大都想方设法及时处理。

这么多的来信、来访，反映的问题又是这么广泛，老周是怎么处理的呢？他有五个办法：一是结合采访送信上门，积极向有关领导部门反映情况，提出建议；二是急事急办，专程登门，促请有关部门当场研究解决；三是复信、复电答复问题；四是给有关部门转办一批信件；五是对外地部分来信除转办之外，又趁地、市、县有关领导来长沙开会的机会，专程拜访，当面反映群众的意见，请他们研究解决。如拖了很久的岳阳广兴洲供销社一职工落实政策的问题，就是趁省五届三次人代会期间，冒着风雪几次骑单车到招待所，找当地领导同志，在他们的过问下解决的。

一个记者既要完成报道任务，又要为群众处理如此众多的"分外"事，怎么忙得过来？老周说得好：事情确实忙一些，但忙也有忙的好处，苦中有乐嘛！他说的苦中有乐，是指的从来信来访中进一步了解了群众普遍关心的问题和共同的意愿，从中发现更多的报道线索和题材。他有不少报道是结合解决群众困难完成的。去年3月一天晚上，已是11点钟了，天正下着雨，南门口一个青年赶来诉说他家房子漏雨，电灯也坏了，无法安居。次日清早，老周便冒雨赶到这位青年的家里查看，同时查看了8户住户，都有同样的情况。于是，他马上与供电部门和房产公司、市房地局、市建委等处联系，建议解决这个问题，并就此写了《低地居民遭水淹，食宿不安》的稿件，公开呼吁，使该处电灯不亮的问题第二天就解决了。改造房子的事也由有关部门迅速作了安排。今年2月23日湖南日报二版头条发表的题为《这个"皮球"踢到何时休？——一个基建经办人员的工作日记》的调查报告，也是他根据中国人民银行长沙市支行千佛林50号职工宿舍危房拆除重建工程经办人员反映的情况，经过广泛深入的调查写成的，报道提出了当前基建工作中一个带普遍性的问题。稿子见报后，引起了有关方面的重视，一位副市长和建委主任亲自过问，使问题较好地解决了。

周永龄究竟为群众办了多少好事，谁也说不准确。两年多来，他接待来访的群众不少于1800人次，收到来自省内外的群众来信500余件，亲自回信100多封，回电200多起，通过向有关部门反映和促成解决的各种问题150个左右。这些问题的解决，是和老周的辛勤工作分不开的。每当人们称赞他时，他都反复强调说他做的工作还很不够，倒是群众提供的情况，丰富了自己的报道内容。据1981和1982年的统计，老周见报的200多篇稿子和70多张新闻照片中，其中与群众日常生活、工作密切相关的，均占60%以上。

老周不但是个好记者、好人民代表，还连续两年被评为市里的先进物价监督员。老周在采访中，在接待来访来信中，以及在日常生活中，遇到了大量有关物价方面的问题,先后写了《油条分量不足》《小菜吃得做钱响啦》等报道,及时向物价管理部门反映情况,并写了《长沙市物价部门表示:冰棒不涨价,望群众监督执行》的报道,有效地刹住了冰棒涨价风。物价委员会特聘他为物价监督员,并发给了证件。

■《新闻三昧》杂志 1986 年第一期报道

# 人民的记者

## 秦立连

《湖南日报》记者部主任周永龄的外表并不出众,方脸,圆鼻,厚嘴唇,眼睛上驾着一副近视镜,身上有一股很重的"泥土"味儿。

他的名字和外表却成反比。在湖南,特别是在长沙市,绝大多数的人都知道有个周永龄,甚至于连五六十岁的老太太在市场上买菜碰到不舒心事儿,也会威胁对方说:"你等着,我要到报社周永龄那里告你的状。"

这种耳闻我在采访中得到了印证:那天,我是晚上七点差一分到他家里的,板凳还未坐热,客人就一拨接一拨地来了,其中有干部、工人、市民,还有丈夫和妻子,4 个小时内整整来了十起共 18 位客人,他的家简直成了"来访接待站"。好在报社给他分了一套三室一厅的住房,不然,每天晚上来访的客人这么个来法,只怕房子都会挤"炸"的。

他哪来这么大的魅力?我脑子里装着问号,待深夜十一点客人全部走了之后,同他开始了几乎是彻夜的长谈——

### 雨夜的陌生人

雷公爷好像忘记了扎口袋,瓢泼大雨一连下了两天两夜,还在"哗啦哗啦"地落个不停。

雨夜中,一位年轻人摸着黑,淋着雨,风风火火地上了 4 楼,来到一家住户门口,气呼呼地问:"这里是周永龄的家吗?"

此时的周永龄正在家里同"大水"搏斗。当时,他还没有分到新房,住在一栋又破又烂的居民楼，22个平方米，屋顶到处裂着"天缝"，窗户又被前一天一阵大风吹掉了，漏到屋里的水满地流，两个孩子一边用勺子舀水，一边用提桶脚盆接漏。他和妻子把后房床上的铺盖搬到前房床上，打算今晚一家5口挤在这张床上横着睡，因为后房漏得实在睡不成了。

"是哪一位？"周永龄嘴里招呼着，几步跨出门来，一看来人一米八的个头，浑身上下淌着雨水，不禁吓了一跳。他还以为是来寻事的呢！忙问："你是——"

"我是长沙街上的普通老百姓。"大块头抹了一把脸上的水，抬脚跨进门来，用长官式的口吻说，"我家天上漏雨，地下冒水，要不停地舀，不舀就会淹没，已经两天两夜没有睡觉了！你到底管不管？"

周永龄并非父母官，也不是房屋维修部门的领导，老百姓的房子漏水与他何干？而且还用得着这种质问的口气！再说，他自己的家里同样漏得一塌糊涂，一家5口挤在一张床上睡，又去"质问"谁呢？不过，这些话在周永龄听来却是另一番意思：他要不是找有关部门碰了钉子，也决不会黑灯瞎火地找到自己门上来，说明他对新闻单位寄予了希望。老百姓在受苦，找上门来也不帮，共产党员的党性何在，记者的职业良心何在！他推了一下鼻梁上的眼镜，对那位"普通老百姓"说，"请你留下门牌号码，我明早一定来。"第二天他起了个大早，饭也没有吃，冒雨赶了好几里路，来到了那位"普通老百姓"的家。

也难怪年轻人发火！住房低于马路，地下水一个劲地往上冒，年逾花甲的父母在不停地舀水，停一下就是几寸深，家里所有的东西都堆到了床铺、桌子上，并且电灯又断了线。这是什么房子啊！这种住房光这栋楼就有八家，人们一边诅咒着大雨，一边在手忙脚乱地同"大水"战斗，好一曲"茅屋为秋风所破歌"！为人民谋福利可是共产党人的宗旨啊！周永龄只觉得全身的热血都燃烧到了沸点，他要尽全力奔跑、呼号，他要让党和政府的温暖尽快送到"普通老百姓"们的心头！

当今社会有种怪事：本来是容易的事，如果是老百姓去叩头作揖，易事会越叩越难，拖你个猴年马月；若是记者介入，"难事"就可能恢复易事的本来面目，比较快地解决问题。周永龄像个落汤鸡一样奔波的结果是，头一天为这八户解决了照明；第二天又把有关部门领导请到现场拿出了整修方案，并立即着手施工，一下子"天下寒士俱开颜"了。至于周永龄自家漏水的问题，直到雷公爷记起来把雨口袋扎紧了，才请人到屋顶上修了修。

## 煤厂里的冲击波

"哎哟……"天还没有亮，周永龄嘴里哼哼着，皱着眉头把挂在衣架上的雨衣披到了身上。

"你又要到哪里去？"贤惠的妻子一把将丈夫扯住，禁不住埋怨说："你牙痛得这么厉害，都几顿饭没吃了，外边又下雨，怕真是牙痛不算病呀！"

"昨天收到几封群众来信，说长沙市几个煤店里闹翻天了……哎哟，这牙痛得真要命，但我还得去看看，眼见为实啊！"周永龄负疚地望了妻子一眼，给她把被角掖紧，匆忙地冲进了风雨中。

前几天，长沙市煤炭工业公司发了个通告，说居民煤折上的存煤必须在三月底买完，否则一律作废。当时市民的煤供应很紧张，好不容易存下来的一点煤指标听说几天内就要报废，便一窝蜂地跑到市里仅有的几家煤店去排队，一下子掀起一股抢购风。

周永龄来到了一家煤店，好家伙，男男女女，老老少少，黑压压地排了一长串，大都是凌晨一、两点钟就来排队的，据说有的还排过几个早晨了。周永龄怕这里的情况特殊，又跑了好几家煤店，家家都是一样。只听人群中骂骂咧咧，怒气冲天：政府讲话不算数，原来说节约余煤归己，现在又要限期作废，家里房子又小，买回去也没有地方放，这还不是等于作废，煤炭公司不能这样坑人嘛！

老百姓看政府，既看路线、方针、政策是否合乎自己心意，更看对自己的衣食住行究竟有无实惠，往往为了一些小事，就对政府的信誉产生不满，对政策的正确产生疑虑，摆在眼前的事实不就是明证吗？决不能为烧煤限期作废这种区区小事而损害党和政府的形象。周永龄深刻地意识到了这一点，在"牙痛不是病，痛起来真要命"的呻吟中，当天就写出了一篇题为《长沙市居民强烈要求取消存煤限期作废规定》的记者来信，并拿着稿子找到了省委一位副书记。

副书记的意见是稿子暂时不要见报，他马上和长沙市委联系，督促解决问题。当下他即拿起电话，找到了长沙市委领导。市委找有关部门几经研究，搞了个折中方案：把作废时间从三月底再延长个把月。

"事情见好就收。"这是当今社会上为人处世的信条，这种做半截子好事的记者也大有人在，生怕见好不收会使事情弄巧成拙，到头来下不得台。周永龄考虑的却是，作废时间延长一个月，居民并不能在这一个月里盖出存放煤炭的新房，买回去的煤没有房子存放，老百姓还是会唱政府的埋怨歌的，解决问题就应该彻底。他拿着折中方案走到居民之中，挨家挨户地征求意见，证实自己的想法完全正确。

"周永龄这样积极，还不是他自己的煤折上存了四五千斤煤！"此举不知犯了哪家的忌，居然造开了周永龄的谣言，其用意当然是在敦促他偃旗息鼓。周永龄对此没有理睬：自己存折上哪有什么存煤，白纸黑字谁都抹不掉！管它作啥?！在流言蜚语声中，他跑呀跑，省、市的十多家有关部门都一一跑遍了，终于感动了"上帝"，在 4 月 1 日这天，作出了"取消存煤限期购完、延期作废"两次公告。当这一信息在周永龄的笔下变成稿子，在《湖南日报》《长沙晚报》同时登载出来的时候，市民们阴了很长时间的脸上绽出了笑容。

周永龄却没有笑。他想，取消存煤限期作废规定只是权宜之计，不把长沙市买煤为什么如此困难的根子找到，抢购风还是会重演。他展开了大面积、多层次的调查，得出的结论是：零售点少，囤煤的场地窄，加工藕煤的设备不够。他边调查边催促有关部门解决问题，一连在报纸上发了三篇稿子：《长沙市买煤难的症结何在？》《打击在运煤和购煤过程中的套购歪风！》《一批厂矿扩大藕煤加工能力》。他又做又写又登报，一阵紧锣密鼓之后，长沙市民们的埋怨情绪终于平息下来了。

## 牛头不对马嘴数字中的奥妙

为什么几方说的差距会这么大？他自己说只得了加工费两百多元，奖金两百多元，加起来也不过四百多元，而且这些钱根本就不属于贪污受贿；而厂里的政工科长却说他贪污了七千多元，书记说他贪污了五千多元，专案人员说他贪污了三千多元，检察院的同志则说他贪污了三千六百多元。究竟谁说的数字对？是不是一起贪污受贿案？

"唉！"周永龄摘下近视镜，慢慢地揉着太阳穴，叹了一口气说："还是算了吧，这样的糊涂官司，就是聪明的法官也不一定理得清啊！"然而恍惚之间，他的眼前又出现了一位哭着倾诉的妇女。

前天晚上，周永龄正在翻看群众来信，一位面容憔悴的妇女突然来到家里，一边号啕大哭，一边喊："周记者，你要帮帮我呀！"周永龄又是递茶，又是安慰，费了好大一阵功夫，才弄清事情的原委。她的丈夫叫曾觉三，是位台属，市 A 厂的助理工程师。该厂要生产一批收音机出国，有个部件要请长沙市一家街办小厂加工，但这家街办小厂设备不全，技术力量不足，某些环节又要返回市 A 厂协助。找生产科不行，找技术科也不行，后来还是曾觉三等三名技术人员自告奋勇，利用业余时间为这家街办小厂完成了任务。街办小厂给了他们一点报酬，其中曾觉三分得加工费两百多元，奖金两百多元。谁知打击经济领域犯罪开始以后，曾觉三竟得了个贪污受贿的罪名，被不分青红皂白地投进了看守所，一关就是四个多月，致使小便尿血四个"十"号，生命危在旦夕。曾的爱人四处投诉无望，在万般无奈的情况下，抱着一线希望找到了周永龄。周永龄第二天即去市 A 厂找到了有关部门。他们除了态度冷淡之外，在曾觉三所谓贪污受贿的数字上更是众说纷纭，出现了本节开头的那一连串牛头不对马嘴的奇怪数字。

　　这是为什么？周永龄深深感到此案背景复杂，弄清它极为艰难。但也正是这一点，使他隐隐约约地意识到：曾觉三在此案中含冤成分很大。人民养育了记者，记者不为人民鸣冤，老百姓不是白养了我们！周永龄犹豫一阵之后，正义感战胜了"自我"，他下决心要把此案搞个水落石出。

　　经请示报社领导同意，他以一个"编外法官"的身份，开始在调查研究上下功夫。他先后跑了二十多家单位，其中长沙十多家，湘潭三家，醴陵三家。在湘潭碰上大雨，全身淋得透湿；在醴陵没赶上班车，徒步走了好几十里地。落实一项取一项旁证，前后经过一个多月的奔波，终于弄清曾觉三说的只得了四百多元加工费和奖金完全是事实。

　　他再次去了厂里。专案人员除坚持原来那串牛头不对马嘴的数字外，又给曾觉三罗列了一长串新的"罪名"，诸如收听敌台啦，钱迷心窍啦，不学无术啦，等等。周永龄十分气愤，为了整倒一个人，竟可以如此不择手段，这些人的头脑中究竟还有没有党纪国法？虽然这些"罪状"明明是莫须有，但如果不搞清它们的真相，以后"摊牌"还是没有说服力。周永龄是打算和他们奉陪到底了！

　　他在厂里既找和曾觉三要好的朋友采访，也找和曾觉三有矛盾的同事了解情况，对照"罪状"逐项弄清事实。所谓"收听敌台"，是有天中午曾觉三在家里调收音机的台，无意中拧到了东欧一个社会主义国家的广播，听声音不对便随即关掉了。所谓"钱迷心窍"，是曾觉三有回受科里一位同事之托买回了四两"通大海"，对方给钱他不要，推来推去，最后才收下了。所谓不学无术，据厂内厂外的专业工作者反映：曾觉三构思、欣赏、评论的水平都很高，尤其是草图画得好。以上三条，证据确凿，何罪之有！周永龄决心最后摊牌了。

　　底牌刚一打出，对方就乱了阵脚，一直是支支吾吾。当周永龄问那一串牛头不对马嘴的数字是从哪里来的时，对方竟吞吞吐吐地说出了三个出处：借款出差回来三天以后不还，算贪污；拿买油的钱买了盐，算贪污；几个人用钱一个人经手借的，算贪污。真是滑天下之稽，从专案人员嘴里居然说出了这样连小学生水平都不如的话，这说明我们社会主义的法律被践踏到了何等程度！周永龄简直哭笑不得。

　　但是，这些人胸中无真理，手里却有权。虽然最后宣布曾觉三无罪释放，但留下了一条浸过污水的尾巴，在"通知书"上说他有"受贿行为"即指那两百多元奖金。周永龄听到消息后鄙夷地一笑，心想决不能让这样的尾巴去玷污一个无辜公民的声誉、人格，曾觉三付出的代价已够令周围的人们寒心了。周永龄找到了长沙市领导，找到了高等法院领导，把自己介入此案的一尺厚的材料全摊给了他们。人间毕竟有公理，高院终于对曾觉三作出了"两笔全属正当收入"，应予彻底平反的判决。

　　当周永龄督促市 A 厂为曾觉三开了平反大会，写的《曾觉三一案彻底平反》在《湖南日报》登载的时候，这对患难夫妇双双来到周永龄家里，痛痛快快地哭了一顿。他们是在用泪水感激坚持正义的人啊！

## 在诬陷、威胁的包围中

以下要称周永龄为"永龄一行"了。原因是本节要讲到的事件，除周永龄这个打头的以外，还有《湖南日报》的记者刘政、熊先志，湖南人民广播电台的记者李赤亚、韩柯湘，湖南电视台的记者黄河清、袁四庆、徐骏前。

长沙市有位个体户叫黄希林，他和谭年勋合伙，从借贷做"哈哈镜"生意起家，办起了"中华百货合作商店"。由于店子占了长沙市市中心的地利，加之经营当时还颇为时髦的廉价小百货，开店以后几个月工夫，账面上居然有了 6 位数的出进。也许是福兮祸所伏吧，人们背后议论"中华"店"赚了十万八千块"，市工商局领导和一位叫龙在中的一般干部竟真的找起"中华"店的麻烦来了：先是派员到店里检查，没查出什么问题；接着就不出示任何查抄证件，没收了店里的部分货物和营业执照；最后还罗织罪名把黄希林和谭年勋送进看守所，分别收审了 354 天和 154 天。黄希林无端挨整，人散店空，实在咽不下这股冤气，放出来后便不断向市工商局要结论，找上级部门告状，并且以清茶当酒，举行"记者招待会"，向记者们披露了事情的全部经过。面对党的发展个体经济政策受到干扰，永龄一行在散会后秉笔直言，以《两个体户召开新闻发布会　被收容审查年余尚未结案，恳请辨明是非》为题，同时在省报、省电台、省电视台呼吁。市工商局的头头和少数人见永龄一行帮黄希林占了官司的上风，感到面子上不光彩，就对"中华"店作出了"罚款三千"的处理决定。黄希林当然拒绝在罚款决定书上签字，正好这时永龄一行闻讯赶到了，工商局的头头们恼羞成怒，当即把他们轰出了工商局，"罚款三千"自然也成了泡影。从这时开始，永龄一行就陷入了官方的、民办的各种诬陷、攻击、威胁的包围之中。这一天是 1983 年 7 月 21 日。

当时的架势还蛮吓人呢！龙在中以个人名义写的印刷品告状信，上面罗列着永龄一行坐了"中华"店的车，吃了"中华"店的请，他们与黄希林沾亲带故，是黄希林的本家等"罪状"，像"文革"时期的传单一样飞遍长沙。工商局还用这些"棍子"加上"记者干扰工商局执行公务"的"帽子"，向上级部门和新闻单位四处告状，敦促领导们好好把这些记者管一管。工商局的头头甚至从北京请来了一支"尚方剑"，即周旋国家工商管理局出了一期简报，题目就叫《长沙市发生一起记者严重干扰工商行政部门办案的事件》（其中还点名批评了永龄），说"这就是中央（？）的结论！他们还要搞，我看是牙巴骨都要绊(摔)掉啰!"并得意忘形地布置保卫干部查一查这些"新闻痞子"到过哪些单位和找过哪些人员,凡是记者找过的人他们都要重新谈话,摸清情况和动向。

永龄一行发抖了吗?这些迂得可爱的书生们,诬陷、威胁、权势在他们的眼里,是都不可怕、炫目的,他们认为这是虚弱的表现。回敬他们的最好武器,是彻底澄清他们为"中华"店罗织的种种罪名真相,用事实戳穿谎言。

七月的湖南,就像一座热气直冒的锅炉,连白杨树上的知了也在"热死了""热死了"地嘶叫着。永龄一行兵分多路,赶赴广州、草尾、长沙等地,开始了十分艰苦的调查。有的十个脚趾全烂了,黏糊糊的血浆和着尘土,溅满了破旧的凉鞋;有的在途中痔疮复发,行走十分困难,也咬紧牙关挺住;有的因汽车中途抛锚,连饭也吃不上,到凌晨三点才赶回住处。16只脚板,跑了上万里路,走访了七十多个单位,访问了三百多个证人,取回了两百多份证明材料,共达数十万字。永龄又一连奋战几个夜晚,编出了几千字的材料索引,然后和工商局对"中华"店的"处理决定"相对照,竟发现其罗列的所谓任意超越经营范围、倒卖外货等四条罪状全属子虚乌有,一条也不能成立。

事实、真理给了他们力量,也给了他们胆量。他们写的澄清事实的信件、报告,分别寄到、送到了国家工商局和湖南省委一位年高德勋的老书记案头。国家工商管理局此时已了解事实真相,明确承认那期简报与事实不符,表示接受湖南永龄一行的批评,收回简报,向记者道歉。老书记则是亲自过问这场"官司",并于1983年9月30日专门成立了调查组。看来事情有了好的转机了。

但不知什么原因,处于"审判官"地位的这个调查组,竟对官司一方即工商局某些人的不实之词信以为真,而对官司另一方即永龄一行的正当申辩置之高阁。在一次有双方参加的调查会上,一位调查组成员竟像导演一样,告诉发言的龙在中该说什么、不该说什么。还有一位调查组成员,竟私下里对工商局说:"这场官司我包你们赢。"调查组明明知道国家工商局改变了对那期简报的态度,上京人回省后却不将这一重要情况向老书记汇报。时间过去了好几个月,才写出了一个"第五稿"的极不公正的"调查报告",并且根本不给"官司"的另一方即永龄一行过目,就作为结论发出了。这等于是对黄希林和对永龄一行的"宣布"。

情况严重啊!这不是个人的输赢之争,而是关系到党的发展个体私营经济政策的贯彻。应该立即去找老书记。在报社领导的支持下,周永龄、刘政、黄河清乘坐一部"上海"牌轿车,风驰电掣地往几百公里以外的一个地区驶去,老书记正在那里处理工作。

"调查报告您看过了吗?"他们问。

"看过。他们说征得了你们同意的。"老书记答。

"我们看都没有看过呀！"

老书记生气了。他记得，报告上一开头就写着"经多方协议"的字样。为什么要瞒天过海呢？但老书记未动声色，只是告诉记者："调查报告不要发了，已经发出的要收回。就说是我说的。"并托记者把一封亲笔信转交调查组的负责人。

调查报告是被截住了。但他们在归途中，由于雨天路滑，汽车与对面开来的一辆"罗马"车相撞，"上海"牌被撞坏了，刘政、黄河清满身血污，周永龄伤势最重，满身鲜血，当即不省人事，昏迷了两个多小时。当周永龄送进乡村一所卫生院的简陋手术台上，慢慢苏醒过来的时候，他喃喃地说出的第一句话竟是请医生"不要打麻药"，说"麻药会刺激神经"，他今后还"要写"，"现在的官司还没有完！"

血的代价也没有使永龄一行回头，他们同"调查报告"针锋相对，连批带驳，写出了洋洋万言的意见书，将它送到了该送的地方。公理是有力量的。中华全国新闻工作者协会在北京召开的一个座谈会上讨论了长沙发生的事，并致函省委，恳请尽速解决问题；《人民日报》发表了文章；北京、上海等地的十三家报纸、电台也先后发表了几十篇文章；连香港的《大公报》也在大谈长沙城里发生的诬陷记者的事。其实，湖南省委早已引起高度重视，接连召开的两次常委会上讨论了这场"官司"，三条决定也随即做了出来：原"中华百货合作商店"属基本守法户；市工商局应作出深刻检讨，并向记者道歉；报社、电台和电视台的八名记者应受到表彰。

云开雾散，朗朗蓝天。打了三年的一场大"官司"，不，一场小"官司"，终于以正义的胜利而深深地留在全省乃至全国人民的印象中。

（作者注：本节文字是参照《民主与法制》1986年第6期《真理与谬误斗争的三年》所写成。）

## 在选举人大代表的时候

区人大代表的名额只有两名，不划框框的候选人却有二十多位，这神圣的一票究竟给谁？长沙北区第21选区的1400名选民各自望着手中的选票，在思考，在比较，在选择。

人们对周永龄并不陌生。从1979年开始，报纸、电台、电视台就经常出现他的名字，特别是在《湖南日报》上，有时同一天就出现一、两回。而且他"一花独秀"，写出去的每篇文章，好像都是从老百姓的心坎里流出来的，从市民买煤、小孩入学之类的芝麻小事，到抢救文物、落实政策的重大问题，他都涉及，他都呐喊，半年多时间就在报上见到他的名字八十多次。后来才知道，他60年代初期就毕业于上海复旦大学新闻系，当了八年的编辑、记者之后，于1969年元月被下放到了浏阳山区。他并没有让生活的信心和勇气随着汗水流进泥土,而是在罗霄山脉西端的那个小小村落里,第一次意识到自己作为新闻工作者见识的浅薄。原来在城里时,对享有"将军县"美誉的浏阳充满着各种神奇的向往,今天才知道,为革命养育了千千万万英雄儿女的这块老革命根据地竟是如此的贫穷!有个生产队的 21 户人家,其中的 19 户常年断炊少粮,处于莽莽丛林中的农民居然买不起一盒火柴。而自己下来之前的报纸、广播上,却还在"人民丰衣足食","形势越来越好"的瞎吹着,这是昧着记者的良心在说话啊!如果有朝一日能够再回到自己以身相许的岗位上,一定要把群众的忧患如实地告诉党和人民,真正为以前养育了革命、如今还在为革命献身的土地作贡献。1979 年 6 月他回到了湖南日报社,并分到了长沙记者站。他像鱼儿游进大海,成天走街串巷,采访无所不至,那匆匆的脚步里时时夹带着一股呼呼的风,他在努力实践着自己的诺言。

"真是一位人民的记者!我们选他。"人们作出了决定。唱票揭晓,一千四百多张选票中的一千三百多张选票,竟不约而同地投到了周永龄的名字上。

时隔两月,周永龄参加北区人民代表大会,选举区人大常委会委员、市人民代表。在酝酿候选人会议上,当代表要推选他时,周永龄连忙说不够条件,恳请大家不要选自己。这时的区委领导也顺水推舟:同意老周的意见,不当委员,他工作不稳定,可能要调到别的记者站去。

代表团也犹豫过一阵。但周永龄在当上区人大代表的这段时间里留下来的短短却很坚实的脚印,又使代表们有了自己正确的主张。

每当夜晚,周永龄劳累一天之后,总是和担任教师、工作也颇繁重的妻子一起,处理那一封封寄给自己的群众来信。写这些信的人来自不同的地区,有着不同的职业、性别、年龄和遭遇,但他总是一封不漏地细细读过以后,在一个专用本子上记下信的内容要点,再用大头针把信封别在信页的上端,一封封地编上号。然后逐封与有关单位联系,收到圆满的答复后,再一一给写信人回信,尽可能地满足他们的不同要求。有一次,听说省第一招待所在开一个全省性的会,各地、县都有人参加,想到自己收到的十几封来信内容涉及部分地、县,他就拿着这些信去找人落实。

凛冽的西北风裹着大片大片的雪花漫天飞舞,路边的法国梧桐在寒冷的风雪中瑟瑟发抖。当周永龄小心翼翼地赶到第一招待所的时候,人们却看内部电影去了,两场要看到深夜。周永龄只得扫兴而归。回家后在炉边烤了烤手,想到今天已是会议的最后一天,人们明早就将各奔东西,今晚不找到人就麻烦了。这时已是深夜十点多钟,周永龄活动了一下手脚,又骑着单车第二次往第一招待所赶去。他的眼睛近视,出得门来,只觉得眼前白茫茫一片,滚在滑溜溜、硬邦邦路面上的单车也不听使唤了,只听得"乓"的一声,他还没有回过神来，身子就重重地摔到柏油马路上，单车也摔坏了。他爬起来揉了揉痛处，摸到滚得好远的皮包，慢慢地推着单车，又一步一滑地往第一招待所走去……

人心是杆秤啊！这次选举，周永龄在 195 票中又以 183 票的压倒多数，当选为区人大常委和市人大代表。

更令人难忘的是三年之后，即 1983 年区里的那次选第八届人大代表。周永龄所在的选区由邻近的三家单位组成，代表名额只有一个，而且内部还有个规定，当了市代表的不再兼任区代表。作为市人大代表的周永龄自然不在入选之列。但是，三家单位的选民们十分尊重事实：从 1979 年到 1983 年，周永龄竟写出了三百多篇"内参"和新闻作品，三年间竟有八百多名群众给他写信，五百多位老百姓主动登门造访！于是，人们对"内部规定"也顾不得了，在一千零几的选民中又有九百多名投他的票，又是个压倒多数。区里只好作特殊情况处理，给了他区人大代表的"头衔"。

然而时隔一年，在北京召开的首届全国优秀新闻工作者表彰大会上，周永龄又得到了新的荣誉：被授予全国一级优秀新闻工作者光荣称号。要知道，全国省、市大小上千家报纸，得此殊荣的才 15 人哪！

值得骄傲啊！周永龄。还有什么比党和人民的信赖更甘美、更芬芳呢！

■《光明日报通讯》1981 年第 2 期报道

# "富"记者的诀窍

### 刘诗训

摆在我面前的是一本厚厚的剪报册，里面有消息、通讯、工作研究、记者来信、简讯、照片等，总共有近 200 篇。这是周永龄同志一年半的劳动成果。

由于他勤恳为党工作，敢于为人民讲话，推动了实际工作。因此，去年十一月，他以压倒多数的选票，当选为长沙市北区人大常委会委员和长沙市人民代表。

常听一些同行们说，当记者写稿，有数量就不易有质量，有质量就不易有数量。周永龄是怎样做到又有数量、又有质量的呢？

有些记者"吃了上顿愁下顿"，苦于手中没有线索。而老周却是"不尽线索滚滚来"。

他经常手中有四五条,七八条线索。这些线索从何而来? 老周讲了三条:

**一是从群众中来**。老周交了许多朋友,有工人、干部、知识分子、营业员、居民等,这些人经常找他聊天,反映情况。所以,他消息灵通,能及时掌握到报道线索。去年九月,长沙市中山路百货商店的营业员几次向他反映:集市贸易市场开放以后,有少数人搞倒买倒卖活动,这些人用平价从商店买进商品,立即用高价卖出。老周听了就同几个营业员一起,到市内繁华中心五一广场,对 14 个经营针织品的摊担进行调查,取得了确凿的数据,写出了《坚决刹住倒买倒卖风》一文,编辑部加上按语发表,群众反映这个问题抓得及时。随即,市里对市场进行了全面检查。

**二是关注实际工作**。老周掌握的情况头绪繁多,但是对影响全市的大事,他却牢牢抓住不放,进行有头有尾的报道。例如去年八月间,市内蔬菜店的蔬菜很少,而农贸市场上的菜多,价格极贵。他通过调查,写了《长沙市群众吃高价菜反应强烈》一稿。接着,对长沙市设法改变蔬菜供应紧张状况进行了报道。十一月,他又报道了省、市委采取措施后,长沙蔬菜价格趋向平稳。这期间,他还报道了郊区一个生产大队违反合同,放弃蔬菜生产,长期完不成任务,受到经济制裁的消息。这几篇报道对解决全市的蔬菜问题起了推动作用。

**三是处处做有心人**。老周有些新闻线索是在街上见到的变化,或同群众的闲谈中得到的。过去,老周听群众常讲,长沙市只听到名酒的名字,酒,见不到,更喝不到。他就把这件事放在心上。一天,他采访时路过著名的九如斋副食品商店,见门口有一张引人注目的广告:全国名酒拆零出售。他认为这样做很好,于是改变原来采访的安排,临时进去采访,写了一条新闻。发表后,到九如斋品尝名酒的顾客络绎不绝。掌握众多的线索,这只是当“富”记者的一个方面,真正的“富”,还要把这些线索通过辛勤的采访写作,才能变为成品发表。周永龄就是一个十分勤奋的人。

**四是闻风而动**。老周有时听见线索就跟踪追击。有一次,他与人闲谈中听到一个讽刺营业员服务态度不好的笑话,说一个煤店的营业员有的打牌,有的在街对面店子喝酒,顾客上门,营业员不回店动手,只用嘴巴“遥控”,铲煤、磅秤一切由顾客自己动手。他听了后,马上到这家煤店和几个有关单位了解,还找了当事的顾客采访,写了一篇《如此服务态度必须整顿》的稿件。

老周采访,很少跑空。每天出去采访前,他都把线索和路线安排一下,以便第一个线索如果找不到人或者不理想,就马上进行第二、第三个线索的采访。

为了多写稿子,老周放弃了许多节假日的休息。请看他在 1980 年旧历年三十晚的时间表:下午五时多,他来到公共汽车公司,接着到了发电厂,夜间营业商店、公交站、电讯局,这时已是凌晨了。但他想起了保卫节日安全的人们,于是,又在街上找到值班巡逻的人和清洁工人进行了采访。回到家里休息了一个多小时，他又赶去采访省、市领导慰问节日坚持生产岗位的工人。采访完毕，回家立即写出了通讯《用辛勤的劳动迎接灿烂的黎明》和消息《省市领导慰问节日坚持生产的同志》两篇稿件。《湖南日报》副总编辑汪立康同志说，周永龄是大年三十、新年初一都在不停地采访。

■《人民之友》杂志 1995 年第 3、4 期报道

# 人民群众的代言人
## ——记长沙市人大代表、《湖南日报》高级记者周永龄

### 聂　茂　周杏武

早在 1980 年 12 月 1 日，新华社向全国播发了一篇题为《周永龄能当我们的代言人》的通讯，不少报刊在显要位置予以刊登。紧接着，中央人民广播电台广播了《新闻记者周永龄当选为长沙市人民代表》的专访，中央电视台、湖南人民广播电台、湖南电视台播放了周永龄为群众办实事的专题报道。此后，有关周永龄为群众排忧解难的事迹报道屡屡见诸《新闻战线》杂志、《光明日报通讯》《新闻三昧》杂志、《民主与法制》杂志、《人民权力报》《人民之声》杂志等中央、省、市 10 多家媒体。

周永龄，何许人也？湖南日报社原副总编辑、高级记者。自 1980 年始，他连续五届当选为长沙市人大代表，两届被选为北区（现为开福区）人大代表、区人大常委会委员；三次被评为长沙市优秀人民代表。由于为民鼓与呼事迹突出，他曾被评为全国一级优秀新闻工作者，获湖南省人民政府立功奖励。

### 只有了解人民　才能为人民代言

熟悉周永龄的人都知道他有一个习惯：每逢一年一次的市人大会议召开前夕，他都要在报社办公楼前和宿舍区张贴公告，告诉大家人大会议何时召开，请大家对长沙市政府的工作提出意见和建议。长沙市九届人大三次会议召开前夕，他仅在本单位就走访了 85 个部室、车间、班组的 280 多位同志，听取了 180 多条意见（包括重复的），然

后归纳成20个问题在市人大会议上作为建议、批评、意见提了出来。周永龄曾把自己深入群众听意见的方式归纳成四句话，即结合采访随时听，热情接待耐心听，主动上门专题听，漫步街头处处听。

　　他每年要接待上千人次的来访，先后接到了2000多封群众来信。这些来访来信，有要求落实政策的，有反映干部作风的，还有要求帮助解决小孩入学、房子漏雨、夫妻吵架等问题的。当时，尽管老周本身工作相当繁忙，但他从未把这些看作额外负担，而是把它看成群众对自己的信任，也是自己听取群众意见、了解群众的极好机会。因此，他对来访者，一般都做到：生人熟人一样热情，大事小事一样主动，忙时闲时一样耐心。有一天晚上11点多钟，大雨滂沱，天空一片漆黑，一位30多岁的中年人穿着雨衣，敲开了老周的家门，说他母亲住在胜利路一栋低洼的居民楼的一楼，房内浸水成灾，加上电线断了，摸黑过日，要求老周实地调查，向有关部门反映。次日清晨，老周顾不得倾盆大雨，也管不了自家房子四处漏雨，赶到胜利路细致地看了现场，又找相邻的7户人家了解情况。当即，老周在《湖南日报》上发表了相关报道，并打电话与供电部门联系，线路当天被修好。后来，房屋也由有关部门进行了整修。

　　有一次，他路过兴汉门时，只见这里车辆、人流如织，交通秩序十分混乱。过路行人愤愤不平地说："岗亭被关闭，警察不见人，堂堂北大门，搞得无人问。"回来后，他便与代表小组的同志合计，又多方与市政府主管副市长、秘书长及市交警支队的有关领导联系，决计组织一次视察城市交通管理的活动，以解决兴汉门和松桂园路口的交通混乱状况。1994年5月30日，他和市、区人大的同志经过多方努力，邀集了有关部门的负责同志参加了小组视察活动，听情况、看现场、议办法。市、区两级交警队和市政府有关部门的负责同志当场拍板，决定迅速恢复兴汉门交警岗亭，增加值班人员等几条切实可行的措施。此后，兴汉门和松桂园路口的交通阻塞问题得到了较好的解决。

## 为人民办事　就要有一股"韧"劲

　　周永龄常说，为人民群众办事就要有一股"韧"劲、一种锲而不舍的精神，才能办成事情。

　　一天傍晚，老周刚刚下班回到家里，望麓园小学校长和一位老师急匆匆地来找他，反映学校通过多方筹资，好不容易建起的一栋教工宿舍，却被20多家拆迁户强占了，请他呼吁帮助解决。周永龄二话没说，拿着电筒赶到新建的楼房里，借助微弱的手电筒光，从一楼爬到五楼，一层层察看，一家家询问。当晚就赶写了一篇稿件，严肃批评了这种占房现象，次日在《湖南日报》上刊登后，在占房户中引起很大震动。有的占房户看到报上的批评，加上学校做工作，便主动从新房里搬了出来。老周马上写了第2篇稿件，既表扬了多数占房户知错即改、主动搬迁的做法，又批评了个别坚持不搬的占房户的错误行为。第2篇稿子刊出后，他再次冒着蒙蒙细雨，赶到新房采访，并配合学校进一步做占房户的思想工作，终于使占房户全部搬出了新楼。当即，老周采写了第3篇稿件。这组系列报道使问题得以妥善解决，又取得了良好的社会效果。

老周就是以这种"锲而不舍"的精神和"韧"劲为群众办实事。他崇尚务实，对过问的任何事情，都要千方百计选择时机和突破口，一抓到底，力争有一个圆满的结果。荷花池集贸市场，原设在街头，摊担林立，路面破烂不堪，臭水横流，垃圾遍地，群众反映十分强烈。对此，老周看在眼里，牢记心中。一次，他应邀参加了部分市、区人大代表视察交通管理的活动。这次活动原没有安排对荷花池集市进行视察，但他认为这是个好机会，当即建议市、区人民代表视察组和有关部门领导临时将荷花池集市作为视察点，到现场进行了察看。有位主管城建的区领导没有来，老周又专门请他中午去看了现场。百闻不如一见，大家感到此处非治理不可。视察后，老周又几次与有关领导联系，有关部门也召开了专门会议，订出了治理方案，但由于种种原因，一直没有落实。老周急了，正好这时，市人大常委会恢复主任接待代表日，他又马上跑去向市人大常委会主任反映了荷花池集市急需治理的问题，并陪同他察看了现场。在市人大常委会的督促和北区党政领导的高度重视下，使这个拖了多年的难题，终于得以解决：近期修好了道路，整顿了市容，往后又搬迁了新址。

有个普通工人为了一起房屋纠纷上百次找老周，先后历经五载，老周利用假日、休息时间和采访之便调查了50多个单位，近200人次，取得旁证100余份，又学习了4本厚厚的政策文件，光整理装订的材料就有7本之多。经过他不断地反映、提建议，这起纠纷终于得到了妥善解决。

即算是陈古八年的事，周永龄也尽力去设法解决。早在20世纪60年代初期，湖南烈士公园有360多亩土地被借至附近农民耕种，但长期以来一直没还。近30年来，该园多次向有关部门反映，并作了不少努力，却未能收回。周永龄听到这一情况后，想到这是关系到全市几百万人民群众休闲和观光的问题，必须解决。他便多方找市和郊区人大及相关领导部门反映，还找到已调至省里工作的原市主管领导落实情况，争取支持。特别是他又通过市、区人大先后两次组织了代表组进行视察，听情况，查资料，看现场，提建议。半年多时间，几经周折，终于将这一难题解决了：360多亩土地归还烈士公园，公园给予农民适当补偿。公园随即在此建了民俗村，开村那天，还请老周作为座上客。

他当代表20余年来，据不完全统计，为民办事300余件，他和他的代表小组为区政建设和改造争取资金数以千万元计。

## 风险再大　也应承担

为群众鼓与呼,也常常会碰到这样那样的阻力和风险。是避开矛盾绕道走,还是勇往直前去拼搏? 老周十分赞赏当年碧血洒龙华的《上海报》负责人李求实说的一句话:"为了大众,我能退缩吗?"周永龄正是这样做的。《民主与法制》杂志曾发表过一篇长篇报告文学《真理与谬误斗争的三年》,记叙的就是关于他和另外 7 名记者如何为捍卫党的发展个体私营经济的政策,与两名个体户不明不白被有关部门清查、抄家,并以"投机倒把"的罪名抓起来,分别关押了 374 天和 154 天的违法行为进行斗争的事迹。他和另外 7 名记者分头跑遍了省内外 70 多家与这两名个体户有业务联系的单位, 行程万里,找了 300 多位当事人调查,取得了 200 多份材料。其间,有人诬称:"他是个体户的亲戚","吃了个体户的饭,受了个体户的贿",甚至把他称为"不受欢迎的人","来采访不予接待"。特别是在一次为落实此案出差途中,发生车祸,他满身鲜血,昏迷了两个多小时,在伤中仍然坚持工作。他和几名记者还几十次地向中央和省有关部门写信,如实反映情况。在中央报刊和全国记协的支持和省委领导的亲自过问下,终于弄清了是非。省委作出决定,纠正了有关部门的错误处理,表彰了周永龄等 8 名记者。

为着党和人民的利益,敢冒风险,迎难而进,已经成为周永龄的一种性格特征。几年前,城步县 50 余名县局以上干部以权谋私,占用国土,建高级私宅,引起当地群众公愤。周永龄不畏艰难,跋涉千里到现场采访后,以"城步出现官府村"为题予以揭露,维护了人民群众的利益。

对一些严重伤害人民群众利益的刑事犯罪活动,周永龄更是不畏风险地展开面对面的斗争。有一段时间,省会长沙扒窃活动相当猖獗,群众对此恨之入骨。周永龄登上公共汽车,到人多拥挤的公共场所去采访。有的亲友好言相劝:"这些人都是亡命之徒,随身还带有刀具,去不得呵!"周永龄谢绝了亲友的关心,仍然大胆地去现场采访,并写出了署名稿件,在报上大声疾呼"省会群众强烈要求打击扒窃犯罪活动",引起了省、市领导的高度重视,有关部门立马开展了打击扒窃犯罪的行动。一次,他去郴州采访,在公共汽车上,还只身冒着风险,抓到了一名作案的扒窃分子,并将其扭送交给公安人员。

## 当人大代表　就得有点牺牲精神

作为报社的一名领导和高级记者,当时周永龄主管着一个多部室的报道工作。不说经常性的会议、学习要参加，还有每个星期固定的两至三个专版和每天一些正常见报稿件要他审阅、签发。加之，他又是省新闻职称改革工作领导小组办公室主任，一人身兼数职，工作确实大忙。

作为这样一个忙人，还担负着人大代表小组组长的工作，其工作的繁重是可想而知的。但周永龄认为，作为一名报社工作人员，不能把人大代表工作看作分外事，人民既然选我当代表，我当代表就应该尽力为人民群众多做点事情。

时间紧，怎么办？他就挤。熟悉他的人都知道，他当时每个月加的晚班一般都在20个以上，平时星期天、节假日也很少休息。说来也许难以令人置信，他每天真正熟睡的时间大都只有四五个小时。

任务重，他就搞"几结合"。他常常结合采访，了解民情和政府各项工作贯彻执行情况，及时向人大反馈；他又常常结合参加人大活动，抓一些群众关心的焦点、热点问题进行报道，促进问题的解决。

周永龄还特别注意抓住群众关心的焦点和热点问题通过人大促进得以解决的典型事例，撰写文章，在报社内部报刊上进行宣传，让大家感受到人大的权威和作用，从而树立起人大在群众中的良好形象。

"作为一个人大代表，不能光有光荣感，更重要的是要有不负人民重托的责任感。"周永龄常这样说。对人大组织的活动，不管他自己出差刚回家也罢，上晚班未休息也罢，或是身体不适也罢，他总是尽力克服困难争取参加。有一天清晨，他刚出差回家，听说人大当天要搞活动，便顾不得整夜未眠、身体不适，随即放下行包赶去参加了视察。作为代表小组组长，他感到应该更多地关心每一位代表，使他们感受到人大集体的温暖，从而自觉地增强人民代表的责任感。他经常利用多种形式，如借到单位采访之便走访代表，上门慰问生病代表，逢年过节看望代表，平时打电话问候代表，邀请代表参加联谊活动等，加强和代表的联系。组长带了头，代表跟着走。他所负责的几届代表小组开展活动多（有时一年多达19次），参加活动的人数多（一般没有无故缺席的），提批评、意见、建议的多（每届人平有10条以上），应邀担任形象监督员的多（人平1个以上），办实事的多（如市人大十一届前三年该组代表即办实事140件），媒体对该组报道的多（如市人大十一届前三年中，中央和省、市媒体即对该组及代表报道过80余次）。组里也多次被评为先进代表小组。

为了人民的利益，周永龄就是这样默默地、无私地奉献着。

■ 1990 年 6 月出版的《湖南新闻界人物》一书刊载

# 党性铸基石　笔耕天地宽
## ——记湖南日报社高级记者周永龄

彭　明

记者采访,本是家常便饭。但采访记者却难,何况他是一位高级记者。

好在我们也算是老相识了,没有客套寒暄,单刀直入进入主题。他不甚爽快,不吱声。国字脸上的表情淡漠而深沉,镜片后闪着冷峻和沉思,嘴角上挤着一丝笑,明显地对这种"采访"流露着勉强。那笑,似乎夹杂着甜酸苦辣。半晌,他拿出一包业务资料,说:"老同行,'采访'就免了吧! 我们干这行的,凭新闻作品说话。29 年的卷子全在这,你翻去吧! "

他是个严肃而精细的人,业务资料整理得很好,分门别类,时序了然。计有:通讯、消息、特写、言论、内参、经验总结和心得体会近 2000 篇。其中从 1983 年至 1986 年的 4 年之内,被评为全省和全国好新闻的就有 6 篇之多。应该说,他是一位勤勉多产的记者。其实,他还有一包东西没拿出来,那就是他的荣誉纪录。他曾被评为全国一级优秀新闻工作者,受过湖南省人民政府立功奖励并晋升一级工资,得过湖南省文物保护一等先进工作者的称号,两次被评为长沙市先进物价工作者,三次被评为报社先进工作者。这些荣誉都是党和政府给的。可人民给他的更丰。他曾经连续两届以百分之九十以上的票数被选为长沙市北区人民代表、人大常委,1981 年以来,又连续三届被选为长沙市人民代表。新华社、中央人民广播电台、新闻战线杂志、光明日报通讯、新闻三昧杂志、民主与法制杂志、湖南新闻工作通讯、湖南省电台、电视台等多家新闻单位报道过他的事迹。在中华百货商店一案的报道中,他和其他 7 名记者受到湖南省委和全国记协的登报和书面表彰。他的一篇作品和经历介绍还被收入全国出版发行的《当代名记者及代表作》一书,他的事迹简介被写进复旦大学《新闻学概论》教科书。

29 年在新闻园地里笔耕,换来了党和人民的信任。正是这种信任,又激励着他尽毕生精力,献身社会主义的新闻事业。

## 党性　孕育着超前意识

新闻姓"新",他懂。他是复旦大学新闻系"科班出身"。1961 年,当这个小个子青年带着简单的行李跨进湖南日报大门的时候,谁也没有引起注意。当时,正是"大跃进"后的调整时期,党中央提出勤俭建国的号召,正需要舆论宣传。这个其貌不扬的小记者,一头栽进社会调查研究,连续采写了十余篇湖南橡胶厂狠抓经济核算、勤俭办企业的长篇通讯和消息,对全省工业战线勤俭办厂起了很好的促进作用。湖橡随后被命名为全国五面红旗之一,受到了周总理的赞扬。打那以后,周永龄又采写了商业战线劳模柳同仁和工交战线劳模柳志强的长篇通讯,省委为此两次发出学习两位劳模的决定,促进了全省工交、财贸战线的学、比、赶、帮活动,在社会上引起了强烈反响。

20 世纪 70 年代末期,周永龄已经成为一名共产党员了。生活的磨炼、政治上的成熟,促使他久久地思考着一个严肃的问题:怎样认识社会生活的本质和主流,在新闻写作中去挖掘新生事物,形象地宣传党的政策?他长期坚持每天"三读三听三看"(读人民日报、本报和地市党报,听中央台、省、市电台新闻联播,看中央电视台和省、市电视台新闻联播),及时掌握各级党委的最新精神、宣传动向、社会信息,增强自己判断事物、选择新闻的能力。1979 年,党的改革开放搞活的方针刚提出不久,不少地方对恢复个体经济思想阻力很大。他就冲破"左"的思想桎梏,采写了《长沙市恢复 400 多家个体商店和摊担》的稿件。接着,又抓住当时闻名全国的长沙市红星饭店排斥个体户的"砸碗"事件进行连续报道,着重宣传市有关部门吸取教训,扶植个体经济,加强市场管理的经验,影响颇大。长沙市的个体工商户很快发展到了三千多家。全省各地学习长沙经验,个体户一下子发展到八万余家。

采写的实践,使周永龄深切感到,记者要有抓新闻的"超前意识",就必须站在党性的立场、时代的高度,以敏锐的目光和深刻的洞察力,纵览全局,摸准时代的脉搏,从宏观上去剖析和预见事物的发展趋势,抓好报道。1979 年下半年到 1981 年,企业改革刚刚开始,怎样深挖内部潜力,加强企业经营机制?周永龄通过对 30 多家工商企业的调查,深感打破大锅饭,推行多种形式的经济责任制,给企业以更多的自主权,是势在必行的。他便适时地采写了《长沙市二轻局不开大锅饭,将 107 个集体所有制企业由统负盈亏改为自负盈亏》《长沙市财税局改变统得过死的做法 采取多种形式扩大一批国营企业财权》《长沙市二商业局推行多种形式的经济责任制》等报道,对传统的统包管理模式提出了挑战。人民日报随即转载了前两篇报道。接着,他又从企业的角度,报道了

《长沙纺织厂扩大自主权后  生产大发展》《吃大锅饭连续 12 年亏损  建立经济责任制连年盈利  长沙市国营理发店实行定额到人超额分成工资制》等经验,有关领导部门及时做了推广,推动了企业改革的进行。他还紧扣深化企业改革这一主题,于 80 年代初,在全省较早地报道了租赁制、厂长负责制、开展横向联系、发挥引进设备效益等。这些报道,对企业改革、搞活起了很好的促进作用。

也许是由于职业的习惯,周永龄对任何一件事情、每一个报道线索总喜欢以"新闻眼""新闻鼻子"去观察、去嗅觉,反复思索推敲,从整体的事物中去摄取最新角度、最佳方位、最优层次。而决不愿意贪安逸,图省事,人云亦云。1981 年 3 月 1 日,正是全国开展第一个文明月活动的第一天,长沙市组织了 5000 名青少年上街为群众服务。团市委邀请各新闻单位记者并备专车定点采访,着实方便。但周永龄想到此类集体采访,写出的稿件只是大同小异,缺乏深度和特色。自己何不在这么一个大的活动中,选取一、两个有新意、有思想深度的侧面报道?! 于是,活动的前一天,他与 10 多所大学和中专电话联系,了解到湖南大学和湖南医学院有 50 多名同学准备和淘粪工人一道淘粪。这是"文革"十多年来没有过的事啦! 那天一早,他就背着照相机,骑上自行车出发了,和大学生、淘粪工人一道进出西区和北区的几十个公共厕所淘粪、采访。当晚,他写了一篇《用实际行动荡涤旧的传统观念  一批大学生走街串巷为群众义务掏粪》的消息并配发了一张照片,在次日《湖南日报》一版右上方见报了。当天,两家中央新闻单位在转播湖南第一个文明月第一天的活动时, 也只报了省委书记的讲话和大学生淘粪这件事。后来,这篇消息还被评为湖南省好新闻。1985 年 9 月,周永龄同志去郴州采访,正碰上地委书记龚杰在宜章县检查工作,发现该县县委、县人大、县政府、县政协的大院里干部养猪成风。龚书记便邀请他和另外两名记者去写篇批评报道。周永龄等同志当即赶到宜章进行采访。采访后,他却没有匆匆忙忙地写作,而是从好几个不同的角度(县府院内养猪成风,影响环境卫生;党政干部养猪经商,无视中央规定;领导干部以权谋私,攫取廉价饲料;宜章县委主动纠正不正之风等)反复琢磨比较,最后选定了"地委书记请记者上门写批评稿件"这一有新意、针对性强的角度。稿件发表后,社会反响很好,还被评为当年的全国好新闻。

说实话,周永龄个人,并没什么超人的慧眼和生花之笔。这是社会主义新闻事业的党性原则和新闻敏感孕育着他的超前意识和求"新"精神。一个党报的记者经常注意时代的脉搏和事物的本质,他的新闻作品就会在社会上起到正确的新闻导向作用。周永龄不过认真不懈地循此力行罢了。

## 使命 赋予他胆识和勇气

还是在新闻系读书时,有一句名言就铭刻在周永龄心上。当年血洒龙华的《上海报》负责人李求实说:"为了大众,我能退缩吗?"是的,在硝烟弥漫的战场,在风雨如晦的时代,党的拿枪和拿笔的战士,都是这样做的。今天,时代变了。为了捍卫党的路线方针政策,为了捍卫党的威信和尊严,为了捍卫党和人民血肉相连的关系,一个坚强的新闻战士,不更应该这样要求自己吗!社会主义新闻事业的党性和人民性是一致的,这不正是要求新闻工作者既要当好党的喉舌,又要做好人民的代言人吗!周永龄正是这样做的。

1980年3月,长沙市有关部门突然宣布"限期购买存煤,过期一律作废"。霎时,街头巷尾,议论纷纷。群众起早贪黑抢购藕煤。周永龄想,这样做不符合党的政策,会失信于民呀!他便抓住这一问题,冒着倾盆大雨,忍着牙齿剧痛,先后花了一个星期时间,去十多家煤店和居民中采访,到省、市有关领导部门反映意见,又连续写出了《长沙买煤为何如此困难》《长沙市广大群众迫切要求改变限期购完存煤的规定》和《长沙市煤炭供应公司收回存煤限期购完、延期作废的两次"公告"》等三篇稿件,促使这一问题迅速解决。群众拍手叫好,赞扬"湖南日报是群众的好代言人,它提出和促进解决了人民群众十分关心的问题"。同年九月,长沙市场菜价暴涨,牵动着千家万户。老周一连几天,从城东到城西,从城南到城北,调查了近20家国营菜店和集市菜场,采写了《长沙群众吃高价菜反映强烈》的报道,很快引起了省市领导的重视。他们深入田头、菜店,研究解决办法。紧接着,周永龄又就菜篮子问题采写了近十篇连续报道,促进和协助有关部门较好地解决了群众吃菜问题。

作为一名党报记者,周永龄深知自己在沟通党和人民群众联系方面肩负的重任。他牢记毛主席"全心全意为人民服务"的教导,把群众的冷暖记在心头,决心用手中的笔去触及群众关心的焦点和热点。1985年8月间,长沙市一大批肉店改行经营五金交电、百货等。当时集市肉担不多,肉价又贵,群众反映强烈。周永龄心急火燎,马上采访了近10家已改行的肉店和附近居民,写出了《肉店改革不应改行》的记者来信。长沙市委、市政府领导当即召开专题会议,并邀请他参加,商量解决办法。原已改行的肉店很快重新卖肉了。

闻风而动,迎难而进,不畏艰苦和劳累,已经成为周永龄的一种性格特征。他常说:为群众办事,就要有一股"韧"劲,要寻根究底、锲而不舍。1987年夏季,长沙市建筑工人俱乐部每天在楼上开办营业性舞会,闹得周围400多户居民不得安宁:学生无法自习,工人没法休息,病人无处安身,居民连看电视时话音也听不清……周永龄得知这一信息,一连六晚前去采访,还陪同长沙市市长王克英等领导同志实地考察,就地研究解决办法——停办舞会,截除污染源,附近居民皆大欢喜。

这些年来,周永龄还针对长沙市群众共同关心的用水难、中学生入学难、名牌不"名"、空气污染、婚事新办、搞好城市园林建设、抢救文物古迹等做过认真调查,采写过有关报道,促使这些问题适时地不同程度地得到了解决。人民群众也亲切地把他看作"自己的代言人"。

可是,既要当好党的喉舌又要做好人民的代言人,谈何容易! 1983 年的一篇批评稿件,就几乎把周永龄搞得焦头烂额。

事情是这样的:两名个体户合伙开的"中华百货店",不明不白地被有关部门清查、抄家,不仅冻结了资金、账号,还以"投机倒把"的罪名,报请公安机关将两位店主抓起来,分别关押了 374 天和 154 天。

这是一起严重违反党的政策和党纪、政纪的事件。周永龄和省报、省电台、省电视台的 7 位记者共同采写的批评报道发出后,首先惹恼了有关部门的两位负责人。他们粗暴地干扰记者的正常采访活动,甚至派人对记者跟踪盯梢;还散发大量材料,诬陷记者们"吃了个体户的酒席""坐了个体户的汽车""受了个体户的贿"。更有甚者,那两位负责人还谎报情况,欺骗上级领导部门,发简报批评记者,还点了"周永龄"的名。一时间满城风雨。八名记者受到人身攻击,承受着极大的舆论压力。而周永龄首当其冲,被有关单位宣布为"不受欢迎的人",对他"不予接待"。

好一段时间,周永龄保持着沉默。他在沉思:这不是对待一家个体商店的问题,个人荣辱更是小事;它实际上关系着党的实事求是的思想路线和发展个体经济的方针政策能否落实的大事。"为了大众,我能退缩吗? "

周永龄不开口,脑子和手脚可一直没停。他和另外 7 位记者一道,分头跑遍了省内外七十多家与"中华百货店"有业务联系的单位,行程万里,找了 300 多位当事人调查,取得了 200 多份材料。他自己还学习了 50 年代以来的二十多本工商法规、政策文件和法律文书,钻研了十几年的中央报纸资料,弄清了党和政府的有关规定。

事实弄清了,政策也学透了,周永龄和他的同行们发言了。但是,调查组却又作出了相反的结论:经他们精心修改了五遍的调查报告,不仅庇护了有关部门的违法行为,而且指责记者们"感情用事""不利于团结"。

事情就这样几乎被弄到山穷水尽的地步。但是,周永龄不气馁、不退缩。他知道,事情不搞清楚,受损害最大的首先是党的威信和党报的威信。他把同行们找来,几十次地向中央有关部门和中央领导写信，如实反映情况。同时反复向省委领导汇报，痛陈利害。一次在赶赴岳阳向省委领导汇报情况的归途中，发生车祸。周永龄面部和身上多处严重创伤，满身鲜血，昏迷了两个多小时……一名记者，为了捍卫党的政策的尊严，竟然要付出血的代价！尽管如此，他躺在床头，仍然坚持战斗。

在中央报纸和全国记协的支持下，省委领导又亲自过问此案，终于弄清了是非。省委作出了三条决定，纠正了有关部门的错误处理，表彰了周永龄等八名记者。国内外很多报刊都及时报道了此案。

这是一场旷日持久的"官司"。它前后历时三年，其意义已经远远超出两名个体户的命运。这是一场我们社会在改革开放的过程中真理与谬误的斗争，也是对党的新闻工作者党性和毅力的严峻考验。周永龄，没等身上的伤痕痊愈，又匆匆忙忙地搞他的采访去了。

长沙烟厂将价值近10万元的卷烟付之一炬，城步县党政干部以权谋私营建"官府村"，双峰县不少领导大张旗鼓地为原县委书记百里还乡送葬……这些有损国家利益、败坏党风的行为，他都去采访过、报道过。稿件发出后，有的得到时任总书记胡耀邦同志的批示，有的被人民日报配发评论全文转载，一般都被评为全国、全省好新闻。

周永龄深知，自己肩负着讴歌光明、鞭挞丑恶的使命。是使命，又赋予他胆识和勇气。

## 天职　磨砺出严谨的作风

真实，是新闻的生命。周永龄采写稿件，始终认定一个"准"字，既准确地掌握政策，又反复核对事实，哪怕细枝末节，他也不肯马虎。二十多年的新闻实践，使他养成了极其严肃认真的思想作风。这是一个记者的基本功，也是一名新闻工作者对党负责和对人民负责的一致性的表现。

那还是周永龄在长沙记者站工作的时候。一天，编辑部有位同志告诉他：长沙市有10家工厂组成一条龙综合利用进口矽钢片的边角余料，大的大用，小的小用，连镍币那么大的都回收起来做了扣子，确实不错，写出稿件还可发头版头条哩！老周心想，当前正处于增产节约热潮之中，这确是难得的题材。于是，他按照编辑部那位同志的指点，赶紧找某局办公室负责人采访，证实确有其事：连每个厂怎么加工利用的、节约的数据都一清二白，按说是完全可以写报道了。但老周仍不放心，又沿着一条龙综合利用的10家工厂一家家去采访，得知当时还只有少数几家在利用矽钢片的边角余料，多数厂家由于设备、生产组织等原因还没有上马。那位办公室负责人所提供的某些情况和数据只是纸上的计划。尽管写出稿件来可以发一版头条,老周也只得罢了。

周永龄对所了解到的任何一件事哪怕每一个细节都要反复落实。他说,尽管上面提供的或下面汇报的情况大都比较准确,但有时由于整理材料转了几道手、汇报情况换了几次口,仍然难免不走样,所以还得落实;要听取多方面的意见,特别是不同的看法。这样,才能使自己的头脑更加冷静,判断更加准确,分寸也能掌握得比较恰如其分。他在采写《一场百里还乡送葬的闹剧》一稿时,有人曾经对他说,送葬队伍为了显示威风,领队的警车竟然一路鸣笛不停。开始,老周也把这一情节写进了稿中。后来,当他向被批评者——双峰县政府顾问核实时,被批评者说:"因为死者是我的亲家,送葬时我的心情很悲痛。当时警笛鸣没有鸣,我没有留心,但印象是没有鸣的。"稿件见报时,周永龄硬是将这一情节删去了。

周永龄曾写过一篇《为了一个普通工人的生命》的通讯,报道社会各界为抢救一名被毒蛇咬伤的电业工人的动人事迹。在审核校样时,他发觉编辑把原稿中的"零时"改成了"凌晨","休克30多小时"改成了"停止呼吸30多小时"。一般说来,这种细枝末节的事也就算了。何况当时已是凌晨两点,报纸很快就要开印了。老周却不肯放过,他立即赶回报社,向医院打电话查证后,按原稿改了过来。

列宁曾经指出:如果新闻报道"不是从全部总和,不是从联系中去掌握事实,而是片面的和随便挑出来的,那么事实就只能是一种儿戏,或者甚至连儿戏都不如。"周永龄牢牢记住这一点,在采写中,不仅做到所报道的事实是真的,分寸是准的,而且做到从整体意义上来看也是真的。1983年,在打击经济犯罪活动的报道中,当一些新闻单位集中报道打击犯罪分子(如揭露、查处、判刑等)时,周永龄却想到党的一贯政策,留心搜集违法分子主动交代犯罪事实的典型。他经过一番摸索,了解到长沙市郊区一家乡办农机厂采购员贺某主动向工商部门交代贪污挪用公款1700元的事实,并将家里的电视机和现金送去退赔了。当时,正好中央有关部门开始强调要从正面启发犯罪分子投案自首、改邪归正。记者的敏感,使周永龄准确地把握了政策。他马上去厂里采访,写了稿件,编辑部也希望尽快见报。但在采访中,老周听说贺某老家在湘乡县农村,到厂里工作只一年多,来前还在湖北沙市房产部门工作过。心想:现在写稿表扬他,要是在湘乡、沙市发现了更严重的问题怎么办?不是起了包庇犯罪的作用吗?周永龄便三番五次找农机厂和乡政府的几位负责人了解贺某过去的情况,他们却全然不知。他又给湘乡、沙市打长途电话,也联系不上。后来听厂里人说,贺某爱人娘家住在长沙市太平街一带,但具体门牌号码搞不清楚。稿件见报的头天晚上7点多,老周便邀着通讯员冒着倾盆大雨、电闪雷鸣,到一条条大街小巷、一户户居委会、居民小组干部家去寻访,一身淋得透湿，身子直打哆嗦。到深夜11点多，好不容易找到了贺某爱人家和当地派出所。派出所的同志翻阅档案，查实了贺某在湘乡、沙市等地没有其他问题。零点整，周永龄便从外面打电话给夜班编辑室，说稿子可以见报了。老周虽然个人受了劳累，心里却踏实了。

如今，周永龄已过天命之年，仍然精力充沛。他知道，高级记者、全国一级优秀新闻工作者、人民代表、共产党员这几顶桂冠集于一身，光环中正加重了双倍或三倍的责任。他不愿离开新闻第一线，始终为党和人民在新闻园地里笔耕不倦。有人赞他是"黄牛"，有人誉他为"勇士"，背后的叽叽喳喳，也并非没有。周永龄不善言辞，更不善豪言壮语。对朋友们的赞誉或议论，从来不置一辞。他只是默默地耕耘。我记起了他的那句话："记者，是要用新闻作品说话的。"

周永龄，你值！

■ 广西大学新闻系印发给学生学习的材料

# 从记者到人民代表

### 朱执中

## （一）

"快去看，人民代表贴公告了！"

这话在湖南日报社一传开，职工们就三三两两来到院子的布告栏前，争相看着这样内容的公告：大家对市政建设有什么意见，请做好准备……署名是：周永龄；时间：1982年12月5日。

"公告"贴出后：只见一个中等身材、国字脸常含微笑的中年人，一连几个白天晚上，轮番来到报社的各个部、处、室，各个班组和排字房，听取编辑、干部和工人对长沙市市政工作的意见。几日间，他会过了约200人，连出差刚回的同志，他也登门访问，然后归纳成批评、建议或提案,准备带到市人代会去。这个热情、和蔼、正直的中年人,就是湖南日报长沙记者站记者,于 1980 年 11 月被群众选为长沙市第七届人民代表大会代表的周永龄同志。

发"公告",听意见……这仅仅是周永龄为实践自己当人民代表后许下的"尽力为群众多办点事"的诺言,同时也是履行记者职责的几个小侧面。让我们再看看在他家中出现的几个场面吧:

1983 年 1 月 6 日,冬夜方临,周永龄和家人正吃过晚饭。随着敲门声,进来了一个陌生的四十岁左右的男子。他是长沙市某单位的技术员,50 年代的大学毕业生,至今仍未评上工程师,希望周永龄协助解决这个问题。像往常接待来访者一样,周永龄将他的要求记在一个特备的小本上,设法寻求处理办法。

周永龄坐在书桌前,又静静地思考着快要动笔的那篇新闻。可不一会,又进来了一个医生,诉说他的一个科研成果被剽窃……

接二连三,又进来了两个长沙市的机关干部和一个来自浏阳县的个体商业者,为了本单位或个人的问题而求助于周永龄。

这晚,当周永龄送走了最后一个来访者,时针已指在十一点五十分。

又一天,今年 1 月 17 日,两姐弟双双登门,向周永龄申诉弟弟被某些公安人员误罚的事……

今年 1 月 19 日,周永龄和家人正想午睡,一个工厂干部为落实政策的事又来会周永龄……

这一些,也仅仅是周永龄履行人民代表崇高职责的几个侧面。因为自他当选为长沙市北区人民代表和区人大常委会委员、长沙市人民代表后的两年多来,他在家里和报社接待本市和外地来访的人一千八百多人(次),接到来自湖南四十多个县市和外省群众的来信千余封。通过他向有关部门反映,促成解决群众向他提出的大小问题约一百个……

周永龄,一个 46 岁的普通新闻记者。为什么在近三年来,竟然获得如此众多群众的尊敬和信赖呢?

## (二)

周永龄从小向往新闻工作,长大后更是立志为它献身。1961 年从复旦大学新闻系毕业后,他被分配到新湖南报当编辑。经过近十年的报业生涯,他开始扎根于新闻战线这广阔的沃野上。树长了，正待结果的时节，1969 年"四人帮"刮起的那阵"横扫"风，竟也把他刮离新闻战线，改了行。离开了自己所热爱并有所长，能够为祖国为人民作出贡献的专业。周永龄心头感到一阵阵难言的痛楚。

1979 年 6 月，当他重新领到记者证，拿起采访本的时候，有好几天，他心潮起伏，脑海里不停地转着这个念头：担任省报驻省会的记者，责任可不轻。怎样才能当好？报社领导鼓励他和同站记者要及时报道长沙市的新形势，反映群众的要求和呼声。周永龄满肚子话化作一句："我一定尽力把记者工作做好！"

正如报社的一些同志说的，周永龄是用一股"拼劲"重新投入记者工作的，他常常表现出公而忘私的精神。三年多来，多少个晚上、星期天，甚至除夕和新年，只要报道工作需要，他都用来采访和写作。他爱人杨一心，中学教师，几年来一直患高血压症，常要卧床休息。一家 5 口家务又多。周永龄经常忙得照顾不上。他以党的三中全会所制定的方针政策为指南，不辞劳苦地到一个又一个工厂、商店……进行采访。从广泛接触和深入研究中，他高兴地发现：祖国历史上又面临一个新的春天，也是新闻工作的又一个春天。在社会生活中有多少幼芽需要他去发现、爱护，有多少春花需要他去采摘。他以激情的笔写出了一篇篇反映长沙市新发展新问题的报道。比如：在 1980 年 6 月，正当贯彻中央恢复个体经济政策受到不少阻力的时候，周永龄及时采写了《长沙市恢复四百多家个体商店和摊担》的新闻，在全省有一定影响，被报社评为好稿。同年九月，他又采写了《从砸碗事件中吸取教训　长沙市加强对个体经济户的扶植和管理》一稿，在湖南日报发表后，新华社很快就将它转发全国，人民日报等不少报纸都转载了，在全国产生了较大的影响。

在湖南日报的记者中，周永龄是"高产"记者之一。这同他采访作风上的勤快、认真，善于和群众交朋友很有关系。因此，他担负采访的长沙市工交、财贸战线出现的新闻线索，他能较快地掌握，较早地报道出一件件新事物。诸如《湖南动力机厂对干部进行民意测验》《长沙市二轻局一〇七个集体所有制企业由统负盈亏改为自负盈亏》等等。他的见报率也极高，从 1979 年 6 月重当记者，到 1980 年 9 月，他就采写和发表了166 篇新闻稿件。俗话说："文以人传，人以文传。"周永龄在这短短的 14 个月中发表的大量新闻，在长沙市和湖南省的广大读者中起了鼓舞、教育的作用，正如有个青年矿工写信给他说："您的新闻通讯，内容真实，情节具体，感人肺腑……"长沙市的不少市民，就这样认识了周永龄。而后又把他推上人民代表的光荣岗位，因为他同长沙市人民心连心。

周永龄在和群众广泛接触中，也清醒地看到，祖国虽然进入又一个春天，但春天中还有早春寒,它会使人瑟缩,甚至使幼芽冷僵。人民群众有苦要诉,有话要说。其中的一些人从报上认识了周永龄,于是纷纷写信给他,或者登门找他,求他协助解决各式各样的问题。比如在和部分来访者交谈中,发现有些单位落实政策不力,他以此为线索,采写了《岂能如此落实政策》的记者来信。有段时间,长沙市的扒窃分子甚为猖獗,他就写了《省会人民迫切要求打击扒窃犯罪活动》一稿。当这样的一些向极"左"思潮和歪风邪气冲击的稿件发表后,有人就关切地对他说:"老周,你代群众说了这些话,揭了这些问题,要是在1957年恐怕早就打成右派了。"有的还提醒他"少走些夜路"。这些好言相劝,也正说中了他当时思想上的矛盾:新闻记者既要做党的喉舌和人民的代言人,又怕采写揭发批评搞多了,一要担风险,二怕得罪有关领导部门,怎么办? 当报社的负责同志得知后,就启发和鼓励他,在党报上开展正确的批评与自我批评,是很必要的,要坚持这样干下去。在家里,他贤惠而又识大体的爱人也半开玩笑半给他打气:"只要你行得正,你坐牢,我就给你送饭!"领导和亲人的支持,众多来访者恳切的期望,无疑使周永龄增添了勇气。他不断学习和理解党的三中全会后的各项政策,更是坚定了一往直前的决心。对那些不符合政策的问题,他一定要代表群众说话,对一时难以解决的问题,就向有关来访者解释清楚。

此后,当周永龄在坚持做大量正面报道的同时,继续采写、发表了一篇又一篇批评稿件。报社有的同志不禁称赞说:"周永龄有勇气!"因为某些不良社会现象,一些记者、编辑也能看到,可是"绕道走",而周永龄能无私无畏,秉公直言。比如在1950年3月,长沙市煤炭公司突然宣布"限期购买存煤,过期作废"的规定,以致不少居民和工人、干部凌晨两三点就去冒雨排队买煤。加上当时春雨绵绵,群众意见很大。周永龄正好牙痛,但也在清晨三四点起床,冒雨赶往三公里、经武路、建中等煤店向排队的群众调查,发现"限期作废"的决定是错误的。他一面采写新闻,一面走访省、市十多个机关,反映群众的意见。他的走访起了相当大的作用。最后,市煤炭公司宣布废除"过期作废"和"延期作废"的两次规定,众多长沙市民为此高兴。

1980年8月下旬,长沙市的国营菜店一度蔬菜供应奇缺,自由市场菜价暴涨。周永龄听到这个消息,用两天时间跑到长沙市东南西北的近二十多家菜店采访。有的几天没菜卖,有的一天来一点菜,不到半个钟头就卖完了。周永龄迅速写出《长沙市群众吃高价菜反映强烈》一稿9月4日在湖南日报发表,很快引起省、市有关领导的重视,先后召开几个会议,采取了一些紧急措施。到九月下旬,全市蔬菜供应情况逐渐好转。这篇新闻在长沙市民中又一次引起了强烈反响。周永龄在回到报社当记者最初的14个月内,骑着单车不分昼夜满城奔跑,磨破了几条裤子,采写了不少反映广大市民正当愿望和要求的新闻，如《长沙市买煤为何如此困难？》《短斤少两：克扣群众太不该》《如此服务态度必须整顿》《电影院应为中小学生多安排学生场》等。如果说长沙市不少市民从周永龄的正面报道中受到启发和鼓舞，从而认识了周永龄，那么，从他深入反映群众要求和呼吁的报道中，不少读者进一步熟悉了周永龄，而且亲切地感受到周永龄热诚为民的心，是同他们的心紧紧连在一起的。因此，群众推选他为自己的代表，无疑是水到渠成、理所当然的了。1980 年 9 月长沙市北区第 21 选区的 1400 多选民，有 1300 多张选票投到周永龄的名字上。如果论资排辈周永龄是暂时难以当选更高一级的代表的。可同年在北区人代会上，绝大多数代表推举周永龄当区人大常委会委员和市人大代表。有的代表在大会上说："像周永龄这样为人民仗义执言的同志如果没有选进人民的权力机构，那我们这些代表算是白当了。"不但本选区的广大选民选他，连别的选区有些选民也来信表示要投他一票。

　　一个中年的普通记者，受到群众这般的爱戴与信赖，从下而上地将他选到人民代表的崇高岗位，三十多年来，在我国新闻战线上实属罕见。从这个活生生的例子中，我们的记者、编辑能获得怎样的启迪和鼓舞呢？

（三）

　　周永龄担负记者、人民代表双重任务两年多来，将两者很好地结合起来，络绎不绝的各界来访者向他提供了大量的情况和线索，帮助他扩大了新闻采访报道面。有时两者也出现矛盾。比如有的晚上、星期天，来访者接连来几批，加重了他工作、生活的负担。但周永龄一直怀着"多为群众办点事"，"不做仅仅参加会议的代表"的愿望，都能恰当地处理这双重任务。每年他保持发表各种新闻作品 100 篇以上的记录，并写出了《我省农民五黄六月卖余粮》等深受群众喜爱的新闻。由于他采访作风认真扎实，从未出现失实的事。因此，在 1979、1981、1982 这三年他都被报社评为先进工作者。而且在他实践人民代表职责的两年多来，出现过不少动人的故事。

　　一天晚上，雨淅沥地下个不停，周永龄原住的那套小房子里，一张床顶上的瓦缝漏个不停，5 口人只好挤睡在一张床上。他爱人催他快去找人来修补，可他说工作忙，暂时顾不上了。但就在这天晚上 11 点多，突然进来了一个陌生的年轻人，诉说他和 7 户邻居家，因雨大加上地下水外冒，积水已涨到了脚跟，并且断了电，声声求助于周永龄。第二天一早，周永龄顶着倾盆大雨，骑着单车行驶好几里。先到这八户查看。接着，又和市房产公司、市建委及供电部门等处联系，建议他们尽快设法解决这个问题。根据这条线索,他写了《低地居民遭水淹,食宿不安》一稿发表在《湖南日报》上。第二天晚上,这八户人家果然重见电灯光,房子的排水工程,有关部门也给他们做了修理安排。

1982年6月,家居桐荫里一栋宿舍的几位老工人联名给他写信,说九年来门外的自来水一直进不了屋。周永龄到现场看过后,立即建议有关部门加装几丈水管。几天后,自来水就哗哗地流进了屋;一位邮电工人多次登门诉说,他的儿子因患"爱动症"被学校误解除了名。周永龄弄清原委,先到市教育局,又找到学校的几位领导、教师,终于帮助这个工人的孩子复了学。两年多来,周永龄就是这样四处奔波,不辞辛劳地协助来访群众解决了约100个大大小小的问题。

外县一些群众碰到困难,如因错案被遣送回乡,急病无钱医治等等,也慕名写信或远道而来求助于周永龄的。能置之不理吗?不,他热情地伸出援助之手。比如通过电话与有关地方部门联系,或写信,或待有关县的领导前来长沙开会时,他就顶星星、冒雨雪登门走访,建议他们按政策解决有关问题。好些问题已获得圆满结果。他们中有的人给周永龄送来了鱼肉等礼物,他都婉言谢绝了。至于个别来访者提出一些与政策不符的要求,周永龄就耐心地说服他们,使来访者自动放弃过高的要求,并愉快地离去。

周永龄"多为群众办点事"的动人事例远未写完……可人们坚信这在他的身上将会得到保持和发扬!

■ **《湖南新闻工作通讯》1984年第二期刊载**

# 他心中时刻有群众
### ——记周永龄同志的先进事迹

胡　兴

《湖南日报》采通部副主任周永龄,是一位高产的记者。他从1979年下半年到长沙记者站工作至1983年上半年的三年多时间里,见报的稿件和内参就有300多篇、照片近100张。

周永龄的见报率为什么这样高?其主要原因是,他坚持生活在群众中,战斗在第一线。以 1982 年为例，周永龄就先后到长沙市的 100 多个单位采访，全年几乎有四分之三的时间在基层。火热的现实生活，群众的强烈愿望，极大地丰富了他的报道线索和题材。因此，他所采写的稿件不仅及时地宣传了党的路线、方针和政策，而且充分反映了人民群众的心声。如长沙市有关部门曾一度决定将居民手中的存煤指标限期作废，群众反映很大。周永龄感到这个决定的确不符合群众利益。于是他花了一个星期的时间，走访了十多家煤店，采写了稿件，同时向相关领导部门反映了情况。在省、市领导的直接过问下，促使有关部门改变了原来的决定，受到了群众的欢迎。又如他针对个体户中少数人欺行霸市、哄抬物价而采写的《坚决刹住倒买倒卖风》的采访札记，根据群众反映而采写的《省会群众强烈要求严厉打击扒窃犯罪活动》的记者来信，以及按照各方要求而采写的《中学生入学难亟待解决》《如此服务态度必须整顿》《抢救文物古迹》《"名牌"要有名牌货》等，都直接反映了群众的意愿，并对指导实际工作起到了推动作用。

周永龄雷厉风行，努力工作，同时还乐于为群众办好事。近几年来，他先后接到来自全省 40 多个县（市）的群众来信 1000 多封，并利用业余时间接待群众来访 3000 多人次。面对来自四面八方的群众，周永龄总是这样想：自己是党报的记者，应该当好人民的代言人。因此，他不管工作多忙，也都要把每一位来访群众接待好，认真听取他们的意见，并千方百计地为来访者解决一些实际问题。长沙市桐荫里 101 号的三层楼房建成后，自来水却一直没有进屋。周永龄接到这栋楼房的居民来信后，马上赶到实地察看，并几次向有关部门反映，使这个长达九年时间没有解决的问题得到了解决。又如长沙市无线电厂一名助理工程师因经济问题被错关，周永龄先后走访了 20 多个单位、70 多人次，并写出了报道，有关部门进一步查清了事实，重新处理了这一案件。

周永龄心中时刻有群众，全心全意为人民服务的精神，受到了人民群众的信赖和尊敬，人们把他当作自己的贴心人，因而连续两届被选为长沙市人民代表和长沙市北区人大常委会委员。

表 1

## 周永龄同志所获荣誉及对他的优秀事迹报道情况

| 序号 | 时间 | 所获荣誉及对他的先进事迹报道的报道情况 | 颁奖或播发单位 |
|---|---|---|---|
| 1 | 1969 年 2 月至 1971 年 12 月下放农村期间 | 四次被评为学习毛主席著作积极分子和五好宣传队员 | 湖南省直机关干部下放浏阳连队 |
| 2 | 1980 年 12 月 1 日 | 先进事迹报道《周永龄能当我们的代言人》 | 新华社向全国播发 全国多家报刊刊登 |
| 3 | 1980 年 12 月 23 日 | 先进事迹报道《新闻记者周永龄当选为长沙市人民代表》 | 中央人民广播电台播发 |
| 4 | 1980 年 12 月 | 先进工作者 | 湖南日报社 |
| 5 | 1981 年 2 月第二期 | 先进事迹报道《"富"记者的决窍》 | 载《光明日报通讯》杂志 |
| 6 | 1981 年 12 月 | 先进工作者 | 湖南日报社 |
| 7 | 1981 年 12 月 | 长沙市先进物价监督员 | 长沙市物价局 |
| 8 | 1982 年 12 月 | 先进工作者 | 湖南日报社 |
| 9 | 1982 年 12 月 | 长沙市先进物价监督员 | 长沙市物价局 |
| 10 | 1983 年 5 月第五期 | 先进事迹报道《当人民的代言人》 | 载《新闻战线》杂志 |
| 11 | 1983 年 6 月 | 先进事迹报道《他的心紧紧与群众相连》 | 中央电视台记者拍摄 |
| 12 | 1983 年 12 月 | 先进工作者 | 湖南日报社 |
| 13 | 1984 年 11 月 28 日 | 全国一级优秀新闻工作者 | 中华全国新闻工作者协会 |
| 14 | 1985 年 2 月第二期 | 先进事迹报道《他心中时刻有群众》 | 载《湖南新闻工作通讯》 |
| 15 | 1985 年 2 月 | 因报道中华百货店一案作出突出贡献，和其他七名记者一道受到湖南省委登报和中华全国新闻工作者协会通报表彰 | 湖南省委 中华全国新闻工作者协会 |
| 16 | 1985 年 4 月 | 立功奖并晋升一级工资 | 湖南省人民政府 |
| 17 | 1985 年 6 月 | 先进事迹被收入复旦大学新闻系《新闻学概论》教科书 | 复旦大学新闻系主编 福建人民出版社出版 |

| 18 | 1985 年 11 月 | 湖南省文物保护一等先进工作者 | 湖南省文化厅 省文物管理委员会 |
|---|---|---|---|
| | 1985 年 9 月至 1995 年 12 月被抽调至湖南省委宣传部新闻职改办任主任。 | | |
| 19 | 1986 年 1 月第一期 | 先进事迹报道《人民的记者》长篇报告文学 | 载北京《新闻三昧》杂志 |
| 20 | 1988 年 5 月 | 长沙市优秀人民代表 | 长沙市人大常委会 |
| 21 | 1989 年 2 月 | 所主持工作的省新闻职改办被评为全省 29 个系列职改办中 5 个先进集体之一，并多次受到全国新闻高职办表扬 | 湖南省职改领导小组 全国新闻高职办 |
| 22 | 1989 年 4 月 | 先进事迹和作品被收入全国出版发行的《当代名记者与代表作》一书 | 北京工人出版社出版 |
| 23 | 1990 年 6 月 | 先进事迹被收入全国出版发行的《我的新闻生涯》一书 | 全国新闻高职办主编 中国新闻出版社出版 |
| 24 | 1990 年 6 月 | 先进事迹报道《党性铸基石 笔耕天地宽》 | 载《湖南新闻界人物》一书 |
| 25 | 1991 年 12 月 | 先进事迹报道《到群众生活的海洋里去淘"金"》和作品被收入《中国记者新一代》一书 | 武汉大学出版社出版 |
| 26 | 1994 年 6 月 | 1992—1993 年度全省职称改革工作先进个人 | 湖南省职称改革工作领导小组 |
| 27 | 1994 年 9 月 | 长沙市优秀人民代表 | 长沙市人大常委会 |
| 28 | 1995 年 4 月 | 先进事迹报道《人民群众的代言人》 | 载《人民之友》杂志 |
| 29 | 2001 年 4 月 | 长沙市优秀人民代表 | 长沙市人大常委会 |
| 30 | 2006 年 9 月 | 先进个人 | 湖南大众传媒学院 |
| 31 | 2010 年 1 月 | 先进工作者 | 湖南省教科院《当代教育论坛》杂志社 |
| 32 | 2010 年 9 月 | 先进工作者（固办报成果突出） | 长沙市开福区拆迁指挥部 |
| 33 | 2020 年 6 月 | 优秀党务工作者 | 湖南日报社（集团公司）党组 |

表 2

## 周永龄同志所发稿件获奖情况

| 日　　期 | 内　容　提　要 | 何　种　奖　励 | 批　准　机　关 |
|---|---|---|---|
| 1980 年 4 月 1 日-3 日 | 工作研究《长沙市买煤为何如此困难》等 | 1980 年度好新闻 | 湖南日报社 |
| 1980 年 9 月 4 日 | 消息《长沙市群众吃高价菜反映强烈》 | 1980 年度好新闻 | 湖南日报社 |
| 1981 年 3 月 2 日 | 消息《一批大学生走街串巷为群众义务掏粪》 | 1981 年度好新闻 | 湖南日报社 |
| 1981 年 6 月 15 日 | 消息《我省农民五荒六月卖余粮》 | 1981 年度好新闻 | 湖南日报社 |
| 1981 年 9 月 1 日 | 来信《省会群众强烈要求对蔬菜供应实行行政干预》 | 1981 年度好新闻 | 湖南日报社 |
| 1982 年 5 月 30 日 | 通讯《为了一个普通工人的生命》 | 1982 年度好新闻 | 湖南日报社 |
| 1982 年 10 月 18 日 | 消息《特一级厨师王鉴泉把食品科学送上餐桌》 | 1982 年度好新闻 | 湖南日报社 |
| 1983 年 3 月 29 日 | 消息《价值近十万元的卷烟付之一炬》 | 湖南省好新闻<br>1983 年度好新闻 | 湖南省新闻学会<br>湖南日报社 |

| 日期 | 作品 | 获奖 | 评选单位 |
|---|---|---|---|
| 1983 年 9 月 27 日 | ※通讯《在一幕悲剧的背后》 | 1983 年度好新闻 | 湖南日报社 |
| 1984 年 4 月 28 日 | ※消息《立下一块"政策碑" 绿了大片"和尚山"》 | 全国林业好新闻 | 全国林业好新闻评委会 |
| 1984 年 7 月 11 日 | 消息《市长登门为承包者落实合同》 | 1984 年度好新闻 | 湖南日报社 |
| 1985 年 8 月 6 日 | ※来信《城步出现"官府村"》 | 全国好新闻 全省及报社好新闻 | 全国好新闻评委会、湖南省新闻学会、湖南日报社 |
| 1985 年 10 月 6 日 | ※消息《地委书记请记者上门写批评稿》 | 全国好新闻 全省及报社好新闻 | 全国好新闻评委会、湖南省新闻学会、湖南日报社 |
| 1986 年 8 月 5 日 | ※消息《一场百里还乡送葬的闹剧》 | 全国好新闻 湖南省好新闻 | 全国好新闻评委会 湖南省好新闻评委会 |
| 1992 年 4 月 25 日 | 消息《百余名入滇记者赞保险服务》 | 中南地区保险报刊优秀作品 | 中南地区保险报刊研究会 |
| 1992 年 11 月 | "希望工程"报道成果突出 | 92′湖南"希望工程"宣传报道一等奖 | 共青团湖南省委 |
| 1999 年 9 月 | 发达国家职业教育探究 | 中国优秀职教文章 | 中国职业技术教育学会期刊编辑委员会 |

注：1、湖南自 1983 年起才开始评全省好新闻和送稿参加全国好新闻评选。

2、※者为合作采写，其他均为我执笔写作。